El regreso

El regreso

Nicholas Sparks

Traducción de Ana Duque

Rocaeditorial

Título original: *The Return*

© Willow Holdings, Inc., 2020
www.nicholassparks.com

Primera edición en este formato: junio de 2021

© de la traducción: 2021 Ana Duque
© de esta edición: 2021, Roca Editorial de Libros, S.L.
Av. Marquès de l'Argentera, 17, pral.
08003 Barcelona
actualidad@rocaeditorial.com
www.rocalibros.com

Impreso por EGEDSA

ISBN: 978-84-18557-53-8
Depósito legal: B 7839-2021

Para la familia Van Wie:
Jeff, Torri, Anna, Audrey y Ava

PRÓLOGO

2019

$\mathcal{L}$a iglesia se parece a una ermita de los Alpes, de las que pueden encontrarse en las montañas a las afueras de Salzburgo, y en su interior, el aire fresco parece darnos la bienvenida. En agosto la temperatura es sofocante en el sur, y el traje y la corbata que llevo hacen que resulte aún más agobiante. En mi vida diaria normalmente no llevo traje. Son incómodos, y como médico me he dado cuenta de que mis pacientes reaccionan mejor cuando me pongo ropa más informal, igual que la que ellos mismos suelen llevar.

Estoy aquí para asistir a una boda. Conozco a la novia desde hace más de cinco años, aunque no estoy seguro de que me considere un amigo. A pesar de que seguimos en contacto regularmente durante más de un año tras su marcha de New Bern, nuestra relación desde entonces se ha limitado a un par de mensajes de texto de vez en cuando, en ocasiones enviados por ella, a veces por mí. Sin embargo, compartimos un vínculo innegable, que tiene su origen en acontecimientos sucedidos hace años. A veces me resulta difícil recordar el hombre que yo era cuando nuestros caminos se cruzaron por primera vez, pero ¿acaso no es eso algo normal? La vida nos ofrece continuamente oportunidades de cambiar de dirección, y en el proceso crecemos y cambiamos; cuando miramos por el espejo retrovisor, vislumbramos retazos de nuestro yo anterior que a veces se nos antojan irreconocibles.

Algunas cosas no han cambiado (mi nombre, por ejemplo), pero ahora tengo treinta y siete años, y me encuentro en las primeras fases de una nueva carrera, que nunca habría imaginado en las primeras tres décadas de mi vida. Antes me encantaba el piano, ahora ya nunca lo toco; aunque crecí en el seno de una familia cariñosa, ha pasado mucho tiempo desde que vi por última vez a alguno de sus miembros, a pesar de que puedo justificarlo, como explicaré más adelante.

Hoy simplemente estoy contento de estar aquí y de haber podido llegar a tiempo. Mi vuelo desde Baltimore llevaba retraso y había mucha cola para recoger el coche de alquiler. Aunque no soy el último en llegar, la iglesia está a más de la mitad de su capacidad y he encontrado un sitio en la tercera fila empezando por el fondo, en el que he tratado de tomar asiento sin llamar la atención. Los bancos por delante del mío están llenos de mujeres que llevan esa clase de sombreros tan típicos en el derbi de Kentucky, extravagantes confecciones de lazos y flores que harían las delicias de una cabra. La visión me hace sonreír, es un recordatorio de que en el sur siempre hay alguna ocasión en la que es posible adentrarse en un mundo que parece no existir en ninguna otra parte.

Mientras sigo mirando a mi alrededor, la visión de las flores me hace pensar en las abejas. Desde que tengo uso de memoria las abejas han formado parte de mi vida. Son unas criaturas extraordinarias y maravillosas, infinitamente interesantes. Actualmente me ocupo de más de una docena de colmenas (es mucho menos trabajo de lo que se podría creer), y he llegado a pensar que las abejas me cuidan a mí, al igual que a todos los demás seres humanos. Sin ellas la vida sería prácticamente imposible, ya que gran parte del total de nuestro suministro de alimentos depende de su actividad.

Hay algo extremadamente maravilloso en ese concepto: que la vida tal como la conocemos puede reducirse a algo tan simple como una abeja yendo de una planta a otra. Me hace pensar que mi *hobby* a tiempo parcial es importante en el gran esquema de las cosas y, además, tener que hacerme cargo de los enjambres me trajo hasta aquí, hasta esta iglesia de pueblo, lejos de los paisajes típicos de casa. Por supuesto, mi historia (como cualquier otra buena historia) es también la de los acontecimientos y circunstancias de otras personas, incluidos un par de viejos a los que les gusta sentarse en una mecedora frente a una vieja tienda en Carolina del

Norte. Lo más importante es que se trata de la historia de dos mujeres distintas, aunque una de ellas, en realidad, solo era una niña en aquella época.

Soy el primero en reconocer que cuando otros cuentan su historia, suelen enmarcarla para que ellos sean la estrella. Probablemente caiga en la misma trampa, pero me gustaría advertir que la mayoría de los sucesos siguen pareciéndome accidentales, por lo que a lo largo de mi relato cabe recordar que en absoluto me considero a mí mismo como un héroe.

En cuanto al final de la historia, supongo que esta boda es una especie de conclusión. Hace cinco años habría estado en un apuro a la hora de determinar si estas vidas entrelazadas tendrían un final feliz, trágico o amargo. ¿Y ahora? Francamente, estoy aún menos seguro, ya que he llegado aquí preguntándome si esta historia podría continuar, de alguna forma tortuosa, exactamente donde se quedó.

Para entender a qué me refiero, es necesario viajar atrás en el tiempo, revisitar un mundo que, a pesar de todo lo sucedido en los años transcurridos, sigue pareciendo lo suficientemente cercano como para acceder físicamente a él.

1

2014

*L*a primera vez que advertí la presencia de aquella chica que pasaba por delante de mi casa fue el día después de mudarme. Durante el siguiente mes y medio la vi caminando mientras arrastraba los pies unas cuantas veces por semana, con la cabeza gacha y la espalda encorvada. Durante mucho tiempo ninguno de los dos saludó al otro.

Me pareció que todavía era una adolescente; había algo en su forma de actuar que me hacía pensar que estaba sufriendo el peso de una baja autoestima y de su enfado contra el mundo, pero a los treinta y dos años había alcanzado una edad en la que me resultaba casi imposible discernirlo. Aparte de su larga melena castaña y de sus ojos un tanto separados, lo único que sabía de ella era que vivía en el parque de caravanas situado calle arriba, y que le gustaba caminar. O tal vez no tuviera más remedio que caminar porque no tenía coche.

El cielo de abril estaba despejado, la temperatura rondaba los veinte grados y la brisa era la justa para transportar el aroma perfumado de las flores. Los cerezos silvestres y las azaleas del patio habían florecido casi de un día para otro, flanqueando la carretera de grava que serpenteaba al pasar por la casa de mi abuelo, situada justo a las afueras de New Bern, Carolina del Norte, y que acababa de heredar.

Y yo, Trevor Benson, médico convaleciente y veterano discapacitado de profesión, sacudía las bolas de naftalina de una caja junto al porche delantero, lamentándome de que no fuera así como había pensado pasar la mañana. El problema con las tareas de la casa era que nunca sabía a ciencia cierta cuándo iba a acabar, puesto que siempre había algo más que hacer... o tal vez incluso la incertidumbre de que valiera la pena arreglar la antigua propiedad.

La casa (utilizo este término en el sentido amplio de la palabra) no era gran cosa por su apariencia externa, y el paso del tiempo le había pasado factura. Mi abuelo la había construido él mismo tras regresar de la Segunda Guerra Mundial y, aunque sabía construir a conciencia, no tenía demasiado talento en cuestiones de diseño. Se trataba de un rectángulo con sendos porches en la parte delantera y trasera, dos dormitorios, una cocina, un salón y dos baños; el revestimiento de cedro se había vuelto descolorido con los años hasta adquirir un tono gris plateado, a imitación del cabello de mi abuelo. El tejado estaba parcheado, el aire se colaba por las ventanas, y el suelo de la cocina estaba tan inclinado que si se derramaba algún líquido se formaba un riachuelo que fluía hasta la puerta que conducía al porche trasero. Me gustaba pensar que eso facilitaba la limpieza a mi abuelo, que vivió solo durante los últimos treinta años de su vida.

La propiedad, con todo, era especial. Con algo más de veinticuatro mil metros cuadrados, un granero envejecido y ligeramente inclinado, y un cobertizo en el que mi abuelo producía su miel, aparecía salpicada de casi cada planta con flores conocida por la humanidad, incluidas las flores silvestres y los tréboles. Desde ese momento hasta el final del verano, la propiedad parecía un castillo de fuegos artificiales a ras de suelo. Se encontraba además situada a orillas del Brices Creek, donde un agua oscura y salobre fluía tan lentamente que con frecuencia reflejaba el cielo como un espejo. La puesta de sol convertía el cauce del río en una cacofonía de tonos borgoña, rojos, naranjas y amarillos, mientras los rayos que se difuminaban lentamente parecían perforar la cortina de musgo que decoraba las ramas de los árboles.

A las abejas les encantaba ese lugar; era algo que se había propuesto mi abuelo, puesto que estoy bastante seguro de que le gustaban más las abejas que las personas. Había unos veinte enjambres en toda la propiedad; mi abuelo había sido apicultor a media jornada toda su vida, y con frecuencia me sorprendía que las colmenas estuvieran en mejores condiciones que la casa o el granero. Desde que llegué aquí he echado un vistazo desde cierta distancia en un par de ocasiones, y aunque todavía era demasiado pronto para la temporada, pude comprobar que las colonias parecen estar sanas.

La cantidad de abejas parecía estar aumentando rápidamente, como era habitual en primavera (podía escucharse el zumbido si se prestaba atención), y las dejé tranquilas, para dedicar la mayoría de mi tiempo a hacer que la casa volviera a estar habitable. Limpié los armarios de la cocina, aparté unos cuantos tarros de miel que quería conservar y me deshice del resto: una caja de galletas rancias, botes casi vacíos de mantequilla de cacahuete y mermelada, y una bolsa de manzanas secas. Los cajones estaban llenos a rebosar de cupones caducados de porquerías, velas ya usadas, imanes y bolis que no funcionaban, que acabaron en la basura. El frigorífico estaba prácticamente vacío y, curiosamente, bastante limpio, sin los olores desagradables ni los restos mohosos de comida que esperaba encontrar. Tiré una tonelada de basura (la mayor parte del mobiliario tenía más de medio siglo de antigüedad, y mi abuelo sufría un pequeño problema de acumulación). Después contraté a varios especialistas para hacer el trabajo más difícil: un constructor para diseñar una reforma cosmética de uno de los baños; un fontanero para arreglar la fuga del grifo de la cocina; hice lijar y barnizar el suelo, así como pintar el interior; y, por último, aunque no menos importante, sustituí la puerta trasera. Estaba agrietada cerca del quicio y había sido reparada con un tablón. Tras contratar un equipo de limpieza que lo dejó todo impoluto de arriba abajo, organicé el servicio de wifi para mi portátil y elegí algunos muebles para el salón y el dormitorio, así como un televisor nuevo para el salón. El original tenía antenas como orejas de conejo y el tamaño de un cofre del tesoro. El proyecto de caridad Goodwill declinó la donación de los muebles usados de mi abuelo, a pesar de que argumenté que podían ser considerados antigüedades, de modo que acabaron en el vertedero.

Con todo, los porches estaban relativamente en buen estado, y me pasaba casi todas las mañanas y las tardes allí. Razón por la

15

cual he empezado con las bolas de naftalina. La primavera en el sur no solo consiste en flores, abejas y bonitas puestas de sol, sobre todo si uno vive al lado de un arroyo en un lugar aparentemente salvaje. Dado que había hecho más calor de lo normal últimamente, las serpientes habían empezado a despertar de su hibernación. Avisté una de gran tamaño en el porche trasero cuando deambulaba por él esa mañana con mi taza de café. Tras sufrir un susto de muerte y derramar la mitad del café sobre mi camisa, volví a refugiarme rápidamente en el interior de la casa.

No tenía ni la menor idea de si se trataba de una serpiente venenosa, ni de qué especie era. No soy un experto en serpientes. Pero a diferencia de otras personas (mi abuelo, por ejemplo), tampoco quería matarla. Solo deseaba que no se acercara a mi casa y que viviera un poquito más allá. Sé que las serpientes hacen cosas útiles, como matar a los ratones que podía escuchar correteando por las paredes de noche. Ese ruido me acongojaba; aunque pasaba todos los veranos aquí cuando era niño, no estoy acostumbrado a la vida en el campo. Siempre me he considerado más bien el tipo de persona que vive en un bloque de apartamentos. Y así era hasta justo antes de la explosión que hizo saltar por los aires no solo todo mi mundo, sino también a mí mismo. Esa era la razón por la que estaba convaleciente, pero ya hablaré sobre eso más adelante.

De momento seguiré hablando de la serpiente. Tras cambiarme la camisa, recordé vagamente que mi abuelo usaba naftalina para mantener a raya a las serpientes. Estaba convencido de que esas bolas de alcanfor contaban con poderes mágicos para repeler todo tipo de cosas (murciélagos, ratones, insectos y serpientes) y las compraba por cajas. Había visto muchas en el granero y, suponiendo que mi abuelo algo debía saber, me hice con una caja y empecé a esparcir generosamente su contenido alrededor de toda la casa, primero en la parte de atrás y por todos los flancos y, por último, en la parte delantera.

Fue entonces cuando volví a espiar a la chica que caminaba por la carretera que pasaba al lado de la casa. Llevaba pantalones vaqueros y una camiseta, y cuando alcé la vista debió de notar que la observaba, puesto que miró en mi dirección. No sonrió ni saludó;

en lugar de eso, agachó la cabeza como si esperara evitar de ese modo reconocer que había advertido mi presencia.

Encogiéndome de hombros retomé el trabajo, como si esparcir bolas de alcanfor pudiera recibir realmente semejante denominación. Sin embargo, por la razón que fuera, me sorprendí pensando en el parque de caravanas en el que la joven vivía. Se encontraba al final de la carretera, a un kilómetro y medio de distancia. Había caminado hasta allí movido por la curiosidad, poco después de haber llegado. Había surgido en el tiempo transcurrido desde mi última visita, y supongo que deseaba saber quiénes eran mis vecinos. Lo primero que se me ocurrió al verlo fue que la propiedad de mi abuelo parecía, en comparación, el Taj Mahal. Daba la impresión de que las seis o siete viejas y decrépitas caravanas hubieran caído desde el cielo al azar sobre el descampado; en la esquina más alejada se encontraban los restos de otro remolque incendiado, del que solo quedaba un cascarón negro, parcialmente fundido, que no había sido retirado del lugar. Entre las caravanas había tendederos dispuestos entre postes inclinados. Escuálidas gallinas picoteaban en una carrera de obstáculos llena de coches sin neumáticos sostenidos por bloques y electrodomésticos oxidados, esquivando únicamente al feroz pitbull encadenado a un viejo parachoques. El perro tenía unos dientes enormes y ladraba con tal encono ante mi presencia que de sus fauces espumosas salían babas despedidas. Recuerdo que pensé: «No parece un perrito agradable». Una parte de mí se preguntaba por qué alguien querría vivir en un lugar así, aunque en realidad conocía la respuesta. De regreso a casa sentí lástima por los inquilinos y me reprendí a mí mismo por ser tan esnob, ya que sabía que tenía más suerte que la mayoría de la gente, por lo menos en cuanto al dinero.

—¿Vives aquí? —preguntó una voz.

Alcé la vista y vi a la chica. Había vuelto sobre sus pasos y se encontraba a pocos metros de mí, guardando las distancias, pero lo suficientemente cerca como para que pudiera advertir unas cuantas pecas diseminadas por sus mejillas, tan pálidas que la piel parecía casi traslúcida. Percibí un par de moratones en sus brazos, como si se hubiese tropezado con algo. No era especialmente guapa, y parecía que hubiera algo inacabado en ella, lo que me hizo pensar de nuevo que era una adolescente. Su mirada recelosa parecía indicar que estaba preparada para correr si hacía el menor movimiento hacia ella.

—Ahora sí —dije con una sonrisa—. Pero no sé cuánto tiempo me quedaré.

—El viejo murió. El que solía vivir aquí. Se llamaba Carl.

—Lo sé. Era mi abuelo.

—Ah. —Se metió la mano en el bolsillo de atrás del pantalón—. Me daba miel.

—Eso parece típico de él. —No estaba seguro de que fuera así, pero me pareció que era lo mejor que podía decir.

—Solía comer en el Trading Post —comentó—. Siempre era amable.

El Trading Post de Slow Jim era una de esas tiendas destartaladas tan habituales en el sur que llevan funcionando desde antes de que yo naciera. Mi abuelo solía llevarme allí cuando venía de visita. Era del tamaño de un garaje para tres coches con un porche cubierto en la parte delantera, y vendía de todo, desde gas a leche y huevos, equipos de pesca, cebos vivos y piezas de recambio de coches. Había antiguos surtidores de gasolina al frente (no se aceptaban pagos a crédito o a débito), y una parrilla para servir comida caliente. Recuerdo haber encontrado en una ocasión una bolsa de soldaditos de plástico de juguete encajada entre una bolsa de nubes de azúcar y una caja de anzuelos para pescar. Los productos estaban dispuestos sin ton ni son en las estanterías y paredes y, sin embargo, siempre pensé que era una de las mejores tiendas del mundo.

—¿Trabajas allí?

Asintió antes de señalar la caja que llevaba en mi mano.

—¿Por qué pones bolas de naftalina alrededor de la casa?

Me quedé mirando fijamente la caja, y me di cuenta de que me había olvidado de ella.

—Había una serpiente en el porche esta mañana. Oí que las bolas de naftalina las ahuyentan.

Apretó los labios y dio un paso atrás.

—Vale, solo quería saber si ahora vives aquí.

—Soy Trevor Benson, por cierto.

Al oír mi nombre, me miró fijamente, mientras hacía acopio de coraje para preguntar lo que era obvio.

—¿Qué le pasó a tu cara?

Sabía que se refería a la fina cicatriz que iba del nacimiento del pelo hasta la mandíbula, lo cual reforzó la sensación de que era muy joven. Los adultos no solían sacar el tema. En lugar de eso, fingían no haberse dado cuenta.

—Una granada de mortero en Afganistán. Hace unos años.

—Oh. —Se frotó la nariz con el dorso de la mano—. ¿Te dolió?

—Sí.

—Oh —volvió a exclamar—. Creo que me tengo que ir.

—De acuerdo —respondí.

Inició el camino de regreso hacia la carretera y, de pronto, volvió a girarse hacia mí.

—No funcionará —dijo gritando.

—¿El qué?

—Las bolas de naftalina. Las serpientes no les dan lametones. 19

—¿Estás segura?

—Todo el mundo lo sabe.

«Díselo a mi abuelo», pensé.

—¿Qué puedo hacer, entonces, si no quiero serpientes en el porche?

Pareció reflexionar un poco la respuesta.

—Tal vez deberías vivir en un lugar donde no haya serpientes.

Me reí. Era una chica rara, eso seguro, pero me di cuenta de que era la primera vez que me reía desde que me había mudado, quizás mi primera risa en meses.

—Encantada de conocerte.

Vi cómo se alejaba, y me sorprendió al hacer una lenta cabriola.

—Soy Callie —exclamó.

—Encantado de conocerte, Callie.

Cuando por fin desapareció de mi vista tras las azaleas, me debatí entre seguir esparciendo las bolas de naftalina o dejarlo. No podía saber si la chica tenía o no razón, pero, al final, decidí parar. Tenía ganas de tomar una limonada sentado en el porche trasero para relajarme, aunque solo fuera porque mi psiquiatra me recomendó que aprovechara mientras todavía disponía del tiempo para hacerlo.

Dijo que me ayudaría a ahuyentar «la oscuridad».

Mi psiquiatra a veces usaba un lenguaje florido y decía cosas como «la oscuridad» para describir el trastorno por estrés postraumático. Cuando le pregunté por qué, me explicó que cada paciente era diferente, y que parte de su trabajo era encontrar las palabras justas que reflejaran el estado de ánimo y los sentimientos del paciente en cuestión, de tal forma que le ayudaran a recorrer el lento camino hacia la recuperación. En su trabajo conmigo se refería a mi trastorno por estrés postraumático como «confusión», «problemas», «lucha», «efecto mariposa», «desarreglo emocional», «hipersensibilidad» y, por supuesto, «la oscuridad». Esas denominaciones hacían que nuestras sesiones siguieran siendo interesantes, y debo admitir que el término «oscuridad» era una descripción tan buena como cualquiera otra de cómo me sentía. Durante mucho tiempo después de la explosión mi estado de ánimo era oscuro, tan oscuro como el cielo nocturno sin estrellas ni luna, aunque no fuera plenamente consciente de por qué. Con anterioridad había rechazado tercamente la posibilidad de un trastorno por estrés postraumático, pero es necesario tener en cuenta que siempre había sido muy testarudo.

Con toda franqueza, mi ira, la depresión y el insomnio tenían perfecto sentido en esa época. Cuando me miraba en el espejo recordaba lo que había sucedido en el aeródromo de Kandahar el 9 de septiembre de 2011, cuando un misil dirigido al hospital en el que estaba trabajando impactó cerca de la entrada, pocos segundos después de que saliera del edificio. Hay cierta ironía en la elección de mis palabras, puesto que mirarme en el espejo ya no es lo que era. Perdí la visión del ojo derecho, por lo que no puedo percibir la profundidad. Observar mi reflejo se me antoja, en cierto modo, como si estuviera mirando un salvapantallas de los de antes, con peces nadando, casi real, pero no del todo, y aunque fuera capaz de pasar eso por alto, mis otras heridas son tan obvias como una bandera solitaria plantada en la cima del Everest. Ya he mencionado la cicatriz de mi cara, pero la metralla me dejó el torso acribillado de cráteres, como en la luna. Perdí el dedo meñique y el anular de mi mano izquierda, lo cual es especialmente desafortunado, ya que soy zurdo, y también la oreja izquierda. Aunque parezca increíble, esa es la herida que más me afectaba en cuanto a mi aspecto. Una cabeza humana no parece normal sin una oreja. Ahora da la sensación de que estoy extrañamente torcido, y hasta el momento de la pérdida nunca había apreciado realmente esa oreja. En las raras ocasiones en las que pensaba en ellas, siempre era dentro del contexto de la audición. Pero cualquiera podría entender por qué sentí tan intensamente aquella pérdida si intentara ponerse unas gafas de sol en una sola oreja. Y todavía no he mencionado las lesiones medulares, debido a las cuales tuve que aprender a caminar de nuevo; o los martilleantes dolores de cabeza, que se prolongaron durante meses. Todo eso me dejó hecho un despojo humano. Pero los excelentes doctores de Walter Reed me recompusieron. Bueno, al menos en gran parte. Tan pronto como pude ponerme en pie, mis cuidados pasaron a la tutela de mi antigua universidad y alma máter, la Johns Hopkins, donde se llevaron a cabo las operaciones cosméticas. Ahora tengo una oreja protésica, tan bien hecha que apenas se aprecia que es falsa, y mi ojo parece normal, aunque sea completamente inútil. No pudieron hacer gran cosa respecto a mis dedos (acabaron siendo abono en Afganistán), pero un cirujano plástico fue capaz de reducir el tamaño de mi cicatriz facial hasta convertirla en una fina y blanca línea. Todavía se nota, pero no tanto como para que los niños pequeños salgan gritando al verme. Me gusta decirme a mí mismo que me da carácter, que tras la superficie afable y cortés existe un hombre intenso y valiente que ha experimentado peligros reales y ha sobrevivido. O algo parecido.

Sin embargo, además de mi cuerpo, toda mi vida quedó destruida, incluida mi carrera. No sabía qué hacer conmigo mismo, con mi futuro; no sabía cómo gestionar los recuerdos, ni el insomnio, ni la ira de gatillo sensible, ni cualquiera de los demás desquiciantes síntomas asociados con mi trastorno. Las cosas fueron de mal en peor hasta que toqué fondo (durante una borrachera de cuatro días, tras la que me desperté cubierto de vómito), y finalmente me di cuenta de que necesitaba ayuda. Encontré un psiquiatra llamado Eric Bowen, experto en terapias conductuales cognitivas y dialécticas. En esencia, ambas terapias se centran en el comportamiento como un modo de ayudar a controlar o gestionar lo que se piensa o se siente. Si uno se siente sobrecargado, hay que obligarse a caminar derecho; en caso de estar abrumado ante la perspectiva de una tarea compleja, hay que intentar aliviar esa sensación con tareas simples de cosas que sí se pueden hacer, como empezar con un primer paso fácil y, una vez hecho, hacer la siguiente cosa simple.

Cuesta mucho modificar la conducta (además de otros aspectos relacionados con estas terapias), sin embargo, de forma lenta pero segura, empecé a volver a organizar mi vida. Entonces llegaron las ideas sobre el futuro. El doctor Bowen y yo hablamos sobre toda clase de opciones profesionales, pero en última instancia me di cuenta de que echaba de menos la práctica de la medicina. Contacté con la Universidad Johns Hopkins y solicité otro puesto como médico residente. Esta vez en psiquiatría. Creo que Bowen se sintió halagado por ello. En resumen, conseguí mover palancas, quizás porque ya me conocían allí, o tal vez porque era un veterano discapacitado, y se hizo una excepción. Fui aceptado como residente de psiquiatría, para empezar en julio. No mucho después de haber recibido la enhorabuena de la Johns Hopkins, me llegó la noticia de que mi abuelo había tenido una apoplejía. Había sucedido en Easley, Carolina del Sur, una ciudad que nunca le había oído mencionar. Se me instó a acudir al hospital urgentemente, ya que no le quedaba demasiado tiempo.

No podía dilucidar por qué se encontraba allí. Por lo que yo sabía, no había salido de New Bern en años. Para cuando llegué al hospital apenas podía hablar; apenas podía decir con dificultad una sola palabra. Y casi no se le entendía. Me dijo cosas extrañas, que me dolieron aunque ni siquiera tenían sentido, pero no pude evitar sentir que intentaba comunicarme algo importante antes de que, finalmente, falleciera.

Puesto que era la única familia que le quedaba, me tocaba a mí organizar el funeral. Estaba seguro de que quería que le enterraran en New Bern. Hice que le llevaran a su ciudad natal, contraté un pequeño servicio funerario, al que asistieron muchas más personas de las que imaginaba, y pasé mucho tiempo en su casa, deambulando por la propiedad y batallando con mi pena y la culpa. Como mis padres estaban muy ocupados con sus propias vidas, había pasado la mayoría de los veranos en New Bern, y echaba tanto de menos a mi abuelo que sentía un dolor punzante, como si me atravesara un tornillo. Era una persona divertida, amable y sabia, y siempre me hacía sentir más mayor y más listo de lo que era en realidad. Cuando tenía ocho años, me dejaba dar una calada de su pipa de mazorca de maíz; me enseñó la pesca con mosca, y me dejaba ayudarle cuando arreglaba algún motor. Me enseñó todo lo que había que saber sobre abejas y apicultura y, cuando era adolescente, me dijo que algún día conocería a una mujer que cambiaría mi vida para siempre. Cuando le pregunté cómo podría saber si era la mujer adecuada, me hizo un guiño y me dijo que si no estaba seguro, sería mejor seguir buscando.

Con todo lo sucedido desde Kandahar, por alguna razón no había encontrado el momento de visitarle en los últimos años. Sabía que estaba preocupado por mi estado de salud, pero yo no deseaba compartir con él los demonios con los que me estaba enfrentando. Diablos, ya era lo bastante duro hablar de mi vida con el doctor Bowen y, aunque sabía que mi abuelo no me juzgaría, me pareció más fácil mantener cierta distancia. Me sentí destrozado cuando la muerte se lo llevó antes de que tuviera la oportunidad de volver a conectar realmente con él. Para colmo, un abogado local se puso en contacto conmigo justo después del funeral para comunicarme que había heredado la propiedad de mi abuelo, así que de pronto era el dueño de la misma casa en la que había pasado tantos veranos en mis años de formación de la infancia. En las semanas posteriores al funeral, pasé mucho tiempo reflexionando sobre todo lo que no había podido decirle al hombre que me había querido de forma tan incondicional.

Mi mente seguía dándoles vueltas a las extrañas palabras que me dijo mi abuelo en su lecho de muerte, y también me intrigaba por qué se encontraba en Easley, Carolina del Sur. ¿Era por algo relacionado con las abejas? ¿Estaba visitando a algún viejo amigo? ¿Salía con alguna mujer? Estas preguntas no dejaban de inquietarme. Hablé con el doctor Bowen sobre ello, y me propuso que intentara encontrar respuestas. Las vacaciones pasaron rápidamente, y con el inicio del nuevo año dejé mi apartamento en manos de un agente inmobiliario, convencido de que tardaría unos cuantos meses en venderse. Quién lo iba a decir: en cuestión de días me hicieron una oferta, y el trato se cerró en febrero. Puesto que debía trasladarme en breve a Baltimore para realizar mi residencia, no tenía sentido buscar un piso de alquiler para el breve intervalo. Pensé en la casa de mi abuelo en New Bern y me dije: ¿por qué no?

Me iría de Pensacola, y tal vez podría arreglar la propiedad para venderla. Con un poco de suerte incluso podría descubrir por qué mi abuelo estaba en Easley, y qué demonios había intentado decirme.

Razón por la cual ahora me encuentro aquí esparciendo bolas de naftalina alrededor de esta desvencijada cabaña.

En realidad, no era limonada lo que tenía en el porche trasero. Así es como mi abuelo solía referirse a la cerveza y, cuando era pequeño, una de las grandes emociones de mi vida infantil era ir a buscarle una limonada de la nevera. Curiosamente, la botella siempre tenía la etiqueta Budweiser.

Yo prefiero Yuengling, de la cervecería más antigua de Estados Unidos. Cuando fui a la Academia Naval, un estudiante de último curso llamado Ray Kowalski me enseñó a apreciarla. Era de Pottsville, Pensilvania, sede de la cervecería Yuengling, y me convenció de que no había cerveza mejor. Resultaba interesante que Ray fuera, además, hijo de un minero, y lo último que supe de él era que estaba prestando servicio en el USS Hawái, un submarino nuclear. Supongo que aprendió de su padre que la luz del sol y el aire fresco están sobrevalorados a la hora de trabajar.

Me pregunto qué pensarían mis padres de mi vida en estos días. Después de todo, no he trabajado en más de dos años. Estoy bastante seguro de que mi padre estaría horrorizado; era la clase de persona que me hacía sentarme para darme un sermón si no sacaba un excelente en un examen, y mostró su decepción cuando elegí la Academia Naval por delante de Georgetown, su universidad, o Yale, donde recibió su título en Derecho. Se levantaba a las cinco de la mañana cada día de la semana, leía el *Washington Post* y el *New York Times* mientras se tomaba el café, luego iba a Washington D. C., donde trabajaba como asesor experto en *lobbies* para la empresa o grupo industrial de turno que le hubiera contratado. Tenía una mente aguda y era un negociador agresivo que se desvivía para conseguir cerrar un trato y podía citar largas secciones del Código Fiscal de memoria. Era uno de los seis socios que supervisaban a más de un centenar de abogados, y las paredes estaban decoradas con fotos de él mismo acompañado de tres presidentes distintos, media docena de senadores, y demasiados congresistas como para poder contarlos.

Mi padre no se limitaba a trabajar; su *hobby* era su trabajo. Pasaba setenta horas a la semana en la oficina y el fin de semana se dedicaba a jugar al golf con clientes y políticos. Una vez al mes daba una fiesta cóctel en casa, con más clientes y políticos. De noche solía recluirse en su despacho, donde siempre había que hacer una llamada urgente, escribir una carta, trazar un plan. La idea de ir a relajarse al porche y tomar una cerveza a media tarde le habría parecido absurda, algo propio de un gandul, pero no de un *Benson*. No había nada peor que ser un holgazán, en opinión de mi padre.

Aunque no era cariñoso, no era mal padre. Para ser sinceros, mi madre tampoco era exactamente la típica mujer que se pasaba el día cocinando y participaba activamente en la asociación de padres. Era una neurocirujana formada en la Johns Hopkins que a menudo estaba de guardia, y coincidía con mi padre en su capacidad y pasión por el trabajo. Mi abuelo siempre decía que ella había salido así de fábrica, y prefería ocultar sus orígenes pueblerinos y el hecho de que ninguno de sus progenitores había ido a la universidad. Pero nunca dudé de su amor o del de mi padre, aunque cenáramos cada día comida precocinada y yo hubiera asistido a más cócteles que a acampadas familiares en mi adolescencia.

En cualquier caso, mi familia apenas llamaba la atención en Alexandria. Los padres de todos mis compañeros de la escuela privada de élite eran prósperos y poderosos, y la cultura de la excelencia y el éxito profesional calaba en los niños. La norma era sacar notas excelentes, pero ni siquiera eso bastaba. Se esperaba que los niños también destacaran en deporte o música, o ambos, además de gozar de popularidad. Admito que me dejé llevar por todo aquello; cuando estaba en el instituto, sentía la necesidad de ser... igual que ellos. Salía con chicas populares, fui el segundo en notas de la clase, participé en campeonatos estatales en los últimos años, y era un pianista competente. En la Academia Naval jugué en el equipo de fútbol durante los cuatro años, me especialicé en Química y Matemáticas, y en las pruebas de acceso a la universidad saqué la nota suficiente como para entrar en la Johns Hopkins de Medicina, lo que hizo que mi madre se sintiera orgullosa.

Lamentablemente, mis padres no vinieron a ver cómo recibía mi diploma. No me gustaba pensar en el accidente, ni me gusta contar a otras personas lo que pasó. La mayoría de la gente no sabe qué decir, la conversación flaquea, y suelo sentirme peor que si no hubiera comentado nada.

Pero a veces me he preguntado si, tal vez, simplemente no he explicado mi historia a la persona adecuada, o si esa persona siquiera existe. Alguien debería poder empatizar, ¿no? Sin embargo, puedo decir que he llegado a aceptar que la vida nunca resulta como uno esperaba.

2

Soy consciente de que algunos se preguntarán cómo es posible que un tipo que desde hace dos años y medio se consideraba un caso perdido, mental y emocionalmente, pudiera siquiera plantearse ejercer como psiquiatra. ¿Cómo se puede ayudar a alguien si ese alguien apenas ha resuelto su propia vida?

Buena pregunta. En cuanto a la respuesta... Maldición, no lo sé. Quizás nunca sea capaz de ayudar a nadie. Pero sí era consciente en aquel momento de que mis opciones estaban un tanto limitadas. Cualquier opción relacionada con la cirugía quedaba descartada, teniendo en cuenta la ceguera parcial, los dedos que perdí y todo lo demás, y no me interesaba ser médico de cabecera ni tampoco la medicina interna.

Pero mentiría si dijera que no echaba de menos mi carrera como cirujano. Echaba de menos la aspereza de mis manos tras lavarlas, el ruido de los guantes al ponérmelos; me encantaba reparar huesos, ligamentos y tendones, y la sensación de que siempre sabía exactamente lo que hacía. Había un niño en Kandahar de unos doce años que se había destrozado la rótula al caer de un tejado hacía un par de años, y los médicos locales habían hecho tal chapuza que apenas podía caminar. Tuve que reconstruir la rodilla de cero y, seis meses después, cuando volvió a la consulta para hacerse un chequeo, vino corriendo hacia mí. Me encantó la sensación (el hecho de haberle curado para que llevara una vida normal), y me preguntaba si la psiquiatría podría ofrecerme ese mismo grado de satisfacción.

En realidad, ¿quién está realmente curado cuando se trata de la salud mental o emocional? La vida da giros y vueltas radicales, y las esperanzas y los sueños cambian cuando la gente empieza una etapa nueva de su vida. Ayer, por Skype, el doctor Bowen me recordó (hablamos cada lunes) que todos somos obras en continuo proceso.

Estaba cavilando sobre todo ello ante la barbacoa aquella tarde, con la radio sonando de fondo. El sol se estaba poniendo, iluminando el cielo como un caleidoscopio, mientras les daba la vuelta a los solomillos que había comprado en la carnicería Village Butcher, en el extremo más alejado del pueblo. En la cocina había dejado preparada una ensalada y unas patatas al horno, pero aunque parezca que soy una especie de chef, no lo soy. Tengo un paladar simple y me defiendo con la parrilla, eso es todo. Desde que me mudé a New Bern, he ido echando carbón a la vieja barbacoa Weber de mi abuelo tres o cuatro veces por semana, hasta que las brasas se vuelven incandescentes. Eso me pone nostálgico y me hace recordar todos los veranos de mi infancia, cuando mi abuelo y yo hacíamos la cena en la barbacoa casi cada noche.

Cuando el solomillo estuvo listo, lo puse en el plato y me senté en la mesa del porche de atrás. Ya había oscurecido, las luces de la casa resplandecían desde el interior, y la luna se reflejaba en las aguas tranquilas del Brices Creek. La carne quedó perfecta, pero las patatas al horno se habían enfriado un poco. Las hubiese puesto un rato en el microondas, si no fuera porque no tenía ninguno en la cocina. Aunque la casa estaba ahora habitable, todavía no había decidido si renovar la cocina, poner el tejado nuevo, sellar las ventanas, o si debía arreglar siquiera la inclinación del suelo de la cocina. Si al final decidía vender la propiedad, suponía que quienquiera que la comprara tiraría la casa abajo, para construir una a su gusto. No hacía falta ser un as en materia inmobiliaria para saber que el valor de la propiedad estaba en el solar, no en la estructura construida.

Tras acabar la cena llevé el plato al interior y lo dejé en el fregadero. Abrí una cerveza y regresé al porche para leer un rato. Tenía un montón de libros de texto y de psiquiatría que quería acabar de examinar con detenimiento antes de mudarme a Baltimore, sobre temas varios, que iban desde psicofármacos a los efectos beneficiosos y las desventajas de la hipnosis. Cuanto más leía, mayor era la sensación de que tenía mucho que aprender. Debo admitir que mi capacidad para el estudio estaba un tanto oxidada; a veces tenía la impresión de ser un perro viejo enfrentándose a nuevos trucos. Cuando se lo comenté al doctor Bowen, básicamente me dijo que dejara de lloriquear. O por lo menos así es como lo interpreté.

Me acomodé en la mecedora, encendí la lámpara, y justo acababa de empezar a leer cuando me pareció escuchar una voz que gritaba desde el otro lado de la casa. Bajé el volumen de la radio, esperé un segundo, y volví a escuchar la voz.

—¿Hola?

Me puse en pie, cogí la cerveza en la mano y fui hacia la barandilla del porche. Respondí a la llamada mientras escrutaba la oscuridad.

—¿Hay alguien ahí?

Enseguida apareció bajo la luz una mujer en uniforme. Más concretamente, el uniforme de ayudante del *sheriff*. La visión me pilló desprevenido. Mi experiencia con las fuerzas de la ley hasta ese momento se limitaba a las patrullas de carretera, que en dos ocasiones me habían parado por exceso de velocidad cuando era joven. Aunque les había hablado con educación y arrepentimiento, en ambos casos me pusieron una multa, y desde entonces tratar con los agentes del orden siempre me ponía nervioso. Aunque no hubiera hecho nada malo.

No dije nada; estaba demasiado ocupado intentando dilucidar por qué la ayudante del *sheriff* me hacía una visita, mientras otra parte de mi cerebro iba procesando el hecho de que el oficial uniformado era una mujer. Aunque pueda parecer sexista, en mi defensa debo decir que no había interactuado con demasiadas mujeres policías, especialmente en el sur.

—Perdone por haber dado la vuelta a la casa —respondió finalmente—. He llamado a la puerta, pero supongo que no me ha oído. —Su actitud era amistosa, pero profesional—. Soy de la oficina del *sheriff*.

—¿Puedo ayudarla?

Miró de reojo la barbacoa, y luego se volvió hacia mí.

—Espero no haber interrumpido su cena.

—Para nada. —Negué con la cabeza—. Estaba a punto de terminar.

—Ah, bien. De nuevo le pido que me disculpe por la intromisión, señor...

—Benson —contesté—. Trevor Benson.

—He venido simplemente para preguntarle si reside legalmente en esta propiedad.

Asentí, aunque estaba un poco sorprendido por el modo de expresarse.

—Supongo que sí. Solía ser de mi abuelo, pero ha fallecido y me la ha dejado a mí.

—¿Se refiere a Carl?

—¿Le conocía?

—Un poco. Le acompaño en el sentimiento. Era un buen hombre.

—Sí que lo era. Lo siento, pero no he escuchado su nombre.

—Masterson —contestó—. Natalie Masterson. —Guardó silencio, y tuve la sensación de que me estaba examinando—. ¿Ha dicho que Carl era su abuelo?

—Por parte de mi madre.

—Creo que me habló de usted. Es cirujano, ¿verdad? ¿En la Marina?

—Lo era, ya no —vacilé—. Lo siento, pero sigo sin saber exactamente por qué ha venido.

—Ah, sí. —Señaló la casa—. Estaba acabando el turno, pero pasaba por aquí. Vi las luces encendidas y pensé que sería mejor echar un vistazo.

—¿No está permitido encender las luces?

—No, no es eso. —Sonrió—. Resulta obvio que todo está bien y no debía haberle molestado. Es solo que hace un par de meses, tras la muerte de su abuelo, nos informaron de que se habían visto luces en las ventanas. Sabía que la casa debía estar vacía, así que me pasé para comprobarlo. Y aunque no podía estar segura, tuve la impresión de que alguien había estado aquí. No vi ningún daño excepto por la puerta de atrás, pero eso, sumado a las luces que se habían visto encendidas, me hizo pensar que debía vigilar el lugar. Por eso me propuse pasarme de vez en cuando, simplemente para asegurarme de que no había nadie que no debiera estar aquí. Vagabundos, okupas, adolescentes que usan la casa para hacer fiestas, drogadictos trabajando en un laboratorio de metanfetamina. Hay muchas opciones.

—¿Hay muchos casos por aquí?

—No más que en otros lugares, supongo. Pero los suficientes como para mantenernos ocupados.

—Solo para su información, no tomo drogas.

La agente señaló la botella que tenía en la mano.

—El alcohol es una droga.

—¿Incluida la cerveza?

Cuando la vi sonreír, imaginé que tenía unos cuantos años menos que yo; llevaba su melena rubia recogida en un moño informal y sus ojos eran de color aguamarina, tan intenso que parecía que se podían embotellar y vender como elixir bucal. No hacía falta decir que era una mujer atractiva, y lo mejor era que no llevaba anillo de casada.

—Sin comentarios —dijo finalmente.

—¿Quiere pasar y comprobar que todo está bien?

—No, ya está todo arreglado, me alegro de no tener que preocuparme más. Me gustaba Carl. Cuando iba a vender miel al mercado agrícola solíamos hablar un rato.

Recuerdo haber acompañado a mi abuelo en el puesto al lado de la carretera cada sábado durante mis visitas, pero no me acordaba de ningún mercado agrícola. Pero ahora New Bern tenía muchas más cosas que antes: restaurantes, tiendas, negocios, aunque en el fondo seguía siendo un pueblo. Alexandria era solo una de tantas urbanizaciones de la zona de Washington D.C. y contaba con una población superior en cinco o seis veces. Imaginé que incluso allí muchos se girarían al ver pasar a Natalie Masterson.

—¿Qué puede decirme del supuesto okupa? —pregunté.

No me importaba realmente el okupa, pero por alguna razón no tenía ganas de que se fuera.

—No mucho más de lo que ya le he dicho —dijo.

—¿Podría hablarme por el otro lado? —le pedí, mientras señalaba mi oreja—. Es para poder oírla mejor. Estuve en un ataque con mortero en Afganistán.

Aunque lo cierto es que la oía perfectamente; el interior del oído no quedó dañado en la explosión, a pesar de que la parte externa hubiera sido arrancada de mi cabeza. Es solo que no puedo evitar sacar la tarjeta de la compasión cuando la necesito. Regresé hacia la mecedora, con la esperanza de que no se estuviera preguntando por qué minutos antes parecía ser capaz de oírla sin problemas. Bajo la luz del porche, vi cómo observaba mi cicatriz antes de que por fin empezara a subir las escaleras. Cuando llegó a la otra mecedora, la movió en mi dirección deslizándola al mismo tiempo hacia atrás.

—Gracias por tomarse la molestia —dije.

Sonrió, no de forma exagerada, pero sí lo suficiente como para que me diese cuenta de que albergaba sospechas sobre mi capacidad de audición y seguía debatiéndose entre quedarse o no. Era, además, una sonrisa lo suficientemente amplia como para ver sus perfectos dientes blancos.

—Como iba diciendo...

—¿Está cómoda? —pregunté—. ¿Puedo ofrecerle algo para beber?

—Estoy bien, gracias. Pero todavía de servicio, señor Benson.

—Llámeme Trevor. Le ruego que empiece desde el principio.

Suspiró, y habría jurado que alzó los ojos al cielo con paciencia.

—Hubo una serie de tormentas eléctricas el pasado mes de noviembre, después de que Carl falleciera, con muchos rayos, y en el parque de caravanas uno de los tráileres se incendió. Los bomberos acudieron, y yo también estuve allí. Poco después de que el incendio quedase extinguido, uno de sus habitantes mencionó que le gustaba ir a cazar al otro lado del arroyo. Era una charla sin importancia, ya sabe.

Asentí y me acordé de la carcasa derretida que vi en mi primera semana en la propiedad.

—De todos modos, me lo encontré un par de semanas después, y mencionó que había visto luces en las ventanas de la casa de su abuelo, no solo una vez, sino unas cuantas. Como una vela que fuera pasando de una estancia a otra. Las había visto de lejos, y yo me pregunté si no habría sido su imaginación, pero como seguía pasando y él sabía que Carl había muerto, pensó que debía comentármelo.

—¿Cuándo fue eso?

—El pasado diciembre, tal vez a mitad de mes. Hizo mucho frío durante un par de semanas, por lo que no me sorprende que alguien entrara simplemente para no congelarse. Cuando volví a pasar por aquí, me detuve y vi que la puerta trasera estaba rota y el pomo casi se había desprendido. Entré para echar un rápido vistazo, pero no había nadie. Aparte de la puerta rota, no pude encontrar indicios de que alguien hubiera estado aquí. No había basura, las camas estaban hechas; por lo que podía saber, no faltaba nada. Pero…

Hizo una pausa, frunciendo el ceño al recordar. Di un sorbo a mi cerveza, esperando que siguiera hablando.

—Había un par de velas usadas con la mecha negra sobre la encimera, además de una caja medio vacía con más velas. También advertí que alguien había quitado el polvo de la mesa de la cocina, como si hubiera estado comiendo en ella. También parecía que alguien había estado usando uno de los sillones reclinables del salón, porque la mesa contigua estaba despejada y era el único mueble que no tenía polvo. No podía demostrar nada, pero por si acaso cogí unos tablones del granero para bloquear la puerta de atrás.

—Gracias por ocuparse de ello —dije.

A pesar de que hizo un gesto de asentimiento, intuí que había algo en aquellos recuerdos que seguía molestándola. Continuó.

—¿Advirtió si faltaba algo cuando se mudó?

Reflexioné brevemente antes de negar con un movimiento de cabeza.

—Que yo sepa no. Con excepción del funeral en octubre, hacía unos cuantos años que no venía. Y esa semana está un poco borrosa en mi memoria.

—¿Estaba intacta la puerta trasera?

—Entré por la delantera, pero estoy seguro de que comprobé

33

todas las cerraduras cuando me fui. Creo que me habría dado cuenta si hubiera estado dañada. Sé que pasé algunos ratos en el porche trasero.

—¿Cuándo se ha mudado?

—A finales de febrero.

Analizó la información, mientras sus ojos miraban de reojo la puerta.

—Cree que alguien entró, ¿verdad? —pregunté finalmente.

—No lo sé —admitió—. Normalmente, cuando eso sucede suele haber cosas destrozadas y basura por todas partes, botellas, envoltorios de comida, restos. Y los vagabundos no suelen hacer la cama antes de irse. —Dio unos golpecitos con los dedos en la mecedora—. ¿Está seguro de que no faltaba nada? ¿Armas? ¿Electrodomésticos? ¿Tenía su abuelo dinero en efectivo en la casa?

—Mi abuelo, que yo sepa, no tenía demasiados aparatos electrónicos ni dinero. Y su arma estaba en el armario cuando llegué. Sigue aquí, por cierto. Es un rifle pequeño, para mantener a raya a las alimañas.

—Eso resulta todavía más extraño, porque normalmente las armas son lo primero que suelen llevarse.

—¿Y qué supone que pasó?

—No lo sé —contestó—. Puede ser que no viniera nadie o que la visita en cuestión fuese la del vagabundo más limpio y honesto de la historia.

—¿Debería preocuparme?

—¿Ha oído o visto a alguien merodeando por la propiedad desde que se mudó?

—No. Y me despierto a menudo por las noches.

—¿Insomnio?

—Un poco. Pero va mejorando.

—Bien —comentó únicamente. Se alisó los pantalones del uniforme—. Ya le he robado demasiado tiempo. Eso es todo lo que puedo decirle.

—Le agradezco que haya pasado por aquí y me haya explicado todo esto. Y que arreglase la puerta de atrás.

—No fue un arreglo realmente.

—Pero hizo su función —repuse—. Los tablones seguían ahí cuando llegué. ¿Cuándo se acaba su turno?

Echó un vistazo al reloj.

—En realidad, aunque no lo crea, ya he terminado.

—Entonces, ¿seguro que no quiere tomar algo?

—No creo que sea buena idea. Todavía tengo que conducir hasta casa.

—Tiene razón —admití—, pero antes de irse, y puesto que ya no está de servicio y yo soy nuevo en el pueblo, dígame qué debo saber del New Bern actual. Hace mucho que no me paso por aquí.

Hizo una pausa y arqueó una ceja.

—¿Por qué debería hacerlo?

—¿No se supone que debe proteger y servir a los ciudadanos? Tómeselo como la parte de servicio. Como arreglar la puerta. —Intenté esgrimir mi más encantadora sonrisa.

—No creo que ser un comité de bienvenida forme parte de la descripción de mi trabajo —dijo inexpresiva.

«Tal vez no, pero todavía no te has ido», pensé.

—De acuerdo —contesté—. Dígame qué la llevó a convertirse en *sheriff*.

Al oír la pregunta, se giró para mirarme. Quizás realmente por primera vez, y de nuevo me sentí embelesado por el color de sus ojos. Eran como las aguas del Caribe en una revista de viajes de lujo.

—No soy el *sheriff*. Ese es un puesto electo. Soy una agente.

—¿Está esquivando mi pregunta?

—Me estoy preguntando por qué desea saberlo.

—Soy una persona curiosa. Y, puesto que me ha ayudado, siento que, como mínimo, debería saber algo de la persona que lo hizo.

—¿Por qué tengo la sensación de que tiene otros motivos?

«Porque no solo eres guapa, sino, obviamente, también inteligente», pensé. Me encogí de hombros, fingiendo inocencia.

Me examinó antes de responder finalmente.

—¿Por qué no me habla primero de usted?

—Me parece justo. Pregunte con libertad.

35

—Entiendo que el ataque con mortero es la razón por la que ya no sigue en la Marina, ni trabaja como médico, ¿no?

—En efecto —contesté—. El mortero me alcanzó justo cuando salía del hospital en el que trabajaba. Un buen disparo. Aunque para mí bastante desafortunado. Tuve lesiones bastante graves. Al final, la Marina me dio la discapacidad y me dejaron ir.

—Un duro golpe.

—Sí, lo fue —admití.

—¿Y ahora por qué está en New Bern?

—Es solo temporal —respondí—. Me mudo a Baltimore este verano. Empiezo como médico residente en psiquiatría.

—¿De veras? —preguntó.

—¿Acaso hay algo malo en la psiquiatría?

—En absoluto. Es solo que no me esperaba esa respuesta.

—Soy bueno escuchando a la gente.

—No me refiero a eso —dijo—. Seguro que es así. Pero ¿por qué psiquiatría?

36

—Quiero trabajar con veteranos con trastorno por estrés postraumático —expliqué—. Creo que en esta época hay necesidad de médicos especializados en eso, sobre todo cuando tenemos soldados y marines en rotaciones de cuatro o cinco destinos. Es posible que sufran esos trastornos cuando regresen.

Parecía que trataba de leer mis pensamientos.

—¿Es lo que le pasó a usted?

—Sí.

Vaciló un momento y tuve la impresión de que seguía mirándome, viéndome de veras.

—¿Lo pasó mal?

—Sin duda —respondí—. Fue terrible. Y lo sigue siendo, de vez en cuando. Pero probablemente es mejor que le cuente toda la historia en otro momento.

—Me parece bien —concedió—. Pero ahora que lo sé, admito que me he equivocado al cuestionar su decisión. Parece que eso es exactamente lo que debería hacer. ¿Cuánto dura la residencia en psiquiatría?

—Cinco años.

—He oído decir que las residencias son duras.

—No es peor que ser arrastrado por un coche por una autopista. Por primera vez, se rio.

—Estoy segura de que le irá bien. Pero espero que encuentre algún rato para disfrutar de nuestro pueblo mientras esté aquí. Es un lugar precioso para vivir, con muy buena gente.

—¿Se ha criado en New Bern?

—No —respondió—. Crecí en un pueblecito.

—Es curioso.

—Pero cierto —comentó—. ¿Puedo preguntarle qué piensa hacer con la propiedad? ¿Cuando se vaya?

—¿Por qué? ¿Está interesada en comprar?

—No —dijo—. Y dudo mucho que pudiera permitírmelo.

—Preferiría que nos tuteásemos…

—De acuerdo. —Se apartó un mechón de pelo de los ojos—. ¿De dónde eres, por cierto? Hazme un resumen de quién eres.

Encantado de que mostrara interés, le hice un breve resumen: mi juventud en Alexandria, mis padres, mis habituales visitas en verano a New Bern cuando era joven; el instituto, la universidad, la Facultad de Medicina y la residencia. Mi época en la Marina. Todo ello con un toque de moderada hipérbole, típica de los hombres que intentan impresionar a una mujer atractiva. Contrajo las cejas un par de veces mientras escuchaba, pero no podría decir si estaba fascinada o le parecía divertido.

—Así que eres un chico de ciudad.

—Siento discrepar —protesté—, pero soy de una urbanización.

Las comisuras de sus labios se curvaron en una especie de sonrisa, pero no pude dilucidar el motivo.

—Lo que no entiendo es por qué fuiste a la Academia Naval. Me refiero a que eras un estudiante realmente brillante, y a que te aceptaron en Yale y Georgetown.

«¿Brillante? ¿Había usado yo mismo esa palabra para describirme?», intenté recordar.

—Quería demostrarme que podía salir adelante sin ayuda de mis padres, sobre todo desde el punto de vista económico.

37

—Pero ¿no dijiste que eran ricos?

«Ah, sí, recuerdo vagamente haber dicho eso también», pensé.

—Debería haber dicho que éramos una familia acomodada.

—Entonces, ¿era una cuestión de amor propio?

—Y de servir a mi país.

Asintió con un leve movimiento, sin dejar de mirarme a los ojos.

—Interesante. —Casi como una acotación, añadió—: Hay muchos militares en servicio activo por la zona, como seguramente ya sabrás. Cherry Point, Camp Lejeune…, muchos de ellos han estado destinados a Irak y Afganistán.

Asentí.

—Cuando me destinaron al extranjero, trabajé con médicos y enfermeras de todo el país, de toda clase de especialidades, y aprendí muchísimo de ellos. Por lo menos mientras duró. También hicimos muchas cosas buenas. La mayoría de nuestro trabajo estaba enfocado a la población local. Muchos nunca habían sido visitados por un médico antes de que nuestro hospital abriera.

Parecía estar reflexionando sobre mis palabras. Un coro de grillos llenó el silencio antes de que ella volviera a hablar.

—No sé si hubiera podido hacer algo semejante.

Ladeé la cabeza.

—No sé a qué te refieres.

—Experimentar los horrores de la guerra cada día. Y saber que ayudar a algunas personas está más allá de mi alcance. No creo que pudiera llevar bien algo así. No a largo plazo, eso seguro.

Mientras hablaba, tuve la impresión de que compartía algo personal, aunque ya había oído lo mismo de boca de otra gente en relación tanto con la guerra como con la medicina en general.

—Estoy seguro de que en tu carrera como agente de la autoridad también has visto cosas terribles.

—Así es.

—Y aun así, todavía sigues siéndolo.

—Sí —contestó—. A veces me pregunto cuánto tiempo podré seguir. En ciertas ocasiones me imagino que abro una floristería o algo así.

—¿Por qué no?

—¿Quién sabe? Tal vez lo haga algún día.

Guardó silencio de nuevo. Al percibir su distracción, rompí su ensoñación con un comentario desenfadado.

—Puesto que no me vas a hacer un informe de las novedades, por lo menos podrías decirme cuál es tu sitio favorito, ¿no?

—Mm... No salgo mucho —repuso—. Excepto al mercado agrícola, en el centro, los sábados por la mañana. Pero si intentas comprar miel de excelente calidad, probablemente no tendrás suerte.

—Estoy seguro de que todavía hay mucha miel de mi abuelo en la casa.

—¿No lo sabes?

—Hay algunos tarros en el armario, pero todavía no he ido al cobertizo. He estado demasiado ocupado arreglando cosas. Ya sabes, un palacio como este no aparece así, por casualidad.

Esta vez sonrió, aunque con cierta reticencia. Asintió mientras miraba el embarcadero.

—¿Ya has salido en el barco?

No había mencionado el barco todavía, pero bastaba decir que era un poco como la casa, solo que en peor estado. La denominación «barco» era un tanto generosa, ya que parecía más bien una letrina junto a dos tumbonas de vinilo, atornilladas a una plataforma flotante. Mi abuelo lo construyó con bidones de aceite viejos y maderos de varios tamaños, además de todo aquello que pudo encontrar, y siempre que no estaba ocupándose de las abejas se dedicaba a arreglarlo.

—Aún no. No estoy seguro de que el motor funcione siquiera.

—Sé que el verano pasado sí funcionaba, porque Carl me lo dijo. Es difícil pasarlo por alto, y a tu abuelo le encantaba salir con él. Todo el mundo le hace fotos.

—Es un poco estrambótico, ¿no crees?

—Pero le iba como anillo al dedo.

—Sí —admití—. Le pegaba.

Se puso en pie con un suspiro.

—Debería irme. Tengo cosas que hacer en casa. Ha sido un placer conocerte, señor Benson.

¿Señor Benson? Esperaba haber superado esas formalidades, pero supongo que no era así. Empezó a bajar los escalones, y llegó al último en el mismo instante en que mi cerebro finalmente volvió a activarse.

—No hace falta que des la vuelta a la casa. Puedes salir por la puerta delantera, si quieres.

—Gracias, pero prefiero volver sobre mis pasos. Que tengas muy buenas noches.

—Tú también. Ha sido un placer conocerte, Natalie.

Alzó una ceja antes de alejarse y, con un par de pasos, se desvaneció de mi vista. Tras unos instantes, oí cómo cerraba la puerta de su vehículo y arrancaba. Me quedé pensando en la fascinante Natalie Masterson. Cualquiera se daría cuenta de que era hermosa, pero lo que me pareció realmente interesante fue lo poco que me contó de sí misma.

Se dice que las mujeres son el género misterioso, y mi primera reacción cuando un tipo me dice que sabe cómo funcionan las mujeres, incluso ahora, es reírme. Estaba desconcertado por la conversación unilateral. Le había contado mucho de mí mismo, pero casi no sabía nada de ella.

Sin embargo, tenía la intuición de que volvería a verla, aunque solo fuera porque sabía dónde podía encontrarla.

3

$\mathcal{P}$or la mañana salí a correr, algo que no había hecho con continuidad desde que llegué al pueblo. Me decía a mí mismo que tenía cosas más importantes que hacer, como esparcir bolas de naftalina para ahuyentar a las serpientes, pero lo cierto es que no siempre disfruto haciendo deporte. Conozco perfectamente sus beneficios, por algo soy médico, pero, a menos que estuviera persiguiendo o regateando con una pelota de fútbol, correr siempre me había parecido una tontería.

Sin embargo, aquel día lo hice. Diez kilómetros a un ritmo constante; cuando acabé, hice cien flexiones y abdominales. Tras una rápida ducha y un tentempié, estaba listo para hacer frente a la nueva jornada. Por supuesto, como no tenía ninguna responsabilidad real, decidí dar un repaso a la casa para comprobar si faltaba algo. Una tarea casi imposible, ya que no sabía qué había en la vivienda cuando mi abuelo se fue, y ahora ya estaba todo casi limpio. En el armario vi el rifle y encontré los cartuchos; no había otras municiones, lo cual me hizo pensar que no había tenido ninguna otra arma. Pero en una caja bajo la cama de la habitación de invitados descubrí un fajo de billetes atado con una goma, debajo de un grueso sobre que contenía varios documentos y fotografías de mi abuela, además de la tarjeta de la seguridad social, informes médicos relativos a su epilepsia, y cosas por el estilo. No era mucho dinero, tal vez daría para un par de cenas en un sitio elegante, pero era suficiente como para tentar a cualquiera que quisiera drogarse o emborracharse. Si alguien hubiera entrado allí, ¿acaso no lo habría robado? Lo cual significaba que probablemente nadie había estado viviendo allí.

«Y sin embargo la puerta fue forzada...», pensé para mí mismo.

Descarté el pensamiento con un movimiento de cabeza. Sea como fuera, incluso aunque alguien hubiera estado allí, ya se había ido hacía tiempo, así que me lo saqué de la cabeza y decidí dedicar un rato a los libros que todavía estaban en el porche trasero. Desgraciadamente, no eran exactamente lo que se dice apasionantes y, tras un par de horas, ya tenía suficiente. La parte positiva era que no aparecieron más serpientes, lo cual me hizo preguntarme si Callie sabía de qué hablaba.

Admito que mi mente, de vez en cuando, divagaba hasta dar con la encantadora Natalie Masterson. Era un enigma, y seguía visualizando la expresión divertida que vi en sus ojos mientras le contaba mi historia ligeramente embellecida. Pero al pensar en nuestra conversación, me acordé de las abejas y del bote, lo cual hizo que mis pensamientos divagaran hasta llegar a mi abuelo, y trajeran a mi mente mi última visita a la casa. En esa época, ya había acabado mi formación de médico residente, y mientras otros se dirigían al Caribe o a Cancún para tomarse un merecido descanso, yo conducía de Baltimore a New Bern, buscando el amor fiel y el bienestar que siempre había disfrutado allí de niño. Mi abuelo era muy suyo (su barco era un buen ejemplo de su extravagancia), pero tenía un corazón sin límites para las almas sin cobijo. Era la clase de persona que daba de comer a quienquiera que pasara por su propiedad; había dispuesto una hilera de tazones cerca del granero, y varios perros venidos de dios sabe dónde empezaron a acudir regularmente. Les ponía nombres de coches... De niño, jugaba a lanzar la pelota con perros llamados Cadillac, Edsel, o Ford, Chevy y Pinto. Curiosamente a uno de ellos le bautizó con la marca de autocaravanas Winnebago; era uno pequeño, una especie de terrier, y cuando le pregunté por qué, me hizo un guiño y declaró: «¡Es que no has visto su tamaño!».

En su vida laboral, había sido empleado del aserradero, convirtiendo los troncos en tablones útiles. Al igual que yo, acabó su vida con menos dedos de lo normal; pero eso no hizo que tuviera que dejar su oficio. Solía decirme que si un hombre no había perdido un

42

dedo en el trabajo, es que no se trataba de un verdadero trabajo, por lo que resulta bastante sorprendente que fuese él quien criase a mi madre, la mujer más sofisticada, ambiciosa y cerebral que se pueda imaginar. Cuando era más joven solía pensar que mi madre era adoptada, pero con la madurez llegué a reconocer que compartían un optimismo innato y un sentido de la moralidad que impregnaba todo lo que hacían.

Mi abuelo lo pasó mal cuando mi abuela murió. No la recuerdo, puesto que la única vez que estuve con ella era un bebé con pañales. Pero sí recuerdo que mi madre insistía en que era importante ir a visitarle, para que no estuviera siempre solo. Para mi abuelo solo hubo una mujer; la había amado por y para siempre, hasta que un ataque epiléptico se la llevó. Todavía hay una fotografía de ella en la pared del dormitorio, y después de mudarme no podía imaginarme retirándola, aunque nunca la hubiera conocido realmente. El hecho de que fuera la Estrella Polar de mi abuelo era razón más que suficiente para dejarla exactamente donde estaba.

Ahora, sin embargo, estar en aquella casa hacía que me sintiese extraño. Me parecía vacía sin mi abuelo, y vagar por el granero solo acentuaba aún más el sentimiento de pérdida. Su interior estaba igual de atestado que la casa que había heredado, no solo con bolas de naftalina y un amplio surtido de herramientas, sino que también podía encontrarse un viejo tractor, muchas piezas de motores, sacos de arena, picos, palas, una bicicleta oxidada, un casco del ejército, un catre y una manta que parecían indicar que alguien había dormido en ellos, además de incontables remanentes de toda una vida coleccionando cosas. A veces me preguntaba si mi abuelo había tirado algo alguna vez, pero tras un examen más minucioso me di cuenta de que no había desperdicios, revistas viejas, diarios o escombros que debieran estar en el cubo de basura; solo había objetos que mi abuelo consideraba que algún día podría necesitar para el proyecto de turno en el que estuviera trabajando.

La noche que recibí la llamada del hospital no estaba haciendo nada en especial. No había razón alguna por la que no hubiera podido visitarle aquella misma semana, o un mes antes, o incluso hacía un año. Ni siquiera cuando me encontraba en mi peor momen-

43

to. Mi abuelo nunca había sido una persona de las que juzgan a los demás, menos aún cuando se trataba de los efectos que la guerra hubiera podido tener en cualquiera. A los veinte años le habían enviado al norte de África; en los años posteriores había estado en el frente en Italia, Francia y en Alemania. Le habían herido en la batalla de las Ardenas, y no regresó a su unidad hasta poco después de que el ejército cruzara el Rin. Él no me había contado nada, nunca hablaba de la guerra. Mi madre sí me había comentado algo, y poco después de mudarme encontré los archivos del ejército, además de su Corazón Púrpura y varias medallas.

Según mi madre, empezó a interesarse por las abejas poco después de construir la casa. En aquella época había una granja en la carretera en la que había trabajado mi abuelo antes de conseguir trabajo en el aserradero. El granjero tenía colmenas, pero no le gustaba ocuparse de ellas, y le asignó esa tarea a mi abuelo. Como no sabía nada de apicultura, consultó un libro de la biblioteca y el resto lo aprendió por su cuenta. A sus ojos, las abejas representaban una especie casi perfecta, y soltaba su perorata sobre el tema a cualquiera que quisiera escucharle.

Estoy seguro de que habría hecho lo mismo con los médicos y las enfermeras en el hospital de Easley si hubiera tenido la oportunidad. Pero no fue así. En cuanto recibí la llamada, reservé un vuelo a Greenville, Carolina del Sur, vía Charlotte. Allí alquilé un coche y tomé la autopista; a pesar de todo, llegué casi dieciocho horas después de haberme enterado de lo sucedido. Para cuando me avisaron, llevaba en la UCI más de tres días. Ese era el tiempo que habían tardado en averiguar mi nombre; la apoplejía primero le dejó inconsciente, y después en gran medida incapaz de hablar. Tenía paralizado el lado derecho, y el izquierdo no estaba mucho mejor. En cuanto entré en la UCI me fijé en los valores de los distintos monitores y, tras examinar su historial, supe que no le quedaba demasiado tiempo.

La cama parecía empequeñecerlo. Sé que es un cliché, algo que prácticamente siempre se dice en estas situaciones, pero en su caso era verdad. Había perdido mucho peso desde la última vez que le vi, y la inactiva expresión asimétrica de su rostro, incluso dormido, casi me rompe el corazón. Tomé asiento cerca del lecho y le cogí la mano; la sentí huesuda y frágil, como si fuera la de un pájaro, y se me hizo un nudo en la garganta. De pronto me odié a mí mismo por no haber llegado antes; por haber estado ausente tanto tiempo. Durante un largo intervalo, el único movimiento que pude percibir fue el de la fatigosa respiración que hacía subir y bajar su pecho.

Le hablé, aunque ni siquiera estaba seguro de que pudiera oírme. Bastante rato, si no recuerdo mal, como para compensar todos los años en los que había estado demasiado absorto en mis propias batallas como para poder visitarle. Le hablé de la explosión en Kandahar, y del trauma que experimenté posteriormente. Le hablé de Sandra, mi última novia, y de cuando rompimos. Le dije que estaba pensando empezar otra residencia. Y le agradecí, de nuevo, que simplemente hubiera estado allí, como mi familia real, aunque a veces yo lo hubiera dado por sentado, tanto antes como después de la muerte de mis padres.

Una de las enfermeras me informó de que desde su llegada lo único que había dicho era mi nombre y Pensacola, gracias a lo cual pudieron localizarme en última instancia. Me dijeron que había conseguido abrir los ojos y había intentado hablar ocasionalmente, aunque solo consiguió emitir sonidos ininteligibles con una voz áspera. En otras ocasiones, sin embargo, se les había quedado mirando fijamente, perplejo, como si no supiera dónde estaba o ni siquiera quién era.

Me sentía afligido y preocupado, pero también confuso. ¿Por qué estaba aquí, en Easley, Carolina del Sur? ¿Cómo había llegado hasta allí? En todos los años que le había conocido, nunca había viajado más al oeste de Raleigh, y solo había ido a Alexandria en una ocasión. Tras la guerra, y hasta hacía un par de días, estaba bastante seguro de que no había salido del condado en años. Pero Easley estaba muy lejos de New Bern. A seis o siete horas por la interestatal, tal vez algo más, según el tráfico. En ese momento, mi abuelo tenía noventa años; ¿adónde habría querido ir?

Habría supuesto que tenía alzhéimer, si no fuera porque en sus cartas parecía tan lúcido y reflexivo como de costumbre. Siempre había sido bueno escribiendo cartas y, aunque contesté en algunas ocasiones, solía acabar llamándole por teléfono tras recibir una de sus misivas. Me resultaba más fácil, y puedo ser un poco vago para ciertas cosas, como poner tinta sobre papel; no me siento orgulloso de ello, pero así soy. Al teléfono tenía la cabeza más clara que nunca. Por supuesto, notaba que era más viejo y que quizás le costaba un poco más encontrar las palabras que buscaba, pero en absoluto noté nada que indicase una demencia lo suficientemente severa como para impulsar un viaje a un lugar que nunca le había oído mencionar.

Pero al observarle mientras yacía inconsciente me pregunté si no me habría equivocado al valorarlo. Bajo la luz del atardecer, su piel adquirió una palidez grisácea; al ocaso, su respiración sonaba trabajosa. Aunque habían pasado las horas de visita, el personal del hospital no me echó de la habitación. No estoy seguro de la razón, tal vez porque soy médico, o porque se dieron cuenta de cuánto me importaba. Cuando cayó la noche, seguí allí sentado a su lado, cogiéndole la mano y hablando con él todo el tiempo.

46

Por la mañana estaba exhausto. Una de las enfermeras me trajo un café y me recordó que, por mucho que quisiera esforzarme por permanecer a su lado, hay gente buena en todas partes. El médico de mi abuelo pasó a verlo al hacer su ronda; por su expresión tras examinar a mi abuelo deduje que estaba pensando lo mismo que yo: ese amable anciano estaba adentrándose en la última fase de su vida. Quizás le quedaban horas de vida, tal vez un día, pero no mucho más.

Hacia el mediodía mi abuelo se movió un poco, con los ojos medio abiertos. Cuando intentó enfocar la vista, percibí la misma confusión que habían descrito las enfermeras, y me incliné aún más sobre el lecho, apretando su mano.

—Hola, abuelo, estoy aquí. ¿Puedes oírme?

Giró la cabeza todo lo que podía, solo un poco.

—Soy yo, Trevor. Estás en el hospital.

Parpadeó lentamente.

—Tre... vor...

—Sí, abuelo, soy yo. He venido en cuanto lo supe. ¿Adónde ibas?

Noté que me apretaba la mano.

—Ayuda... para que... cur... aren...

—Por supuesto —dije—. Te van a curar.

—Si... tú... puedes...

Cada palabra parecía un graznido entre respiraciones entrecortadas.

—Desmayo...

—Sí, abuelo. Tuviste un derrame. —Al decir esas palabras, me pregunté si había estado más enfermo de lo que imaginaba; en ese mismo instante, me acordé de que su mujer había tenido epilepsia.

—Enfermedad.

—Te pondrás bien —mentí—. Iremos a cuidar las abejas y saldremos en el bote, ¿sí? Solos tú y yo. Como en los viejos tiempos.

—Como... Rose...

«Tu preciosa novia», pensé. Volví a apretarle la mano, aborreciendo que estuviera tan confuso, que no supiera lo que le había pasado.

—Encuentra... familia...

No tuve las agallas de recordarle que su mujer y su hija habían muerto hacía mucho, y que yo era la única familia que le quedaba.

—Verás a Rose pronto —prometí—. Sé cuánto te quería. Y tú a ella. Te estará esperando.

—Ve... a... hel...

—Todo está bien, estoy aquí —repetí.

—Escapa...

—No voy a dejarte solo —respondí—. Me quedo contigo. Te quiero —dije, acercando su arrugada mano a mi cara. La expresión de su rostro se suavizó.

—Te... quiero...

Podía sentir cómo se me anegaban los ojos de lágrimas e intenté reprimirlas.

—Eres el mejor hombre que he conocido.

—Has... venido...

—Por supuesto que he venido.

—Ahora vete...

—No —respondí—. Me quedo aquí, contigo. Da igual cuánto tiempo, me quedo aquí.

47

—Por favor —susurró, y después sus ojos se cerraron. Eso fue lo último que me dijo. Menos de dos horas después dio su último aliento.

La noche que murió, despierto en la cama en un hotel cercano, reviví esos últimos momentos con mi abuelo. Estaba desconcertado por las cosas que me había dicho y, finalmente, me senté en la cama para escribirlas en el bloque de notas dispuesto al lado del teléfono, combinando algunas de las palabras en frases que pensé que les darían algún sentido.

Tre... vor... ayud... para que... cur... aren... si tú puedes... desmayo... enfermedad... como Rose... encuentra familia... ve a hel... escapa... te quiero... has venido... ahora vete... por favor

Había cierta incoherencia, disociación, pero por lo menos me había reconocido. Me dijo que me quería, y me sentía agradecido por ello. Le dije que me quedaría con él, y estaba contento por haberlo hecho. La mera idea de que hubiera podido morir sin compañía era suficiente para romperme el corazón.

Tras acabar de anotar aquellas palabras, doblé el papel y me lo metí en la cartera, mientras seguía reflexionando sobre ellas. De todo lo que había dicho, lo único que no podía entender era lo de «ve a hel».

Le aseguré que pronto volvería a ver a Rose, aunque mi abuelo nunca había sido especialmente religioso. No estaba seguro de sus creencias respecto a la vida después de la muerte, pero estaba contento de habérselo dicho. No sé si se lo creería o no, pero sí creo que es lo que deseaba oír.

Me levanté de mi asiento en el porche, y descendí los escalones para dirigirme al embarcadero. Al igual que el bote de mi abuelo, el embarcadero no era gran cosa, pero, de algún modo, había sobrevivido a innumerables huracanes desde su construcción. Al acercarme, vislumbré algunos viejos tablones secos y podridos, así que pisé cauteloso, con miedo de atravesarlos y caer al agua en cualquier momento. Pero la madera aguantó, y al final subí de un salto a la barcaza.

Solo mi abuelo habría podido construir semejante nave. La parte que recordaba por su forma a una letrina, y que mi abuelo llamaba «puente de mando», se encontraba cerca de la proa y contaba con tres paredes, una ventana torcida y una vieja rueda de timón de madera que probablemente había encontrado en alguna tienda de segunda mano. Puesto que no tenía demasiada idea de diseño naval, el acto de llegar a cualquier destino en aquello era más arte que ciencia. La rueda y el timón estaban conectados, pero de forma precaria; virar a izquierda o derecha solía requerir tres o cuatro rotaciones de la rueda, y cómo había conseguido registrarlo oficialmente como embarcación legal era algo que escapaba a mi imaginación. Tras el puente de mando había dos tumbonas de vinilo, una mesita que había atornillado a la cubierta y un par de bancos de metal fijos. Un pasamanos hecho de listones de cinco por diez centímetros evitaba la posible caída de los pasajeros, y la popa estaba decorada con un par de cuernos de un buey de la raza Texas longhorn montados en un poste galvanizado, que mi abuelo decía haber recibido de un amigo suyo del tiempo de la guerra.

El motor era tan antiguo como el resto del bote: para arrancarlo había que tirar de un cordón, como si se tratara de un cortacésped. Cuando era niño, mi abuelo me dejó probar y, tras numerosos intentos fallidos, apenas pude mover el brazo en un buen rato. Con la mano buena le di un par de sacudidas secas y, al ver que el motor seguía sin reaccionar, supuse que el problema debía ser algo tan simple como la bujía. Mi abuelo era un genio en cuestiones de mecánica, y no tenía la menor duda de que había mantenido en buen estado el motor hasta que se ausentó para ir a Easley.

Lo cual me hizo volver a plantearme por qué había ido allí.

Tras rebuscar en el granero para encontrar una llave inglesa, quité las bujías y me subí a mi vehículo todoterreno. Admito que no es lo mejor para el medioambiente, pero, como es tan elegante, me gusta pensar que, para compensar, añade un toque de belleza al mundo.

Conduje un kilómetro y medio hasta la tienda Trading Post de Slow Jim, y me encontré con que el lugar no había cambiado nada. Ya en el interior, pregunté en la caja dónde estaban las bujías y, en efecto, encontré exactamente las que necesitaba. Mi estómago empezó a rugir mientras pagaba, recordándome que no había comido nada desde el desayuno. Me venció la nostalgia y me dirigí hacia el asador. Las seis mesas estaban ocupadas (el local siempre había atraído a mucha gente), pero quedaba algún taburete libre en la barra, y tomé asiento. Sobre la parrilla podía verse una pizarra con el menú. Ofrecían más opciones de las que había previsto, aunque la mayoría eran poco saludables. Pero esa mañana ya había salido a correr, ¿por qué no hacer una excepción? Pedí una hamburguesa con queso y patatas fritas a Claude, a quien reconocí de anteriores visitas. Aunque llevaba un delantal, parecía más un banquero que un cocinero, con las sienes plateadas destacando en sus cabellos negros y unos ojos azules que combinaban con el polo bajo el delantal. Su padre había empezado con la tienda, probablemente en la época en que mi abuelo construyó su casa, pero Claude llevaba al frente del negocio más de una década.

Pedí, además, un té helado, que resultó igual de dulce que en mis recuerdos. El sur es famoso por el té preparado de esa manera, y saboreé cada gota. Después Claude deslizó hacia mí un bol con unos pequeños objetos marrones y mojados.

—¿Qué es eso?

—Cacahuetes hervidos. Acompañan todos los pedidos —explicó Claude—. Empecé a servirlos hace un par de años. Es una receta de mi mujer. Hay un tarro cerca de la caja registradora. Puedes comprar unos cuantos antes de irte. Casi todo el mundo lo hace.

Probé uno con cierta cautela, y me sorprendió su calidad y sabor salado. Claude se dio la vuelta y tiró unas cuantas patatas congeladas en el aceite caliente, antes de arrojar una hamburguesa a la parrilla. Al otro lado, Callie estaba reponiendo las estanterías. No sé si me había visto, pero no soltó prenda.

—¿Sabes qué? —preguntó Claude—. Creo que te conozco de algo.

—Llevo años sin aparecer por aquí, pero solía venir a menudo con mi abuelo, Carl Haverson.

—Ah, claro —respondió animado—. Eres el médico de la Marina, ¿no?

—Ya no. Pero ahora no es el momento adecuado para esa historia.

—Soy Claude.

—Me acuerdo de ti —dije—. Soy Trevor.

—Guau —exclamó—. Un médico de la Marina. —Claude emitió un silbido—. Seguro que tu abuelo estaba orgulloso de ti.

—Y yo de él.

—Siento tu pérdida. Le apreciaba mucho.

Pelé otro cacahuete.

—Yo también.

—¿Vives por aquí ahora?

—Me quedaré hasta junio, más o menos.

—Una finca estupenda —dijo Claude—. Tu abuelo plantó unos cuantos árboles fantásticos. En esta época del año está realmente precioso. Mi mujer siempre me hace reducir la marcha cuando pasamos por ahí. Hay montones de flores. ¿Siguen ahí las colmenas?

—Por supuesto —asentí—. Y en buen estado.

—Tu abuelo solía venderme miel para la tienda cada año. A todo el mundo le encanta. Si te queda un poco del año pasado, me gustaría poder quitártela de las manos.

—¿Cuántos tarros querrías?

—Todos los que tengas —dijo riendo.

—¿Tan buena es?

—La mejor del estado, o, por lo menos, eso dicen.

—¿Hay un *ranking*?

—No lo sé. Pero es lo que le digo a la gente cuando me preguntan. Y siguen comprándola.

Sonreí.

—¿Por qué estás en la parrilla? Si no recuerdo mal, normalmente estabas en la caja registradora.

51

—Casi siempre. Se está más fresco, y es mucho más relajado, además de que uno no acaba lleno de grasa. Pero Frank, el parrillero, está fuera esta semana. Su hija se casa.

—Buena razón para saltarse el trabajo.

—No tan buena para mí. He perdido la práctica en la plancha. Haré todo lo posible para que tu hamburguesa no se queme.

—Te lo agradezco mucho.

Echó un vistazo por encima del hombro a la chisporroteante parrilla.

—Carl solía venir dos o tres veces a la semana, ¿sabes? Siempre pedía un sándwich de beicon, lechuga y tomate con una tostada de pan blanco, patatas fritas y un pepinillo como guarnición.

Recordaba haber pedido lo mismo cuando iba con él. Por alguna razón, esa clase de sándwich no me parecía tan bueno en ningún otro sitio.

—Estoy seguro de que también le encantaban los cacahuetes. Son excelentes.

—Pues no —denegó Claude—. Era alérgico.

—¿A los cacahuetes? —entrecerré los ojos, incrédulo.

—Es lo que decía siempre, que su garganta se hincharía como un globo si los probaba.

—Qué poco sabe uno de las personas a las que cree conocer —cavilé y, de pronto, recordé que el padre de Claude, Jim y mi abuelo siempre habían estado muy unidos—. ¿Cómo está tu padre? —Sospechaba que Jim ya no viviría, como mi abuelo, puesto que debían tener la misma edad, pero Claude simplemente se encogió de hombros.

—Como siempre, supongo. Le sigue gustando venir a la tienda un par de veces por semana y sentarse en las mecedoras de la parte delantera mientras come su almuerzo.

—¿Ah, sí?

—De hecho, tu abuelo solía acompañarle —añadió Claude—. Eran una pareja habitual. Supongo que Jerrold ha ocupado de algún modo el lugar de tu abuelo desde que falleció. ¿Ya le has conocido?

—No.

52

—Solía llevar una furgoneta de Pepsi. Su mujer murió hace unos años. Es un tipo agradable, pero también un bicho raro. Y, francamente, no estoy seguro de qué sacan de su compañía. Mi padre está sordo como una tapia y claramente tiene algún derrape mental. Eso complica mantener una conversación.

—Debe de tener casi noventa años.

—Noventa y uno. Supongo que vivirá hasta los ciento diez. Aparte del oído, está más sano que yo. —Claude se giró y dio la vuelta a la hamburguesa, para después colocar el bollo en la tostadora. Cuando estuvo listo, añadió lechuga, tomate y cebolla antes de volver a mirarme.

—¿Puedo hacerte una pregunta?

—Dispara.

—¿Qué hacía Carl en Carolina del Sur?

—No tengo ni idea. Todavía no he podido averiguarlo. Esperaba que tú pudieras decírmelo.

Claude negó con la cabeza.

—Hablaba más con mi padre que conmigo, pero, tras su muerte, sentí mucha curiosidad.

—¿Por qué?

Apoyó las manos en el mostrador y me miró.

—Bueno, para empezar, no solía ir a ningún sitio. No había salido del pueblo en años. Y, además, solo tenía la camioneta, ¿te acuerdas?

Asentí. Era una Chevrolet C/K de principios de los años sesenta. Podría considerarse un clásico, si no fuera porque el chasis era una chatarra oxidada y descolorida.

—Carl hizo todo lo que pudo para que siguiera funcionando. Era muy bueno con los motores, pero hasta él decía que estaba en las últimas. Dudo que pudiera llegar a los setenta kilómetros por hora. Estaba bien para ir por el pueblo, pero no me imagino a Carl con ella por la interestatal.

Yo tampoco podía imaginarlo. Obviamente no era la única persona que se preguntaba qué mosca le había picado.

Claude volvió a la parrilla y añadió unas patatas fritas al plato de papel, que después puso ante mí.

53

—Kétchup y mostaza, ¿no?

—Claro.

Me acercó ambos frascos.

—A Carl también le gustaba el kétchup. Le echo de menos. Era un buen hombre.

—Sí que lo era —respondí distraídamente, ya que mi mente de pronto parecía obsesionada con la repentina certeza de que Natalie tenía razón al decirme que alguien había estado viviendo en casa de mi abuelo—. Creo que me lo llevo fuera, comeré en la parte delantera. Me ha gustado hablar contigo, Claude.

—Para eso están las sillas. Me ha encantado volver a verte.

Me dirigí hacia la puerta cargado con mi plato y la bebida. Me abrí camino hacia las mecedoras usando la cadera para cruzar la puerta y tomé asiento. Dispuse el plato en la mesita de madera situada al lado, y volví a pensar en el presunto vagabundo que habría entrado en la casa, y de pronto me planteé si su presencia no estaría de alguna forma relacionada con los demás misterios que concernían a mi abuelo en los últimos días de su vida.

Cuando estaba terminando mi almuerzo vi a Callie salir de la tienda con lo que parecía ser su propia comida en una bolsa de papel marrón.

—Hola, Callie —saludé.

Volvió la mirada hacia mí, recelosa.

—¿Te conozco?

—Nos conocimos hace poco —dije—. Cuando pasabas por mi casa. Me dijiste que las bolas de naftalina no mantienen alejadas a las serpientes.

—Y es cierto.

—Desde entonces no he visto ninguna.

—Siguen allí. —Me sorprendió al ponerse en cuclillas y alargar el brazo con un plato de papel sobre el cual había un pegote que parecía atún—. Venga, Termita. Hora de comer.

Puso el plato en el suelo, y enseguida salió un gato de detrás de la máquina de hacer hielo.

—¿Es tu gato? —pregunté.

—No. Es el gato de la tienda. Claude me deja alimentarlo.

—¿Vive en la tienda?

—No estoy segura de que viva aquí de día, pero Claude deja que entre por la noche. Es un buen cazador de ratones.

—¿Por qué se llama Termita?

—No lo sé.

—¿Y no sabes adónde va de día?

Callie no respondió hasta que Termita se puso a comer. Luego, sin mirarme, volvió a hablar.

—Haces muchas preguntas, ¿no crees?

—Cuando algo me interesa, sí.

—¿Te interesa el gato?

—Me recuerda a mi abuelo. También le gustaban los gatos callejeros.

Cuando el gato terminó de comer, Callie recogió el plato. Termita, mientras tanto, se paseó tranquilamente hacia mí, me ignoró por completo y luego desapareció tras un recodo de la tienda.

Callie seguía sin responder. Sin embargo, dio un suspiro, tiró el plato de papel en la papelera y, dándome la espalda mientras se alejaba, dijo algo que me sorprendió.

—Ya lo sabía.

4

*T*anto la terapia conductual cognitiva como la dialéctica ponen énfasis en vivir según el sentido común, o en «hacer las cosas que nos enseñaron nuestras madres», como una forma de ayudar a mejorar la salud mental y emocional. Aunque todo el mundo se puede beneficiar de la terapia conductual, para la gente como yo, con un trastorno por estrés postraumático, vivir según el sentido común es fundamental para garantizar la calidad de vida. En términos prácticos, mejorar y mantener a raya nuestro comportamiento implica hacer ejercicio con frecuencia, dormir bien, comer sano y evitar las sustancias que alteran el sistema nervioso. Con el tiempo he aprendido que la terapia no consiste tanto en conversaciones en las que nos miramos el ombligo, sino en aprender hábitos para vivir bien y, aún más importante, en ponerlos en práctica.

Aunque aquella semana me había comido una hamburguesa de queso con patatas fritas, en general intentaba seguir esas directrices. La experiencia me había demostrado que cuando estaba demasiado cansado, si no había practicado ejercicio en unos días o comía demasiada porquería, era más sensible a varios factores desencadenantes, como fuertes ruidos o gente fastidiosa. Por mucho que no me gustara correr, la simple realidad era que en más de cinco meses no me había despertado una pesadilla, y mis manos habían dejado de temblar desde que llegué a New Bern. Todo eso me empujaba a otra sesión de entrenamiento el sábado por la mañana, seguida de una taza de café más generosa de lo habitual.

Después cambié las bujías del bote. En efecto, el motor tosió al resucitar, y luego empezó a ronronear. Lo dejé al ralentí un rato mientras pensaba que mi abuelo habría estado orgulloso, especialmente porque no soy de esos a los que se les dan bien los motores. Mientras esperaba, recordé un chiste que me contó mi abuelo en mi última visita. Una mujer lleva su coche al mecánico porque el motor no funciona bien. Al cabo de un rato, el mecánico sale del taller y la mujer le pregunta: «¿Qué le pasa a mi coche?». El mecánico responde: «Solo es mierda en el carburador». «Ah, vale. ¿Cada cuánto tengo que añadírsela?»

A mi abuelo le encantaba contar chistes, y esa era otra de las razones por las que siempre me apetecía hacerle una visita. Los contaba con un brillo pícaro en los ojos, y normalmente empezaba a reírse antes incluso de llegar al final. En esta faceta y muchas otras era todo lo contrario a mis serios padres, siempre obsesionados con el rendimiento. A menudo me preguntaba cómo habría salido yo sin su despreocupada presencia en mi vida.

Tras apagar el motor, volví a la casa y limpié un poco. Me puse unos pantalones caqui, un polo y mocasines, y luego salvé en coche los diez minutos hasta el centro de New Bern.

58 Siempre me gustó el centro, sobre todo el barrio histórico. Hay muchas casas antiguas y majestuosas, algunas de las cuales fueron construidas en el siglo XVIII, algo que resulta sorprendente teniendo en cuenta que el pueblo suele inundarse durante los huracanes, que ya deberían haber arrasado con todas. Cuando vine la primera vez de visita, muchos de los edificios históricos se encontraban en un estado deplorable, pero, poco a poco, algunos inversores los compraron y fueron restaurándolos hasta devolverles su esplendor original. Las calles estaban cubiertas de frondosos y enormes robles y magnolios, y había un montón de paneles oficiales que daban fe de importantes acontecimientos históricos: un duelo famoso aquí, una persona importante nacida allá, el origen de alguna decisión del Tribunal Supremo en la siguiente manzana. Antes de la Guerra de la Independencia, New Bern había sido la capital colonial de los británicos, y George Washington había hecho una breve visita a la pequeña ciudad tras ser nombrado presidente. Pero lo que más me gustaba era que, en comparación con otras ciudades pequeñas, los negocios del centro seguían siendo prósperos, a pesar de los grandes centros comerciales a pocos kilómetros de distancia.

Aparqué frente la iglesia episcopal y al salir del coche sentí cómo me bañaban los rayos del sol. Dado que las temperaturas eran más elevadas de lo habitual y el cielo estaba azul, no me sorprendió la cantidad de gente que inundaba las aceras. Pasé por delante del Museo de Pepsi (bebida que fue inventada aquí por Caleb Bradham), y luego por Baker's Kitchen, un local popular por sus desayunos. Estaba atestado, y había gente sentada en los bancos dispuestos en el exterior esperando una mesa. Antes de salir había hecho una búsqueda rápida por internet que me facilitó encontrar el mercado agrícola, ubicado cerca del Centro de Historia de Carolina del Norte. Como Natalie me lo había recomendado y no tenía nada mejor que hacer, pensé: ¿por qué no?

Poco después llegué a mi destino. No era el bullicioso cuerno de la abundancia agrícola que había imaginado, con cestos rebosantes de fruta y verdura, típico de los puestos de carretera. En lugar de eso, predominaban los vendedores de baratijas, comida enlatada y toda clase de artículos de artesanía en tenderetes que recordaban a una venta de garaje. Pensándolo bien, era lógico, teniendo en cuenta que solo estábamos en abril y todavía faltaba para la cosecha de verano.

Sin embargo, también había algunos productos frescos, y decidí dar una vuelta por el mercado para hacerme una idea general y decidir qué necesitaba para mi despensa. Me tomé un vaso de sidra mientras deambulaba y contemplaba las paradas. Además de comida, vi muñecas hechas de paja, casas para pájaros, móviles de viento hechos de conchas y tarros de compota de manzana, nada de lo cual necesitaba. Pero cada vez había más gente, y para cuando regresé a mi punto de partida vislumbré a Natalie Masterson inclinada sobre una mesa de boniatos.

Llamaba la atención incluso desde lejos. Cargaba con un cesto y llevaba unos vaqueros descoloridos, una camiseta blanca y sandalias, vestimenta que favorecía su figura mucho más que su aburrido uniforme. Se había colocado las gafas de sol a modo de diadema y, aparte de un poco de pintalabios, apenas iba maquillada. Llevaba el pelo suelto en todo su esplendor, casi hasta la altura de los hombros. Me imaginé a la señorita Masterson aquella misma mañana, vistiéndose, peinándose con los dedos, y poniéndose un poco de pintalabios antes de salir por la puerta, en un proceso que debió llevarle menos de cinco minutos.

Aparentemente estaba sola y, tras vacilar un instante, me dirigí hacia ella, casi tropezando con una anciana que estaba examinando una casa para pájaros. Cuando me encontré lo bastante cerca, Natalie se volvió en mi dirección. Miró hacia mí sorprendida, un par de veces, pero para entonces yo ya estaba a su lado.

—Buenos días —saludé con voz cantarina.

Sentí sobre mí sus ojos, brillando con cierto regocijo.

—Buenos días —respondió.

—No sé si te acuerdas de mí, soy Trevor Benson. Nos conocimos la otra noche.

—Sí, lo recuerdo —contestó.

—¿Qué probabilidad había de que nos encontrásemos aquí?

—Una bastante alta, diría —señaló—, puesto que mencioné que venía a menudo.

—Como me lo recomendaste, pensé que debería echar un vistazo —comenté—. Y, de todos modos, necesitaba un par de cosas.

—Pero todavía no has comprado nada.

—Me tomé una sidra hace un rato. Y estoy pensando en comprar una muñeca hecha de paja que he visto.

—No pareces de esos tipos que coleccionan muñecas.

—Así tendría alguien con quien hablar mientras me tomo el café por la mañana.

—Es una idea inquietante —comentó, mirándome fijamente más tiempo de lo normal. Me pregunté si sería su forma de coquetear o si examinaba de ese modo a todo el mundo.

—La verdad es que quería comprar unos cuantos boniatos.

—Adelante —dijo señalando la mesa—. Hay un montón.

Volvió la atención a la mesa, mordiéndose el labio mientras examinaba el producto. Me acerqué un poco y me fijé en su perfil, mientras pensaba que su expresión más espontánea revelaba una sorprendente inocencia, como si siguiera dándole vueltas a por qué pasan cosas malas en el mundo. Me pregunté si tendría algo que ver con su trabajo, o si simplemente me lo estaba imaginando. O si, Dios no lo quiera, tenía algo que ver conmigo.

Eligió unos cuantos boniatos de tamaño mediano y los depositó en el cesto; yo preferí un par de mayor tamaño. Tras hacer un rápido recuento, añadió unos cuantos más.

—Son muchos boniatos —comenté.

—Voy a hacer unas tartas. —Ante mi expresión inquisitiva, añadió—: No son para mí. Son para una vecina.

—¿Haces tartas?

—Por supuesto. Vivo en el sur.

—Pero tu vecina no cocina.

—Es una anciana, y sus hijos y nietos van a venir a visitarla esta semana. Y les encanta mi receta.

—Muy amable por tu parte —alabé—. ¿Cómo fue el resto de la semana?

Recolocó las boniatos en el cesto.

—Fue bien.

—¿Pasó algo emocionante? ¿Algún tiroteo, cacerías humanas? ¿Algo por el estilo?

—No —respondió—. Lo normal. Unas cuantas peleas domésticas, un par de conductores ebrios. Y traslados, claro.

—¿Traslados?

—Traslados de prisioneros. Para su comparecencia ante el tribunal.

—¿También haces eso?

—Todos los agentes lo hacemos.

—¿No es peligroso?

—Normalmente, no. Van esposados, y la mayoría son bastante agradables. Los tribunales son mucho más llevaderos que la cárcel. Pero de vez en cuando hay alguno que me pone nerviosa, el psicópata de turno. Es como si les faltara algo elemental en su personalidad y tienes la sensación de que, justo después de asesinarte, se comerían un par de tacos sin la menor preocupación. —Miró el contenido del cesto y volvió a contar antes de volverse hacia el vendedor—. ¿Cuánto le debo?

Sacó unos cuantos billetes del bolso al oír el precio y pagó.

Mostré lo que llevaba del mismo modo y saqué el dinero de la cartera. Mientras esperaba a que me cobrasen, una mujer de cabellos castaños y ojos marrones de unos treinta años saludó a Natalie y empezó a acercarse deshaciéndose en sonrisas. Mientras se abría camino entre la gente, Natalie se iba poniendo tensa. Cuando llegó a donde estábamos, la mujer se inclinó para darle un abrazo.

—Hola, Natalie —dijo en un tono casi demasiado amable. Como si supiera que Natalie estaba luchando contra algo de lo que yo no tenía ni idea—. ¿Cómo estás? Hace mucho que no nos vemos.

—Lo siento —respondió Natalie cuando la mujer deshizo el abrazo—. Estoy muy ocupada.

La mujer hizo un gesto comprensivo con la cabeza, mientras me miraba de reojo, para luego volver a Natalie, con una curiosidad evidente.

—Soy Trevor Benson —saludé, alargando la mano.

—Julie Richards —dijo.

—Mi dentista —explicó Natalie. Se volvió de nuevo hacia Julie—. Sé que tenía que llamar a tu consulta para concertar una cita...

—Cuando quieras —dijo Julie moviendo la mano como para quitarle importancia—. Ya sabes que me adapto a tu horario.

—Gracias —murmuró Natalie—. ¿Cómo está Steve?

Julie se encogió de hombros.

—Superliado —contestó—. Sigue intentando encontrar otro médico para la consulta, así que tiene todas las horas de la semana ocupadas. Ahora mismo está en la pista de golf, porque sé que lo necesita, pero por suerte me ha prometido llevar a los niños al cine más tarde, para que mamá pueda relajarse también.

Natalie sonrió.

—Cooperación y acuerdos.

—Es un buen tipo —dijo Julie. Nuevamente sus ojos se posaron brevemente en mí, y luego de nuevo en Natalie—. Buenooo... ¿Cuánto hace que os conocéis?

—No estamos juntos —dijo Natalie—. Nos hemos encontrado aquí. Se acaba de mudar y había un problema en su casa. Una cuestión legal.

Pude notar en su voz que se sentía incómoda, así que mostré mi bolsa de la compra.

—He venido a comprar boniatos.

Julie me dedicó ahora su atención.

—¿Acabas de mudarte? ¿De dónde eres?

—Los últimos años los pasé en Florida. Pero crecí en Virginia.

—¿De qué lugar de Virginia exactamente? Soy originaria de Richmond.

—Alexandria —contesté.

—¿Qué te parece el pueblo de momento?

—Me gusta. Pero todavía me estoy instalando.

—Te acostumbrarás. Hay gente fantástica aquí —comentó, antes de volver a centrar su atención en Natalie. Escuché a medias mientras ambas seguían charlando un poco más sobre trivialidades hasta que su conversación por fin fue decayendo, y Julie volvió a inclinarse para darle otro abrazo.

—Lo siento, pero tengo que irme —dijo Julie—. Los niños están con la vecina, y le dije que no tardaría mucho.

—Me ha gustado verte.

—A mí también. Y recuerda que puedes llamarme cuando quieras. He estado pensando en ti.

—Gracias —respondió Natalie.

Mientras Julie se alejaba, noté cierto hastío en la expresión de Natalie.

—¿Todo bien?

—Sí —dijo Natalie—. No pasa nada.

Esperé, pero Natalie no añadió nada más.

—Quería comprar algunas fresas —dijo por fin con voz distraída.

—¿Son buenas?

—No lo sé —dijo, y empezó a volver a prestarme atención—. Es el primer fin de semana que venden fresas, pero el año pasado eran deliciosas.

Fue hacia un puesto lleno de fresas, entre la mesa con casas para pájaros y la que tenía muñecas de paja. Un poco más adelante vi a Julie, la dentista, hablando con otra pareja joven; supuse que

63

Natalie también debía haberse dado cuenta, pero disimuló. En lugar de eso, fue hacia las fresas. Cuando me detuve a su lado, Natalie, de pronto, enderezó la espalda.

—Oh, me olvidaba de que necesito brócoli también, antes de que se agote. —Retrocedió un paso—. Me ha gustado charlar contigo, señor Benson.

Aunque todavía sonreía, era evidente que deseaba librarse de mi presencia. Cuanto antes, mejor. Pude notar las miradas de otras personas mientras ella seguía alejándose.

—A mí también me ha gustado, agente.

Dio media vuelta, retrocediendo por el mismo lugar del que veníamos, y me dejó solo delante de la mesa. La vendedora, una mujer joven, estaba dando el cambio a otro cliente. No estaba demasiado seguro de qué hacer. ¿Quedarme allí? ¿Seguirla? Eso probablemente le habría resultado irritante y desagradable, de modo que me quedé en el puesto de fresas, mientras pensaba que parecían iguales a las que podría encontrar en el supermercado, solo que menos maduras. Decidido a apoyar a los agricultores locales, compré una caja y caminé de regreso abriéndome paso lentamente entre la multitud. Con el rabillo del ojo, vi a Natalie buscando algo cerca de una parada donde vendían compota de manzana; no había ni rastro de brócoli en su cesto.

Reflexioné sobre la conveniencia de volver a casa, pero entonces volví a advertir la belleza de la mañana, y decidí que un café me vendría bien.

Salí del mercado y caminé hasta el local Trent River Coffee Company. Se encontraba a unas cuantas manzanas de distancia, pero el tiempo era tan agradable que apetecía estar fuera. En su interior escuché a los clientes que me precedían pedir *chai lattes* de moca medio descafeinados, una de esas cosas que estaban de moda. Cuando me llegó el turno pedí un café negro, y la joven en el mostrador, que lucía un *piercing* en la ceja y un tatuaje de una araña en el dorso de la mano, me miró como si siguiéramos en los años ochenta, la década en la que yo nací.

—¿Eso es todo? ¿Solo… café?

—Sí, por favor.

—¿Nombre?

—Johann Sebastian Bach.

—¿Se escribe con «Y»?

—Sí —respondí.

La observé mientras escribía «Yohan» en la taza y se la daba a un chico con el cabello recogido en una coleta situado tras ella. Era obvio que el nombre no le sonaba en absoluto.

Me llevé la taza al exterior, y fui hacia Union Point, un parque situado en la confluencia de los ríos Neuse y Trent. Según el panel histórico allí dispuesto, era además el lugar en el que un grupo de colonos suizos y alemanes palatinos fundaron la población en 1710. Tal como yo me lo imagino, seguramente deseaban dirigirse a zonas de clima más cálido (como South Beach, tal vez, o Disney World) y se perdieron, acabando aquí. Supongo que tendrían un líder masculino al que no le gustaba preguntar cómo se llegaba a ninguna parte.

No es que sea una mala ubicación. De hecho, es un lugar precioso, excepto cuando llegan rugiendo los huracanes desde el Atlántico. El viento impide que el Neuse fluya hacia el mar, el agua retrocede, y la ciudad empieza a fingir que está esperando el arca de Noé. Mi abuelo había vivido las tormentas Fran y Bertha en 1996, pero cuando hablaba de las más fuertes, siempre se refería a Hazel, en 1954. Durante el huracán, dos de las colmenas quedaron volcadas, un suceso catastrófico en su vida. El hecho de que el tejado también saliera volando no era ni de lejos tan grave para él como el daño infligido a lo que era su orgullo y alegría. No obstante, no estoy seguro de que Rose sintiera lo mismo; se fue a vivir con sus padres hasta que la casa volvió a ser habitable.

Había un gran cenador en el centro del parque, así como un bonito paseo adoquinado a lo largo de la orilla del río. Paseé hacia un banco desocupado con vistas al río y tomé asiento. El reflejo del sol centelleaba sobre las aguas tranquilas del Neuse, que tenía casi un kilómetro y medio de ancho en ese punto, y vi un bote deslizándose lentamente con la corriente, con las velas hinchadas como almohadas. En una rampa para embarcaciones cercana vi un grupo de gente con tablas de surf de remo preparándose para hacerse al agua. Algunos en camiseta y pantalón corto, otros en trajes cortos de neopreno. Parecían estar debatiendo su plan de acción. En el extremo del parque, unos cuantos niños daban comida a los patos; otro par de niños jugaban al *frisbee*, y otros hacían volar una cometa. Me gustaba que la gente del lugar supiera disfrutar del fin de semana. En Kandahar (y también antes, durante la residencia) trabajaba prácticamente cada fin de semana, y los días se sucedían en un borroso agotamiento. Pero había mejorado a la hora de aprender a relajarme los sábados y domingos. Cabe decir que casi hacía lo mismo que cualquier otro día de la semana, de modo que cada vez tenía más práctica.

Acabé mi café, tiré el vaso vacío en una papelera cercana y fui hasta la barandilla. Me apoyé sobre ella y pensé que la vida en una población pequeña tenía su encanto, especialmente cuando un par de minutos después vi a Natalie caminando en mi dirección, cargando con el cesto de la compra. Parecía estar observando las tablas de *paddleboard* en su avance hacia aguas más profundas.

Supongo que podría haberla saludado, o llamado, pero teniendo en cuenta nuestro reciente encuentro en el mercado de los agricultores, me contuve, y seguí observando el lento movimiento de la corriente hasta que oí una voz tras de mí.

—Otra vez tú.

Miré por encima del hombro. La expresión y la postura de Natalie delataban que no esperaba encontrarme allí.

—¿Estás hablando conmigo?

—¿Qué haces aquí?

—Estoy disfrutando de la mañana del sábado.

—¿Sabías que vendría?

—¿Cómo podría haberlo sabido?

—No lo sé —respondió con un tono suspicaz.

—Hace una hermosa mañana y desde aquí hay unas vistas fantásticas. ¿Por qué no debería haber venido?

Abrió la boca para responder, pero volvió a cerrarla hasta que se le ocurrió algo que decir.

—Bueno, supongo que no es asunto mío. Perdona por haberte molestado.

—No me molestas —dije en un tono tranquilizador. Luego señalé con la cabeza el cesto—. ¿Encontraste todo lo que necesitabas en el mercado?

—¿Por qué lo preguntas?

—Por iniciar una conversación, ya que me estás siguiendo.

—¡No estoy siguiéndote!

Me reí.

—Es broma. En todo caso, creería que estás intentando evitarme.

—No es cierto. Apenas te conozco.

—Exacto —asentí, y con la sensación de que la pelota estaba en mi campo, decidí probar suerte—. Y es una pena. —Sonreí con picardía antes de volver a mirar hacia el río.

Natalie me observó, como si se debatiera entre quedarse o no. Aunque creí que optaría por irse, finalmente percibí su presencia a mi lado. Escuché un suspiro mientras depositaba el cesto en el suelo, y supe que había conseguido convencerla.

Por fin se decidió a hablar.

—Tengo una pregunta.

—Adelante.

—¿Siempre eres tan directo?

—Nunca —respondí—. Soy callado y reservado por naturaleza. Realmente, el feo del baile.

—Lo dudo.

En el agua, las tablas de *paddleboard* flotaban río arriba.

En silencio, vi cómo se agarraba con ambas manos a la barandilla.

—Acerca de lo que pasó antes —empezó a decir—, en el mercado, cuando nos separamos, quería disculparme si te parecí demasiado brusca.

—No es necesario.

—Me sentí mal después. Pero es que en los pueblos la gente habla. Y Julie…

Cuando interrumpió la frase, decidí acabarla por ella.

—¿Habla más de lo normal?

—No quería que se hiciera una idea equivocada.

—Ya, comprendo —comenté—. Los chismes son el pan de cada día en un pueblo. Esperemos que se haya ido a casa con sus hijos y que no venga al parque, o realmente tendrá algo de que hablar.

Aunque solo era una broma, Natalie inmediatamente escrutó los alrededores y mi mirada siguió la suya. Me pareció que nadie nos prestaba la más mínima atención. No obstante, empecé a plantearme por qué era tan horrible la perspectiva de que la vieran con alguien como yo. En caso de que creyera saber lo que yo estaba pensando, no se notó, pero me pareció advertir cierta expresión de alivio.

—¿Cómo haces la tarta de boniatos?

—¿Me estás pidiendo la receta?

—No la he probado nunca. Intento imaginarme cómo debe saber.

—Es parecido a la tarta de calabaza. Además de los boniatos, lleva mantequilla, azúcar, huevos, vainilla, canela, nuez moscada, leche evaporada y un poco de sal. Pero la clave realmente es la corteza superior.

—¿Te sale bien?

—Estupenda. El secreto es usar mantequilla, no manteca. Aunque hay un debate al respecto con opiniones muy discrepantes. Mi madre y yo hemos hecho la prueba y ambas estamos de acuerdo.

—¿Vive aquí?

—No. Sigue en La Grange, donde me crie.

—No sé exactamente dónde está.

—Está entre Kinston y Goldsboro, de camino a Raleigh. Mi padre era farmacéutico. Bueno, de hecho sigue siéndolo. Empezó con la farmacia antes de que yo naciera. Mi madre lleva la gestión y está en la caja.

—Cuando nos conocimos dijiste que era un pueblo.

—Solo tiene dos mil quinientos habitantes.

—¿Y la farmacia funciona?

—Te sorprendería. La gente necesita medicinas, también en los pueblos. Pero ya debes saberlo, siendo médico, ¿no?

—Era médico. Y espero volver a serlo algún día.

Guardó silencio un instante. Examiné su perfil, pero nuevamente me resultó imposible conjeturar en qué estaría pensando.

Finalmente profirió un suspiro.

—Estaba pensando en lo que dijiste la otra noche. Sobre estudiar psiquiatría para ayudar a la gente con trastornos por estrés postraumático. Creo que es fantástico.

—Gracias.

—¿Cómo saben los pacientes que sufren ese trastorno? ¿Cómo lo supiste tú?

Curiosamente, tuve la impresión de que no era una pregunta para dar conversación, ni porque estuviera especialmente interesada en mí. Más bien tenía la sensación de que sentía curiosidad por sus propias razones, fueran las que fueran. En el pasado, probablemente habría intentado cambiar de tema, pero gracias a las sesiones mantenidas regularmente con el doctor Bowen había conseguido que hablar de mis problemas fuera más fácil, independientemente de quién fuera mi interlocutor.

—Cada persona es distinta, por lo que los síntomas también pueden variar, pero mi caso se ajustaba bastante a la descripción del trastorno recogida en los libros de texto. Por las noches las pesadillas se alternaban con el insomnio, y durante el día me sentía al límite casi todo el tiempo. Me molestaban los ruidos fuertes, a veces me temblaban las manos, me enzarzaba en discusiones ridículas… Me pasé casi un año enfadado con el mundo, bebiendo más de lo que debía, y jugando demasiado a *Grand Theft Auto*.

—¿Y ahora?

—Sé gestionarlo —respondí—. O por lo menos me gusta pensar que puedo hacerlo. Mi médico también lo cree. Seguimos hablando todos los lunes.

—¿Eso quiere decir que estás curado?

—En realidad, no es algo que pueda curarse. Se trata más bien de gestionar la enfermedad. Lo cual no siempre resulta fácil. El estrés suele empeorarlo todo.

—¿Acaso el estrés no forma parte de la vida?

—Sin duda —admití—. Por eso resulta imposible estar del todo curado.

Se quedó callada un instante antes de mirarme con una sonrisa burlona.

—*Grand Theft Auto*, ¿eh? No sé por qué, no te imagino en el sofá jugando con el ordenador todo el día.

—Era muy bueno. Lo cual no resultó fácil, por cierto, porque me faltan algunos dedos.

—¿Sigues jugando?

—No. Ese es uno de los cambios que tuve que hacer. En resumen, mi terapia se basa en sustituir conductas negativas por otras positivas.

—A mi hermano le encanta ese juego. Quizás debería decirle que lo deje.

—¿Tienes un hermano?

—Y una hermana. Sam tiene cinco años más que yo, y Kristen tres. Antes de que me preguntes por ellos, los dos viven en la zona de Raleigh. Están casados y tienen hijos.

—¿Cómo acabaste aquí?

70 Pasó el peso del cuerpo de un pie a otro, como si estuviera reflexionando cuál sería la mejor respuesta, antes de encogerse de hombros.

—Bueno, ya sabes. Conocí a un chico en la universidad. Era de aquí, y tras la graduación di el paso. Y aquí estoy.

—Imagino que no funcionó.

Cerró los ojos un momento.

—No como yo quería.

Dijo aquellas palabras con voz tranquila; no era fácil dilucidar la emoción tras ellas. ¿Arrepentimiento? ¿Resentimiento? ¿Tristeza? Pensé que no era el mejor momento ni el mejor lugar para seguir preguntando y cambié de tema.

—¿Cómo fue crecer en un pueblo pequeño? Creía que New Bern era pequeño, pero dos mil quinientos habitantes es diminuto.

—Fue maravilloso —replicó—. Mi madre y mi padre conocían a todo el mundo, y podíamos dejar la puerta de casa abierta. Conocía a todos los compañeros de clase, y me pasaba el verano yendo en bicicleta, nadando en la piscina y cazando mariposas. Cuanto más pasan los años, más me fascina la simplicidad de todo aquello.

—¿Crees que tus padres vivirán allí para siempre?

Negó con la cabeza.

—No. Hace algunos años se compraron una casa en Atlantic Beach. Pasan todo el tiempo que pueden allí, y estoy casi segura de que acabarán mudándose cuando se jubilen. El año pasado ya celebramos el Día de Acción de Gracias en la playa, o sea, que ahora es solo cuestión de tiempo. —Se recogió un mechón de pelo que tenía en la cara detrás de la oreja.

—¿Cómo acabaste trabajando en la oficina del *sheriff*?

—Ya me lo preguntaste.

—Sigo teniendo curiosidad —dije—. Porque no me has respondido con sinceridad.

—No hay mucho que contar. Simplemente sucedió.

—¿Cómo?

—En la universidad, me especialicé en Sociología y, tras graduarme, me di cuenta de que, a menos de que quisiera hacer un máster o un doctorado, no había demasiados trabajos en mi campo. Y cuando me mudé, resultó obvio que si no abría mi propio negocio, o buscaba trabajo en el aeródromo de Cherry Point, o trabajaba en el hospital o para el Gobierno, estaba limitada a buscar un empleo en la Administración. Me planteé volver a estudiar, Enfermería, pero en esa época me pareció demasiado esfuerzo. Entonces me enteré de que necesitaban gente en la oficina del *sheriff* y sentí el impulso de solicitar la plaza. Me sorprendió mucho que me aceptaran en el programa de entrenamiento, porque hasta ese momento nunca había empuñado un arma. Y yo creía que todo se basaba en eso: gente mala, situaciones peligrosas, tiroteos, etcétera. Por lo menos eso es lo que se ve en la televisión, y era todo lo que sabía. Pero cuando entré, rápidamente me di cuenta de que más bien se trataba de tener habilidades sociales. Consiste en distender situaciones y calmar las emociones siempre que sea posible. Y, por supuesto, de hacer papeleo. Mucho papeleo.

—¿Te gusta el trabajo?

—Supongo que es un trabajo como otro cualquiera. Hay cosas que me gustan, y otras que no. Preferiría no haber vivido algunas experiencias desgarradoras, porque no se pueden olvidar.

—¿Has disparado a alguien alguna vez?

—No. Y solo tuve que desenfundar el arma en una ocasión. Como ya te he comentado, no es igual que lo que sale en televisión. Pero ¿sabes qué?

—Cuenta.

—Aunque nunca había usado un arma, acabé siendo buena tiradora. De hecho, la mejor de mi grupo. Y desde entonces practico tiro al plato y al pichón, y también soy bastante buena.

—¿Tiro al pichón?

—Es como tiro al plato, hay varias posiciones desde donde tirar y se usa una escopeta, pero los pichones de arcilla llegan desde distintos ángulos, con diferente velocidad y trayectoria. Se supone que refleja de forma más exacta los movimientos de las aves y la caza menor en la naturaleza.

—Nunca he practicado la caza.

—Yo tampoco. Ni quiero hacerlo. Pero si me pusiera, probablemente sería bastante buena.

No pude evitar sentir cierta admiración por ella.

—En realidad no me cuesta demasiado imaginarte con una escopeta. Tal vez porque la primera vez que te vi ibas armada.

—Me resulta… relajante. Cuando estoy en el campo de tiro soy capaz de desconectar de todo.

—He oído decir que los masajes también van bien. Personalmente, prefiero hacer yoga.

Alzó las cejas.

—¿Haces yoga?

—Mi psiquiatra me lo recomendó. Es útil. Ahora puedo ponerme los zapatos sin sentarme. Me hace más popular en las fiestas.

—Me lo puedo imaginar. —Se rio—. ¿Dónde haces yoga por aquí?

—Todavía en ningún sitio. No he encontrado un centro al que apuntarme.

—¿Te apuntarás?

—Tal vez. Aunque no me quedaré por aquí demasiado tiempo.

—¿Volverás algún día?

—No lo sé. Supongo que dependerá de si vendo la casa o no.

¿Quién sabe? Quizás vuelva una semana a finales de verano para acabar de recoger la miel.

—¿Sabes cómo hacerlo?

—Claro —dije—. En realidad, no es tan difícil. Es una actividad sucia y pegajosa, pero no complicada.

Se estremeció.

—Las abejas me dan miedo. No me refiero a los abejorros, sino a esas que te zumban alrededor de la cara como si quisieran atacarte.

—Abejas guardianas —dije—. Hay quien las llama «abejas gorila». Tampoco son mis favoritas, pero son importantes para la colmena. Contribuyen a protegerla de depredadores y a alejar a otras abejas de colonias ajenas.

—¿Son las abejas guardianas distintas a las normales?

—En realidad, no. Durante su ciclo vital, una abeja hará funciones diversas en distintos momentos: será una abeja enterradora, o de las que limpian la colmena, o la que se ocupa de la reina o alimenta las larvas, o busca néctar y polen. Y hacia el final de su vida, se convertirá en una abeja guardiana.

—¿Abejas enterradoras? —repitió como un eco.

—Sacan las abejas muertas de la colmena.

—¿De veras?

Asentí.

—Mi abuelo decía que las colmenas eran la comunidad más perfecta del mundo. Por supuesto, las colonias están compuestas casi en su totalidad por abejas hembra, y tal vez eso tenga algo que ver. De hecho, apostaría a que casi todas las abejas con las que te has cruzado son hembras.

—¿Por qué?

—Las abejas macho reciben el nombre de zánganos, y solo tienen dos funciones: comen y fertilizan a la reina, así que no hay demasiados. —Hice una mueca—. Es una especie de trabajo perfecto, si te interesa mi opinión. ¿Comida y sexo? Creo que yo podría ser un zángano bastante bueno.

Puso los ojos en blanco, pero me pareció que en realidad le había hecho gracia. Un punto para Benson.

—Entonces… ¿cómo es una colmena? —preguntó—. Me refiero a las que tienen los apicultores, no las que se originan en la naturaleza.

—Podría describirte su aspecto, pero seguramente sería mejor que las vieras tú misma. Me encantaría enseñarte las de mi abuelo, si quieres pasarte en algún momento.

Parecía estar examinándome.

—¿Cuándo te iría bien? —preguntó.

—Mañana a cualquier hora. ¿Pronto por la tarde? ¿A la una?

—¿Puedo pensármelo?

—Claro —dije.

—Vale —respondió con un suspiro, antes de inclinarse para recoger el cesto—. Gracias por la charla.

—A ti. Pero antes de irte, ¿te gustaría comer conmigo? Me está entrando hambre.

Ladeó la cabeza y casi creí que diría que sí.

—Gracias, pero no puedo, de veras. Tengo unos cuantos recados pendientes.

—No te preocupes. —Me encogí de hombros—. Simplemente se me acaba de ocurrir proponértelo.

Se limitó a sonreír y empezó a alejarse, y mis ojos siguieron el movimiento de su agraciada figura.

—¡Natalie! —grité.

Se volvió.

—¿Sí?

—Si me gustara apostar, ¿cuántas probabilidades tendría de que vengas mañana?

Apretó los labios.

—¿Cincuenta-cincuenta?

—¿Hay algo que pueda hacer para aumentar esa posibilidad?

—Bueno —dijo arrastrando las vocales, mientras retrocedía otro paso—, en realidad, creo que no. Adiós.

Observé cómo se alejaba en la distancia, con la esperanza de que se volviera para mirarme, pero no lo hizo. Me quedé en la barandilla, reproduciendo nuestra conversación, y advertí el contraste en la reacción de Natalie cuando Julie apareció en el mercado.

Comprendí que Natalie tenía aversión a ser el centro de atención de los chismorreos del pueblo, pero cuanto más lo pensaba, más me preguntaba si no sería solo eso. Me di cuenta de repente de que Natalie había limitado a propósito la conversación con Julie, no solo por lo que pudiera explicar a otras personas, sino también porque había algo sobre ella misma que quería ocultarme.

Aunque, a decir verdad, todos tenemos secretos. Y, a pesar de que le había hablado de mi pasado, seguía siendo un extraño, de modo que no había ninguna razón para esperar que ella compartiera el suyo conmigo. Pero mientras reflexionaba sobre toda la situación en general, no podía librarme de la sensación de que Natalie estaba menos preocupada por lo que sus secretos podrían revelar que por la culpa que parecían suscitar en ella.

5

$\mathcal{U}$na lección que me inculcó mi madre desde que era muy pequeño es que, si uno espera invitados, es mejor limpiar la casa.

Admito que cuando era niño, aquello no me cuadraba. ¿A quién podía importarle si todos los juguetes estaban recogidos en mi habitación o si había hecho la cama? Era improbable que los políticos o lobistas subieran las escaleras hasta mi cuarto durante las fiestas que organizaban mis padres. Estaban demasiado ocupados tomando vino y martinis, y sintiéndose muy muy importantes. Recuerdo que juré que cuando fuera mayor todo eso me daría igual. Pero hete aquí que, ante la inminente posibilidad de que Natalie viniera de visita, la instrucción de mi madre regresó con fuerza a mi cabeza.

Abreviando, tras mis ejercicios y una carrera, recogí la casa, pasé la aspiradora, limpié la encimera y el fregadero, el cuarto de baño y, por último, hice la cama. También me di una ducha cantando bajo el chorro de agua, y pasé el resto de la mañana poniéndome al día con mis lecturas. La sección del libro que estaba estudiando trataba sobre la efectividad de la música como complemento de la terapia, y mientras avanzaba en la lectura de aquel material, recordé los años que dediqué a tocar el piano. Para ser sincero, mi relación con el instrumento siempre había sido intermitente: fue más intensa durante toda mi infancia, pero mientras estaba en la Academia Naval lo dejé completamente, para retomarlo cuando estaba en la Facultad de Medicina, y durante mi etapa como médico residente apenas toqué las teclas. En Pensacola tocaba mucho, puesto que tuve la suerte de alquilar un piso con un hermoso piano Bösendorfer de 1890 situado en el vestíbulo del edificio; Afganistán fue otra época sin música, y dudo que quedara un solo piano en todo el país. Ahora que me faltan los dedos me resulta imposible tocar como antes, y de repente me he dado cuenta de cuánto lo echo de menos.

Cuando acabé de estudiar mi libro, lo cerré, subí al coche y me dirigí a la tienda de comestibles. Me aprovisioné con lo indispensable y me hice un sándwich en cuanto llegué a casa. Cuando me puse a fregar el plato era casi la una de la tarde. Todavía no estaba seguro de si Natalie vendría, pero como aún albergaba la esperanza de que lo hiciera, fui hacia el cobertizo de la miel.

Al igual que la casa y el granero, no era gran cosa visto desde el exterior. El tejado de latón estaba oxidado, las tablas de cedro habían adquirido con el tiempo un tono grisáceo, y las bisagras que sostenían las enormes puertas dobles chirriaron al abrirlas. Pero aparte de eso, no se parecía en nada más a las otras construcciones; el interior era como un museo. Había electricidad, una instalación de fontanería y brillantes fluorescentes; las paredes y el techo estaban aislados, y el suelo de hormigón presentaba un desagüe en el centro. A mano izquierda había un fregadero de acero inoxidable con una larga manguera unida a un grifo, así como alzas poco profundas y excluidores de reinas para las colmenas, apilados cuidadosamente. A la derecha había un cubo de basura de plástico lleno de astillas para los ahumadores, al lado de largas estanterías repletas de decenas de tarros de miel. Justo delante se encontraba todo el equipo necesario para un apicultor: cubos de plástico de cinco galones con grifos antigoteo para la miel, una carretilla de plástico, cajas llenas de más tarros vacíos, y rollos de etiquetas autoadhesivas. En la pared del fondo, colgando de unos ganchos, había coladores de nailon, cedazos de miel, cuchillos para desopercular, dos fumadores, sopletes, una decena de trajes de apicultor, y guantes y caretas de tallas diversas. También había dos extractores, que se usaban para sacar la miel de los panales. Reconocí el que se accionaba de forma manual, cuya manivela yo solía hacer girar hasta que apenas podía mover el brazo, así como el eléctrico más moderno que mi abuelo había comprado cuando empezó a aquejarle la artritis, y ambos aparentemente estaban en perfecto estado de funcionamiento.

En cuanto a los trajes, sabía que encontraría las tallas adecuadas para mí y Natalie. Había tantos porque mi abuelo siempre estaba dispuesto a enseñar a otras personas (con frecuencia acudían en grupo) interesadas en aprender cosas sobre las abejas. La mayoría de la gente no se sentía cómoda visitando las colmenas sin un traje de protección; mi abuelo, en cambio, nunca se molestaba en ponerse uno. «No me picarán a menos que yo quiera que lo hagan. Saben que cuido de ellas», decía quitándole importancia con un gesto de la mano.

No sé si lo que decía era verdad o no, pero no recuerdo que le picaran mientras se ocupaba de las colmenas. Además, era un ferviente creyente del folklore del sur, convencido de que el veneno de las abejas podía mitigar el dolor de su artritis, de modo que cada día, sin falta, cogía dos abejas por las alas y las provocaba para que le picaran en sendas rodillas. La primera vez que le vi hacerlo, pensé que estaba loco; ahora que soy médico, sé que era un adelantado a su tiempo. En estudios clínicos controlados se ha demostrado que el veneno de las abejas alivia los dolores causados por la artritis. Quienes no me crean pueden consultarlos.

Me había ocupado de las colmenas en tantas ocasiones en el pasado que los siguientes pasos eran automáticos. Llené el ahumador con astillas, cogí el soplete y un cuchillo para desopercular, así como un par de trajes, caretas y guantes. Llevado por un impulso, cogí dos tarros de miel de las estanterías y me los llevé, junto con todo el equipo, al porche de la parte delantera. Sacudí el polvo de los trajes y caretas antes de colocarlos sobre la barandilla, y amontoné todo lo demás en la mesita al lado de las mecedoras. Para entonces, ya era la una y cuarto. No pintaba bien en cuanto a la visita de Natalie, pero aún peor era la perspectiva de que viniera y descubriera que la esperaba en el porche, si al final hacía acto de presencia. Un hombre tiene que tener un poco de orgullo, después de todo.

Volví adentro y me serví un vaso de té dulce de la jarra que había preparado por la noche, y luego fui hacia el porche trasero. Quiso el azar que, nada más probar el té, escuchara un coche aparcando en la entrada. No pude reprimir una sonrisa.

Atravesé la casa hacia la parte delantera y abrí la puerta justo cuando Natalie subía al porche. Llevaba unos pantalones vaqueros

79

y una camisa blanca de botones que acentuaba su piel aceitunada. Las gafas de sol ocultaban sus ojos, y llevaba el pelo recogido en una desenfadada cola de caballo, todo lo cual la hacía especialmente atractiva.

—Hola —dije—. Me alegro de que te decidieras a venir.

Se puso las gafas de sol a modo de diadema.

—Perdona el retraso. Tenía que ocuparme de un par de encargos esta mañana.

—Ningún problema —respondí—. Hoy tengo el día bastante libre. —Acto seguido, me acordé de los tarros que había encontrado en el cobertizo y señalé la mesa—. He recuperado estos tarros para ti, porque me dijiste que te gustaba la miel de mi abuelo.

—Muy amable por tu parte —murmuró—. ¿Pero estás seguro de que te quedará bastante para ti?

—Más que suficiente. Demasiada, en realidad.

—Podrías poner un puesto en el mercado de los agricultores si quieres deshacerte de ella.

—No creo que pueda ser —contesté—. El sábado por la mañana suelo ir a leer a los huérfanos ciegos. O rescato gatitos de los árboles.

—Exageras un poco, ¿no crees?

—Solo estaba intentando impresionarte.

Una sonrisa asomó a sus labios.

—No sé si debería sentirme halagada.

—Oh —respondí—. Sin duda.

—Está bien saberlo, pero no prometo nada.

—No te lo estoy pidiendo —repliqué—. Y en cuanto a la miel, Claude, del Trading Post, me dijo que quería toda la que tuviera, así que me imagino que la mayoría acabará allí.

—Me aseguraré de aprovisionarme antes de que lo sepa el resto del pueblo.

Por un instante se hizo el silencio y me miró fijamente. Me aclaré la garganta, y de repente me sentí cohibido.

—Sé que has venido a visitar las colmenas, pero si te parece nos sentamos un momento en el porche de atrás y te cuento qué vamos a ver, para que lo tengas más claro cuando estemos allí.

—¿Cuánto tiempo tardaremos?

—No mucho. No más de una hora.

Sacó el móvil del bolsillo trasero y miró la hora.

—De acuerdo —añadió—. Prometí visitar a mis padres esta tarde. Están en la playa.

—Creía que tenías que hacer tartas para la vecina.

—Ya las hice ayer.

—Muy eficiente —comenté—. Pasa —dije señalando el umbral de la puerta.

Escuché el eco de sus pasos tras de mí mientras atravesábamos la sala hasta la cocina. Hice una pausa.

—¿Puedo ofrecerte algo para beber?

Echó un vistazo de reojo al vaso de té helado que llevaba en la mano, asintió y dijo:

—Un vaso como el tuyo, si no te importa.

—Buena elección; lo preparé anoche.

Cogí un vaso, añadí cubitos de hielo, lo llené de té negro dulce de la nevera, y se lo ofrecí. Luego me apoyé en la encimera y la observé mientras daba un sorbo.

—No está mal.

—¿Igual de rico que tus tartas?

—No.

Me reí, mientras la observaba dando sorbitos al té y examinando la casa. Muy a mi pesar, agradecía el consejo de mi madre. Sin duda ahora Natalie creería que era ordenado, además de bastante encantador. O tal vez no. Era consciente de que ella me interesaba, aunque siguiera siendo un misterio para mí.

—Has hecho algunos cambios —comentó.

—Aunque me gustaba vivir en una cápsula del tiempo, sentía la necesidad de actualizar la decoración.

—Parece más diáfano, además.

—Mi abuelo tenía muchas cosas. Me deshice de la mayoría.

—Mis padres también son así. En la repisa de la chimenea debe haber cincuenta fotografías enmarcadas. Si intentas quitarle el polvo a una se caen todas como un dominó. No lo entiendo.

—Tal vez cuanto más mayores nos hacemos, más importancia adquiere el pasado. ¿Quizás porque nos queda menos futuro?

81

—Tal vez —dijo, sin añadir nada más.

Incapaz de leer su mente, empujé la puerta de atrás.

—¿Preparada?

La seguí hasta el porche trasero y vi cómo tomaba asiento en la misma mecedora que la primera noche que la conocí. No se reclinó como yo, sino que se quedó sentada al borde, como dispuesta a saltar y salir corriendo si fuera necesario. Me sorprendía que no estuviera más relajada, después de haber estado charlando y bromeando, pero la sensación de que Natalie estaba llena de sorpresas era cada vez más intensa.

Tomé un sorbo de té mientras la veía mirar hacia el arroyo, con un perfil tan perfecto como de cristal tallado.

—Creo que podría quedarme mirando esto para siempre.

—Yo también —dije, aunque solo la miraba a ella.

Esbozó una sonrisa, pero decidió hacer caso omiso de mi comentario.

—¿Te bañas ahí a veces?

—Cuando era niño, sí. Ahora mismo el agua está demasiado fría.

—Puede que sea mejor así. Parece ser que se han avistado algunos caimanes río arriba.

—¿En serio?

—Es bastante raro verlos tan al norte. Una o dos veces al año nos llegan avisos parecidos, pero nunca he tenido la suerte de ver uno. Suelen estar en lugares a los que no llegan los coches.

—Si alguna vez te apetece salir con el bote, lo tengo amarrado ahí mismo.

—Eso podría ser divertido —admitió antes de cruzar las manos sobre el regazo, repentinamente formal de nuevo—. ¿Qué me querías explicar de las abejas?

—Empecemos con un par de cuestiones —dije, dejando a un lado el vaso—: ¿Qué sabes de las abejas? ¿Y cuánto te gustaría saber?

—Tengo una hora, tal vez un poco más. Así que estaría bien comenzar por lo que consideres más importante.

—Me parece bien —acepté—. Las colonias tienen un ciclo anual. En invierno, una colmena puede contar con entre cinco y diez mil abejas. En primavera, cuando empieza a hacer calor, la reina comienza a poner más huevos, y la población crece. Durante los meses de verano, una colmena puede albergar hasta cien mil abejas, razón por la cual un apicultor puede querer añadir otro cajón. Después, cuando se acerca el otoño, la reina pone menos huevos. La población vuelve a disminuir, porque la colonia de alguna forma sabe que no ha almacenado la suficiente miel para alimentar a todas las abejas. En invierno, el resto se come la miel para sobrevivir. También se agrupan y vibran para producir calor; de ese modo la colonia no se congela. Cuando empieza a hacer más calor, el ciclo vuelve a empezar.

Asimiló la información y después alzó la mano.

—Espera —dijo—. Antes de seguir, me gustaría saber cómo aprendiste todo eso. ¿Te lo enseñó tu abuelo?

—Nos ocupábamos de las colmenas juntos cuando venía de visita. Pero también le escuchaba cuando daba charlas a montones de personas distintas. Cuando estaba en el instituto, durante un semestre hice incluso un proyecto sobre las abejas para la asignatura de Ciencias.

—Solo quería asegurarme de que sabes de qué estás hablando. Continúa.

«¿He detectado tal vez cierta coquetería en su voz?» Recuperé el vaso, intentando no perder el hilo de mis pensamientos. Su belleza era una fuente de distracción.

—Cada colmena cuenta con una sola reina. Suponiendo que no enferme, vive de tres a cinco años. En la primera fase de su ciclo de vida, la reina se dedica a volar y a ser fertilizada por tantos machos como sea posible antes de regresar a la colmena, donde pondrá huevos el resto de su vida. Los huevos se convierten en larvas, después en crisálidas y, cuando alcanzan la madurez, las abejas están preparadas para servir a la colmena. A diferencia de la reina, las abejas obreras solo viven seis o siete semanas, y se turnarán en toda una serie de funciones durante su corta vida. La inmensa mayoría son hembras. Los machos reciben el nombre de zánganos.

—Y lo único que hacen los zánganos es aparearse con la reina y comer.

—Veo que lo recuerdas.

—Es difícil de olvidar —comentó—. ¿Qué pasa si la reina muere?

—Las colonias cuentan con un plan B —respondí—. No importa qué estación del año sea, cuando una reina está débil o no pone suficientes huevos, las abejas enfermeras empiezan a alimentar a varias larvas con una sustancia llamada jalea real. Este alimento convierte a las larvas en reinas, y la más fuerte será la que reemplace a la actual en caso necesario. Llegados a ese punto, se dedicará a volar y aparearse con todos los zánganos que pueda antes de regresar a la colmena para pasarse el resto de sus días poniendo huevos.

—Vaya vida para ser una reina.

—Sin ella, la colonia muere. Por esa razón se la llama reina.

—Pero con ese nombre cabría pensar que de vez en cuando se escapa para ir de compras o asistir a una boda.

Sonreí, reconociendo en su sentido del humor algo parecido al que yo tenía.

84

—Bien, ayer mencioné algunas de las funciones de las abejas durante su ciclo de vida: limpiar la colmena o alimentar a las larvas, entre otras. Pero la mayoría de las abejas en cualquier enjambre se dedican a recolectar polen y néctar. Mucha gente podría pensar que el polen y el néctar son lo mismo, pero no es así. El néctar es el zumo azucarado que se encuentra en el corazón de las flores. El polen, en cambio, es el conjunto de granos diminutos que se recogen con las antenas. ¿Adivinas cuál se necesita para hacer miel?

Frunció los labios.

—¿El néctar?

—Exacto —dije—. La abeja llena sus bolsas de néctar, regresa a la colmena y lo convierte en miel. Las abejas cuentan además con glándulas que convierten parte del azúcar de la miel en cera. Así, poco a poco, se fabrica y almacena la miel.

—¿Cómo se convierte el néctar en miel?

—Es un poco asqueroso.

—Da igual, cuenta.

—Cuando una abeja regresa con su cargamento de néctar, lo pasa con la boca a otra abeja, que hace lo mismo con la siguiente, y así sucesivamente, para reducir gradualmente su contenido en agua. Cuando está lo suficientemente concentrado, se consigue lo que llamamos miel.

Hizo una mueca. Por un momento, pude imaginármela de adolescente.

—Sí que es asqueroso.

—Me pediste que te lo contara.

—¿Qué pasa con las abejas que traen el polen?

—El polen se mezcla con el néctar para hacer pan de abeja, que será el alimento de las larvas.

—¿Y la jalea real?

—No sé cómo se hace —admití—. Me lo explicaron, pero no me acuerdo.

—Por lo menos eres sincero.

—Siempre —contesté—. Pero eso nos lleva a otra cuestión importante. Como las abejas necesitan comer miel para sobrevivir en la temporada de invierno, un apicultor tiene que ser prudente y no recoger demasiada.

—¿Cuánto debe dejar?

—Mi abuelo solo recogía aproximadamente un sesenta por ciento de la miel en cada colmena, una parte en junio y el resto en agosto. Algunos grandes productores recogen un porcentaje mayor, pero normalmente no es buena idea.

—¿Es eso lo que les está pasando a las abejas?

—¿Qué quieres decir?

—Leí algunos artículos que afirmaban que las abejas se están extinguiendo. Y que si eso llegara a suceder, la humanidad no sobreviviría.

—La última parte de esa afirmación es cierta. Sin las abejas llevando el polen de una planta a otra, muchos cultivos simplemente no pueden tener continuidad. En cuanto a la primera parte, el descenso de la población de abejas probablemente tiene menos que ver con la sobreexplotación que con el abuso de productos químicos para limpiar la colmena. Mi abuelo nunca usó esos químicos porque en realidad no son necesarios. Te lo demostraré cuando lleguemos al cobertizo; creo que por el momento ya tienes bastante información. —Dejé a un lado mi vaso—. A menos que haya algo más que desees saber.

—Sí, sobre las abejas guardianas. ¿Por qué zumban dando vueltas alrededor de la cara?

—Porque funciona —dije riendo—. A la gente no le gusta, y por eso se alejan. No te olvides de que en la naturaleza los osos saquean los enjambres. La única manera para las diminutas abejas de proteger la colonia de un oso gigante es picarle en los ojos, la nariz o la boca.

Titubeó brevemente.

—Vale. Pero sigue sin gustarme.

—Por eso vamos a ponernos unos trajes. ¿Estás lista?

Natalie se levantó de su asiento, fue hacia el interior y se detuvo en la cocina para dejar su vaso. Mientras tanto, saqué dos cucharas del cajón de la cocina, las envolví en una servilleta de papel y las guardé en un bolsillo. Volvimos sobre nuestros pasos hasta el porche delantero, y le ofrecí el traje de menor tamaño.

—Póntelo por encima de la ropa —dije, mientras me quitaba los zapatos y me ponía el traje; Natalie me imitó, asegurándose de que todas las cremalleras estuvieran bien cerradas. Volvimos a ponernos los zapatos, le pasé la careta de malla, que iba unida a un sombrero de ala redondeada, y los guantes; luego usé el soplete para encender el ahumador.

—¿Qué es eso?

—Es un ahumador. Calma a las abejas.

—¿Cómo?

—Las abejas interpretan el humo como un indicio de fuego forestal y empiezan a alimentarse con la miel, por si tienen que trasladar el enjambre a otro lugar.

Recogí el resto del equipo y le indiqué que me siguiera. Emprendimos el camino hacia las colmenas, pasando por arbustos de azalea, hasta una zona densamente poblada por cornejos silvestres, cerezos en flor y magnolias. En el aire flotaba el zumbido de las abejas que podían verse apiñadas en casi cada flor.

En los límites de la propiedad, la vegetación se hizo más densa. Justo ante nosotros vislumbré una de las colmenas; aunque mi abuelo las confeccionaba él mismo, eran similares a las que podían comprarse, o a las que usaban los apicultores comerciales, que consistían esencialmente en una plancha sobre la cual se asientan cajones de madera apilados, con sus respectivas tapas. Como siempre, me maravillaba la idea de que fuera el hogar de más de cien mil abejas.

—Deberíamos hacer una parada aquí para ponernos el resto del equipo.

Tras ponernos los guantes, nos acercamos al enjambre mientras las abejas chocaban contra la malla de las caretas.

Cogí aire con el ahumador y expulsé un poco de humo cerca de la colmena antes de depositarlo en el suelo.

—¿Eso es todo?

—No hace falta mucho humo —explicó—. Las abejas tienen un sentido del olfato muy agudo. —Señalé hacia un punto bajo el labio de la tapa—. ¿Ves esta ranura? Por aquí entran en la colmena y salen de ella.

Con cautela, dio un paso para acercarse.

—¿Cuánto hay que esperar para que el humo empiece a actuar?

—Ya está surtiendo efecto —dije—. Estarán tranquilas durante quince o veinte minutos.

—¿Les hace daño el humo?

—En absoluto —contesté—. Déjame enseñarte el interior del enjambre.

Levanté la tapa (en lenguaje de apicultor, la cubierta exterior) y la dejé a un lado. Luego, usando el cuchillo para desopercular, desprendí la cubierta interior. Siempre estaba un poco pegajosa, y esta vez me costó un poco más de lo normal hacer palanca, seguramente porque nadie la había despegado en meses.

Una vez retirada la cubierta interior, la dejé en el suelo.

—Echa un vistazo —dije—. Ahora son más amables.

Con evidente ansiedad, miró por encima del hombro. Señalé la cámara superior.

—Esta parte del enjambre se llama alza melaria. Es la cámara con la comida. Hay diez cuadros colgando, y aquí es donde se almacena la mayoría de la miel.

Señalé la cámara por debajo de la primera, y proseguí con mi explicación:

—La que está justo debajo se llama alza inferior, y es la cámara de cría.

—Guau —murmuró. Había cientos de abejas moviéndose lentamente, arrastrándose por encima y entre los cuadros. Natalie parecía sinceramente absorta.

—Me alegra que estuvieras interesada en venir aquí —comenté—. De lo contrario, probablemente habría olvidado incorporar la media alza y el excluidor de la reina. No he pensado en ello hasta que los vi en el cobertizo de miel.

—¿Para qué sirven?

—La media alza es un espacio de almacenaje de miel adicional para el aumento de población de la colmena en verano. Es como el alza melaria, pero más pequeña. El excluidor de la reina sirve para evitar que la reina pueda subir y salir volando.

—¿No se necesitan durante todo el año?

Negué con la cabeza.

—En invierno interesa que la colmena sea más pequeña para mantener el calor con más facilidad.

En el alza melaria, las abejas seguían trepando con una tenacidad y energía incansable. Señalé una más grande que parecía una avispa.

—¿Ves esta? —pregunté—. Es un zángano.

Se acercó a mirar, y después señaló otra.

—¿Esa también?

Asentí.

—Como te dije, hay muchas más hembras, como en la Mansión Playboy de Hugh Hefner.

—Bonita metáfora —dijo arrastrando las palabras.

Sonreí.

—Déjame enseñarte algo.

Me quité los guantes, alargué la mano y con cuidado cogí una de las abejas obreras por las alas, todavía dócil gracias al humo. Con la uña del pulgar de la otra mano, la provoqué hasta que intentó picarme a través de la uña.

—¿Qué haces? —susurró Natalie—. ¿Intentas hacerla enfadar?

—Las abejas no se enfadan. —Volví a manipularla, y de nuevo intentó picarme tres, cuatro, cinco veces—. Mira —seguí explicando. Puse la abeja en el dorso de mi mano y le solté las alas. En lugar de seguir tratando de picarme, la abeja avanzó un poco y luego salió volando lentamente de regreso a la media alza.

—A la abeja no le importó, ni le importa lo que acabo de hacerle —dije—. Solo estaba intentando protegerse a sí misma. No es rencorosa, ahora no se siente amenazada.

A través de la malla de la careta, pude entrever su fascinación y un recién descubierto respeto.

—Interesante —dijo—. Mucho más complejo de lo que imaginaba.

—Las abejas son criaturas extraordinarias —dije, oyendo en mi mente el eco de la voz de mi abuelo—. ¿Quieres ver la miel? ¿Y las larvas?

—Me encantaría —respondió. Con el cuchillo para desopercular, desprendí uno de los cuadros por el extremo superior, y luego el inferior hasta que pude sacarlo lentamente. Mientras hacía aquella operación, vi que Natalie observaba con los ojos como platos; el cuadro estaba cubierto por cientos de abejas a ambos lados. Tras examinarlo, comprobé que las celdas no contenían la variedad que yo buscaba, así que volví a introducirlo en la colmena—. Debe de haber uno mejor —comenté—. Todavía es pronto para la época en que estamos.

Saqué tres cuadros antes de encontrar el que buscaba, que extraje por completo de la colmena. Al igual que los demás, estaba plagado de abejas, y lo sostuve ante ella.

—¿Recuerdas que te dije que los grandes productores usan productos químicos para limpiar las colmenas y así poder recolectar la miel?

—Claro.

—Ahora verás por qué no son necesarios tantos químicos. —Retrocedí un paso y, con un rápido movimiento, sacudí el cuadro arriba y abajo. Casi todas las abejas salieron volando y sostuve el cuadro prácticamente vacío frente a ella—. Eso es todo lo que hay que hacer para ahuyentar las abejas y poder recolectar la miel —dije—. Una sola sacudida con un movimiento seco.

—Entonces, ¿por qué los grandes productores usan químicos?

—No tengo ni idea —respondí—. Hasta ahora no he podido imaginar el motivo.

Incliné el cuadro para poder observarlo mejor, y señalé varias celdas mientras seguía explicando.

—Estas celdas en la esquina superior, cubiertas de cera, están llenas de miel. Estas de abajo, de un tono más claro, contienen larvas y huevos. Y las que están vacías estarán llenas de miel a finales de verano.

Natalie, que ahora parecía sentirse más cómoda en la proximidad de la colmena, se acercó un poco más. Todavía quedaban unas cuantas abejas en el cuadro, y con la mano enguantada alargó lentamente un dedo hacia una de ellas. Asombrada de que la ignorara por completo, vio que otra abeja trepaba por el guante y después regresaba al cuadro.

—¿No están enfadadas por el hecho de haber espantado a todas sus amigas?

—Para nada.

—¿Qué me dices de las abejas asesinas?

—Son diferentes —contesté—. Como colonia, son mucho más agresivas a la hora de proteger el enjambre. Pueden enviar cientos de abejas guardianas cuando sienten que la colmena está amenazada, mientras que estas de aquí solo enviarían diez o quince. Hay algunas teorías históricas y evolutivas que intentan explicar el porqué, pero a menos que estés realmente interesada, podemos dejar esta cuestión para otro momento. ¿Quieres probar la miel?

—¿Ahora?

—¿Por qué no? Ahora estamos aquí.

—¿Está… lista?

—Está perfecta —aseguré, mientras sacaba y desempaquetaba

las cucharas de mi bolsillo, para ofrecerle una—. ¿Te importa sostenerla un momento?

Cogió la cuchara mientras yo usaba la otra para abrirme camino a través de algunas de las celdas recubiertas de cera. La cuchara se llenó de miel cruda y pura.

—Te la cambio —dije.

Natalie cogió la cuchara con miel, y entonces repetí la operación con la mía.

—Aguanta las dos un momento, ¿vale?

Asintió. Su mirada saltaba de mí a la miel, dorada bajo la luz del sol. Volví a montar la colmena, recogí el ahumador y el cuchillo para desopercular, y luego le pedí que me diera una de las cucharas. Nos alejamos de las colmenas, en dirección al cobertizo. Cuando estábamos a una distancia segura, le indiqué por señas que ya podía quitarse la careta y los guantes.

Al quitarse la careta pude ver su rostro iluminado por la emoción y el interés, la piel húmeda y brillante por el sudor. Alcé la cuchara, como si estuviera proponiendo un brindis.

—¿Preparada?

Choqué mi cuchara con la suya, y luego probé la miel, que encontré tan dulce que casi me dolieron los dientes. Cuando ella la probó, cerró los ojos haciendo una profunda respiración.

—Sabe...

—¿A flores?

—Es deliciosa. Y sí, tiene un intenso sabor a flores.

—El sabor de la miel depende de donde se encuentre la colmena, porque el néctar que recogen las abejas es diferente. Esa es la razón de que el grado de dulzor varíe, o de que el sabor sea ligeramente más afrutado o más floral. Es un poco como el vino.

—No estoy segura de haber notado mucha diferencia en cuanto al sabor hasta ahora.

—La miel comercial es, en su mayoría, de trébol. A las abejas les encanta, y esa es la razón de que haya una parte de la propiedad plantada con tréboles. Pero, al margen de eso, la miel es uno de los alimentos más manipulados y sobre el que más mentiras se cuentan del planeta. Gran parte de la miel comercial es en realidad miel mezclada con jarabe de maíz aromatizado. Hay que tener cuidado con lo que se compra.

Asintió con la cabeza, pero había algo que recordaba a un estado de trance en su comportamiento, como si la combinación del sol, el relajante zumbido de las abejas y el elixir de la miel hubiera eliminado la coraza que solía erigir a su alrededor. Tenía los labios separados, húmedos, y los ojos de color aguamarina parecían somnolientos y traslúcidos. Cuando su mirada vagó de la colmena hasta encontrarse con la mía, sentí una atracción casi hipnótica.

Avancé un poco hacia ella, percibiendo con fuerza el sonido de mi propia respiración. Parecía darse cuenta de cómo me sentía yo en ese momento, y estar halagada por ello. Pero, sorprendida de sí misma, de forma igual de repentina recogió los guantes y la careta, cortando el hilo de aquel breve hechizo.

Me obligué a decir algo.

—¿Te gustaría ver cómo se saca la miel? Solo serán un par de minutos.

—Claro.

Sin más palabras, empezamos a andar hacia el cobertizo de la miel. Una vez allí, me dio la careta y los guantes, y después se quitó el traje protector. Yo hice lo mismo y lo puse todo de nuevo en su sitio. Descolgué el extractor manual de la pared. Ella se acercó para inspeccionar el extractor, aunque guardando una distancia prudencial.

—Para recolectar la miel, se sacan los cuadros de la colmena, se sacuden para alejar a las abejas, y se cargan en la carretilla para traerlos hasta aquí —comencé a explicar, recuperando la compostura de forma lenta pero segura—. Después se colocan los cuadros de uno en uno en el extractor, entre estas ranuras. Al accionar la manivela el cuadro empieza a girar. La fuerza centrífuga extrae la miel y la cera de los panales. —Hice girar la manivela, para demostrar su funcionamiento—. Una vez que se ha extraído la miel del cuadro, se coloca una de estas bolsas de nailon en un cubo de plástico, que se pone bajo la boquilla del extractor. Al abrirla, la miel pasa al cubo. La bolsa de nailon captura la cera, pero deja que pase la miel. Después se rellenan los tarros con la miel, y ya está lista.

Sin mediar palabra, Natalie examinó el resto del cobertizo, deambulando distraídamente de un sitio a otro, hasta finalmente detenerse frente al cubo de basura de plástico. Levantó la tapa y vio las astillas y virutas de madera; por su expresión, supe que se imaginaba que el contenido estaba destinado al ahumador. Examinó la pared del fondo, inspeccionó el equipo, y señaló las hileras de tarros de miel claramente etiquetados.

—Está todo muy organizado aquí.

—Siempre —confirmé.

—Mi padre tiene una cabaña para trabajar parecida a esto —comentó, volviéndose de nuevo hacia mí—. Allí todo tiene su sitio, y cada cosa una finalidad.

—¿Ah, sí?

—Compra viejos radiotransistores y fonógrafos de los años veinte y treinta, y los repara en el cobertizo detrás de casa. Me encantaba pasar tiempo allí cuando era pequeña, mientras él trabajaba. Tenía un taburete de respaldo alto y llevaba unas gafas que aumentaban el tamaño de todas las cosas. Todavía recuerdo lo grandes que parecían sus ojos. Incluso ahora, cuando los visito en La Grange, el cobertizo es normalmente el lugar en el que nos ponemos a hablar de la vida.

—Tiene un *hobby* poco corriente.

—Creo que le da paz. —Su voz sonaba nostálgica—. También le hace sentirse orgulloso. Hay una sección entera de aparatos electrónicos restaurados en exhibición en la tienda.

—¿Vende alguno?

—Casi nunca. —Se rio—. No todo el mudo comparte su fascinación por los aparatos electrónicos antiguos. A veces dice que le gustaría abrir un pequeño museo, tal vez como un anexo de la tienda, pero lo lleva pensando hace años, ¿quién sabe?

—¿Qué hace tu madre mientras tu padre está jugueteando con sus aparatos?

—Cocina —respondió—. Es por eso por lo que sé cómo hacer una excelente corteza de masa. En la tienda vende sus tartas, si no nos las hemos comido antes.

—Parece que tus padres son buena gente.

93

—Lo son —confirmó—. Se preocupan por mí.

Permanecí en silencio, esperando que continuara, pero no lo hizo. Al final decidí darle un empujoncito.

—¿Debido a que eres agente del *sheriff*?

—En parte —admitió. Luego, como si se diera cuenta de que la conversación había tomado un curso no deseado, se encogió de hombros—. Los padres siempre se preocupan. Va con la condición de progenitor. Pero eso me recuerda que debería irme ya. Estarán esperándome.

—Claro —dije—. Te acompaño al coche.

Salimos del cobertizo y seguimos el camino que llevaba hasta la entrada. Conducía un modelo antiguo de un Honda plateado, un buen coche que seguramente pretendía conservar hasta que dejara de funcionar. Le abrí la puerta del conductor; en su interior vi el bolso en el asiento del copiloto, y un pequeño crucifijo colgando del espejo retrovisor.

—Me ha encantado este día —dijo—. Gracias.

—A mí también —admití—. No tienes que darme las gracias.

El sol brillaba a su espalda, lo cual hacía difícil leer la expresión de su rostro, pero al posar su mano levemente sobre mi antebrazo, noté que, al igual que yo, todavía no tenía ganas de irse.

—¿Cuánto tiempo vas a estar en casa de tus padres?

—No demasiado —dijo—. Voy a verlos durante un par de horas y luego vuelvo a casa. Tengo que ir a trabajar mañana por la mañana.

—¿Y si quedamos para cenar luego, cuando vuelvas?

Me examinó atentamente, y después contestó con una evasiva.

—No estoy segura de a qué hora volveré.

—Me da igual la hora —insistí—. Puedes enviarme un mensaje cuando estés saliendo y quedamos donde te vaya bien.

—Yo... mmm...

Dejó la frase sin terminar y, a continuación, rebuscó en un bolsillo para sacar las llaves.

—No me gusta salir en New Bern —dijo por fin.

Podría haberle preguntado la razón, pero no lo hice. En lugar de eso, retrocedí un paso para darle más espacio.

—Solo es una cena, no un compromiso. Todo el mundo tiene que comer algo.

No dijo nada, pero una parte de mí empezaba a sospechar que quería aceptar. Todavía no tenía claro el motivo de sus reservas.

—Podemos vernos en la playa, si te va mejor —ofrecí.

—No te queda de camino que digamos.

—Todavía no he pisado la playa desde que llegué —dije—. Aunque tenía la intención de hacerlo.

«Bueno, en realidad no. En cualquier caso, no hasta ahora mismo», pensé.

—No conozco ningún restaurante bueno en la playa —repuso.

—¿Qué me dices de Beaufort? Seguro que hay algún lugar que te gusta allí.

Mientras esperaba su respuesta, hizo tintinear las llaves.

—Hay un local... —empezó a decir, en un tono que apenas era audible.

—Cualquier sitio me irá bien —dije para animarla a seguir hablando.

—El Blue Moon Bistro —dijo aceleradamente, casi como si temiera cambiar de idea—. Pero no podemos quedar demasiado tarde.

—Elige la hora. Nos vemos allí directamente.

—¿Qué te parece a las seis y media?

—Perfecto.

—Gracias de nuevo por la lección sobre apicultura.

—Me ha encantado dártela —contesté—. He disfrutado este rato contigo.

Dejó escapar una suave exhalación mientras se deslizaba en el asiento del conductor.

—Yo también.

Cerré la puerta y ella giró la llave. El motor arrancó y, mirando por encima del hombro, salió marcha atrás. Mientras el coche se detenía brevemente para luego avanzar hacia delante, reflexioné sobre el misterio de Natalie Masterson. A veces segura de sí misma, otras vulnerable; extrovertida y hermética; parecía una mujer de pulsiones complejas.

Sin embargo, lo que había empezado como un distraído coqueteo ya había comenzado a transformarse en algo más serio, en el deseo de conectar y comprender realmente a una mujer que no sabía cómo interpretar. Tampoco podía librarme de las ganas de llegar a la verdadera Natalie, de saltar el muro que parecía obligada a erigir entre nosotros, y tal vez construir algo más profundo y significativo. Incluso a mí me sorprendía aquel concepto romántico que rozaba lo ridículo; de nuevo me recordé a mí mismo que en realidad no la conocía, pero al mismo tiempo, sabía que mi abuelo habría dicho: «Confía en tu instinto, como hacen las abejas».

De regreso a la casa, vi los tarros de miel en la mesa del porche y me di cuenta de que se había olvidado de cogerlos. Los dejé en mi todoterreno, y después pasé el resto de la tarde en el porche trasero con un libro de texto en el regazo, intentando no pensar en Natalie, ni siquiera en mis propios sentimientos, pero me resultó imposible concentrarme. En lugar de estudiar, me dediqué a reproducir en mi mente los momentos que había pasado con ella una y otra vez, para, finalmente, admitir que simplemente estaba contando los minutos que faltaban hasta que volviera a verla.

6

¿*Q*ué debería ponerme?

Normalmente, no necesito pensármelo dos veces, pero me sorprendí a mí mismo buscando el restaurante en internet para hacerme una idea del código de etiqueta. Por lo que vi, era un local acogedor y decorado con muy buen gusto. Se hallaba en un edificio histórico, las fotos mostraban el suelo de pino, mesas pequeñas con manteles blancos y abundante luz natural que entraba a raudales por las ventanas. Podía imaginarme que no llamaría la atención en pantalones vaqueros, pero, al final, acudí con el típico aspecto de Annapolis: pantalones marrones, una camisa de botones, chaqueta de *sport* y náuticos. Solo me faltaba un pañuelo y podría haberme paseado diciendo frases como: «¿A alguien le apetece salir en yate?».

Tardaría poco menos de una hora en llegar allí, pero como no quería llegar tarde, crucé el puente hacia Beaufort con unos cuarenta y cinco minutos de antelación. La ciudad estaba enclavada en el canal intracostero, y decidí aparcar cerca del muelle. El restaurante se encontraba justo al girar la esquina. Avisté un par de caballos salvajes al otro lado del canal, pastando en una de las numerosas islas barrera que configuran la línea costera de Carolina del Norte.

Mi abuelo me había dicho que esos caballos descendían de los mustangs que sobrevivieron a los naufragios de naves españolas frente a la costa, pero quién sabe si era cierto.

Decidí emplear el tiempo de sobra para inspeccionar las galerías de arte situadas en el paseo marítimo. La mayoría de las obras eran de artistas locales, de temática marina, o sobre la arquitectura histórica de Beaufort. En una de las galerías vi un cuadro que representaba la casa donde supuestamente había vivido el pirata Barbanegra; recordaba vagamente que el pecio de su nave, llamada Queen Anne's Revenge, había sido descubierto en la ensenada de Beaufort. El propietario de la galería me lo confirmó, aunque reconociendo también que había cierta incertidumbre al respecto. El pecio tenía el tamaño que se suponía correcto, y los cañones encontrados en el fondo del océano eran de ese periodo, pero no se pudo encontrar ningún resto específico que indicara el nombre de la nave. Obviamente no se podía abrir la guantera para sacar la documentación, y el océano puede causar muchos desperfectos en trescientos años.

Deambulé de regreso al paseo y advertí que el sol se estaba poniendo lentamente, proyectando un prisma dorado sobre el agua. Mi abuelo solía llamarla «luz celestial», y ese recuerdo me hizo sonreír, al rememorar todas las tardes que me había traído aquí para ir a la playa y después tomar un cono de helado en Beaufort. Recapitulando, era asombroso que me hubiera dedicado tanto tiempo cuando estaba de visita. De pronto volví a pensar en su extraño viaje a Easley, la última vez que hablé con él, y sus últimas y desconcertantes palabras.

«Ve a hel…»

No tenía ganas de obsesionarme con ello, así que aparté ese pensamiento de mi mente. Para entonces eran casi las seis y media, por lo que fui hacia el restaurante, preguntándome si ella acudiría. Justo entonces vi el coche de Natalie aparcando cerca del mío. Cambié de dirección para llegar al vehículo justo cuando salía.

Se había puesto un vestido sin mangas de cuello alto con estampado de flores que resaltaba su figura, unas botas negras de medio tacón, y llevaba un suéter colgando del brazo. Una fina cadena de oro alrededor del cuello brillaba bajo la luz menguante. Cuando recogió su bolso del coche, advertí la elegancia de cada uno de sus movimientos. Sus brazos y piernas eran esbeltos y se veían tonificados, haciendo que la fina tela de su vestido se contoneara en torno a ella con un movimiento seductor.

Cerró la puerta del coche y, al girarse y verme, se sobresaltó.

—Ah, hola —saludó—. No llego tarde, ¿verdad?

—De hecho, llegas un poco antes —respondí—. Estás muy guapa.

Se ajustó la cadena, como para asegurarse de que el colgante (¿un guardapelo?, ¿un medallón?) no quedaba a la vista.

—Gracias —contestó—. ¿Acabas de llegar?

—He venido un poco antes —dije—. ¿Cómo ha ido la visita a tus padres?

—Como siempre. —Suspiró—. Cuando está aquí, a mi padre le gusta leer en el porche trasero. Mi madre ha ido decorando poco a poco la casa desde que la compraron, y se moría de ganas de enseñarme la habitación de invitados redecorada. Los quiero muchísimo, pero a veces tengo la sensación de que estar con ellos es como la película *Atrapado en el tiempo*, donde siempre sucede lo mismo una y otra vez.

Asentí señalando el restaurante.

—¿Te parece que vayamos para allí?

—Déjame ponerme el suéter. Hace fresco, ¿no crees? —Extendió la mano para tenderme el bolso—. ¿Puedes sujetármelo un momento?

Mientras se ponía el jersey, pensé que tal vez se sentiría cohibida por llevar aquel precioso vestido ajustado. No hacía nada de frío.

Tras ponerse el jersey, le devolví el bolso y cruzamos la calle. Había unas cuantas personas en la calle, pero me pareció que aquella localidad era aún más tranquila que New Bern.

—¿Cuándo fue la última vez que comiste en el Blue Moon Bistro?

—Hace tiempo —dijo—. Tal vez hace un año y medio.

—¿Y por qué hace tanto?

—La vida. El trabajo. Recados. A menos que esté visitando a mis padres, no me queda de camino. Por lo general, por la noche suelo quedarme en casa, tranquila.

—¿Nunca sales con tus amigos?

—No demasiado, no.

—¿Por qué no?

—La vida. El trabajo. Recados —repitió—. Como todavía estoy en el último escalafón de la jerarquía de mi trabajo, mi horario suele cambiar mucho. A veces tengo turno de día, otras me toca de noche, y va cambiando constantemente. Es todo un desafío organizar algo con amigos.

—Eso es un inconveniente —comenté.

—Sí que lo es —confirmó—. Pero paga las facturas. Y soy muy responsable.

—¿Siempre?

—Lo intento.

—Eso es terrible.

—No, para nada.

—Siento discrepar —insistí—. En última instancia, la gente suele arrepentirse de las cosas que no hicieron, no de las que sí hicieron.

—¿Quién te ha dicho eso? —dijo burlona.

—¿El sentido común?

—Vuelve a probar.

—¿Mi psiquiatra?

—¿De veras te dijo eso?

—No, pero estoy seguro de que podría decirlo. Es un tipo muy listo.

Se rio, y me di cuenta de qué distinta era en comparación con la primera noche que la vi. Era casi como si el uniforme tuviera el poder de transformar su personalidad. Pero entonces me percaté de que eso también era aplicable a mí mismo. Con la bata de laboratorio o ropa quirúrgica era una persona; vestido como un regatista, era otra distinta.

Al llegar al restaurante, una adolescente nos dio la bienvenida. Aproximadamente la mitad de las mesas estaban ocupadas. Cogió un par de cartas de un estante y nos condujo a una mesa situada cerca de una de las numerosas ventanas. Al caminar podía oírse el crujir de los tablones del suelo de madera, con el sonido de lo antiguo y la historia.

Acerqué la silla para que Natalie se sentara, y luego me senté frente a ella. Las vistas a través de la ventana no eran gran cosa:

solo se veía otro edificio histórico directamente al otro lado de la calle. No se veía el canal, ni una inminente puesta de sol, ni caballos salvajes. Como si me leyera la mente, Natalie se inclinó por encima de la mesa.

—Es antiguo, pero la comida es realmente buena —dijo—. Confía en mí.

—¿Debería pedir algo en particular?

—Todo es excelente —aseguró.

Asentí, y tras colocarme la servilleta en el regazo, estudié la carta.

—Estoy siguiendo la dieta de la fe —anuncié.

—¿En qué consiste?

—Como de todo y espero un milagro.

Puso los ojos en blanco, pero vi que esbozaba una leve sonrisa. En el silencio, volví a examinar la carta cuando de repente recordé lo que me había dejado en el coche.

—Por cierto, te olvidaste de los tarros de miel que te regalé.

—Me acordé en cuanto llegué a casa de mis padres.

—No importa, te los he traído, recuérdame que te los dé al salir.

La camarera vino a atendernos y tomó nota de las bebidas. Ambos pedimos té helado y agua. De nuevo a solas, intenté no mirarla fijamente. La aureola brillante de sus cabellos a la luz de las velas enmarcaba sus delicados rasgos y sus ojos de aquel color tan poco usual. Decidí, en cambio, averiguar más cosas sobre ella, ansioso por conocer más detalles sobre su pasado y todo lo que conformaba la persona que era en la actualidad.

—Así que tu padre arregla viejos aparatos electrónicos y tu madre cocina y decora la casa —resumí—. ¿Qué hay de tus hermanos? ¿Qué puedes contarme de ellos?

Se encogió de hombros.

—Están inmersos en la locura de los niños ahora mismo —comentó—. Bueno, más bien en la locura de los bebés. Ambos tienen hijos menores de tres años. Incluso en comparación conmigo, no tienen vida propia.

—¿Y tú?

—Ya te he hablado de mi vida.

«De algunas cosas, pero en realidad no has contado mucho», pensé.

—Dime cómo eras de niña.

—No es demasiado interesante. Era bastante tímida de niña, aunque me encantaba cantar —empezó a decir—. Pero a muchas niñas les gusta cantar, no es nada especial. Supongo que empecé a ser yo misma en el instituto y, al final, me desmarqué de la sombra de mis hermanos mayores. Conseguí el papel principal en el musical del instituto, me uní al comité del anuario y hasta jugué al fútbol.

—Entonces tenemos cosas en común —dije—. La música y el fútbol.

—Ya lo sé —replicó—. Pero no creo que fuera tan buena como tú en ninguna de las dos cosas. Jugaba al fútbol principalmente para poder pasar tiempo con mis amigos. Ni siquiera lo había probado hasta el bachillerato, y creo que solo metí un gol en toda la temporada.

Me decidí con rapidez por los tomates verdes fritos como entrante y atún de segundo, y dejé la carta a un lado.

—¿Fuiste al instituto en La Grange?

—La Grange es demasiado pequeño, no había instituto, así que acabé yendo a la Salem Academy. ¿Has oído hablar de ella? —Negué con la cabeza y ella prosiguió—: Es un internado solo de chicas en Winston-Salem —explicó—. Mi madre fue allí y también mi hermana mayor, Kristen. Mi hermano fue a Woodberry Forest, en Virginia. Mis padres le daban mucha importancia a nuestra educación, incluso aunque eso significara tenernos que enviar a un internado.

—¿Te gustó?

—Al principio no. Aunque mi hermana estaba allí, tenía nostalgia y sacaba unas notas terribles. Creo que lloré cada noche hasta caer rendida durante meses. Pero al final me acostumbré. Para cuando me gradué, me encantaba, y todavía sigo en contacto con algunas de las chicas que conocí allí. Creo que salir del pueblo para ir al instituto me ayudó a la hora de irme a estudiar a la Universidad de Carolina del Norte. Cuando llegué a la residencia de estudiantes el primer año, estaba tan acostumbrada a vivir sin mis padres que la transición me resultó muy fácil. Pero me parece que eso no me gustaría para mis hijos, si es que alguna vez llego a tenerlos. Creo que los echaría demasiado de menos.

—¿Quieres tener hijos?

Tardó unos instantes en contestar.

—Tal vez —dijo finalmente—. Pero no por ahora. Y puede que nunca suceda. El futuro no está escrito, ¿no?

—Supongo que no.

Dejó la carta encima de la mía, al borde de la mesa. Vi que sus ojos se posaban en mi mano lisiada. En lugar de intentar esconderla, extendí los dedos que me quedan sobre la mesa.

—Tiene un aspecto extraño, ¿no te parece? —comenté.

—No. —Negó con la cabeza—. Perdona. Ha sido de mala educación mirarla así.

—Es comprensible. Aunque estoy acostumbrado, todavía me resulta extraño. Pero perder los dedos es mejor que perder una oreja.

Ante su desconcierto, señalé un lado de mi cabeza.

—No es de verdad —dije—. Es una prótesis.

—Si no me lo llegas a decir, nunca lo habría imaginado.

—No sé por qué lo he hecho.

Pero sí sabía la razón. Por mucho que quisiera llegar a conocerla, también quería que ella me conociera como soy realmente, sentir que podía ser completamente sincero con ella. Se quedó callada un momento y creí que cambiaría de tema, o incluso que se excusaría para ir al aseo. Pero en vez de eso, me sorprendió al alargar la mano y rozar suavemente los muñones cubiertos de cicatrices que ocupaban el lugar donde antes estaban mis dedos. La sensación fue eléctrica.

—La explosión debió ser... espantosa —comentó, todavía con la punta de los dedos sobre mi piel—. He pensado en ello desde que me lo contaste. Pero no entraste en detalles. Me gustaría que me contaras más cosas, si no te hace sentir incómodo.

Le ofrecí una versión resumida de la historia: la explosión aleatoria de mortero al salir del edificio, un estallido de repentino ca-

103

lor abrasador, y después, nada, hasta que me desperté tras las primeras operaciones. Los vuelos a Alemania, y luego de regreso a Estados Unidos, las siguientes operaciones adicionales y la rehabilitación en los centros médicos de Walter Reed y Johns Hopkins. En un momento de la narración, retiró su mano de la mía, pero pude sentir la sensación etérea de su roce incluso después de mi disertación.

—Siento que tuvieras que pasar por todo eso —comentó.

—Si pudiera volver atrás en el tiempo, saldría del hospital unos cuantos minutos antes o después. Pero no puedo. Y ahora mismo estoy intentando seguir adelante con positividad.

—Apuesto a que tus padres siguen estando muy orgullosos de ti.

Al decir eso, recordé otras ocasiones anteriores en las que había compartido lo que les había pasado. Sabía que podía simplemente responder algo ambiguo como «eso espero», sin entrar en detalles, pero al ver cómo me miraba Natalie, me di cuenta de que no quería guardarme las palabras dentro de mí.

—Mis padres murieron un mes antes de que me graduase en la universidad. Emprendieron un viaje a la isla Martha's Vineyard para asistir a un evento político que probablemente no hubiera servido para nada a largo plazo. Uno de sus clientes había fletado un avión, pero nunca llegaron a su destino. El avión se estrelló en Virginia apenas cinco minutos después del despegue.

—¡Oh, Dios mío! ¡Eso es terrible!

—Sí, lo fue —confirmé—. Un día estaban ahí, y al siguiente habían desaparecido y yo me quedé totalmente devastado. Todo en su conjunto parecía surrealista, a veces todavía me lo parece. Solo tenía veintidós años, y seguía sintiéndome más cerca de la adolescencia que de la adultez. Todavía me acuerdo del momento en el que mi oficial superior entró en el aula y me indicó que fuera a su despacho para contármelo.

Titubeé, con el recuerdo aún vívido.

—Como ya casi había acabado con las clases, la Academia me dio un permiso para gestionarlo todo, y eso fue en cierto modo todavía más surrealista. Mi abuelo vino a ayudarme, pero, aun así…

Tuve que buscar unos servicios fúnebres, escoger los féretros, y elegir un vestido y un traje para mi padre, además de pensar qué clase de funeral les habría gustado. Había hablado por teléfono con ellos pocos días antes.

—Me alegro de que tu abuelo estuviera contigo.

—Nos necesitábamos, eso está claro. Ya había perdido a su mujer, y ahora acababa de perder a su única hija. Tras el funeral regresamos a New Bern, y creo que ninguno de nosotros dijo una palabra durante todo el viaje. Hasta que no llegamos a su casa fuimos incapaces de hablar de ello, y ambos derramamos muchas lágrimas esa semana. Era tan triste pensar en todas las cosas que nunca podrían hacer, o en mi futuro sin ellos.

—No puedo ni imaginar cómo sería perder a mis padres de esa manera.

—Hay momentos en los que yo sigo sin poder imaginármelo. Ha pasado una década, y todavía a veces me parece que puedo descolgar el teléfono y llamarles.

—No sé qué decir.

—Nadie lo sabe. Es duro de asimilar. Quiero decir que cuesta imaginarse a uno mismo quedándose huérfano a los veintidós años. No es que haya mucha gente que tenga que enfrentarse a algo así.

Desvió la mirada, como si todavía estuviera procesando lo que había dicho, justo cuando la camarera llegó para tomar nota. Casi de forma robótica, Natalie pidió una ensalada de remolacha y pargo colorado, y yo lo que ya había elegido. Cuando la camarera se retiró, Natalie alzó la vista hacia mí.

—Cuando era joven, mi mejor amiga murió. Sé que no es ni remotamente comparable, pero recuerdo que fue espantoso.

—¿Qué sucedió?

—Teníamos doce años. Ella vivía dos casas más abajo, y su cumpleaños era una semana antes que el mío. Sus padres eran amigos de los míos, así que prácticamente crecimos juntas. Fuimos al mismo colegio, estuvimos en la misma clase en toda la primaria, incluso íbamos a la misma escuela de danza. En esa época creo que me sentía más cerca de Georgianna que de mis hermanos. Incluso cuando estábamos separadas hablábamos por teléfono todo el tiem-

105

po. Fue un día que volvíamos del colegio juntas a casa, me acuerdo de que hablábamos de un chico llamado Jeff, que a ella le gustaba, pero no sabía si ese sentimiento era recíproco. Nos despedimos en mi casa, y recuerdo que nos abrazamos. Siempre nos abrazábamos. Aproximadamente una hora después se fue a comprar un sándwich de helado a la tienda de comestibles, a unas tres manzanas. En el trayecto la atropelló un conductor borracho y murió.

Por su expresión deduje que estaba reviviendo ese momento y guardé silencio. Cuando por fin se dio cuenta de que no había dicho nada, sacudió la cabeza.

—Como ya te dije, no es lo mismo que perder a tus padres.

—Yo tampoco perdí a mi mejor amigo cuando era joven. Lamento tu pérdida.

—Gracias —respondió. Luego, haciendo gala de un poco de falsa alegría, añadió—: Pero míranos, ¿podría ser nuestra conversación más deprimente?

—Prefiero pensar que nos estamos sincerando.

—De todos modos, no es el mejor tema para una cena.

—¿De qué te gustaría hablar?

—De cualquier cosa.

—De acuerdo —concedí—. ¿Qué puedes contarme de tu infancia? Me refiero a cosas positivas.

—¿Como por ejemplo?

—¿Tenías alguna mascota? —Me miró con escepticismo y añadí—: Simplemente estoy intentando hacerme una idea de cómo eras.

—Tuvimos un perro y un gato durante casi toda mi niñez. Se llamaban Pedro y Pablo.

—¿Como en *Los Picapiedra*?

—Exacto.

—¿Y qué me dices de las vacaciones familiares?

—Siempre nos íbamos de vacaciones —dijo—. Alguna vez a Disney World, o a esquiar a Virginia Occidental o a Colorado, y alquilábamos una casa en Outer Banks durante dos semanas cada verano. Tenía a mis abuelos por parte de madre en Charlotte, y los otros cerca de Boone, así que también íbamos a visitarlos. Eran muchos trayectos largos en coche que aborrecía... pero ahora pienso que eso nos ayudaba a establecer vínculos más estrechos como familia.

—Suena idílico.

—Lo era —contestó, aparentemente sintiéndose más cómoda al hablar—. No tengo queja de nuestra vida familiar.

—No conozco a demasiada gente que pueda decir algo parecido. Creía que todo el mundo tenía problemas con sus padres.

—No digo que fueran perfectos, pero era fácil para mis hermanos y para mí porque se llevaban muy bien. Teniendo en cuenta que trabajaban todo el día juntos y luego tenían que convivir, se podría pensar que se habían cansado el uno del otro. Pero mi padre sigue loco por mi madre, y ella le adora. Había muchas risas y siempre cenábamos juntos, como una familia.

Sonreí, asombrado de lo distinta que había sido nuestra infancia.

—¿Qué te hizo elegir la Universidad de Carolina del Norte después del instituto?

—Mi padre fue allí —respondió—. Mi madre fue a Meredith, un colegio universitario solo de chicas en Raleigh. Pero después de Salem Academy quería ir a un sitio más grande, público y mixto. También sabía que eso haría feliz a mi padre. De hecho, todos nosotros, mi hermano y mi hermana también, fuimos a la misma universidad. Somos todos fanáticos de Wolfpack, si es eso en lo que estabas pensando. Hasta mi madre se ha convertido. Mi padre tiene entradas de temporada para el fútbol americano y solemos acudir como familia dos o tres veces al año. Mis padres van a todos los partidos.

—Y allí es donde conociste al tipo con el que te fuiste a New Bern, ¿no?

—Mark —dijo, sin añadir nada más.

—¿Le amabas? —pregunté.

—Sí —dijo bajando la mirada—. Pero no tengo ganas de hablar de él.

—De acuerdo —acepté—. Creo que me hago una idea bastante buena de quién eres, incluso sin esa etapa de tu vida.

—¿Eso crees?

—Bueno, por lo menos en parte.

—¿Qué es lo que no entiendes?

—Todavía no comprendo la razón por la que decidiste convertirte en agente de la ley. Me pegas más como profesora o enfermera. O tal vez contable.

—¿Debería sentirme ofendida?

—No estoy diciendo que no seas lo bastante dura. Supongo que simplemente me da la sensación de que eres inteligente, cariñosa y amable. Y eso es algo bueno.

Me escudriñó unos segundos.

—Ya te lo conté —respondió—. En cierto modo me vino dado. Pero en cuanto a lo de ser enfermera, realmente me lo dicen mucho, aunque no sé por qué. Para mí los hospitales... son... —vaciló un instante— son deprimentes. Los odio. Y además soy muy aprensiva cuando veo sangre.

—Otra razón para no ejercer esa profesión.

—Creo que ya dejamos claro que no me veo envuelta en un tiroteo en cada turno.

—Pero si así fuera, no pasaría nada. Ya sé que eres una excelente tiradora.

—Mi apodo es «Ojo de Toro» —contestó con un guiño—. Por lo menos en mi cabeza.

La camarera llegó con pan y bollos, y se disculpó por haber tardado tanto. Cogí uno y lo unté con mantequilla, al igual que hizo Natalie.

Mientras empezábamos a picar un poco de pan, la conversación vagó de aquí para allá, con la facilidad típica de las personas que se conocen desde hace tiempo. Hablamos de abejas y de colmenas, compartimos recuerdos de nuestras experiencias en la universidad, la vida en un pueblo en comparación con la ciudad, la Marina, las atracciones favoritas en Disney World, y un poco sobre mis padres y mi abuelo. Incluso comenté el extraño viaje de mi abuelo a Easley y las últimas palabras que me dijo.

Cuando la camarera trajo nuestra comida, resultó ser tan deliciosa como había prometido Natalie. Aunque no estuviera en el centro, era un lugar al que me gustaría volver a ir. Especialmente en compañía de Natalie.

Aunque nuestra sencilla complicidad se prolongó durante toda la cena, en ningún momento pasamos al territorio del flirteo; me resultaba difícil dilucidar si ella tenía algún interés romántico real en mí. No dudaba de que estaba disfrutando de la cena y la compañía. Pero, sinceramente, no tenía la menor idea de si querría volver a cenar conmigo.

Y, sin embargo, no podía recordar la última vez que había pasado una velada tan agradable. No solo porque había hecho comentarios acertados cuando le hablé de mis padres, o porque había compartido conmigo su propia pérdida en la edad infantil, sino porque me di cuenta de que admiraba el valor que les daba a ciertas cosas (la familia, la educación, la amistad y la amabilidad, entre otras), y era evidente que batallaba con otras que presenciaba habitualmente en su trabajo (las adicciones, la violencia doméstica, las peleas de bar). Me confesó que esas situaciones a veces hacían que se sintiera alterada e incapaz de dormir tras acabar su turno.

—¿Por qué no lo dejas? —pregunté por fin—. Tienes una carrera y experiencia laboral. Estoy seguro de que encontrarías otra cosa.

—Quizás —admitió—. Pero por ahora creo que es mejor que me quede donde estoy.

—¿Es porque quieres marcar la diferencia?

Se llevó la mano a la cadena de oro.

—Claro —dijo finalmente—, digamos que es por eso.

A ninguno de los dos nos apetecía tomar postre, pero sí un café. Un poco de cafeína nos vendría bien para el trayecto de regreso a New Bern. Mientras removía su café, me di cuenta de que, aparte del trabajo y la familia, no me había contado gran cosa de ella misma desde que llegó a New Bern hacía unos cuantos años. De hecho, apenas me había explicado nada de su vida en el pueblo.

Tal vez consideraba que esa etapa de su vida no era tan interesante. Mientras mi mente seguía dándole vueltas al porqué, Natalie se quedó un rato mirando fijamente por la ventana. Gracias a las luces del interior del restaurante, pude entretenerme observando el

109

reflejo de su perfil en el cristal. Y en ese momento comprendí que algo más la ocupaba, que no estaba concentrada en el presente de la velada que estábamos pasando juntos.

Algo que la hacía sentirse triste.

Pagué la cuenta al estilo de la vieja escuela y también porque había sido idea mía salir a cenar. Se mostró conforme y me dio las gracias con elegancia.

La noche había refrescado para cuando empezamos a dirigirnos hacia el aparcamiento. El cielo estaba despejado, con una estela de estrellas sobre nuestras cabezas y la Vía Láctea iluminando el firmamento en el horizonte. Las calles estaban vacías, pero desde los restaurantes situados cerca del agua, pude escuchar el débil murmullo de conversaciones y el sonido de copas entrechocando. Las olas lamían amables el rompeolas.

No era demasiado tarde y se me había pasado por la cabeza proponerle que nos sentáramos en la terraza del restaurante, con sus gloriosas vistas, pero estaba casi seguro de que declinaría la invitación. Hasta entonces ni siquiera habíamos tomado un vaso de vino juntos, aunque eso no tenía importancia. Era simplemente otro aspecto curioso que caracterizaba los momentos que habíamos compartido.

—Estaba pensando en lo que me dijiste antes —dijo por fin—. Sobre tu abuelo.

—¿A qué te refieres exactamente?

—A su último viaje y sus últimas horas en el hospital —concretó—. ¿Estás seguro de que nunca antes había mencionado Easley?

—A mí seguro que no —respondí—. Claude tampoco sabía nada, pero todavía no he podido hablar con su padre.

—Entonces, por lo que sabemos, también podría haber estado de camino a otro lugar —indicó. Para entonces habíamos llegado al paseo marítimo. Hizo una pausa, y sus ojos color océano buscaron los míos. Un mechón de pelo cayó sobre sus ojos como un hilo de oro, y me sentí tentado de apartárselo y colocárselo detrás de la oreja. Su voz rompió mi ensueño—. ¿Se te ha ocurrido intentar encontrar su camioneta?

—¿Su camioneta?

—Puede que haya algo en la cabina —explicó—. Quizás un plan de ruta, o el nombre de la persona a la que quería visitar, incluso podrías descubrir el sitio exacto al que se dirigía. Notas, mapas, cualquier cosa.

Antes incluso de que terminara de hablar, me pregunté por qué no había pensado antes en ello. Pero hay que tener en cuenta que yo no formaba parte de las fuerzas del orden, ni era aficionado a las novelas de misterio, y tal vez eso tuviera algo que ver.

—Tienes razón —reflexioné en voz alta—. Pero ¿cómo la voy a encontrar?

—Yo empezaría por el hospital. Averiguar qué servicios de ambulancia usan. Seguramente en algún archivo ha quedado registrado el lugar donde le fueron a buscar. Dependiendo de eso, podría ser que la camioneta siga ahí, o que haya sido remolcada, pero al menos tienes por dónde tirar del hilo.

—Es una muy buena idea —dije—. Gracias.

—De nada —respondió con un movimiento de cabeza—. Dime qué averiguas. Me interesa.

—Lo haré —aseguré—. Eso me recuerda algo: creo que no tengo tu número. Por si tengo que llamarte.

«O quiero llamarte», lo cual era mucho más probable.

—Ah —contestó, como si no estuviera segura de cómo se sentía al respecto, o al menos esa fue mi impresión. No quería darle tiempo para que se lo pensara, así que busqué el móvil y activé la lista de contactos. Tardó un poco en cogerlo, con obvia reticencia, por cierto, pero después introdujo sus datos antes de devolvérmelo.

—Debería irme ya —anunció—. Mañana tengo que levantarme temprano y todavía no he terminado de ordenar mi ropa.

—Lo entiendo perfectamente —dije—. Yo también tengo un día ocupado mañana.

—Gracias por la cena.

—De nada. Ha sido un placer poder conocerte mejor.

—Para mí también. Ha sido agradable.

111

¿Agradable? Esa no era exactamente la descripción que esperaba de aquella cita.

—Ah, antes de que te vayas, ¿podría llevarme la miel?

Fui a buscar los tarros a mi todoterreno y se los di, y cuando nuestros dedos se rozaron sentí una descarga, que me recordó la manera en que me había acariciado la cicatriz antes. Quería besarla, pero ella debió leerme la mente, porque de forma automática dio un pequeño paso hacia atrás. En el espacio que nos separaba detecté una energía flotando en el aire, como si ella también deseara besarme. Quizás eran imaginaciones mías, pero me pareció percibir un atisbo de arrepentimiento en su sonrisa de despedida.

—Gracias también por la miel —añadió—. Ya casi no me quedaba.

Dio media vuelta y, lentamente, se dirigió a su coche. Mientras veía cómo se alejaba, se me ocurrió algo y saqué de nuevo el móvil del bolsillo. En la pantalla todavía estaba su información de contacto, y marqué el número. Pocos segundos después, oí el débil tono de llamada de un teléfono. Natalie rebuscó en su bolso, y cuando vio el número miró hacia mí por encima del hombro.

—Solo estaba comprobando que el número fuese el correcto —dije.

Puso los ojos en blanco mirando hacia el cielo y luego subió al coche. La saludé al pasar a mi lado y ella me devolvió el saludo antes de llegar a la carretera que la llevaría de regreso a New Bern.

Una vez solo, fui paseando hacia la baranda, y me quedé observando el océano refulgiendo bajo la luz de la luna. La brisa había arreciado, refrescando el aire, y giré la cara en su dirección, reflexionando sobre su renuencia a besarme. ¿Formaba parte de su indecisión general a aparecer en público conmigo? ¿Realmente le preocupaban tanto los chismes de pueblo, incluso a tanta distancia de New Bern?

¿O acaso estaba saliendo con otro hombre?

7

*N*o mentí a Natalie cuando le dije que tenía cosas que hacer el lunes. A diferencia de la mayoría de mis días, en los que disponía de tiempo para holgazanear antes de hacer una pausa para seguir holgazaneando, las responsabilidades de la vida a veces se imponían, aunque no tuviera que fichar ni presentarme en el hospital o en una oficina. Para empezar, estábamos casi a mediados de abril, y tenía que presentar mi declaración de impuestos.

Los documentos llevaban esperando durante semanas en una caja de cartón que había traído un mensajero. Seguía siendo fiel a la empresa de contabilidad de mis padres, en un principio porque no sabía nada de finanzas ni cuentas, y más tarde porque supuse que cambiar a otra empresa añadiría complicaciones innecesarias a mi vida, cuando todo era ya suficientemente complicado. Francamente, pensar en el dinero me aburre, seguramente porque nunca he tenido que preocuparme realmente por ello.

Mi declaración de impuestos era complicada debido a los fondos fiduciarios, inversiones y carteras de valores que había heredado de mis padres, algunos de los cuales habían sido financiados con más seguros de vida de los que mis padres necesitaban. Sin embargo, cuando veía mi patrimonio neto (mis contables preparaban meticulosamente una hoja de balance para mí cada mes de febrero) a veces me preguntaba por qué había insistido tanto en ser médico. No era que necesitase el dinero. Los intereses que ingresaba anualmente suponían mucho más de lo que podría llegar a ganar como médico, pero creo que algo en mi interior ansiaba obtener la aprobación de mis padres, aunque ya no estuvieran vivos. Cuando iba a graduarme en Medicina, me imaginé a mis padres aplaudiendo entre el público; en mi mente vi cómo a mi madre se le anegaban los ojos de lágrimas, mientras mi padre se mostraba radiante de orgullo ante el trabajo bien hecho. En ese momento, comprendí claramente que preferiría que mis padres estuvieran vivos a la generosa herencia que me dejaron. Cada año, cuando llegaban los extractos de mis cuentas por correo, siempre me acordaba de que los había perdido y había veces en que me sentía demasiado sobrepasado como para siquiera examinarlos.

A pesar de que había intentado explicárselo a Natalie mientras cenábamos, sabía que no había sido capaz de encontrar las palabras para expresar de forma adecuada la pérdida o la pena que realmente sentía. Puesto que era hijo único, no solo había perdido a mis padres, sino a toda mi familia inmediata. Con los años había llegado a pensar que la familia es como la sombra en un día soleado, siempre ahí, justo sobre los hombros, siguiéndome en espíritu, independientemente de dónde estuviera o lo que hiciera. Siempre están contigo. Gracias a Dios mi abuelo seguía ahí para retomar el papel familiar, como muchos otros que había asumido cuando era aún más joven. Con su muerte, sin embargo, los días se habían tornado nublados para siempre, y cuando ahora miro por encima del hombro, no hay nada. Sé que hay muchas personas en la misma situación, pero eso no me hace sentir mejor. Solo me hace pensar que tampoco les acompaña ninguna sombra; que, como yo, con frecuencia se sienten completamente solos.

Al reflexionar sobre todo aquello me planteé si realmente quería vender la propiedad de mi abuelo. Aunque me había dicho a mí mismo que la razón para ir a New Bern era preparar la propiedad para la inmobiliaria, era el único vínculo que me quedaba con mi madre y mi abuelo. No obstante, si al final no la vendía, no estaba seguro de qué hacer con ella. No podía simplemente cerrarla a cal y canto: ¿acaso el vagabundo no volvería a entrar? Pero tampoco tenía claro si quería alquilarla, porque no me apetecía imaginarme a un extraño interfiriendo con el peculiar encanto que tenía el lugar. En la habitación donde dormía de niño había marcas hechas con lápiz en la puerta del armario, donde mi abuelo había grabado oportunamente mi estatura, al lado de las que hizo en su momento para mi madre; la idea de que alguien pudiera dar una mano de pintura encima de nuestra historia era algo que no me gustaría presenciar. Mi apartamento en Pensacola era simplemente un lugar en el que había vivido; esta casa era la de mi abuelo, y estaba llena del éter de recuerdos significativos; en ese lugar el pasado seguiría susurrándome mientras estuviera dispuesto a escucharlo.

Consciente de que tenía mucho que hacer, salí dispuesto a correr una distancia medio decente, después me duché y me serví una taza de café. Sentado a la mesa repasé los documentos de mis contables. Como siempre, había una carta de presentación que explicaba todo lo que necesitaba saber, y unos pequeños adhesivos de formas distintas indicaban dónde tenía que firmar. Mis ojos empezaron a cansarse cuando llevaba treinta y dos firmas, lo cual era normal, y me tuve que tomar dos tazas de café más antes de introducir por fin los diversos documentos en los sobres correspondientes con la dirección ya escrita en ellos. Hacia media mañana estaba haciendo cola en la oficina de correos, asegurándome de que todo estuviera franqueado. Después regresé a la casa y escribí un *e-mail* a mis contables, para informarlos de que ya se lo había enviado todo.

Lo siguiente en la lista de tareas pendientes eran las colmenas. Tras ataviarme con el mismo traje del día anterior, cargué la carretilla con el equipo que necesitaba, luego cogí unas cuantas medias alzas, y algunos excluidores de reinas. Tenía la esperanza de que no fuera demasiado tarde. Sin el excluidor, la reina podría salir volando de repente en busca de un nuevo enjambre, y se llevaría a toda la colonia con ella. Eso es lo que sucedió en Brasil en 1957 cuando unos científicos criaron abejas africanizadas, también conocidas como abejas asesinas, creyendo que prosperarían en condiciones tropicales. Un apicultor que estaba de visita, pensando que los excluidores estaban impidiendo el movimiento de las abejas en las colmenas, los quitaron, y veintiséis reinas junto con sus respectivas colonias escaparon, viajaron hacia el norte, y con el tiempo llegaron a Estados Unidos.

Empujé la carretilla por el mismo camino que había usado el día anterior, con la intención de trabajar de izquierda a derecha. Al llegar al lugar elegido, eché un vistazo a la carretera y vi a Callie

115

caminando, seguramente de camino al Trading Post. Como en las anteriores ocasiones iba con la cabeza gacha y avanzaba arrastrando los pies con lo que parecía una sombría determinación.

Fui hacia el límite de la finca y alcé la mano en un saludo.

—¿Vas a trabajar?

Mi repentina aparición debió asustarla y se detuvo.

—Tú otra vez.

Eran las mismas palabras que Natalie me dijo en el parque a orillas del río, y me asaltó la idea de que Callie era igual de misteriosa y precavida.

—Sí, soy yo —respondí. Al acordarme de que llevaba puesto el traje de protección, señalé las colmenas—. Tengo que hacer un par de cosas para que las abejas sigan estando bien.

Seguía mirándome casi con desconfianza. Se cruzó de brazos y advertí un moratón cerca del codo.

—Son abejas. ¿No saben cuidarse ellas solas?

—Tienes razón —admití—. No son como Termita, en el sentido de que no hay que darles de comer, pero de vez en cuando necesitan un poco de atención.

—¿Les gustas?

—¿A quién? ¿A las abejas?

—Sí, a las abejas.

—No lo sé. Aparentemente no tienen problemas conmigo.

—Llevas un traje. Tu abuelo nunca se lo ponía. Por lo menos cuando yo pasaba por aquí.

—Era más valiente que yo.

Por primera vez desde que la conocí, Callie esbozó un amago de sonrisa.

—¿Qué querías?

—Nada. Te vi pasar caminando y pensé que debía saludarte.

—¿Por qué?

«¿Por qué?» No esperaba esa pregunta y, por un instante, no se me ocurrió ninguna respuesta.

—Supongo que solo por ser buenos vecinos.

Parecía estar atravesándome con la mirada.

—No somos vecinos —contestó—. Vivo mucho más lejos.

—Tienes razón —admití.

—Tengo que irme —dijo entonces—. No quiero llegar tarde al trabajo.

—Claro. Yo tampoco quiero que llegues tarde.

—Entonces, ¿por qué has hecho que me entretenga para hablar contigo?

Creía haber respondido con lo de la buena vecindad, pero supongo que en su mente la respuesta no había sido lo bastante convincente. Con la sensación de que deseaba dar por finalizada la conversación lo más pronto posible (de nuevo como Natalie en el mercado de los agricultores, lo cual me hizo pensar que eran muy similares en su temperamento), retrocedí hacia la carretilla.

—Por nada en especial —respondí—. Que tengas un buen día.

Esperó a que me alejara un poco antes de reemprender la marcha. Y aunque no me di la vuelta para comprobarlo, estaba seguro de que no se volvió a mirar hacia mí ni una vez. Pero eso no era asunto mío.

Me puse la careta y los guantes, y luego acerqué la carretilla a la primera colmena. Accioné el ahumador para arrojar el humo suficiente como para que se calmaran las abejas, y esperé un minuto antes de quitar ambas tapas. Añadí el excluidor a la parte superior del alza melaria, puse la media alza encima, y volví a colocar las tapas. Repetí la misma operación con la segunda, la tercera y la cuarta colmena. Tuve que cargar la carretilla en varias ocasiones, absorto en la rutina y recordando a mi abuelo, hasta que todas las colmenas estuvieron listas.

Afortunadamente, todas las reinas seguían en su sitio, comiendo y poniendo huevos, haciendo sus cosas, y pude acabar en tres horas. Para entonces ya era casi la hora de comer, y convencido de que la mañana había sido extremadamente productiva, decidí que me merecía una cerveza para acompañar mi sándwich.

A veces, simplemente se trata de dar en el clavo.

Después de mi almuerzo todavía tenía dos tareas pendientes, que consideraba importantes para mi paz mental.

117

Natalie tenía razón en cuanto a la posibilidad de encontrar alguna respuesta en la camioneta de mi abuelo. La sugerencia de que llamase antes al hospital también era acertada. Por lo que sabía, mi abuelo había sido trasladado desde otra comarca. Busqué el teléfono en internet y hablé con una anciana dama cuyo acento era tan denso que podría embotellarse, y que no tenía la menor idea de cómo podía ayudarme. Tras balbucear durante unos minutos (hablaba con extremada lentitud, además de arrastrar las palabras), al final consiguió el nombre de uno de los administradores del hospital y se ofreció a pasarme con él. Desgraciadamente, al intentarlo, la llamada se cortó.

Volví a llamar, pregunté por la persona que me había indicado, y salió un buzón de voz. Dejé mi nombre, número, un breve mensaje y pedí que me devolvieran la llamada.

Tal vez debido a mi experiencia con la primera dama con la que hablé, no estaba demasiado convencido de que me llamarían. Aun así, me sentí como si hubiera dado el primer paso para encontrar las respuestas que necesitaba.

En las distintas etapas de mi vida (el instituto, Annapolis, la Facultad de Medicina, la residencia y la Marina) trabé amistad con algunas personas extraordinarias. En cada una de esas fases, tuve un contacto especialmente estrecho con un círculo de individuos, y simplemente supuse que seguiría siendo así para siempre. Como entonces pasábamos el tiempo juntos, mi mente creía que estaríamos juntos para siempre.

Pero he aprendido que las amistades no son así. Las cosas cambian; la gente cambia. Los amigos maduran, se mudan, se casan y tienen niños; otros se convierten en médicos que son destinados a Afganistán y ven arruinada su carrera. Con el tiempo y con suerte, de cada etapa de la vida quedan unos cuantos amigos (quizás solo un par). Yo soy afortunado: tengo amigos que se remontan a la época del instituto y, sin embargo, en ocasiones me pregunto por qué algunas personas siguen formando parte de la vida de uno, y otras se alejan. No tengo la respuesta, solo he comprobado que la amistad debe fluir en ambos sentidos, y todas las partes deben estar dispuestas a invertir algo para poder conservarla.

El motivo de hablar de esto es que en ocasiones me pregunto si debo considerar al doctor Bowen como un amigo. En cierta manera creo que lo es. Hablamos cada semana y me conoce mejor que nadie. Es la única persona que sabe realmente con cuánta frecuencia consideraba la posibilidad de suicidarme tras la explosión (a diario, para que quede constancia), y también es el único que sabe que todos los años me siento muy deprimido el día en que el avión de mis padres se estrelló. Sabe cuántas horas duermo, cuántas cervezas bebo a la semana, y cuánto me solía costar controlar mi ira en situaciones en las que simplemente debería alzar la mirada al cielo y seguir con mi vida. Hace unos nueve meses, estaba en la cola para pagar en Home Depot cuando se abrió la caja de al lado. El dependiente dijo que «pasara el siguiente», que era yo, pero el hombre que estaba detrás de mí se precipitó hacia allí y se coló. No era para tanto, ¿no? Tal vez era un poco irritante, pero no había nada en juego realmente. Quizás perder un par de minutos, en un día en que en realidad no tenía nada que hacer. El caso es que no debería haberme molestado, pero así fue. Me sentí molesto, luego enfadado, y cuando la emoción fue en aumento, furioso. Le atravesé la nuca con los rayos mortíferos que salían de mis ojos, aunque acabé saliendo por la puerta apenas medio minuto tras él. Seguí observándole en el aparcamiento, y tuve que resistir la necesidad visceral de perseguirle y derribarle. Me imaginé apaleándole a puñetazos, aunque solo pudiera cerrar uno de mis puños; lanzándole un rodillazo en los riñones o en el estómago; me visualicé arrancándole la oreja, del mismo modo que yo había perdido la mía. Tenía apretada la mandíbula, y mi cuerpo estaba preparándose para la confrontación mientras empezaba a acelerar el paso cuando de pronto caí en la cuenta de que estaba experimentando un síntoma de mi trauma, sobre el que Bowen me había advertido repetidamente. Ya llevaba haciendo terapia un tiempo, y como si fuera la voz firme de la razón en medio de una orquesta de ruido emocional, Bowen me decía qué debía hacer, que cambiase mi conducta. «Detente y da la vuelta. Oblígate a sonreír y a relajar los múscu-

119

los. Haz cinco respiraciones profundas. Siente la emoción, y luego déjala ir; observa cómo se disipa. Sopesa los pros y los contras de la acción que deseabas emprender. Repasa los hechos y sé consciente de que, en el amplio esquema de las cosas, lo que ha sucedido realmente no tiene ninguna importancia.»

Cuando mi ira por fin se disolvió hasta un nivel manejable, fui capaz de conducir a casa. Algunos días después le expliqué toda la historia a mi terapeuta, pero en los meses que siguieron no se la conté a ninguno de mis amigos. Tampoco les hablaba de mis pesadillas, ni del insomnio, ni de todo lo demás que había convertido mi vida en un infierno. Y me preguntaba: «¿Por qué puedo contárselo al doctor Bowen, pero no a las personas que considero amigas?».

Supongo que tiene algo que ver con el miedo: miedo al rechazo, a decepcionar a los demás, a su ira o a su juicio. Eso dice más de mí que de ellos, pero no me siento así cuando hablo con el doctor Bowen. No sé por qué. Quizás tenga que ver con el simple hecho de que le pago. O tal vez con la realidad de que, a pesar de todas nuestras conversaciones, sé muy poco de él.

En ese sentido, no somos amigos para nada. Supongo que está casado porque lleva un anillo, pero no tengo ni idea de quién es su mujer, o cuánto tiempo llevan casados, ni nada en absoluto sobre ella. No sé si tiene hijos. Por los diplomas colgados de la pared de su despacho, sé que fue a Princeton y luego a la Facultad de Medicina de Northwestern. Pero no sé cuáles son sus *hobbies*, ni cómo es la casa donde vive, qué comida le gusta, o qué libros y películas le han gustado. En otras palabras, somos amigos, pero en realidad no.

Solo es mi terapeuta.

Eché un vistazo al reloj y vi que era casi la hora de nuestra llamada semanal, así que después de lavar los platos, abrí de par en par la puerta de atrás para que entrara un poco de aire fresco y coloqué el ordenador sobre la mesa de la cocina. Al doctor Bowen le gustaba verme los ojos cuando hablaba, para dilucidar si estaba mintiendo o tal vez ocultando algo importante. Por mi parte era mucho más fácil que encontrarme con él en persona, y podía ir al baño si tenía la necesidad. No había motivo para poner la llamada

120

en espera, por ninguna razón. Podía llevarme el ordenador conmigo mientras hacía mis cosas.

Es broma.

A la hora exacta inicié la sesión en Skype y el programa automáticamente marcó el número. Una vez realizada la conexión, apareció el doctor Bowen en pantalla. Como de costumbre, se encontraba sentado a su escritorio del despacho, un lugar en el que había estado más veces de las que podía contar. Estaba un poco calvo y llevaba gafas redondas de metal que le hacían parecerse más a un profesor de Matemáticas que a un psiquiatra; supongo que debía de ser unos quince años mayor que yo.

—¿Qué tal, doctor?

—Hola, Trevor.

—¿Cómo estás?

—Estoy bien, gracias. ¿Y tú?

Mi pregunta simplemente formaba parte de un saludo. La suya era intencional.

—Creo que estoy bien —respondí—. No tengo pesadillas, ni insomnio, estoy durmiendo bastante. Me tomé una o dos cervezas en cuatro días distintos la semana pasada. Hice ejercicio cinco veces. No tuve episodios de ira, ansiedad o depresión. Sigo practicando las técnicas de la terapia conductual cognitiva y dialéctica cuando tengo la sensación de que lo necesito.

—Estupendo —enfatizó con un movimiento de cabeza—. Suena todo muy saludable.

Hizo una pausa. Bowen solía hacerlo a menudo. Me refiero a las pausas.

—¿Deberíamos seguir hablando? —pregunté por fin.

—¿Te gustaría seguir hablando?

—¿Vas a cobrarme?

—Sí.

—Ah, sé un chiste nuevo —dije—. ¿Cuántos psiquiatras hacen falta para cambiar una bombilla?

—No lo sé.

—Solo uno. Pero la bombilla tiene que desear cambiar realmente.

Se rio, algo que yo sabía que haría. Bowen reía todos mis chistes, pero luego volvía a callar. Me dijo que los chistes pueden ser un método para mantener cierta distancia con los demás.

—Bueno, vamos allá. —Y comencé a ponerle al día de los principales acontecimientos sucedidos en mi vida la semana anterior. Cuando empecé la terapia, me preguntaba por qué todo eso podía ser de utilidad; con el tiempo aprendí que saberlo le permitía a Bowen hacerse una mejor idea del estrés que había sufrido en un intervalo de tiempo concreto, lo cual era importante en mi gestión del trauma. Demasiado estrés, sumado a la falta de conductas saludables y no utilización de las técnicas aprendidas, significaba el colapso, como me pasó con el tipo de la tienda Home Depot, o demasiado alcohol y *Grand Theft Auto*.

Y por eso empecé a hablar. Le dije que había echado de menos a mi abuelo y a mis padres más de lo normal desde la última vez que habíamos hablado. Respondió que mis sentimientos eran completamente comprensibles, que el hecho de atender las colmenas y arreglar el motor del bote seguramente había desencadenado una mezcla de nostalgia y sentimientos de pérdida en relación con prácticamente todo el mundo. Mencioné que estaba casi seguro de que alguien había entrado en la casa y la había habitado. Cuando me preguntó si me sentía invadido o molesto, le dije que había sentido más curiosidad que fastidio, puesto que, aparte de la puerta trasera, no había ningún desperfecto y no habían robado nada. También comenté lo que Claude había dicho de mi abuelo y, como llevábamos haciendo con frecuencia últimamente, hablamos de las últimas palabras de mi abuelo y la confusión permanente que me generaban.

—Sigue afligiéndote —observó.

—Sí —admití—. No tiene sentido.

El doctor Bowen, al igual que Natalie, parecía acordarse de todo.

—Tal vez le entendiste mal.

Bowen ya había sugerido esa posibilidad, que yo rechazaba, ahora y en el pasado.

—Estoy seguro de que lo dijo.

—Pero también dijo que te quería, ¿no es cierto?

—Sí.

—Y comentaste que había sufrido un grave derrame, y que estaba bajo los efectos de mucha medicación, y muy posiblemente confuso.

—Sí.

—Y que tardó casi un día entero en poder pronunciar una sola palabra.

—Sí.

No añadí nada más, y él acabó por plantear la misma pregunta que seguía atormentándome:

—Y, sin embargo, sigues pensando que intentaba comunicarte algo importante.

En la pantalla, Bowen me observaba. Asentí, pero no dije nada.

—¿Te das cuenta —sugirió— de que tal vez nunca llegues a comprender de qué se trataba?

—Él lo era todo para mí.

—Aparentemente era un hombre profundamente bueno.

Desvié la mirada. A través de la puerta abierta, el río se veía oscuro y antiguo bajo la suave luz del sur.

—Debería haber estado aquí —musité—. Y haber ido con él. De haberlo hecho, tal vez no habría sufrido el derrame. Quizás el viaje fue demasiado para él.

—Quizás —contestó—. O quizás no. No hay forma de saberlo con certeza. Y aunque tal vez sea normal sentirse culpable, también es importante no olvidar que la culpa es simplemente una emoción y, como todas las emociones, al final deja paso a otras. A menos que elijas aferrarte a ella.

—Ya lo sé —admití. No era la primera vez que me lo decía. Aunque aceptaba que eso era cierto, a veces me chocaba el hecho de que mis emociones no importaran—. De todos modos... Natalie dijo que podría encontrar algunas respuestas en esa camioneta. Me refiero a descubrir por ejemplo la razón por la que se encontraba en Carolina del Sur. Por eso he iniciado un proceso para intentar averiguar dónde está la camioneta.

—¿Natalie? —preguntó.

123

—Es una agente del *sheriff* del pueblo —comencé, y después le expliqué cómo nos habíamos conocido, y cómo fueron las conversaciones en el parque, en la casa y finalmente durante la cena.

—Has pasado bastante tiempo con ella desde la última vez que hablamos —comentó.

—Quería ver las colmenas.

—Ah —fue su único comentario, y supe exactamente lo que estaba pensando, después de haber hablado con tanta frecuencia con él.

—Sí —proseguí—, es atractiva. Además de inteligente. Y sí, he disfrutado el tiempo que he pasado con ella. Pero no estoy seguro de qué siente Natalie hacia mí, por lo que no tengo mucho más que añadir.

—De acuerdo —convino.

—Lo digo en serio —insistí—. Además, sospecho que Natalie está viendo a otra persona. No estoy seguro, pero hay algunos indicios.

—Comprendo —añadió.

—Entonces, ¿por qué tengo la impresión de que no me crees?

—Te creo —aseguró—. Simplemente lo encuentro interesante.

—¿Qué te parece interesante?

—Natalie es la primera mujer de la que me hablas desde que rompiste con Sandra.

—Eso no es cierto —repuse—. También te hablé de «la chica de yoga».

Una mujer con la que salí un par de veces el otoño pasado, justo en la época en la que me aceptaron en el programa de residencia. Pasamos un par de veladas agradables, pero al final de la segunda cita ambos sabíamos que lo nuestro no prosperaría.

Observé cómo se subía las gafas al puente de la nariz.

—Me acuerdo —dijo por fin con la voz como un suspiro—. ¿Y sabes cómo la llamaste? ¿Cuando la mencionaste por primera vez?

—No puedo acordarme —admití. Hice un esfuerzo por recordar su nombre. ¿Lisa? ¿Elisa? ¿Elise? Algo así.

—La llamaste «la chica de yoga» —contestó—. No usaste su nombre.

—Estoy seguro de que te dije su nombre —protestó.

—Lo cierto es que no lo hiciste —rebatió—. En ese momento también me pareció un detalle interesante.

—¿Qué intentas decirme? ¿Que crees que me estoy enamorando de una agente de las fuerzas del orden locales?

Las comisuras de sus labios se curvaron ligeramente cuando ambos nos dimos cuenta de que de repente había evitado decir su nombre.

—No tengo la menor idea —continuó—. Además, no me corresponde a mí decidir esa cuestión.

—Ni siquiera sé si volveré a verla.

El reloj de mi ordenador indicaba, asombrosamente, que casi había pasado una hora y nuestra sesión estaba a punto de finalizar.

—Hablando de encuentros —añadió—, tengo que decirte que es posible que podamos vernos en persona la próxima semana. A menos que prefieras seguir comunicándote de forma electrónica.

—¿Crees que es necesario que vaya a Pensacola?

—No, no es eso. Quizás no me he expresado con claridad. Hay una conferencia en Camp Lejeune, en Jacksonville, sobre el trastorno por estrés postraumático. Uno de los ponentes desgraciadamente tuvo que cancelar su participación y me han pedido a mí que vaya. Es el martes, pero tengo que volar el lunes. Si quieres podemos encontrarnos en Jacksonville, o podría ir a New Bern, si es más fácil para ti.

—Eso sería genial —exclamé—. ¿A qué hora?

—¿A la misma de siempre? —preguntó—. Puedo coger un vuelo por la mañana y alquilar un coche.

—¿Estás seguro de que no te desviarás demasiado del camino?

—En absoluto. Además estoy impaciente por visitar la finca de tu abuelo. Me la has pintado tan hermosa…

Sonreí, pensando que incluso aunque él lo percibiera así, seguro que no le había hecho justicia.

—Te veré la semana que viene. ¿Necesitas que te indique cómo llegar?

—Estoy seguro de que seré capaz de encontrarla. Cuídate.

125

Dos horas después me sonó el móvil. No reconocí el número, pero el prefijo era de la región norte de Carolina del Sur. ¿El administrador del hospital?

—Trevor Benson —respondí.

—Hola, soy Thomas King, del Hospital Baptista de Easley. Recibí su mensaje, pero no sé exactamente qué información necesita.

A diferencia de la recepcionista, su acento no era ni de lejos tan fuerte ni difícil de entender.

—Gracias por devolverme la llamada —comencé a decir, antes de exponer mi situación. Cuando acabé mi explicación, me pidió que esperase un segundo.

Fue bastante más tiempo que un segundo. Escuché la música de ascensor de Muzak por lo menos durante cinco minutos antes de oír el clic de la línea telefónica que me pasó de nuevo con él.

—Perdone que haya tardado tanto, pero tenía que encontrar a la persona adecuada y preguntar por la información que necesita. Normalmente usamos dos servicios de ambulancias —explicó, y después me facilitó los nombres de las empresas. Mientras tomaba nota, prosiguió—. Lamentablemente, no contamos con los pormenores relativos a su abuelo. Supongo que lo mejor es llamar directamente a estas empresas. Quizás dispongan de la información que necesita. Estoy seguro de que los obligan a mantener un registro.

Eso mismo había indicado Natalie.

—Agradezco su ayuda —dije—. Me ha servido de mucho.

—De nada. Mis condolencias por el fallecimiento de su abuelo.

—Gracias —dije, y colgué pensando que debería llamar a las empresas de ambulancias esa misma mañana. Deseé que se me hubiera ocurrido cuando mi abuelo todavía estaba en el hospital; después de casi medio año, quién sabe cuánto tardarían en encontrar las respuestas que necesitaba.

Mis pensamientos divagaron hacia Natalie. Desde que había hablado con Bowen, su imagen se me venía a la mente una y otra vez: su expresión de asombro al ver cómo una abeja le trepaba por el dedo; o el sensual balanceo del vestido que resaltaba sus largas piernas, y el contorno elegante de su cuerpo cuando salió del coche en Beaufort. Recordé tanto nuestra profunda conversación como la charla en tono de broma, y traté de comprender el atisbo de tristeza que me pareció advertir hacia el final de la cena. Pensé en la energía que se desplegaba entre nosotros y supe exactamente por qué la había llamado por su nombre al hablar con Bowen.

Por mucho que hubiera intentado restarle importancia ante el doctor Bowen, sabía con certeza que deseaba volver a verla, cuanto antes mejor.

Después de cenar, decidí acabar por fin con algunas de mis lecturas en el porche trasero. Pero me imaginé que ya habría terminado su turno hacía rato, y me sorprendí a mí mismo buscando el móvil. Me debatí ante la posibilidad de llamarla, pero decidí no hacerlo y, en su lugar, escribí un mensaje.

Estaba pensando en ti, espero que hayas tenido un buen día.

¿Tienes tiempo para que cenemos juntos este fin de semana?

Aunque debía haber dejado el móvil a un lado, esperé hasta comprobar si Natalie tenía el teléfono lo suficientemente cerca como para haber leído ya el mensaje. En efecto, apareció la indicación de que ya lo había visto y supuse que respondería, pero no fue así.

Durante el resto de la tarde seguí mirando el móvil. De forma infantil. Compulsiva. Tal vez inmadura. A veces puedo mostrar todas esas características. Como dice Bowen, todos somos obras en continuo proceso.

Por fin, justo cuando me preparaba para irme a dormir, escuché el *ding* delator del móvil.

Gracias. Un día normal y corriente. Nada especial.

Miré fijamente la pantalla, pensando que el mensaje no mostraba exactamente una pasión y una atracción innegables hacia mí, especialmente porque no había hecho ninguna referencia a mi invitación.

Dejé el móvil en la mesita de noche sintiéndome... ¿confuso?, tal vez ¿herido?, y después alargué el brazo hacia la lámpara. Aparté esas emociones, consciente de que era demasiado pronto para sentirlas. Además, si no quisiese volver a hablar conmigo, no habría respondido, ¿no?

Apagué la luz, ajusté la colcha, y de repente volví a oír el *ding*. Cogí el móvil.

Me lo pensaré.

No era un sí, pero tampoco un era no. Seguí mirando fijamente la pantalla hasta que volvió a vibrar con otro mensaje suyo.

:-)

Sonreí. Junté las manos detrás de la cabeza y me quedé mirando fijamente al techo, sintiendo más curiosidad que nunca.

$\mathcal{N}$o supe nada de Natalie el martes, lo cual me decepcionó, pero mi oferta seguía ahí. Sabía que estaba ocupada, trabajando, y yo también tenía cosas que hacer. Bueno, más o menos. Pero no volví a escribirle un mensaje. Aunque pensaba en ella todo el tiempo. Simplemente... era demasiado, y lo hacía por mi propio bien.

También hablé con las empresas de ambulancias. Al igual que ocurrió cuando llamé al hospital, tuvieron que pasar la llamada un par de veces antes de poder hablar con alguien que pudiera ayudarme. Y sí, me dijeron que había un registro de las ubicaciones donde se recogía a los pacientes que habían sido trasladados al hospital; pero también me dijeron que esa información no era tan fácil de conseguir. Les llevaría unos cuantos días buscarla, quizás toda la semana, y si no me decían nada me recomendaban que volviera a llamar.

Darse prisa y esperar.

Como con muchas otras cosas en la vida.

Con la esperanza de poder hablar con el padre de Claude, decidí acudir al Trading Post para comer. Al aparcar vi un arcón que ofrecía bolsas de hielo, además de leña, recargas para depósitos de propano, un compresor de aire para neumáticos y una máquina expendedora anticuada, que me pareció redundante, ya que se podían comprar refrescos en el interior. Pero no había nadie sentado en las mecedoras.

En el interior, Claude había regresado a su lugar habitual tras la caja registradora y alzó una mano a modo de saludo cuando me vio dirigirme hacia la parrilla. Como de costumbre, todas las mesas estaban ocupadas, así que volví a sentarme a la barra. Un hombre enorme (por lo menos me sacaba una cabeza y era el doble de ancho que yo) me hizo un gesto con la cabeza y puso ante mí un bol de cacahuetes hervidos. Supuse que era Frank, el parrillero habitual. A diferencia de Claude, no dijo nada. No parecía tener ganas de cháchara, y a mí ya me iba bien.

En honor a mi abuelo, pedí un sándwich de beicon, lechuga y tomate con patatas fritas y un pepinillo. Detrás de mí pude escuchar la conversación de dos tipos sentados a una mesa, sobre su salida para pescar el fin de semana anterior, lamentando su falta de suerte y comentando la posibilidad de intentar en un sitio mejor el siguiente. Miré por encima del hombro. Ambos llevaban gorras de béisbol; uno tenía los brazos musculosos propios de un obrero de la construcción, y el otro lucía el uniforme de un distribuidor de propano. Cuando uno de ellos mencionó que había visto un caimán recientemente, agudicé el oído.

130

—De hecho eran cuatro —prosiguió—. Tomando el sol justo encima del terraplén, entre los árboles.

—¿Grandes? —preguntó su amigo.

—No, seguramente eran jóvenes.

—¿Dónde?

—¿Sabes dónde está la rampa para botes? Pasada la rampa, un par de recodos del río más abajo, a mano derecha. ¿Te acuerdas del nido de águila calva en el ciprés? Justo por ahí.

—¿Qué nido de águila?

—El mismo del año pasado.

—No lo vi el año pasado.

—Eso es porque nunca te paras a mirar a tu alrededor.

—Voy a pescar —respondió—, no a hacer turismo.

—¿Has probado en la cantera? Últimamente tuve suerte con la lubina allí…

La conversación volvió a versar sobre la pesca y desconecté. Aunque sí me interesaban los caimanes y las águilas calvas, y me pregunté si a Natalie le gustaría intentar avistarlos conmigo.

Entretanto, mi comida estaba lista y Frank puso el plato ante mí. Di un bocado y confirmé que en ningún otro sitio lo hacían tan bien. Acabé el sándwich y el pepinillo, pero solo me comí unas pocas patatas. Pude notar cómo se me endurecían las arterias al probarlas, pero mis papilas gustativas estaban felices.

Cuando estaba a punto de acabar eché un vistazo a través de las ventanas hacia la parte delantera de la tienda y vi un par de ancianos sentados en las mecedoras del porche. Justo lo que esperaba. Me puse en pie y me acerqué a la caja. Claude, sin el delantal y la cara brillante, parecía mucho más contento que la última vez que había estado allí.

—Hola, Claude —saludé—. ¿Es tu padre el que está sentado en el porche?

Se inclinó hacia delante para mirar por encima de mi hombro.

—Sí, es él. El que lleva un peto. El otro es Jerrold.

—¿Crees que a tu padre le molestará si le pregunto por mi abuelo?

—Como quieras. No puedo garantizar que sepa algo, suponiendo que pueda oír siquiera lo que le preguntes.

—Está claro.

—¿Quieres un consejo? Ten cuidado con Jerrold. La mitad del tiempo no tengo ni idea de qué dice o qué es lo que le hace tanta gracia.

No estaba seguro de a qué se refería exactamente, pero asentí con la cabeza.

—¿Cuánto tiempo se quedará por aquí tu padre?

—No han comido todavía, o sea, que calculo que una hora más por lo menos.

—¿Qué suele tomar para almorzar?

—El sándwich barbacoa con ensalada de col. Y bolas de pan de maíz.

—¿Qué te parece si le invito?

—¿Por qué? No le voy a cobrar. Sigue siendo propietario de una parte de la tienda.

—He pensado que si voy a intentar obtener alguna información, es lo mínimo que puedo hacer.

—Es tu dinero —dijo encogiéndose de hombros.

131

Saqué un poco de dinero suelto de la cartera para dárselo y observé que lo guardaba en la caja. Ahuecó la mano a un lado de la boca para que le escucharan al otro extremo del local.

—¡Frank, prepara lo de siempre para mi padre! ¡Y dáselo a Trevor, se lo llevará él!

La comida no tardó mucho en estar preparada. Cuando estuvo lista llevé el plato a la puerta delantera. Al pasar por la caja registradora, Claude quitó el tapón de un batido de cacao Yoo-hoo, y luego lo ajustó un poco antes de ofrecérmelo.

—Vas a necesitar esto también.

—¿Un Yoo-hoo?

—Es su bebida favorita. Lleva tomándola desde que tengo memoria.

Cogí la botella y, como tenía las manos ocupadas, usé las caderas para abrir la puerta. Al aproximarme, Jim alzó la vista, con la cara tan ajada y nudosa como las manos, todo huesos y piel, y manchas de la vejez. Llevaba gafas y le faltaban unos cuantos dientes, pero me pareció entrever una chispa de curiosidad en su expresión que me hizo pensar que estaba más despierto y espabilado de lo que podía deducirse por la descripción de Claude. Pero tal vez estaba siendo demasiado optimista.

—Hola, Jim. Se me ha ocurrido traerte el almuerzo —empecé a decir—. Me gustaría hablar contigo unos minutos.

Jim alzó la vista hacia mí con los ojos entrecerrados.

—¿Cómo?

Jerrold se inclinó hacia Jim.

—El chico quiere hablar contigo —gritó Jerrold.

—¿Hablar de qué? —preguntó Jim.

—¿Cómo demonios podría saberlo? Acaba de salir de la tienda.

—¿Quién es? —volvió a preguntar Jim.

Jerrold volvió la vista en mi dirección. Era más joven que Jim, aunque también debía hacer tiempo que estaba jubilado. Advertí que llevaba un audífono, lo cual facilitaría las cosas, o tal vez no.

Volvió a acercarse a Jim.

—Supongo que es un viajante comercial —gritó Jerrold—. Quizás venda ropa interior de mujer.

Parpadeé desconcertado, sin estar seguro de si debía sentirme ofendido, y de pronto recordé lo que Claude me había dicho.

—Dile que hable con Claude —respondió Jim con un gesto despectivo—. Estoy jubilado. No necesito nada de un viajante.

—Cómo que no necesitas nada —contravino Jerrold—. Necesitas una mujer y un billete de lotería ganador, en mi opinión.

—¿Cómo?

Jerrold se reclinó en su asiento con ojos risueños.

—Ropa interior de mujer. —Se rio a carcajadas, obviamente satisfecho de sí mismo—. ¿Es eso lo que vendes?

—No —contesté—, no soy un viajante. Tan solo quiero hablar con Jim.

—¿Sobre qué?

—Sobre mi abuelo —respondí—. Y le he traído su almuerzo.

—Entonces, no te quedes ahí parado. —Me hizo señas con su huesuda mano—. Dáselo, no te entretengas ahora.

Me agaché para acercarle a Jim su almuerzo, y entonces Jerrold frunció el ceño, y los surcos de su frente se acentuaron tanto que podría haber sostenido un lápiz en ellos.

—¿Dónde está mi almuerzo? —pidió Jerrold.

No esperaba eso, pero me di cuenta de que probablemente debería haber considerado la posibilidad de que querían comer juntos.

—Lo siento, no sé en qué estaba pensando. ¿Qué quieres? Te traeré algo con gusto.

—Mmmmm —dijo Jerrold mientras se llevaba la mano a la barbilla—. ¿Tal vez un *filet mignon* con una cola de langosta y mucha mantequilla, acompañados de un poco de ese arroz pilaf?

Pronunció «pila».

—¿También sirven eso aquí? —pregunté.

—Por supuesto que no. Hay que pedirlo con antelación para que lo traigan de uno de esos sitios elegantes.

Supuse que se refería a otro restaurante (uno real) y me pilló desprevenido.

—¿Dónde se puede pedir? —pregunté.

—¿Qué dice? —interrumpió Jim.

133

Jerrold se inclinó de nuevo hacia Jim.

—Dice que no me va a invitar a comer —gritó Jerrold—. Y que te comprará un Cadillac si hablas con él.

Parpadeé perplejo mientras pensaba cómo era posible que hubiera perdido el control de la conversación. «¿Un Cadillac? ¿De dónde se había sacado eso?»

—Yo no he dicho eso —protesté—. Y me encantaría traerte alguno de los platos que ofrece la parrilla...

Jerrold se dio una palmada en el muslo, sin dejarme acabar la frase, y de pronto volvió a cruzar su mirada con la mía.

—Chico, eres más tonto que Abundio. ¡Un Cadillac! ¿Qué diablos haría con un Cadillac? Apenas puede conducir. —Profirió una carcajada acompañada de un movimiento de cabeza—. ¡Un Cadillac! —exclamó mirando a Jim.

Me quedé en el sitio sin saber qué decir. Jerrold aparentemente no tenía la necesidad de decirme nada; estaba demasiado complacido consigo mismo como para preocuparse por lo que yo pudiera estar pensando. Mientras tanto, Jim parecía ajeno a la conversación. Decidí tomar la iniciativa.

—Tenía la intención de preguntarle algo sobre mi abuelo, Carl Haverson.

Jerrold rebuscó en un bolsillo y sacó una bolsita de rapé. Tras abrirla, juntó unas cuantas hojas para colocarlas entre la encía y el labio. Hizo unas cuantas contorsiones con la boca y se reclinó en la silla, con aspecto de tener un tumor en la mandíbula.

—¿Estás diciendo que eres familia de Carl?

—Era mi abuelo —repetí—. Estoy intentando averiguar qué estaba haciendo en Carolina del Sur. Claude me dijo que Jim y mi abuelo eran amigos, y tenía la esperanza de que pudiera responderme a algunas preguntas.

—Puede que resulte un poco dificultoso —contestó Jerrold—. Jim no oye demasiado bien. Y divaga al hablar. La mitad del tiempo no sabes a qué se refiere.

«Lo mismo podría decir de ti», pensé.

—Es importante —dije, en lugar de lo que realmente estaba pensando—. Quizás podrías ayudarme.

—No lo sé.

—¿Conocías a mi abuelo? ¿Hablaste con él antes de que saliera de viaje?

—Claro —respondió alargando la palabra—. De vez en cuando hablaba con él, cuando salía afuera, aunque no tanto como con Jim. Pero hubo una semana en la que no estaba por aquí, solo estábamos Jim y yo. Me sorprendió tanto como a todos los demás, cuando me enteré de lo que le había pasado. Carl estaba bien de salud, que yo supiera.

—¿Qué puedes decirme del viaje a Carolina del Sur? ¿Sabías algo de eso?

—Nunca mencionó nada.

—¿Actuaba de forma distinta? ¿O hubo algo que te llamó la atención?

Jerrold negó con la cabeza.

—Nada que yo sepa.

Me balanceé sobre los talones, cuestionándome si todo aquello no era una pérdida de tiempo. Jerrold me sorprendió al levantarse de su asiento. Tenía que apoyarse en ambos brazos, y alcanzar la posición vertical parecía un proceso laborioso y no exento de dolor.

—No pierdas más tiempo y pregúntale —dijo—. Tal vez Jim sepa algo que yo ignoro. Conocía a Carl mejor que yo. Pero habla en voz alta, a la oreja derecha; no te molestes en probar con la izquierda, aunque la otra tampoco funciona demasiado bien.

—No tienes que irte —dije.

—Necesitas mi asiento. Él nunca lo admitiría, pero necesita poder ver el movimiento de los labios para poder imaginar lo que estás diciendo. Se entera de la mitad, así que no te desanimes.

—¿Adónde vas? —preguntó Jim.

—Tengo hambre —gritó Jerrold—. Quiero ir a buscar comida.

—¿Eh?

Jerrold hizo un gesto con la mano como diciendo que no valía la pena contestar y miró en mi dirección.

—No te quedes ahí parado como un tonto. Siéntate. Volveré enseguida.

Vi cómo Jerrold avanzaba arrastrando los pies hacia la puerta.

135

Cuando estuvo dentro de la tienda me senté en su mecedora y me incliné hacia delante, tal como Jerrold había hecho.

—Hola —grité—. Soy Trevor Benson.

—¿River Fenix?

—Trevor Benson —repetí—. Soy el nieto de Carl.

—¿Quién?

—¡Carl! —dije en un tono más fuerte, pensando que tal vez debería haber pedido a Jerrold que se quedara por ahí para ir traduciendo.

—¡Ah, Carl! —dijo Jim—. Ha fallecido.

—Ya lo sé. Era familia —dije, con la esperanza de que la manera de expresarlo de Jerrold pudiera ayudarme.

Jim entrecerró los ojos y me pareció que estaba buscando en su memoria. Tardó unos momentos.

—¿El médico de la Marina? Te casaste con Claire, ¿no?

—Sí —respondí, aunque Claire era en realidad mi madre. No había por qué hacerlo más complicado de lo que ya era.

—Le encantaban las abejas, al viejo Carl —añadió Jim—. Las tenía desde hacía mucho tiempo. Las colmenas. Para la miel.

—Sí —asentí—. Quería hablar contigo de Carl.

—No me gustan demasiado las abejas —comentó—. Nunca entendí qué es lo que veía en ellas.

Opté por un enfoque directo para intentar simplificar la conversación.

—Tengo algunas preguntas que tal vez puedas responderme.

Jim pareció no oírme.

—Carl lo pasó mal con la recogida de la miel el verano pasado —prosiguió Jim—. *Arturitis*.

Era su forma de decir «artritis».

—Seguramente…

—Pero le ayudó la chica —añadió, todavía sin oírme.

—¿La chica?

—Sí —contestó Jim—. La chica. Adentro.

—De acuerdo —dije, mientras me preguntaba a mí mismo de qué estaría hablando. No había visto a ninguna chica en la tienda todavía, pero Claude me había advertido de que su mente divagaba. No le di más importancia y me incliné para acercarme aún más, hablando despacio y replicando el volumen de Jerrold.

—¿Sabes por qué Carl se fue a Carolina del Sur?

—Carl murió en Carolina del Sur.

—Lo sé —dije—. ¿Sabes por qué Carl se fue a Carolina del Sur? —volví a preguntar.

Jim dio un bocado a su sándwich y masticó lentamente antes de contestar.

—Supongo que iba hacia Helen.

Por un momento, dudé de que hubiera entendido la pregunta.

—¿Helen? ¿Iba hacia Helen? —grité.

—Sí. Helen. Eso es lo que me dijo.

¿O era lo que Jim había creído oír? ¿Hasta qué punto podía confiar en su capacidad auditiva? ¿O en su memoria? No lo tenía demasiado claro.

—¿Cuándo te habló de Helen?

—¿Eh?

Repetí la pregunta, en un volumen aún más alto, y Jim cogió una bola de pan de maíz. Dio un bocado y tardó bastante tiempo en conseguir tragarla.

—Creo que una semana antes de irse, más o menos. Estaba arreglando la camioneta.

Para asegurarse de que conseguiría llegar, sin duda, pero… ¿quién era Helen? ¿Cómo podía mi abuelo haber conocido a una mujer de Carolina del Sur? No tenía ordenador ni móvil, y casi nunca salía de New Bern. Algo no encajaba…

—¿Cómo conoció Carl a Helen?

—¿Eh?

—Helen.

—Creo que es lo que me dijo.

—¿Helen vivía en Easley?

—¿Qué es Easley?

—Un pueblo en Carolina del Sur.

Cogió otra bola de pan de maíz.

—No sé gran cosa de Carolina del Sur. Me enviaron allí durante la guerra de Corea, pero en cuanto pude salir, dije «hasta nunca». Demasiado calor, demasiado lejos de casa. El sargento instructor... oh, ¿cómo se llamaba...? R-algo...

Mientras rebuscaba en el pasado, intenté encontrarle sentido a lo que me había dicho, suponiendo que Jim no estuviera completamente chalado. ¿Una mujer llamada Helen, que estaba en Easley, y mi abuelo había ido a visitarla?

—¡Riddle! —gritó de repente Jim—. Así se llamaba. El sargento Riddle. El hombre más mezquino e irascible del mundo. En una ocasión nos hizo dormir en la ciénaga. Un lugar húmedo y sucio, y lleno de mosquitos. Nos picaron durante toda la noche hasta que nos hinchamos como garrapatas. Tuve que ir a la enfermería.

—¿Conociste a Helen?

—No.

Alargó el brazo para coger su batido de chocolate, pero tuvo que forcejear con la botella, aunque Claude había incluso aflojado el tapón. Observé cómo tomaba un trago, mientras seguía intentando dilucidar sus palabras, aunque sospechaba que no tenía nada más que ofrecerme.

—De acuerdo —dije—. Gracias.

Separó la botella de la boca.

—La chica puede que sepa algo más.

Tardé un poco en recordar lo que había mencionado antes.

—¿La chica de dentro?

Hizo un movimiento con la botella señalando la ventana.

—No recuerdo su nombre. A Carl le caía bien.

—¿Helen?

—No. La chica de dentro.

Admito que me sentía completamente perdido y, como si fuera una señal, Jerrold empujó la puerta para abrirla, cargado con un plato similar al que había traído para Jim. Barbacoa del este de Carolina del Norte, sazonada con vinagre y hojuelas de pimienta roja, no hay otra igual en el mundo. Cuando Jerrold se acercó, me levanté de la mecedora para dejarle sitio.

—¿Ya habéis acabado? —preguntó.

Reflexioné al respecto, cuestionándome si había servido para algo, y cuánto de lo que me había contado podría siquiera coincidir con la realidad.

—Sí —dije—, creo que ya estamos.

—Te avisé, a veces divaga un poco al hablar —insistió Jerrold—. ¿Has conseguido las respuestas que necesitas?

—No estoy seguro —contesté—. Dice que mi abuelo iba hacia Helen. Y mencionó algo de una chica dentro de la tienda, pero no tengo ni la menor idea de a qué se refiere.

—Creo que puedo responderte a eso en parte.

—¿A qué te refieres?

—La chica dentro de la tienda —contestó Jerrold—. Se refiere a Callie. Era bastante amiga de tu abuelo.

Claude seguía en la caja registradora cuando volví a adentrarme en la tienda. Había unos cuantos clientes haciendo cola, así que esperé hasta que hubo acabado antes de acercarme a él.

—¿Cómo ha ido? —preguntó.

—Todavía estoy procesando lo que me ha dicho —dije—. ¿Sabes cuándo vuelve a trabajar Callie?

—Está aquí —respondió Claude—. Pero ahora tiene descanso. Volverá dentro de un par de minutos.

«Eso explica por qué no la he visto antes.»

—¿Sabes dónde está?

—Si no está dando de comer al gato, normalmente come en la mesa de pícnic cerca del embarcadero —indicó Claude.

—Gracias —dije mientras volvía a empujar la puerta para salir. Me imaginé que sería más fácil hablar mientras no trabajaba, así que rodeé la tienda por un lado hasta un camino que conducía al río. Sabía que, además de la mesa de pícnic, también había algunos surtidores cerca de la orilla, donde los botes podían llenar el depósito. Había estado allí con mi abuelo en numerosas ocasiones.

El camino serpenteaba a través de algunos árboles y arbustos, pero cuando por fin se despejó la vista, vi a Callie sentada a la mesa. Al cruzar el prado, me fijé en el almuerzo básico que obviamente se había traído de casa: sándwich de mantequilla de cacahuete y mermelada, un brik de leche y una manzana, en una bolsa marrón, aunque ya casi se lo había acabado todo. Al oír que me acercaba, miró en mi dirección, pero luego volvió a mirar hacia el río.

—¿Callie? —pregunté cuando estaba más cerca—. Claude me dijo que tal vez estarías aquí.

Volvió a prestarme atención, con una expresión de cautela en el rostro. Me pregunté por qué no estaba en el instituto, y advertí un nuevo cardenal en el brazo, cerca del primero que vi cuando pasó cerca de la casa. En lugar de contestar, dio otro mordisco a su sándwich, hasta casi acabarlo. Teniendo presente su desconfianza habitual, me detuve justo antes de llegar a la mesa, para no agobiarla.

—Me gustaría hablar contigo sobre mi abuelo —dije—. Me han dicho que le ayudaste a recolectar la miel el verano pasado.

—¿Quién te ha dicho eso?

—¿Acaso importa?

—No hice nada malo —se limitó a decir.

Su comentario me pilló desprevenido.

—No estoy insinuando eso. Solo intento descubrir por qué fue a Carolina del Sur.

—¿Por qué crees que yo puedo saberlo?

—Me han comentado que erais amigos.

Se levantó de la mesa, introdujo la última porción de sándwich en la boca, y a continuación tomó el último trago de leche, para después guardar los restos del almuerzo en la bolsa.

—No puedo hablar contigo ahora, en serio. Tengo que volver al trabajo y no puedo llegar tarde.

—Lo comprendo —dije—. No quiero causarte problemas. Como ya te he dicho, solo intento averiguar qué le pasó a mi abuelo.

—No sé nada —repitió.

—¿Le ayudaste a recolectar la miel?

—Me pagó —respondió mientras el rubor iba tiñendo sus pálidas mejillas como una mancha—. No robé ni un tarro, si es lo que quieres saber. Ni ninguna otra cosa.

—Estoy seguro de que no robaste nada. ¿Por qué no me dijiste que le conocías tan bien?

—No te conozco, ni sé nada de ti.

—Sabías que era familiar suyo.

—¿Y qué?

—Callie…

—¡No he hecho nada malo! —volvió a gritar, interrumpiéndome—. Pasé al lado de la casa y al verme me preguntó si quería ayudarle con la miel, y lo hice. Solo tardamos un par de días, y después puse las etiquetas y las coloqué en las estanterías. Luego me pagó. Eso es todo.

Intenté imaginar a mi abuelo pidiéndole en un arrebato que le ayudara con la miel, pero por la razón que fuera, me resultó imposible. Y basándome en las conversaciones que habíamos mantenido hasta el momento, no podía imaginarme tampoco que ella aceptara algo así. Al mismo tiempo, había algo de verdad en todo aquello: acababa de admitir que le había ayudado a recolectar la miel. ¿Qué era, me pregunté, lo que no me estaba contando?

—¿Mencionó en alguna ocasión que iría hacia Helen?

De repente Callie abrió los ojos como platos, y por primera vez me pareció ver un fogonazo de miedo real. Sin embargo, se esfumó tan rápido como había surgido, con un airado movimiento de cabeza.

—Siento lo de tu abuelo, ¿vale? Era un anciano amable. Y me gustó ayudarle con la miel. Pero no sé nada de los motivos por los que fue a Carolina del Sur, y te agradecería que me dejases en paz.

No respondí. Alzó la barbilla en un ademán desafiante, antes de dar media vuelta y, finalmente, regresar en dirección a la tienda. De camino tiró los restos del almuerzo en un cubo de basura, sin detener el paso.

Observé cómo se alejaba mientras me preguntaba qué le había dicho que la importunara tanto.

Ya de vuelta en casa, cavilé sobre lo que había averiguado, si es que podía sacar algo en limpio. ¿Podía creer lo que Jim me había dicho? ¿O Jerrold? ¿Había viajado mi abuelo hasta Easley por una mujer llamada Helen? ¿Y qué podía deducir de la conversación con

Callie? ¿Qué le había dicho para que creyera que podía tener problemas?

No lo sabía. Y, sin embargo, mientras reflexionaba sobre mi encuentro con Callie, tenía la persistente sensación de que ella había dicho (o yo había visto) algo importante. Era la respuesta a una de mis muchas preguntas, pero cuanto más intentaba concentrarme en ello, más aumentaba la neblina que envolvía mis pensamientos. Era como si intentara agarrar un puñado de humo.

9

*E*l miércoles, mientras cavilaba sobre mi posible-pero-no-garantizada cita con Natalie, decidí salir con el barco de mi abuelo para intentar localizar los caimanes y águilas calvas de las que había oído hablar el día anterior.

Realicé una inspección rápida antes de desamarrar los cabos y arrancar el motor. No había embarcaciones en las proximidades, lo cual era una suerte, porque necesitaba volver a acostumbrarme a pilotar. No tenía ganas de participar en un derbi de demolición en el agua, ni de encallar accidentalmente, así que aflojé suavemente el estrangulador y giré la rueda mientras me separaba del muelle. Para mi sorpresa, la barcaza era mucho más fácil de maniobrar de lo que recordaba, por lo que deduje que mi abuelo debía haber hecho algunas mejoras. Fui capaz de orientarla en la dirección adecuada con bastante rapidez, como el egresado altamente cualificado de la Academia Naval que se suponía que era.

Cuando era niño me encantaba salir con mi abuelo en aquel bote, pero, a diferencia de la mayoría de la gente, que preferían los ríos Trent y Neuse, más anchos, mi favorito era el Brices Creek. Como el río se abría camino serpenteando a través del Bosque Nacional de Croatan, probablemente no había cambiado mucho desde que los primeros colonos llegaron a esa zona a principios del siglo XVIII. Era algo así como viajar atrás en el tiempo y, cuando mi abuelo apagaba el motor, no se oía nada más que los trinos de los pájaros desde los árboles, y de vez en cuando saltaba un pez que provocaba ondulaciones en aquellas aguas, por otra parte oscuras y silenciosas.

Me acomodé al establecer el rumbo lo más en el centro posible. A pesar de que la barca era un adefesio, el trayecto fue asombrosamente estable. Mi abuelo había construido así el bote porque Rose tenía miedo al agua. Al ser epiléptica y sufrir ataques con mayor frecuencia e intensidad a medida que iba envejeciendo, nunca había aprendido a nadar, de modo que el diseño respondía a la necesidad de evitar que la embarcación pudiera volcar o hundirse, con barandillas para impedir que Rose pudiera caer por la borda. Aun así, normalmente le costaba convencerla de que le acompañara, por lo que a menudo salía solo, por lo menos hasta que mi madre tuvo la edad suficiente como para subir a bordo. Cuando empecé a pasar los veranos con él, salíamos a navegar casi cada tarde.

Entonces, el estado de ánimo de mi abuelo siempre se tornaba contemplativo. A veces me contaba historias sobre su infancia, que era mucho más interesante que la mía, o me hablaba sobre las abejas, o sobre su trabajo en el molino, o me explicaba cómo era mi madre de pequeña. Pero sus pensamientos giraban casi siempre en torno a Rose, y la melancolía se apoderaba de él cubriéndolo todo como un manto. Cuanto mayor se hacía, más se repetía, y cuando le visité por última vez ya había oído sus relatos en tantas ocasiones que podía recitarlos de memoria. Pero los escuchaba sin interrumpirle, observando cómo se sumergía en sus recuerdos, porque sabía cuánto significaban para él.

Tengo que admitir que su historia era encantadora: se remontaba a un tiempo y a un lugar que solo conocía de las películas en blanco y negro, un mundo de pistas de tierra, cañas de pescar caseras, y vecinos que se sentaban en el porche delantero para combatir el calor, y saludaban a quienes por allí pasaban. Tras la guerra, mi abuelo había visto por primera vez a Rose tomando un refresco con sus amigos delante de la tienda de comestibles. Le había cautivado del tal manera que juró ante sus amigos que había visto a la mujer con la que algún día podría llegar a casarse. Después de ese día, veía a Rose por todas partes, delante de la iglesia episcopal de Cristo con su madre, o por los pasillos del supermercado Piggly Wiggly, y ella pareció advertir también su presencia. Más tarde, en la feria del condado de verano, se celebró un baile. Rose estaba allí con sus amigos, y aunque mi abuelo tardó casi toda la velada en reunir el coraje para atravesar la pista y pedirle que le concediera un baile, ella le contestó que llevaba toda la noche esperando que se lo pidiera.

Se casaron menos de seis meses después. Pasaron su luna de miel en Charleston, antes de regresar a New Bern para comenzar su vida juntos. Construyó la casa, y ambos deseaban tener un montón de niños. Sin embargo, quizás debido a la enfermedad de Rose, un aborto siguió al anterior, cinco en total durante un periodo de ocho años. Justo cuando habían perdido la esperanza concibieron a mi madre, y el embarazo llegó a buen término. Veían a mi madre como un regalo de Dios, y mi abuelo juraba que Rose nunca había estado más hermosa que cuando pasaba tiempo con su hija, jugando a la rayuela, o leyendo, o incluso de pie en el porche, sacudiendo el polvo de las alfombras.

Mi abuelo me contó que, años después, cuando mi madre fue a la universidad tras obtener una beca completa, ambos disfrutaron de una segunda luna de miel, que se prolongó hasta el último día que pasaron juntos. Todas las mañanas salía temprano para confeccionar un ramo de flores para Rose, la cual preparaba el desayuno, que los dos comían juntos en el porche trasero, mientras contemplaban cómo se alzaba la niebla lentamente desde las aguas. Le daba un beso antes de salir hacia el trabajo y también cuando regresaba al final del día; iban de la mano cuando daban su paseo vespertino, como si aquel contacto pudiera compensar las horas que habían perdido separados.

Mi abuelo la encontró un sábado en el suelo de la cocina, tras pasar la tarde construyendo unas cuantas colmenas más. Tomó su cuerpo sin vida en brazos y se aferró a ella, llorando durante más de una hora antes de, finalmente, llamar a la ambulancia. Se desmoronó hasta tal punto que mi madre tomó una excedencia de un mes por primera vez en su vida, y dejó su consulta para quedarse con él. Pasó parte del año siguiente esculpiendo su lápida, y hasta la última vez que hablamos por teléfono, sé que seguía visitando su tumba cada semana.

En su vida solo estuvo Rose, y nadie más; siempre había jurado que nadie podría remplazarla. No había razón para dudar de él, y nunca lo hice. Hacia el final de su vida mi abuelo tenía más de

145

noventa años, artritis y una camioneta agonizante; llevaba una vida simple que consistía en cuidar las abejas y arreglar el bote, atesorando los recuerdos de la mujer a la que nunca podría olvidar.

No podía dejar de dar vueltas a todo aquello mientras mis pensamientos regresaban a la conversación mantenida con Jim. Intenté conciliar sus comentarios con el abuelo que yo conocía, pero no lo conseguí. A pesar de todo lo que me había dicho, supe con repentina certeza que mi abuelo nunca habría ido a Carolina del Sur a visitar a una mujer llamada Helen.

Seguí río arriba, accionando el motor de una curva a otra, hasta que finalmente llegué a la rampa pública para embarcaciones del Bosque Nacional de Croatan. Hay un rumor interesante acerca del bosque: es uno de los pocos lugares en el mundo donde puede encontrarse la venus atrapamoscas y otras plantas carnívoras que crecen en un entorno salvaje. Mi abuelo solía traerme aquí para cogerlas. A pesar del constante furtivismo, por alguna razón siguen siendo bastante comunes.

La rampa para embarcaciones era uno de los puntos de referencia que comentaron los pescadores en el Trading Post. Supuestamente, las águilas y los caimanes se encontraban un par de curvas más arriba, pero, por lo que sabía, el número exacto podía oscilar entre cero o diez. La descripción de aquel tipo había sido un tanto vaga, así que reduje la velocidad de la barca y escudriñé los árboles a ambos lados del río. Pronto me di cuenta de que el problema era que no tenía ni idea de qué se suponía que debía buscar.

Pero la tecnología es algo maravilloso. Saqué el móvil y, tras una rápida búsqueda en Internet, pude encontrar imágenes de nidos de águilas calvas. A mis ojos tenían el aspecto de nidos típicos de aves, solo que mucho más grandes, lo cual me hizo sentirme ridículo por no haberlo supuesto desde un principio. Finalmente, distinguí uno en las ramas altas de un ciprés, hazaña que resultó aún más simple debido al hecho de que mamá o papá águila estaba en el nido, mientras la pareja estaba posada en las ramas de otro árbol cercano.

Por cierto, no eran tan solo dos curvas pasada la rampa, sino cuatro.

Detuve la barca y escruté las orillas en busca de caimanes, pero no tuve tanta suerte. Aunque sí pude advertir un área embarrada con algunas delatoras madrigueras. Como había vivido en Florida, ya había visto eso antes. Lamentablemente no había ninguno en los alrededores, pero los caimanes son animales territoriales, lo cual significaba que era probable que regresaran.

Entretanto, las águilas calvas atrajeron mi mirada y pude hacer algunas fotos con el móvil. Con el cuerpo marrón y la cabeza blanca, eran iguales que la que aparece en el Gran Sello de Estados Unidos, aunque era la primera vez que las veía en la naturaleza. Pero pronto empecé a aburrirme. Aparte de mover la cabeza de vez en cuando, no hacían gran cosa, y después de un rato observarlas no era mucho más emocionante que mirar los árboles. Me pregunté si habría huevos en el nido, pero pronto descubrí un par de polluelos. De vez en cuando uno de los dos, o ambos a la vez, asomaban la cabeza, y sentí la necesidad de explicárselo a alguien. Volví a coger el móvil, y escribí un rápido mensaje de texto a Natalie.

¿Tienes tiempo para hablar más tarde?

De nuevo, me sorprendí a mí mismo vigilando el móvil para ver si lo había leído; cuál no sería mi asombro al ver que respondía enseguida:

Probablemente tendré algo de tiempo hacia las ocho.

Sonreí, pensando que las cosas con Natalie se estaban poniendo interesantes. No era exactamente como la historia de mi abuelo y Rose, pero sí era, en definitiva, interesante.

Seguía sin saber nada de las empresas de ambulancias, pero pensé que era mejor dejar pasar los días hasta el lunes, antes de volver a insistir. A pesar de todo, el resto de la tarde fue productiva, si es que se puede considerar una larga siesta tras un paseo de placer en barca como algo productivo.

Para cenar decidí acudir a la Morgan's Tavern. Ubicada en el centro, era de mi estilo: suelo de madera, mucho ladrillo rústico a la vista, techos altos con vigas y una amplia carta. Estaba lleno, así que acabé sentado en una de las mesas del bar, pero el servicio era rápido y la comida sabrosa. Un buen lugar para matar el tiempo hasta que llamara a Natalie.

No quería ser demasiado puntual, así que marqué siete minutos después de la hora en punto. Quizás Natalie tampoco deseaba parecer demasiado ansiosa, porque respondió al cuarto tono de llamada. «Ah, menudos jueguecitos tontos...»

—Hola —dije—. ¿Cómo ha ido el trabajo?

—Bien, pero me alegro de tener turno de día las próximas semanas. Me cuesta dormir cuando brilla el sol. A mi cuerpo simplemente no le gusta.

—Deberías hacer una residencia, para no tener que dormir nunca.

Soltó una risita.

—¿Qué pasa?

—Nunca podrías adivinar adónde he ido hoy —dije.

—¿Me has llamado para que intente adivinarlo?

—No —respondí—. He ido en barca por el río.

—¿En el bote de tu abuelo?

—Prefiero considerarlo un yate.

—Ah —exclamó en tono divertido—. ¿Por qué me lo cuentas?

—Porque estaba buscando caimanes.

—No me digas que has visto alguno.

—No, pero estoy casi seguro de que sé dónde encontrarlos. Se me ha ocurrido que podríamos probar el sábado. Podríamos salir con el bote y tal vez concluir con una cena en mi casa. ¿Qué te parece?

Se hizo un segundo de silencio en la línea. Y a continuación:

—¿No estará abarrotado el río el fin de semana?

No hacía falta que añadiera: «El bote de tu abuelo llama demasiado la atención y preferiría que nadie más supiera que paso tiempo contigo».

—No por donde tengo planeado que vayamos. Iremos río arriba, probablemente a última hora de la tarde. Normalmente está muy tranquilo. Y después podemos comer en casa, podemos usar la barbacoa para hacer un bistec.

—No como carne roja.

Estaba empezando a comprender que Natalie casi nunca respondía con un simple «sí» o «no», pero ya me iba acostumbrando.

—Puedo hacer pescado a la parrilla, si lo prefieres —sugerí—. ¿Comes pescado?

—Sí.

—¿Qué te parece que quedemos sobre las cuatro y media? Podemos salir un par de horas con la barca y, al regresar, encenderemos la barbacoa. Tal vez abrir una botella de vino. Y te prometo que, aunque no encontremos a los caimanes, verás algo bastante espectacular.

—¿De qué se trata?

—Es una sorpresa. ¿Qué me dices?

—¿A las cuatro y media?

—Podemos salir antes, pero no más tarde, para que no se nos haga de noche mientras todavía estamos en el agua.

En el silencio que se hizo a continuación, intenté imaginármela mientras hablaba, sin éxito. ¿Dónde estaría? ¿En la cocina? ¿En el salón? ¿En el dormitorio? Finalmente, volví a oír su voz.

—De acuerdo —dijo, todavía con cierto tono de vacilación—. Supongo que debería conducir hasta tu casa primero, ¿no?

—Si lo prefieres puedo pasar a buscarte.

—No será necesario —contestó.

«¿Porque no quieres que sepa dónde vives?»

—Estupendo —dije, ignorando mis cuestionamientos internos—. Una pregunta: ¿te gusta el atún?

—No está mal.

—¿Esta vez tendré más del cincuenta por ciento de probabilidades de que aparezcas?

—Ja, ja —respondió—. Estaré en tu casa a las cuatro y media.

Quizás eran imaginaciones mías, pero pensé que una pequeña parte de su ser se sentía halagada por mi insistencia.

149

—Buenas noches, Trevor.

—Buenas noches, Natalie.

El jueves tuve noticias de la primera empresa de ambulancias a la que llamé: me dijeron que ellos no habían atendido ni transportado a mi abuelo.

El viernes me llamaron de la otra empresa y tuve más suerte. Tras una breve conversación, me enviaron por *e-mail* una copia escaneada del informe.

Leí que mi abuelo, Carl Haverson, había sido recogido cerca del kilómetro 7 de la autopista 123, y llevado al Hospital Baptista de Easley. Aunque no incluía demasiados detalles, el informe indicaba que estaba inconsciente y que su pulso era débil. Se le administró oxígeno de camino al hospital, donde llegó a las 8:17 horas de la mañana.

No era demasiada información y, aparte de la ubicación de la camioneta, tampoco me aportaba gran cosa. Una búsqueda rápida en internet, incluida la aplicación Google Earth, me indicó una franja de una autopista cerca de un centro comercial en ruinas, lo cual no añadía información útil, sobre todo porque no tenía ni idea de qué había motivado su visita a ese lugar, para empezar. Tal vez estaba caminando hacia la camioneta, o se dirigía hacia un restaurante cuando sufrió el derrame. No sabía quién había llamado a la ambulancia, ni siquiera qué significaba en realidad «cerca del kilómetro 7». Quizás la única forma de encontrar las respuestas a esas preguntas era ir hasta allí y echar un vistazo.

Pero al anotar la hora de su llegada se me ocurrió algo más, algo que debería haber advertido antes. Easley estaba a seis horas en coche, por lo menos; en la camioneta de mi abuelo, a su edad, tal vez había tardado más de nueve horas. ¿Habría conducido toda la noche? Por mucho que lo intentaba, no podía imaginarlo. Mi abuelo era madrugador, siempre lo había sido. En mi mente podía imaginarlo subiendo a la camioneta muy temprano, después de haber parado en un hotel o un motel de carretera. En ese caso, ¿dónde habría pasado la noche? ¿Cerca de Easley? ¿O tal vez más al este?

Por otro lado, sabía que era imposible que la camioneta siguiera aparcada en ese punto de la autopista, no seis meses después de que trasladaran a mi abuelo desde algún lugar cercano a su vehículo. ¿Cómo podría encontrarlo?

Esas cuestiones me atormentaron intermitentemente durante el resto del día, pero no pude darles respuesta. Finalmente, acabé aceptando que en un futuro próximo tendría que hacer un viaje por carretera hasta Easley. Si quería entender qué le había pasado a mi abuelo, era consciente de que no tenía otra elección que ir hasta allí.

10

*E*l sábado el tiempo era como un avance del verano, como mínimo esa fue la sensación que tuve cuando salí a correr. Al volver, antes de ducharme, pude escurrir el sudor de la camiseta retorciéndola, lo cual no dejaba de ser un tanto desagradable, pero me recordó a mi época de atleta, por oposición al tipo en que me había convertido y que simplemente intentaba evitar que los pantalones le apretaran la cintura.

Después de desayunar, limpié la casa de nuevo, prestando especial atención a la cocina y los cuartos de baño, y luego saqué la mesita del comedor y unas sillas al porche trasero. Cambié de sitio las mecedoras, deslicé la barbacoa para apartarla, y rebusqué en armarios y cajones hasta encontrar un mantel y velas, esforzándome por crear un ambiente sutilmente romántico.

Poner la barca a punto supuso un poco más de trabajo. Aunque a mí me daba igual que las tumbonas estuvieran raídas o mohosas, supuse que a ella no, así que fui corriendo a comprar el producto de limpieza adecuado. Me desvié para pasar por la tienda de comestibles, y luego llevé el bote hasta los surtidores del Trading Post para llenar el depósito, pero me llevó más tiempo de lo que pensaba porque había mucha cola. Tres personas sacaron el móvil para hacerme fotos mientras esperaba, llamadas por mi atractivo. Aunque quizás estuvieran más interesadas en el bote. ¿Quién sabe?

Puse la mesa, cogí unas flores del patio delantero para adornar un jarrón, coloqué las botellas de vino en el frigorífico para que estuvieran frescas, corté las verduras y preparé una ensalada. Cargué la nevera portátil con hielo, cerveza, refrescos y botellas de agua, y la llevé al bote, junto con un tentempié. Ya era casi media tarde; intenté recordar la última vez que me había llevado tanto tiempo prepararme para una cita, pero no lo conseguí.

Me duché por segunda vez y, pensando en la sofocante temperatura, mi instinto me dijo que lo más adecuado para el paseo en barca sería un pantalón corto y una camiseta. Pero, en lugar de eso, opté por unos pantalones vaqueros, una camisa azul de botones, y náuticos. Me remangué y pensé que tal vez la brisa evitaría que el sudor traspasara la tela de la camisa.

Debería haber escuchado a mi instinto. Natalie apareció pocos minutos después. Salió del coche vestida con un pantalón corto vaquero, gafas de sol, sandalias y una camiseta de los Rolling Stones, un aspecto informal y sexi que advertí de inmediato. Entonces tragué saliva.

Tras recoger una bolsa de tela de medio tamaño del asiento del copiloto, dio media vuelta y, al verme, se detuvo en seco.

—Creía que íbamos a salir con el bote.

—En efecto —respondí—. Este es mi uniforme de capitán.

—Vas a pasar calor...

«Sí, ya lo sé», pensé, sintiendo el azote del sol.

—Estaré bien...

Me acerqué al coche sin poder decidir si debía darle un abrazo o quedarme parado como un idiota. Opté por la segunda opción. Ella actuó con idéntica inseguridad, lo cual me hizo preguntarme si estaría tan nerviosa como yo. Aunque lo dudaba, esa idea hacía que me sintiese mejor.

—No sabía si debía traer algo —dijo señalando con un gesto el coche—, pero llevo una nevera pequeña en el asiento de atrás con bebidas.

—Ya he llevado algunas a la barca, pero puedo añadir las tuyas por si acaso.

Abrí la puerta de atrás y saqué la nevera.

—¿Qué tal tu día? —preguntó mientras avanzábamos en dirección a la casa.

—Relajante —mentí—. ¿Y el tuyo?

—El típico sábado.

—¿Has ido al mercado de agricultores?

—Entre otras cosas. —Se encogió de hombros—. ¿De veras crees que veremos un caimán?

—Eso espero —dije—. Pero no puedo asegurarlo.

—Si es así, será la primera vez. Eso siempre es emocionante.

—¿Qué llevas en la bolsa?

—Ropa para más tarde —dijo—. No quiero que me coja el frío.

Para ser sincero, me hubiera gustado que se dejara puesto el atuendo que llevaba, pero no dije nada.

Abrí la puerta con un empujoncito.

—Entra. Deja el bolso donde quieras.

—¿Cuánto tiempo crees que estaremos en el bote?

—Es difícil decirlo. Pero seguro que estamos de vuelta antes de que se haga de noche.

Rebuscó en la bolsa la crema de protección solar y se la aplicó mientras me seguía por la casa hasta llegar al porche de la parte trasera. Al ver mis preparativos, arqueó una ceja.

—¡Guau! —dijo—. Has estado ocupado.

—Mis padres me educaron para causar una buena impresión.

—Ya lo has hecho —contestó—, si no, no habría aceptado la invitación. —Por primera vez en su presencia, me quedé sin palabras. Creo que ella se dio cuenta de que me había dejado perplejo, porque enseguida se rio—. Venga —añadió—. Subamos al bote y busquemos a esos caimanes.

La guie hasta el muelle y deposité su nevera al lado de la mía al subir a bordo. El bote se balanceó levemente con el peso de nuestros cuerpos en movimiento.

—Nunca he estado en un yate antes —dijo en un susurro, como retomando el hilo del chiste sobre mi educación—. Espero que sea seguro.

—No te preocupes. Está en buenas condiciones. —Volví al embarcadero de un salto para desamarrar los cabos, y luego regresé a la barca—. ¿Te gustaría tomar una cerveza o un vaso de vino antes de salir?

—Una cerveza no estaría mal.

Fui a mi nevera y saqué un par de Yuengling. Abrí una girando el tapón y se la ofrecí. Luego destapé mi botella, y celebré en mi

155

mente nuestra primera cerveza juntos. Acerqué mi botella a la suya.

—Gracias por venir —dije—. Salud.

Chocó su botella contra la mía y después dio un trago.

—Está buena —comentó, inspeccionando la etiqueta.

Sin pérdida de tiempo fui hacia la popa y arranqué el motor tirando del cordón. De regreso al puente, abrí el regulador y nos fuimos separando del muelle. Me abrí paso hacia el centro del río, agradecido por la brisa. Podía sentir cómo se iba formando una fina capa de sudor, pero Natalie parecía sentirse muy cómoda. De pie, apoyada en la barandilla, observaba el paisaje mientras el viento retiraba su cabello hacia atrás, espléndido bajo los rayos del sol. Me sorprendí a mí mismo admirando sus piernas antes de volver a centrar mi atención en llevar el timón. Una colisión podría arruinar la buena impresión que le había causado, con todo el montaje de mantel y velas en el porche.

Nos deslizamos tomando las amplias curvas suavemente. Las casas a ambos lados del río dieron paso a unas zonas de pesca en una de sus orillas, y después se extendía la naturaleza salvaje. Mientras tanto, a pesar de que no podía apreciar el relieve con mi ojo, evité hábilmente varios obstáculos, y habría hecho gala ante ella de mi pericia como navegante, si no hubiera sido por la presencia generalizada de boyas de color fosforito alertando a las embarcaciones de que debían mantener una distancia segura.

Tras ponerse crema solar en los brazos y las piernas, Natalie se reunió conmigo en el puente.

—Esta es la primera vez que subo por el río Brices Creek —comentó—. Es precioso.

—¿Cómo es posible que vivas aquí y nunca hayas estado en esta zona?

—No tengo barco —respondió—. Aunque he estado en los ríos Trent y Neuse con algunos amigos, pero nunca llegamos tan arriba.

—Pensaba que no salías mucho.

—Así es —confirmó—. Por lo menos últimamente.

Aunque podía haberle preguntado por qué, pensé que no le gustaría.

—Si tienes hambre, hay algunos aperitivos en la mesa.

—Gracias, de momento estoy bien. No recuerdo la última vez que me tomé una cerveza, o sea, que estoy un poco ocupada disfrutándola.

Se quedó mirando fijamente las aguas oscuras y lentas, sujetando la cerveza fría y deleitándose al sol.

—¿Cómo supiste dónde buscar caimanes? —preguntó.

—Lo oí por casualidad en una conversación mientras almorzaba en el Trading Post, así que decidí comprobarlo.

—Nunca he comido allí.

—Lo creas o no, la comida es bastante buena.

—Eso he oído. Pero me queda un poco lejos de casa.

—Nada está lejos en New Bern.

—Lo sé, pero me paso tanto tiempo conduciendo cuando estoy de servicio que después no tengo ganas de ir en coche a ninguna parte.

—Pero has ido hasta mi casa, y no está demasiado lejos del Trading Post.

—En el Trading Post no ponen manteles ni velas.

Me reí por lo bajo. Seguimos río arriba. Los árboles se cernían desde las orillas, y las aguas eran tan lisas como un espejo. Aquí y allá se veía algún pequeño embarcadero cubierto de maleza, pudriéndose, adentrándose en el río. Sobre nosotros, volaba en círculos un gavilán pescador.

Natalie seguía de pie a mi lado, y tuve la sensación de que algo había cambiado entre nosotros. De vez en cuando ella daba un trago a la cerveza, y me pregunté si se habría puesto nerviosa por nuestra cita.

¿Estaría saliendo con otro? Seguía pareciéndome probable, pero, de ser así, ¿por qué había venido hoy, o por qué había salido a cenar conmigo? ¿Acaso estaba aburrida o era infeliz? ¿O simplemente se sentía sola? ¿Y cómo sería él? ¿Cuánto tiempo llevarían viéndose? También era posible que simplemente tuviera curiosidad por los caimanes y me considerara como un amigo, pero, entonces, ¿por qué se ponía tan cerca? Sabía que a mí me gustaba. El sentido común indicaba que pedirle una segunda cita en tan poco tiempo significaba algo más que el deseo de una simple amistad, y, a pesar de ello, había aceptado. Si estaba saliendo con otra persona, ¿cómo podría explicar su ausencia? ¿Viviría fuera del pueblo? ¿Sería un militar destinado lejos? Como de costumbre, no tenía las respuestas.

El río siguió angostándose hasta que llegamos a la rampa para embarcaciones y nos adentramos en el bosque nacional. En el muelle vi a un padre con su hijo, pescando; nos saludaron al pasar. Aunque solo me había tomado la mitad de la cerveza, ya estaba caliente. Arrojé el líquido restante por encima de la barandilla y dejé la botella vacía en el cubo de basura del puente.

—¿Cuánto falta? —Su voz llegó hasta mí como flotando.

—Ya casi estamos —respondí—. Un par de minutos.

Rodeamos la última curva, y empecé a reducir la marcha. En la copa del árbol vi una de las águilas apostada en el nido, aunque la pareja no parecía estar cerca. Más adelante, en la orilla opuesta, había dos caimanes tomando el sol en el pequeño claro fangoso. Eran jóvenes, no medían más de metro y medio del morro a la punta de la cola, pero me pareció que habíamos tenido suerte.

—Ahí están —dije, señalando con la mano por encima de ella.

Natalie corrió hacia la proa, fuera de sí por la emoción.

—¡No puedo creerlo! —exclamó—. ¡Están justo ahí!

Giré el timón para intentar orientar la barca y que pudiéramos sentarnos en las tumbonas para disfrutar de la visión de la vida salvaje. Satisfecho, apagué el motor, fui a popa a tirar el ancla y sentí la tensión en la cuerda al llegar al fondo.

Para entonces, Natalie ya había sacado el móvil para hacer fotos.

—Hay algo más —le recordé—. La sorpresa de la que te hablé.

—¿Qué es?

Señalé la copa del árbol.

—Hay un nido de águila justo ahí arriba, y además tienen polluelos. Cuesta verlos, pero mantén los ojos bien abiertos.

Natalie miraba alternativamente hacia las águilas y hacia la orilla en la que estaban los caimanes, mientras yo quitaba la protección de plástico de la bandeja y cogía otra cerveza de la nevera. Me metí una fresa en la boca y me aposenté en una de las tumbonas. Me recliné hacia atrás, y usé la palanca que accionaba el soporte para las piernas.

—Poniéndote cómodo, ¿eh? —dijo Natalie con una sonrisita.

—Mi abuelo era un hombre sabio cuando se trataba de disfrutar de los lujos.

Natalie cogió unas cuantas uvas y tomó asiento, aunque no se reclinó por completo en la tumbona.

—No puedo creer que por fin haya visto un caimán —dijo maravillada.

—Tus deseos son órdenes. Soy un poco como el genio de la lámpara.

Me dedicó una mueca, pero me pareció que le gustaba mi sentido del humor. Coloqué un trozo de queso sobre una galleta salada mientras Natalie dejaba su cerveza sobre la mesa.

—De modo que… ¿este es tu estilo? —preguntó.

—No sé a qué te refieres.

—Todo esto —explicó, abarcando con sus brazos todo a nuestro alrededor—. El montaje en tu casa, el paseo en barca, las sorpresas. ¿Es así como sueles seducir a las mujeres?

—No siempre. —Tomé un trago de la cerveza, sumiso.

—Entonces, ¿por qué has montado este *show*?

—Porque pensé que te gustaría. —Acerqué la botella a la suya—. Por los caimanes.

—Y el águila. —Aceptó el brindis con cierta reticencia, alargando el brazo para coger su botella y chocarla contra la mía—. Pero no intentes cambiar de tema.

—No sé sobre qué me hablas.

—Tengo la sensación de que eres un vividor. Por lo menos en lo que atañe a las mujeres.

—¿Lo dices porque soy tan inteligente y carismático?

—Lo digo porque no soy una ingenua.

—Puede que tengas parte de razón —dije riendo—. Pero no se trata solo de mí. Tú podías haber declinado mi invitación.

Alargó la mano para coger otra uva.

—Lo sé —admitió finalmente, con un tono de voz una octava menor.

159

—¿Te arrepientes?

—En realidad no.

—Pareces sorprendida.

—Lo estoy —contestó, y, durante unos minutos, ninguno dijo nada. En lugar de hablar, contemplamos las vistas, y Natalie por fin pudo divisar los aguiluchos en el nido. Alzó el móvil para hacer algunas fotos, pero para entonces ya habían vuelto a agachar la cabeza por debajo del borde del nido. La oí suspirar, y luego me miró con los ojos entornados.

—¿Has estado enamorado alguna vez? —preguntó.

Aunque no esperaba esa pregunta, el recuerdo de Sandra afloró a la superficie de forma espontánea.

—Creo que sí —respondí.

—¿Crees?

—Cuando salíamos juntos, creía estarlo —admití—. Pero ahora no estoy tan seguro.

—¿Por qué no?

160

—Si realmente estaba enamorado, creo que la echaría de menos mucho más. Pensaría más en ella.

—¿Quién era?

Vacilé.

—Era una enfermera de urgencias; se llamaba Sandra. Era lista. Guapa. Le apasionaba su trabajo. Nos conocimos en Pensacola y al principio nos sentíamos felices juntos, pero todo se complicó cuando me destinaron a Afganistán. —Me encogí de hombros—. Cuando regresé, yo... —La miré de soslayo—. Ya te he contado que no estaba en un buen momento, ni mental ni emocionalmente, y lo pagué con ella. Me sorprende que aguantara conmigo tanto tiempo.

—¿Y cuánto tiempo estuvisteis juntos?

—Poco más de dos años. Pero no hay que olvidar que estuve fuera gran parte del tiempo. En la última época, me preguntaba si realmente nos conocíamos el uno al otro. Tras la ruptura, tardé un poco en comprender que echaba de menos estar con alguien, por oposición a echarla de menos a ella. Sé que nunca la amé como mi abuelo quería a mi abuela, ni siquiera de la forma en que mis padres se querían. Mi abuelo era un auténtico romántico; mis padres eran socios y amigos, y se complementaban perfectamente. No sentí nada parecido con Sandra. No sé. Tal vez no estaba preparado.

—O tal vez no era la persona adecuada.

—Tal vez.

—¿Alguien más? ¿Cuándo eras más joven?

Por alguna razón, en mi mente surgió como un destello el recuerdo de la «chica del yoga», pero lo descarté con un movimiento de cabeza.

—Salí con chicas en el instituto y en la escuela universitaria, pero no fue nada trascendente. Tras la muerte de mis padres, cuando estaba en la Facultad de Medicina y la residencia, me dije a mí mismo que estaba demasiado ocupado como para tener una relación más seria.

—Seguramente lo estabas.

Sonreí, agradeciendo el comentario, aunque ambos sabíamos que era una excusa.

—¿Qué hay de ti? Dijiste que habías estado enamorada, ¿no? ¿Eres más bien romántica, o prefieres la opción socios y amigos?

—Ambas —contestó—. Yo lo quería todo.

—¿Lo conseguiste?

—Sí —respondió. Alzó la botella, todavía medio llena—. ¿Qué hago con esto?

—Dámelo —dije, estirando el brazo para coger la botella. Me puse en pie, vertí el resto de la cerveza en el río, y puse el casco vacío al lado del otro en el cubo de basura. De regreso, señalé la nevera con un gesto—. ¿Te apetece otra?

—¿Tienes agua embotellada?

—Claro. He venido preparado. —Le ofrecí una botella de agua antes de volver a acomodarme de nuevo en la tumbona. Seguimos charlando mientras picábamos los aperitivos, evitando entrar en temas demasiado personales. Nuestra conversación previa sobre el amor parecía haber desencadenado una especie de límite interno en ella, así que empezamos a hablar del pueblo, el campo de tiro a donde le gustaba ir a Natalie, y sobre algunas de las operaciones más complicadas que había realizado en el pasado. Al final pudo

161

sacar algunas fotos de los aguiluchos, que me envió mediante una aplicación de mensajería. Me di cuenta cuando sentí que mi móvil vibraba en el bolsillo y miré la pantalla.

Mientras flotábamos sin movernos del sitio, había empezado a formarse una fina capa de nubes, el sol se tornó anaranjado, y cuando el cielo empezó a cobrar un tono violeta, supe que era el momento de iniciar el regreso.

Icé el ancla y arranqué el motor, mientras Natalie cubría de nuevo la bandeja con aperitivos para unirse después a mí en el puente. Aceleré el motor para acortar el trayecto de vuelta, pero seguía asombrado por lo rápido que había pasado el tiempo. Para cuando amarré el bote, estaba atardeciendo, el cielo era una brillante paleta de colores, y los grillos habían empezado a cantar. Ayudé a Natalie a saltar al muelle, y luego le pasé la nevera pequeña. Coloqué la bandeja de comida sobre la nevera de mayor tamaño y caminé a su lado hasta el porche trasero.

Una vez allí, alcé la tapa de la nevera.

—¿Quieres otra botella de agua? —pregunté.

—¿Tienes vino?

—¿Lo prefieres blanco o tinto?

—Blanco.

Fui adentro, saqué el vino del refrigerador, y busqué un sacacorchos. Serví dos vasos y regresé al porche. Natalie estaba de pie al lado de la barandilla, observando el ocaso.

—Aquí tienes —dije mientras le ofrecía un vaso—. Sauvignon blanco.

—Gracias.

Dimos un sorbo simultáneamente, admirando las vistas.

—Llamé al hospital, como me sugeriste —dije—. Por lo de mi abuelo.

—¿Y qué dijeron?

—Tenías razón: era un primer paso fundamental. —Y proseguí, poniéndola al corriente. Me escuchó con atención, sin dejar de mirarme.

—¿Adónde crees que iba, si no era a Easley?

—No lo sé.

—¿Pero tú no crees que fuese a ver a la tal Helen?

—A menos que experimentara una transformación radical, soy incapaz de imaginarme que pudiera interesarle otra mujer. No a su edad, no tan lejos de casa, y para nada a juzgar por la manera en la que seguía hablando de mi abuela.

—Me habló de ella en una ocasión —musitó Natalie—. Me dijo que solía tararear canciones en la cocina mientras preparaba la comida, y que, a veces, incluso ahora, se imaginaba que seguía oyéndola cantar.

—¿Cuándo te lo dijo?

—El año pasado, tal vez. Fue en el mercado de los agricultores, y no recuerdo cómo salió a colación el tema, pero sí me acuerdo de que al llegar a casa todavía tenía esa conversación en la cabeza. Diría que todavía la amaba.

—A eso es a lo que me refería —coincidí—. Era un hombre de una sola mujer.

Natalie dio otro sorbo a su copa de vino.

—¿Crees en eso? ¿Un hombre para una mujer, para siempre? ¿Todo eso de las almas gemelas?

—Supongo que es posible en el caso de algunas parejas, como mis abuelos o incluso mis padres, pero probablemente sea más la excepción que la regla. Creo que la mayoría de la gente se enamora más de una vez en la vida.

—Y, sin embargo, no estás seguro de haberte enamorado alguna vez.

—No es justo parafrasear mis propias declaraciones.

Se rio.

—Bueno, ¿qué vas a hacer con lo de tu abuelo?

—Estoy pensando en ir hasta Easley el martes. Quiero saber dónde le recogieron e intentar localizar la camioneta. Tal vez eso me ayude a saber qué pasó.

—Es un viaje muy largo con tan pocas pistas por las que empezar —comentó.

—Solo serán un par de días.

Mientras hablaba, me di cuenta de que Natalie estaba tiritando. Se frotó los brazos tras dejar la copa en la baranda.

163

—Perdona, pero creo que estoy cogiendo frío. ¿Me puedo cambiar en el baño?

—Los cuartos de baño son diminutos, si lo prefieres puedes usar uno de los dormitorios. ¿Tienes hambre? ¿Quieres que ponga en marcha la barbacoa?

Asintió con un gesto.

—Me parece estupendo, empiezo a tener hambre. ¿Puedes servirme un poco más de vino antes de que vaya a cambiarme?

—Claro.

En la cocina le serví un poco más de vino (me indicó por señas que me detuviera a media copa), y la observé mientras cogía la bolsa del salón y desaparecía en el interior de un dormitorio. No tenía muy claro qué le gustaría cenar, aparte del atún, así que escogí varias opciones de entre lo que había comprado. No solo preparé una ensalada y judías verdes, sino también arroz pilaf y ensalada de col. Cabe decir que no pretendo impresionar a nadie: el arroz pilaf venía empaquetado con fáciles instrucciones, y la ensalada de col era de la sección de *delicatessen* de la tienda de comestibles. Sandra me había enseñado a preparar las judías verdes con aceite de oliva, ajo y almendras laminadas. Puse a hervir el agua para el arroz, pasé la ensalada de col a un bol de cristal y, junto a la ensalada verde y una botella de aliño, lo llevé todo a la mesa del porche. Encendí la barbacoa, añadí sal y pimienta al bistec, y vertí el arroz y los condimentos en la olla. Tras mezclar salsa de soja y *wasabi* para acompañar el atún, puse el bistec en la parrilla y volví a la cocina para cocinar las judías.

El bistec, el arroz y las judías se hicieron rápido; lo cubrí todo con papel de aluminio y lo puse en el horno para mantenerlo caliente, pero no había ni rastro de Natalie. El atún solo tardaría un minuto o dos, por lo que decidí esperar. Llevé un altavoz al porche, y luego usé el iPhone para buscar algunas de mis melodías favoritas de los ochenta. Me senté en la mecedora, di un sorbo al vino y observé cómo salía la luna por encima de los árboles, resplandeciente. Era una de esas hermosas medias lunas, creciente o decreciente, no estaba seguro de en qué fase estaba. El año anterior me había bajado una aplicación que lo explicaba todo sobre las constelaciones y dónde encontrarlas en el cielo nocturno; se me ocurrió que podría iniciarla para intentar impresionar a Natalie más tarde con mis conocimientos de astronomía.

Pero descarté la idea. Para empezar, porque ella se daría cuenta. Curiosamente, cuanto más ponía los ojos en blanco en una expresión de paciencia, más me parecía que podía ser yo mismo. Y eso me gustaba. Qué demonios, Natalie tenía prácticamente todo lo que se podía desear, por lo que había podido observar. Pero ¿qué importaba eso? Me iría pronto; no es que tuviera la oportunidad de iniciar una relación duradera de cualquier tipo. Yo seguiría con mi camino, ella con el suyo, lo cual significaba que no había razón para entusiasmarse, ¿no?

Era un ejercicio habitual en mí. En el instituto mantenía una distancia emocional con las chicas con las que salía, y lo mismo sucedió en la universidad y en la Facultad de Medicina. Con Sandra puede que fuera distinto al principio, pero hacia el final de nuestro tiempo juntos apenas podía gestionar mis emociones, por no hablar de la relación. Aunque todas esas mujeres tenían su encanto, me daba cuenta de que siempre estaba pensando en la siguiente fase de mi vida, en la que no aparecía ninguna de ellas. Puede que parezca superficial, tal vez lo era, pero creía firmemente que todo el mundo debe esforzarse en ser la mejor versión posible de sí mismo, creencia que a veces exigía tomar decisiones difíciles. Pero Natalie se equivocaba al pensar que eso me convertía en un vividor. Era más bien un ligón en serie que un hombre al acecho. La «chica del yoga» (¿Lisa? ¿Elisa? ¿Elise?) era la excepción, no la regla.

En ese momento, en el porche, pude sentir el empuje de mis propios antecedentes conductuales, advirtiéndome que no me enamorara de una mujer a la que pronto dejaría atrás. No podía traer nada bueno. Me haría daño, y yo a ella; incluso si intentáramos darnos una oportunidad de alguna forma, yo sabía por experiencia que la distancia puede crear mucha tensión en cualquier relación. Y sin embargo...

Algo había cambiado entre nosotros, y eso no se podía negar. No estaba seguro de cuándo exactamente había sucedido. Tal vez era algo tan simple como un nivel más profundo de confort, pero

165

era consciente de que anhelaba algo más que tener una relación física con ella. Deseaba lo que sentí cuando le enseñé las colmenas, o durante el paseo en el bote, o mientras tomábamos una copa de vino en el porche. Deseaba charlar, bromear, y que estableciésemos una comunicación profunda, y también largos periodos en los que ninguno de los dos sintiera la necesidad de decir nada. Me imaginaba con deseo qué estaba pensando, y notaba que la respuesta me sorprendía a menudo. Quería que recorriera con suavidad la cicatriz de mi mano, y mostrarle otras que marcaban mi piel. Todo ello se me antojaba extraño, incluso me daba un poco de miedo.

La luna continuaba ascendiendo lentamente, haciendo que el césped se tornase azul plateado. Una cálida brisa agitaba suavemente las hojas, como un susurro. Las estrellas se reflejaban en las aguas del río, y de pronto comprendí por qué mi abuelo nunca había querido irse de allí.

Percibí una repentina disminución en la luz detrás de mí, que anunciaba el regreso de Natalie desde el interior de la casa. Me giré para saludarla, sonriendo de forma automática, antes de asimilar por completo a la mujer que apareció ante mí en el umbral de la puerta. Por un momento solo pude admirarla, convencido de no haber visto nunca a ninguna mujer tan hermosa.

Natalie se había puesto un vestido de tubo, escotado y sin mangas, de color burdeos, que se ceñía en sus esbeltas curvas. Había desaparecido la cadena alrededor del cuello que siempre llevaba. Como pendientes se había puesto unos aretes grandes, y se había calzado unos finos zapatos tipo salón. Pero era su rostro lo que más me fascinó. Se había aplicado rímel, lo cual acentuaba sus espesas pestañas, y se había maquillado con tal pericia que su cutis ahora parecía más luminoso. Percibí un rastro de perfume, algo que me recordaba el aroma de flores salvajes. Sostenía en la mano la copa de vino vacía.

Mi mirada fija en ella debió darle qué pensar, porque arrugó levemente la nariz.

—¿Demasiado?

Su voz bastó para sacarme de mi estupor.

—No —respondí—. Estás… impresionante.

—Gracias. —Sonrió, casi con timidez—. Sé que no es cierto, pero te lo agradezco.

—Lo digo en serio —dije, y de repente lo supe: eso es lo que quería; quería a Natalie, no solo esa noche, sino para toda una vida de días como el que habíamos pasado, y noches como la que estábamos viviendo. El sentimiento era innegable, y de pronto comprendí lo que mi abuelo debió sentir cuándo vio por primera vez a Rose delante de aquella tienda, hacía tanto tiempo.

«Me he enamorado de ella», resonó con un eco una voz en mi mente. La sensación era un tanto surrealista y, sin embargo, más auténtica que cualquier otra que hubiera conocido antes. Pero también pude oír esa otra voz advirtiéndome que debía acabar con esa historia antes de que se convirtiera en algo más serio. Para facilitarnos las cosas a los dos. Pero la voz cauta era solo un murmullo, que se apagaba bajo la oleada de sentimientos. «Esto es lo que se siente —pensé—, a esto se refería el abuelo.»

Natalie había estado callada todo el tiempo, pero por primera vez supe qué estaba pensando. En su sonrisa radiante pude ver que sentía exactamente lo mismo que yo.

167

Me obligué a apartar la vista un poco cuando Natalie salió al porche. Me aclaré la garganta, y pregunté:

—¿Te gustaría tomar otra copa? Yo me voy a servir un poco más.

—Solo la mitad —murmuró.

—Vuelvo ahora mismo.

Ya en la cocina tuve la sensación de que por fin podía exhalar. Intenté controlarme y centrarme en el simple acto de servir el vino, como un método para desacelerar las cosas. De alguna forma conseguí regresar al porche con las dos copas, intentando desesperadamente ocultar mi agitación interna.

Le ofrecí la copa de vino.

—Podemos cenar cuando quieras, todavía tengo que cocinar el atún, pero no necesita mucho tiempo.

—¿Necesitas ayuda?

—Hay un par de cosas en el frigorífico y en el horno, pero déjame empezar antes con el atún, ¿sí?

Desempaqueté el atún en la barbacoa, alerta ante la proximidad de Natalie. Estaba tan cerca que me envolvía su perfume.

—¿Cómo te gusta? —pregunté en tono robótico—. ¿Poco hecho o casi crudo?

—Vuelta y vuelta —dijo.

—He hecho una salsa con soja y *wasabi* para ti.

—Vaya, veo que eres alguien especial —me dijo lentamente, con voz ronca, dándome un empujoncito, algo que me hizo sentir un tanto mareado.

«Tengo que controlarme, en serio.»

Tras comprobar la temperatura, puse el atún en la parrilla. Natalie se lo tomó como una señal, y volvió a la cocina para traer los otros platos a la mesa.

Miré por encima del hombro.

—¿Podrías pasarme tu plato… para que sirva el atún?

—Claro —dijo, deslizándose hacia mí.

Emplaté el atún y fuimos a la mesa. Al tomar asiento y ver la comida, hizo un gesto de aprobación con la cabeza.

—Hay bastante para cuatro personas —observó. Luego se inclinó hacia delante y añadió—: Me lo he pasado muy bien en el bote hoy. Me alegro de que me invitaras.

—Ha sido un día perfecto —dije.

Nos servimos pasándonos los diversos platillos mutuamente con una cómoda familiaridad. La conversación empezó por los caimanes y las águilas, y la vida en Florida en general, para llegar hasta los lugares que nos gustaría visitar algún día. Sus ojos brillaban con un fuego oculto, y me hacían sentir intensamente vivo. ¿Cómo podía haberme enamorado de ella tan rápido, sin siquiera ser consciente de ello?

Después de cenar me ayudó a llevar los platos a la cocina y a guardar la comida sobrante. Una vez hecho esto, regresamos a la baranda del porche y nos quedamos observando el río. Mi hombro casi rozaba el suyo. Seguía sonando la música, una balada melancólica de Fleetwood Mac. Aunque deseaba rodearla con un brazo, no lo hice. Ella se aclaró la garganta antes de alzar por fin la mirada para encontrarse con mis ojos.

—Hay algo que debería contarte —dijo en un tono suave pero serio, y sentí que se me encogía el estómago. Ya sabía qué iba decir.

—Estás saliendo con alguien —dije.

Se quedó callada.

—¿Cómo lo sabes?

—No lo sé, pero lo sospecho. —La miré fijamente—. ¿Acaso importa?

—Supongo que no.

—¿Es algo serio? —pregunté, odiándome por querer saberlo.

—Sí —respondió. Desvió la vista, incapaz de mirarme a los ojos—. Pero no es lo que estás pensado.

—¿Cuánto tiempo lleváis juntos?

—Unos cuantos años —contestó.

—¿Le amas?

Parecía debatirse buscando una respuesta.

—Sé que le quise una vez. Y hasta hace un par de semanas creía que todavía le quería, pero entonces… —Se pasó las manos por el pelo antes de girar la cabeza hacia mí—. Te conocí. Incluso durante la primera noche en la que hablamos aquí mismo, supe que me sentía atraída por ti. Sinceramente, me aterrorizaba. Pero por muy asustada que estuviera, y aunque supiera que no era lo correcto, una parte de mí quería pasar tiempo contigo. Intenté fingir que el sentimiento no existía; me dije a mí misma que debía ignorarlo, y olvidarte. A pesar de que New Bern es un pueblo, casi nunca salgo, así que era poco probable que volviera a verte. Pero entonces… estabas en el mercado de los agricultores. Y yo sabía exactamente por qué estabas allí. Y todos esos sentimientos volvieron a aflorar.

Cerró los ojos, y de pronto parecía como si llevara una carga en el hueco que se formaba entre sus hombros.

—Te vi caminando —prosiguió—. Después fuiste a por un café. Y salía del mercado, y de pronto estabas allí. Quise dejarlo pasar, dejarlo ir. Pero de repente me sorprendí caminando en la misma dirección que tú, y te vi adentrarte en el parque.

—¿Me seguiste?

—Era como si no tuviera elección. Como si algo, o alguien, me impulsara hacia delante. Yo... quería conocerte mejor.

A pesar de la seriedad en su tono de voz, sonreí.

—¿Por qué me acusaste de seguirte?

—Pánico —admitió—. Confusión. Vergüenza. Elige lo que quieras.

—Eres una buena actriz.

—Tal vez —respondió—. No sé por qué no pude decir lo que quería. Empezamos a charlar de otras cosas con tanta facilidad... Y cuando me ofreciste mostrarme las colmenas, supe que tenía que aceptar. Intenté convencerme a mí misma de que no significaba nada, pero en lo más profundo de mi ser, sabía que no era cierto. Y siguió sucediendo... La cena en Beaufort, el bote, y ahora esto. Cada vez que estoy contigo me digo a mí misma que no es lo correcto, que deberíamos dejar de vernos. Y aunque quiera, nunca me salen las palabras para confesarme.

—Hasta ahora.

Ella asintió con la cabeza, con los labios apretados formando una delgada línea, y sentí que se me hacía un nudo en la garganta en medio del silencio que se hizo a continuación. De forma instintiva, me encontré buscando su mano, y sentí la tensión de sus dedos hasta que, finalmente, se relajaron. Suavemente, hice que se girara hacia mí. Alcé la otra mano y le acaricié la mejilla.

—Mírame —susurré. Levantó la cara lentamente y entonces proseguí—: ¿De veras quieres irte ahora mismo?

Al oír esas palabras, se le humedecieron los ojos. La mandíbula le temblaba levemente, pero no hizo ademán de apartarse.

—Sí —murmuró. Pero después, tragando saliva, cerró los ojos con fuerza y dijo—: No.

Los compases de un tema cuyo nombre había olvidado llenaban el aire como música de fondo. La luz del porche arrojaba un resplandor dorado sobre su piel apenas bronceada. Me acerqué un poco y apoyé la otra mano en su cadera, percibiendo la confusión, el miedo y el amor en la expresión de su rostro; después rodeé su cintura con ambos brazos. Tenía los ojos fijos en los míos mientras nuestros cuerpos se acercaban, y pude sentir cómo se estremecía cuando empecé a acariciarle la espalda. Bajo la fina tela del vestido notaba el calor que desprendía su piel, y percibí intensamente las curvas de su cuerpo al presionarlo contra el mío.

La sensación era fantástica, innegablemente real, incluso elemental, como si nos hubieran forjado de la misma materia. Inhalé el aroma que desprendía, y fui incapaz de permanecer en silencio.

—Te quiero, Natalie —dije en un susurro—. Y no quiero que te vayas nunca.

Las palabras hicieron que el sentimiento fuera aún más real, y de pronto sentí que existía la posibilidad de pasar toda la vida juntos. Fui consciente de que haría lo que fuera para que la relación funcionase, aunque eso significara quedarme en New Bern. Podría cambiar mi residencia a la Universidad de East Carolina, que estaba a menos de una hora desde la casa de mi abuelo; podría incluso abandonar la práctica de la medicina. La alternativa era un futuro sin ella y, en ese instante, no había nada más importante que permanecer al lado de esa mujer, ahora y para siempre.

171

Por su expresión, supe que reconocía la intensidad de lo que estaba sintiendo. Aunque podría estar asustada, no se apartó. En lugar de eso, apoyó su cuerpo sobre el mío y enlazó los brazos alrededor de mi cuello mientras descansaba la cabeza sobre mi hombro. Podía notar sus pechos, llenos y blandos, apretados contra mi torso. Tomó una amplia respiración profunda y, al exhalar el aire, pareció que expresaba una especie de alivio.

—Te quiero, Trevor —respondió—. No debería, y sé que no puedo, pero así es.

Despegó la cabeza de mi hombro cuando mis labios se posaron en su cuello. Su piel bajo la punta de mi lengua parecía tan fina como la seda. Con un gemido, se acercó aún más a mí, y finalmente decidí llevar mis labios a su boca.

La besé, disfrutando del tembloroso aleteo de sus labios al corresponderme; abrí la boca y noté que ella reaccionaba imitándome; nuestras lenguas se tocaron y la sensación fue la más exquisita que había experimentado nunca. Mis manos empezaron a explorar su cuerpo, recorriendo con ternura su vientre, luego el costado del pecho, para descender hasta la cadera, intentando memorizar la sensación del roce de su cuerpo. Era consciente todo el tiempo de mi amor hacia ella, que iba acompañado de una agitada excitación, la más intensa que había sentido nunca. Lo quería todo de ella. Cuando por fin me aparté levemente, aunque sin separar nuestros cuerpos, Natalie tenía los ojos entrecerrados, los labios separados en una sensual expectación. A continuación, con un movimiento que surgió de manera completamente natural, la cogí de la mano y di un pequeño paso atrás. Sus ojos seguían clavados en los míos y, con un suave ademán, la conduje al interior, hacia el dormitorio.

11

—*I*nteresante —me dijo Bowen durante la sesión del lunes.

Estábamos sentados en la mesa del comedor, que había vuelto a trasladar al interior de la casa desde el porche, con dos vasos de agua helada ante nosotros. Había llegado casi una hora antes de lo previsto, y aproveché para enseñarle la finca y la casa. Le mostré las colmenas desde cierta distancia (no le ofrecí la misma disertación entusiasta que a Natalie), así como la barcaza. Cuando empezó la sesión, inicié la conversación como siempre, con una puesta al día de los distintos aspectos relacionados con mi trauma, antes de contarle finalmente mi cita con Natalie. Se lo conté casi todo, con excepción de los detalles íntimos.

—¿Eso es todo lo que tienes que decir? —pregunté—. ¿Que es interesante?

—¿Qué te gustaría que dijera?

—No lo sé. Algo. Cualquier cosa.

Bowen se llevó la mano a la barbilla.

—¿Realmente crees estar enamorado de ella?

—Sí —respondí—. Sin ninguna duda.

—Hace menos de dos semanas que la conoces.

—Mi abuelo se enamoró de mi abuela la primera vez que hablaron —repliqué. Aunque, si soy sincero, llevaba planteándome esa misma cuestión toda la mañana—. Ella es… distinta a las demás —proseguí—. Y sé que no tiene lógica. Pero sí, la amo.

—¿Y no harías la residencia por ella?

—En efecto —contesté.

—Interesante —repitió. La forma de hablar evasiva y neutra de Bowen podía resultar cuando menos frustrante.

—¿No me crees?

—Por supuesto que te creo.

—Pero hay algo que te preocupa, ¿no es así?

—¿A ti no?

Claro está que sabía perfectamente a qué se refería.

—Te refieres al otro tipo —dije.

—Eso añade implicaciones que podrían ser todo un desafío.

—Soy consciente de ello. Pero sus sentimientos hacia mí son reales. Y me dijo que me amaba.

Se ajustó las gafas.

—Por lo que has dicho, parece probable que así sea.

—¿Lo crees?

—No me sorprendería lo más mínimo. A veces subestimas la percepción de los demás hacia tu persona. Eres joven, inteligente, rico, un hombre con éxito, y hay quien diría que eres un héroe por el servicio prestado en el ejército.

—Vaya, caramba. Gracias.

—De nada. Sin embargo, lo que quiero señalar es que, aunque puedo imaginar sin dificultad qué una mujer se enamore de ti, eso no significa necesariamente que no sea complicado para ella. Ni que la relación evolucione tal y como tú esperas. Las personas somos complejas, la vida rara vez se desarrolla como imaginamos, y las emociones pueden ser contradictorias. Por lo que has contado, parece que estaba intentando explicarte que la relación con la otra persona y la que ha iniciado contigo entran en conflicto. Hasta que ella no resuelva ese conflicto, puede ser problemático.

Dio un sorbo de agua y procesé lo que Bowen acababa de decir.

—¿Qué debo hacer? —pregunté por fin.

—¿A qué te refieres?

—A Natalie —respondí, con una frustración manifiesta en mi tono de voz—. ¿Qué hago con su relación con el otro?

Bowen alzó una ceja. No dijo nada, sino que esperó a que yo mismo respondiera a mi pregunta. Me conocía lo suficiente como para comprender que al final sería capaz de hacerlo, y así fue.

—Tengo que aceptar que no puedo controlar a otra persona —recité—. Solo puedo controlar mi propia conducta.

—Eso es cierto —sonrió Bowen—. Pero sospecho que no te hace sentir mejor.

«No —pensé—, en realidad, no.» Tomé unas cuantas respiraciones profundas, deseando que mi afirmación anterior no fuera cierta, antes de repetir automáticamente buena parte de lo que había aprendido en sesiones anteriores.

—Me dirás que, de momento, debería esforzarme en ser la mejor versión de mí mismo. Debo dormir, hacer ejercicio, comer sano, y mantener el consumo de sustancias que afectan el estado de ánimo en un mínimo. Que practique las habilidades de las terapias conductuales cognitiva y dialéctica cuando sienta ansiedad. He asimilado todas esas cosas. Y las practico. Pero quiero saber qué podría hacer en relación con Natalie, para evitar volverme loco de angustia.

Bowen no hizo ningún comentario sobre la emoción que impregnaba mi voz, si es que la había percibido. En lugar de eso, se encogió de hombros con la actitud de calma que siempre adoptaba conmigo.

—¿Qué puedes hacer, aparte de seguir actuando como hasta ahora?

—Pero es que la amo.

—Lo sé.

—Ni siquiera sé si vive con él, o si solo salen juntos.

Bowen parecía casi triste de repente.

—¿De veras quieres saberlo?

Al día siguiente en la autopista iba cavilando sobre la conversación con el doctor Bowen. Sabía lo que quería (que Natalie dejase a aquel tipo), pero yo solo era la mitad de la ecuación. Tal vez solo una tercera parte, lo cual era incluso peor. A veces pienso que el mundo iría mejor si me pusieran a cargo de todo y realmente pudiera controlar a la gente, pero conociéndome, seguramente me cansaría de tanta responsabilidad.

Tenía el GPS activado en mi todoterreno, aunque sabía que probablemente no lo necesitaría hasta que llegara a la frontera con

Carolina del Sur. Hasta allí no había que desviarse: simplemente seguir por la autopista 70 hasta la Interestatal 40 cerca de Raleigh, y luego la interestatal 85 cerca de Greensboro, pasando por Charlotte y adentrándose en Carolina del Sur, hasta llegar a Greenville. La máquina calculaba que llegaría a mi destino entre la una y las dos de la tarde, y esperaba que eso me diera tiempo suficiente para obtener algunas respuestas.

El trayecto era tranquilo, sin demasiados cambios de rasante, y discurría entre cultivos o bosques. Cerca de las ciudades había más tráfico, aunque nada comparado con la zona de Washington D. C. en la que yo crecí. Mientras avanzaba, intenté imaginarme a mi abuelo haciendo el mismo trayecto, pero no lo conseguí. Su camioneta temblaba a más de sesenta y cinco kilómetros por hora, y conducir tan despacio por las interestatales era peligroso. A su edad, debía ser consciente de que su vista y reflejos tampoco estaban a la altura. Cuanto más lo pensaba, más creía que habría optado por carreteras rurales, con un solo carril en cada dirección.

176 Pero eso me habría supuesto mucho más tiempo y, por lo que sabía, a él le había llevado dos días llegar a Easley.

Paré a comer al sur de Charlotte, y luego me puse en marcha de nuevo. Según el GPS, la interestatal 85 se cruzaba con la autopista 123 en Greenville, y desde allí no tenía que desviarme hasta llegar a mi destino. Antes de salir, me enteré de que la autopista 123 también llevaba hasta la Universidad de Clemson, que se hallaba un poco más al oeste, lo cual me hizo preguntarme si Helen sería una estudiante. ¿El perro viejo de mi abuelo resultaría ser un «asaltacunas»?

Era una idea absurda, pero, después de seis horas conduciendo, me hizo reír a carcajadas.

Encontré la autopista 123 sin problema, y me dispuse a abordar el último tramo; después de unos cinco minutos, empecé a buscar puntos kilométricos. En mi mente, si el derrame hubiera ocurrido más al este le habrían transportado a un hospital de Greenville, que era una ciudad mucho más grande y con más hospitales. Al llegar a las afueras de Easley me vinieron algunos recuerdos a la cabeza, pero ninguno de la ciudad. Nada me resultaba familiar, y tampoco podía recordar la ruta exacta que había seguido hasta el hospital; los recuerdos habían quedado sepultados por la preocupación que había sentido en aquellos momentos.

Por fin avisté el kilómetro 9 y empecé a reducir la marcha para poder inspeccionar la autopista a ambos lados. A diferencia de la mayor parte del trayecto, en ese punto había mucho más que campos de cultivo y bosques: se veían casas y tiendas de empeños, depósitos de chatarra y negocios de coches de segunda mano, gasolineras e incluso un anticuario. La vista era desalentadora. Encontrar a alguien en alguno de esos negocios o viviendas que pudiera acordarse de lo que le pasó a mi abuelo hacía seis meses, por no hablar de alguien que pudiera ofrecerme alguna pista útil, podría llevarme días, incluso semanas, y aunque el misterio suscitaba mi interés, era consciente de que no me involucraría en una empresa semejante. Eso me hizo plantearme si el viaje había valido la pena.

Y, sin embargo, cuando por fin dejé atrás el kilómetro 8, mi corazón empezó a latir más rápido. A la derecha vi un restaurante de la cadena Waffle House, una franquicia de la que mi abuelo era un gran adepto y, a continuación, al otro lado de la autopista, otro letrero más pequeño que anunciaba un motel de nombre Evergreen. Recordaba haber estudiado que las apoplejías solían suceder en dos intervalos de dos horas, uno por la mañana y otro por la noche. Teniendo en cuenta la hora a la que solía levantarse, y que era posible que hubiera desayunado en el Waffle House, además de su hora de llegada al hospital, podría ser que hubiera topado con el motel en el que había pasado la noche.

Mi presentimiento se intensificó al acercarme. Era la misma vista de la calle que ya conocía de Google Earth, pero en la vida real era mucho más fácil de entender. Lo que pensaba que era un centro comercial era, en realidad, un antiguo motel situado justo detrás de la señal del kilómetro 7, la clase de establecimiento que preferiría el pago en metálico, lo cual era ideal, ya que mi abuelo no tenía tarjeta de crédito. Es más, podía imaginarme perfectamente que mi abuelo hubiera pernoctado allí. Constaba solo de una altura en forma de U, con tal vez doce habitaciones en total. El color verde oliva de la fachada había perdido su brillo, y delante de las

177

habitaciones había unas cuantas mecedoras decrépitas, sin duda en un intento de crear un ambiente más acogedor. Me trajo a la mente la casa de mi abuelo y el Trading Post, como si fuera una mezcla de ambos, y pude imaginar a mi abuelo dando un suspiro de alivio al encontrárselo.

Un pequeño letrero situado en la ventana más próxima a la autopista indicaba la recepción, y aparqué delante. Solo había tres coches más en el aparcamiento, pero me parecieron casi demasiados. Ya había pasado la hora normal de salida, y eso significaba que algún cliente había decidido quedarse más de una noche, lo cual era difícil de creer. Eso o tal vez había clientes que pagaban por horas para disfrutar de una aventura amorosa, algo que me pareció mucho más probable. No es que estuviera juzgando a nadie, que conste...

Empujé la chirriante puerta mosquitera, oí una campanilla y entré en un pequeño vestíbulo apenas iluminado, con un mostrador que me llegaba a la altura del pecho. En la pared detrás del mostrador había unos ganchos con llaves de verdad, de las que colgaban llaveros de plástico. También había una puerta parcialmente tapada por una cortina de cuentas, y se podía oír un programa de televisión. Alguien bajó el volumen, y una mujer pelirroja de baja estatura y edad indefinida, tal vez entre la treintena y la cincuentena, emergió de detrás de las cuentas. Parecía decepcionada, como si mi llegada la hubiera apartado de su única fuente de alegría en el trabajo, es decir, la televisión.

—¿Quiere una habitación?

—No —dije—, pero tenía la esperanza de que pudiera ayudarme.

Le hice un breve resumen de la información que buscaba. Mientras hablaba, su mirada fue de la mano sin dedos a la cicatriz de mi cara, con una expresión de obvia curiosidad. En lugar de responder, preguntó:

—¿Eres militar?

—Marina —contesté.

—Mi hermano estuvo en el ejército —dijo—. Destinado a Irak en tres ocasiones.

—Un sitio duro —comenté—. Yo estuve en Afganistán.

—Tampoco es que fuera un lugar fácil.

—No, no lo era —admití—. Pero por lo menos no tuve que ir tres veces.

Por primera vez, sonrió.

—¿Qué me habías preguntado? ¿Algo sobre tu abuelo?

Volví a explicarle la historia de mi abuelo y añadí que la empresa de ambulancias me indicó que lo recogieron en un punto concreto que había delante, temprano por la mañana, por lo cual era posible, si no probable, que hubiera pasado la noche en el Evergreen.

—¿Podría comprobar el registro?

—¿Cuándo fue eso?

Le indiqué la fecha y ella negó con la cabeza.

—Lo siento mucho. Me encantaría poderte ayudar, pero tendrás que preguntar a Beau. No me permiten dejar a la gente consultar el registro a menos que haya una orden judicial. Podría perder mi trabajo.

—¿Beau es el propietario?

—El gestor —respondió—. Lleva el negocio para su tío de Virginia Occidental.

—¿Tiene su número, para llamarle por teléfono?

—Sí, pero se supone que no debo molestarle. Duerme de día. No quiere que le molesten porque trabaja de noche. De ocho a ocho.

Con semejante horario, a mí tampoco me gustaría que me molestaran.

—¿Por casualidad no sabrá algo de mi abuelo? ¿Estaba trabajando aquí en ese momento? ¿Acaso oyó hablar de él?

Tamborileó con los dedos sobre el mostrador.

—Recuerdo haber oído algo de un anciano que necesitaba una ambulancia justo ahí fuera, en el aparcamiento. Podría tratarse de él. Pero tal vez no. En los últimos años han muerto unas cuantas personas por aquí, por eso los confundo. Casi siempre se trataba de infartos. Y también hubo un suicidio.

Me pregunté si sería algo típico de ese lugar, o de los moteles y hoteles en general.

179

—¿Estará Beau esta noche?

—Sí. —Enfatizó con la cabeza—. Pero no se desanime cuando le conozca. Parece un poco arisco, pero es buena gente. Tiene buen corazón.

—Gracias por la ayuda.

—No he hecho gran cosa —dijo—. Lo que sí puedo hacer es dejar una nota a Beau, para avisarle de que vendrá y de que necesita su ayuda.

—Es muy amable

—¿Cómo se llama?

—Trevor Benson.

—Soy Maggie —se presentó—. Gracias por el servicio prestado en el ejército. Y siento no poder ser de más ayuda.

Tenía muchas horas de espera por delante, de modo que regresé a Greenville, maté el tiempo curioseando en la librería Barnes & Noble, y después fui a comer un bistec en un restaurante de la cadena Ruth's Chris. Me imaginé que tendría que quedarme a pasar la noche, por lo que reservé una habitación en el Marriott. El Evergreen tal vez estaba bien para mi abuelo, pero yo prefería un establecimiento con más prestaciones.

Volví al motel Evergreen a las ocho y cuarto. Ya había oscurecido, y las luces de mis faros iluminaron cuatro vehículos en el aparcamiento. No eran los mismos de antes; ya hacía rato que debían haber concluido las delicias vespertinas. Aparqué en el mismo sitio y entré en la recepción. De nuevo oí la televisión antes de que Beau emergiera del cuarto trasero.

Lo primero que se me ocurrió es que ahora entendía lo que había querido decir Maggie: el hombre que se acercaba al mostrador tenía exactamente el aspecto de alguien que trabajara en turno de noche en un lugar llamado motel Evergreen, en una autopista sin mucho tráfico en medio de la nada. Calculé que debía tener la misma edad que yo, tal vez más joven; era muy flaco, con una barba rala, y probablemente no se había lavado el pelo en una semana. Llevaba una camiseta blanca con manchas y una pequeña cadena enganchada a una trabilla del cinturón para asegurar su cartera. La expresión de su rostro alternaba entre la indiferencia y la irritación, y percibí el olor a cerveza en su aliento.

—¿Eres Beau?

Se secó la barbilla con el dorso de la mano y profirió un suspiro.

—¿Quién pregunta?

—Trevor Benson —contesté—. Vine antes y hablé con Maggie.

—Ah, sí —dijo—. Me dejó una nota diciendo que debía ayudarte porque eres un veterano. Algo sobre tu abuelo.

Volví a explicar la historia. Antes incluso de haber acabado, movió la cabeza para indicar que sí se acordaba.

—Sí, lo recuerdo. Un anciano, muy viejo, ¿no? ¿Con una camioneta hecha chatarra?

—Probablemente —respondí—. Por lo que dices, suena bastante a que se tratase de él.

Rebuscó bajo el mostrador y sacó un cuaderno, de los que se pueden encontrar en cualquier tienda de suministros de oficina.

—¿Qué día fue?

Le dije la fecha y vi cómo empezaba a pasar las páginas hacia atrás.

—La cuestión es que solo pedimos un documento de identidad si se paga con tarjeta de crédito. Si se paga en efectivo y se abona el depósito de la llave, no preguntamos nada. Hay muchos Juan Nadie aquí, así que no puedo garantizarte nada.

«Hasta ahora ninguna sorpresa.»

—Estoy seguro de que usó su nombre real.

Siguió hojeando hacia atrás con el pulgar, y finalmente llegó a la fecha exacta.

—¿Cómo has dicho que se llamaba?

—Carl Haverson.

—Sí —dijo—. Pagó en efectivo por una noche. Devolvió la llave y recuperó el deposito.

—¿Recuerdas alguna cosa que pudiera haber dicho? ¿Sobre adónde se dirigía?

—Lo siento, no puedo ayudarte. Pasan tantos huéspedes por aquí que los confundo, ya sabes.

—¿Puedes contarme lo que recuerdes?

—Recuerdo que lo encontré yo —comenzó—. Estaba en la camioneta, con el motor a ralentí. No sé cuánto tiempo llevaba allí, pero me acuerdo de que miré por la ventana y vi la camioneta a punto de girar hacia la entrada de la autopista. Un par de minutos después, la camioneta seguía allí. Estaba echando mucho humo, y por eso me fijé. Además estaba bloqueando parte de la salida, así que al final salí, y estaba a punto de dar unos golpecitos en la ventanilla cuando vi que se había desplomado sobre el volante. Abrí la puerta y no tenía buena pinta. No estaba seguro de si estaba vivo o muerto, así que volví adentro y llamé al teléfono de emergencias. Llegó la policía y después una ambulancia, y los enfermeros hicieron su trabajo antes de meterlo en la parte trasera. Todavía estaba vivo, pero esa fue la última vez que lo vi.

Cuando concluyó su relato, eché un vistazo por la ventana hacia la salida, visualizando la escena. Arisco o no, Beau me había resultado útil.

—¿Sabes qué pasó con la camioneta?

—En parte.

—¿Solo en parte?

—Pregunté al *sheriff* si podía moverla para que no bloquease la salida. Como ya te he explicado, seguía en marcha. Me dijo que le parecía bien y que guardase las llaves en un sobre, por si el anciano regresaba. De modo que moví la camioneta hasta el final del aparcamiento, y con las llaves hice lo que me indicó.

—¿Todavía las tienes?

—No —dijo, negando también con la cabeza.

—¿Por qué no?

—No quiero tener problemas. Esperé un par de semanas por si el anciano volvía. Tu abuelo, quería decir. Pero nunca hizo aparición y no supe nada más de él.

—No estoy enfadado —aseguré—, y no vas a tener problemas. Solo intento encontrar la camioneta por si existe la remota posibilidad de que hubiera algo en su interior que pudiera indicarme adónde se dirigía.

Me examinó.

—Mi tío me dijo que se la llevara una grúa —respondió por fin—. Las llaves se las di al conductor.

—¿Por casualidad te acuerdas de a quién llamaste?

—A AJ —contestó—. El servicio de grúas de AJ.

Probablemente se había hecho demasiado tarde para hacer una visita a AJ, así que regresé a Greenville, al Marriott. Me duché y vi una película de acción en la televisión de pago antes de arrastrarme hasta la cama. Cogí el teléfono y escribí a Natalie.

> Hola. El viaje fue largo, pero me alegro de haber venido. He descubierto algunas cosas, como que una grúa se llevó la camioneta. Mañana seguiré esa pista. Te quiero.

Demasiado cansado como para volver a escribir un mensaje si respondía, puse el teléfono en silencio y apagué la lámpara. Me quedé dormido en cuestión de minutos y mi último pensamiento consciente fue cuestionarme de nuevo adónde se dirigía mi abuelo.

Por la mañana, Natalie todavía no había respondido.

Después de desayunar, vacilé entre llamar a la empresa de grúas AJ o dejarme caer por allí, y finalmente opté por esto último. El GPS me guio a una zona industrial de Easley, y aunque llegué a la dirección indicada, no vi ningún letrero con el nombre del negocio, ni la entrada a ninguna recepción. En lugar de eso encontré un gran edificio rectangular prefabricado con tres enormes puertas metálicas que ocupaban el centro de un patio de asfalto en ruinas, todo ello tras unas altas vallas de tela metálica. Había un portón de acceso, pero estaba cerrado con cadenas y candados. En el lado opuesto al patio vi tres coches polvorientos aparcados en fila. Parecía que no había nadie por ninguna parte.

Eran horas de trabajo, pero al pensarlo detenidamente me di cuenta de que era lógico que las instalaciones estuvieran cerradas. A menos que hubieran llevado confiscado algún coche o camión, seguramente no había ningún motivo para mantener personal en la oficina, ni siquiera alguien que contestara el teléfono. Lo más probable es que el número correspondiente al negocio fuera un móvil.

Marqué, escuché el tono de llamada, y tras oír el rudo mensaje de voz grabado de AJ, dejé una breve explicación de la información que necesitaba y le pedí que me llamara.

No tenía gran cosa que hacer, aparte de esperar, así que di una vuelta en coche por Easley, y me pareció más bonito de lo que había esperado. Volví a pasar por el hospital y, sin bajarme del vehículo, envié mi silencioso agradecimiento a las buenas personas que trabajan allí. Médicos y enfermeras que habían cuidado con esmero a mi abuelo en sus últimos días, unas personas tan consideradas que se esforzaron en localizarme.

A mediodía regresé a Greenville y almorcé en el centro, en un local que servía un excepcional sándwich de cangrejo, aparentemente frecuentado por mujeres que trabajaban en los edificios de oficinas cercanos. Como ya había dejado el hotel, me quedé en el restaurante hasta que al final me dio vergüenza, y después fui a dar un paso.

Habían pasado tres horas sin noticias de AJ. Luego pasaron cuatro, cinco horas, y vacilé entre si debía volver a New Bern o quedarme, ya que sentía que era mi obligación hablar cara a cara con AJ. De todos modos, aunque hubiera salido por la tarde, no habría llegado a casa hasta casi medianoche.

Regresé al Marriott y volví a reservar una habitación. Puse a cargar el móvil, y dejé el volumen de las notificaciones activado. Mandé otro mensaje a Natalie.

> Pienso en ti. Probablemente iré para casa mañana, estaré de vuelta por la tarde.

Decidí ir a cenar a un restaurante mexicano, que estaba lo suficientemente cerca del hotel como para ir andando. Mientras regresaba caminando, volví a marcar el número de AJ. Esta vez alguien descolgó. Me identifiqué, mencioné que había llamado antes por la camioneta de mi abuelo, y la llamada se cortó abruptamente. Me había quedado sin cobertura, o AJ había colgado. Volví a llamar y, tal como ya había experimentado por la mañana, saltó el buzón de voz, así que colgué.

Ya en el hotel me tumbé en la cama pensando en todo aquello. Aparentemente AJ no quería hablar conmigo, aunque no sabía por qué. Tampoco sabía qué hacer a continuación. Puesto que no podía encontrarle en su lugar de trabajo y no conocía su apellido, me sentía perdido, no sabía cómo dar con él. Suponía que podría encontrar el nombre correspondiente a la licencia del negocio, o tal vez llamar a las oficinas comarcales con la esperanza de que me facilitaran una dirección personal, pero ¿querría hablar conmigo si aparecía sin previo aviso en la puerta de su casa? ¿O simplemente me daría con la puerta en las narices? Sospechaba que eso era lo más probable, teniendo en cuenta la manera en que me había colgado el teléfono. Consideré por un momento la posibilidad de llamar para solicitar un servicio, pero imaginé que en cuanto se enterara de cuál era el motivo real de mi llamada, se sentiría molesto y estaría aún menos dispuesto a colaborar.

Me quedaban tres opciones: podía seguir dejando mensajes, podía contratar a un abogado o, tal vez, incluso a un detective privado. Pero todo eso se podía hacer desde casa, y preferí evaluar aquellas opciones al día siguiente por la mañana.

También necesitaba pensar en Natalie porque, curiosamente, todavía no sabía nada de ella.

12

Salí de Greenville temprano y conseguí llegar a casa a primera hora de la tarde. Como todavía no había decidido qué hacer con AJ, fui a correr durante un poco más de tiempo de lo normal, y después dediqué una hora a realizar estiramientos. Tantas horas en el coche en los últimos días no le habían hecho ningún favor a mi espalda.

En la ducha estuve pensando si debía volver a escribir a Natalie. Después de dos mensajes todavía no había respondido, y no estaba seguro de qué pensar al respecto. Era posible que no le gustara enviar mensajes, o tal vez no había querido molestarme creyendo que estaba demasiado ocupado. También cabía la posibilidad de que hubiera tenido mucho trabajo y que después estuviera tan cansada que ni siquiera hubiera echado un vistazo al móvil. En el pasado yo me había comportado de forma similar; recordaba las discusiones con Sandra acerca de eso. Ella me explicaba cuánto la enojaba sentirse ignorada, cuando una breve respuesta le habría bastado. Entonces pensaba que Sandra estaba exagerando; ahora me resultaba más fácil comprender su frustración.

Me hice un sándwich al llegar a casa y comí frente al televisor, mientras veía reposiciones de una serie de policías que se desarrollaba en Nueva York. Estaba cansado del viaje y pensaba irme temprano a la cama. Ya había oscurecido, y la luz de la luna se colaba por las ventanas. Había dejado el móvil cargando en la cocina, por lo que no me molesté en echarle un vistazo hasta que fui a lavar y secar mi plato.

¿Ya has vuelto a casa?

Supongo que era todo un detalle que Natalie diera señales de vida. Pero debo confesar que seguía un tanto ofendido por el retraso y el tono impersonal del mensaje. Me sentía levemente agresivo, aunque pasivo, y decidí no responder de inmediato. Estaba seguro de que hablaría con Bowen sobre mi decisión en la próxima sesión, y de si se la podría considerar realmente como un esfuerzo por ser la mejor versión de mí mismo.

Estuve leyendo en el porche trasero media hora más, pero me fallaba la capacidad de concentración, y finalmente dejé a un lado el libro. Fui a buscar el teléfono, decidido a responder de forma escueta y concisa.

Sí.

Me preguntaba si mi lacónica respuesta dejaría entrever mi persistente irritación. ¿Acaso no se supone que las primeras fases de las relaciones están colmadas de entusiasmo y deseo? En ese caso, ¿dónde estaban esas emociones por su parte?

188

Quizás, oí susurrar a mi voz interior, el deseo está ahí, pero como has estado fuera, ha sido desviado hacia «el otro».

Ni siquiera quería pensar en ello. Tras unos instantes, Natalie volvió a enviarme un mensaje.

Estoy en Green Springs. ¿Puedes venir y nos vemos?

Mi mente se vio asaltada por una oleada de recuerdos infantiles. Green Springs era conocido en la mayor parte del este de Carolina del Norte como una estructura similar a un parque acuático, un salto atrás a las anticuadas pozas para nadar habituales en el sur desde hacía tanto tiempo. Las instalaciones se hallaban situadas en el río Neuse, en su interior, para ser más precisos, y habían sido construidas por un lugareño con maderos tratados a presión, que se balanceaban sobre unos pilotes sumergidos a gran profundidad en el barro. Presentaba tres costados, cada uno de unos veinticinco metros de largo, y dos niveles, aparte de la torre, que se alzaba a una altura de cinco pisos, y ofrecía la posibilidad de demostrar su coraje a los saltadores que se arrojaban desde lo más alto. Había unas cuerdas para balancearse, una tirolina, columpios y unos troncos sobre los cuales saltaban los niños como si fueran un camino de piedras. Allí pasé muchos días estivales de mi infancia, nadando, escalando, columpiándome y saltando hasta quedar tan agotado que no podía ni moverme. Mi abuelo, que ya tenía más de setenta años, en una ocasión me acompañó en un salto desde el segundo nivel, desatando una ronda de aplausos espontáneos de los espectadores.

No se cobraba entrada, pero estaba prohibido llevar alcohol o drogas; tampoco se permitía ninguna clase de conducta sexual, ni siquiera besarse. La regla era «nada de sexo», pero curiosamente se permitía fumar, y recuerdo ver adolescentes encaramados en los tramos superiores, encendiendo sus cigarrillos en los días cálidos de verano.

Sin embargo, nunca había estado allí de noche. No imaginaba siquiera que las instalaciones estuvieran abiertas a esas horas, pero tal vez Natalie tenía privilegios especiales por ser agente de la ley. O quizás el propietario de Green Springs no tenía ni idea de su presencia allí, aunque su casa estaba justo delante. Para llegar a la estructura había que cruzar por el jardín trasero hasta dar con el largo embarcadero que se adentraba en las aguas más profundas del Neuse.

No tardé mucho en tomar una decisión; a pesar de mi quisquilloso orgullo, seguía deseando verla. De hecho, me di cuenta de que la echaba de menos y respondí a su mensaje:

Claro. Dentro de quince minutos estaré allí.

Me embutí en el cortavientos porque la temperatura empezaba a caer en picado, con ese efecto yoyó habitual en primavera. Cogí las llaves y la cartera, y fui hacia el coche.

Aunque me acordaba de la zona en la que se hallaba Green Springs, me costó más encontrarlo de lo que esperaba. Google no pudo ayudarme (no salía en la lista), así que acabé conduciendo por varias carreteras de James City en las proximidades del Neuse, hasta que finalmente lo encontré. Estacioné en el aparcamiento de grava, y avisté de inmediato el coche de Natalie. Me pregunté si el propietario saldría a ver quién llegaba tan tarde, pero aparte de una pequeña lámpara encendida en una ventana del piso superior, no había nada que indicara que alguien estuviera siquiera despierto.

La luz de la luna iluminaba el camino lo suficiente como para salvar sin problemas el tramo en ligera pendiente del jardín hasta la orilla. Desde la casa del vecino llegaba el ladrido de un perro, y de nuevo escuché la serenata de los grillos mientras inhalaba el aroma a pino y hierba recién cortada, que siempre me traía recuerdos del verano.

Llegué al embarcadero, y advertí que, a diferencia del río Brices Creek, en el Neuse siempre había corriente. La luz de las estrellas moteaba las crestas de las pequeñas olas, como si el agua estuviera iluminada desde el fondo. Mi abuelo me dijo una vez que el Neuse era el río más ancho de Estados Unidos cuando desembocaba en Pamlico, más ancho incluso que el Misisipi, pero en James City solo tenía un kilómetro de anchura. Reprimí una punzada de aprensión, y me pregunté por qué Natalie había ido hasta allí de noche.

A medio camino del embarcadero, la estructura empezó a destacar, y no pude evitar sonreír. Green Springs seguía igual que en mis recuerdos, uno de esos sitios donde los niños juegan bajo su responsabilidad. No había barandillas de seguridad, ni siguiera escalones de un nivel a otro; había que escalar una serie de tablones con cuidado de evitar los clavos que sobresalían. El propietario remplazaba las tablas podridas y hacía algunas mejoras durante los meses de invierno; era un proyecto de construcción siempre en obras que hacía que Green Springs pareciera perpetuamente inacabado.

Finalmente, llegué a la estructura principal y busqué a Natalie sin éxito. Decidí llamarla en un tono suave en plena oscuridad.

—Estoy aquí —respondió, y noté que la voz venía de arriba.

Sonaba como si estuviera en el segundo nivel. Cuando subí al tramo superior, la vi sentada en el borde de la plataforma, balanceando los pies. Al igual que yo, llevaba unos pantalones vaqueros y un cortavientos; también advertí la botella de vino a su lado.

Se volvió hacia mí con una sonrisa.

—Has venido —dijo, con la luz de la luna reflejándose en sus brillantes ojos—. Estaba empezando a pensar que habías cambiado de opinión.

—Me ha costado encontrarlo. Ha pasado mucho tiempo desde la última vez que estuve aquí.

Mientras me sentaba en el borde a su lado, Natalie cogió su copa y dio un sorbo; pude notar el olor a vino en su aliento, y me di cuenta de que la botella estaba casi vacía.

—¿Qué tal el viaje? —preguntó con voz cantarina.

—Fue bien —respondí—. ¿Qué haces aquí?

Ignoró la pregunta.

—¿Encontraste la camioneta de tu abuelo?

—Estoy en ello —contesté—. Sé quién se la llevó, pero no he podido hablar con él todavía. ¿Cuánto tiempo llevas aquí?

—No lo sé. ¿Dos horas, tal vez? No tengo ni idea. ¿Qué hora es?

—Son casi las diez.

—Se está haciendo tarde —declaró. La observé mientras daba otro sorbo a la copa. Aunque no parecía estar borracha, era obvio que la botella de vino debía estar llena cuando llegó, y empecé a sentir el primer atisbo de nerviosismo. Pasaba algo, algo que no estaba seguro de que fuera a gustarme.

—¿No deberíamos ir a casa? ¿Para descansar un poco para mañana?

—No trabajo mañana —respondió—. Me han cambiado el turno porque otro agente tenía que testificar en el juzgado. De modo que tengo que trabajar el fin de semana. Hoy es como mi sábado por la noche.

—Ah —dije.

Me ofreció su copa.

—¿Quieres un poco de vino?

—No, gracias.

Hizo un gesto de asentimiento con la cabeza.

—De acuerdo —dijo—. Supongo que debería haber traído una Yuengling para ti.

No respondí. Me limité a contemplar su perfil, examinándolo, con la esperanza de descubrir alguna pista de por qué estábamos allí, sin conseguirlo.

Apuró el contenido de la copa y después volvió a rellenarla con el resto que aún quedaba en la botella.

—¿Estás bien? —pregunté—. ¿Ha pasado algo hoy?

—No —contestó—. No ha pasado nada. Y no, no estoy bien.

—¿Puedo hacer algo?

Como respuesta, se rio con una carcajada cargada de amargura, y luego volvió a centrar su atención en su copa.

—¿Sabías que hasta el pasado fin de semana contigo, no había bebido una gota de alcohol en más de seis meses? Ahora es la segunda vez en una semana. Debes estar pensando que tengo un problema.

—No creo que tengas un problema, pero sí que algo te está preocupando.

—Podría decirse así —respondió—. Solía creer que lo tenía todo bajo control, pero ahora sé que me estaba engañando a mí misma. —Volvió a reír de nuevo, pero su risa era desgarradora—. Seguramente nada de lo que digo tiene sentido.

«No, no lo tiene», pensé. Pero comprendía que estaba inmersa en un torbellino emocional, y por experiencia sabía que hablar sobre ello podía ayudar, siempre que fuera ella quien quisiera hacerlo. Mi papel se limitaba a escuchar y empatizar, aunque no entendiera del todo qué le pasaba.

—¿Crees en Dios? —me preguntó por último.

—Casi todo el tiempo —respondí—. Pero no siempre.

Advertí un atisbo de tristeza en su expresión.

—Yo sí —dijo—. Desde siempre. Cuando era niña iba a la iglesia todos los domingos y los miércoles por la noche. Una buena baptista. Me gustaba, y creía que entendía cómo se suponía que debe funcionar todo. Pero al hacerme mayor, me di cuenta de que no era así. Sé que Dios nos creó con libre albedrío, pero nunca comprendí por qué hay tanto sufrimiento en el mundo. ¿Por qué querría Dios, que se supone que es todo bondad y amor, permitir que sufra gente inocente? Recuerdo que buscaba una explicación en la Biblia, pero no la encontré. Es la cuestión más importante que pueda plantearse, pero no hay respuesta. Y lo veo continuamente en mi trabajo. Por todas partes. Pero... ¿por qué?

—No lo sé. Y tampoco puedo decir que sepa gran cosa sobre la Biblia. Mi parte favorita cuando iba a la iglesia era mirar a las chicas.

—Ja —profirió una risilla, asiendo la copa con ambas manos. Luego, en un tono de voz apagado—: ¿Sabes por qué he venido aquí?

—No tengo ni la menor idea.

—Porque este es uno de los últimos sitios en los que recuerdo haber sido verdaderamente feliz. Nunca había oído hablar de este lugar antes de mudarme aquí. Recuerdo que la primera vez que vine fue a finales de verano. El agua tenía una temperatura perfecta, y extendí una toalla para tomar el sol. Aquí tumbada pensé que todo era maravilloso. Mi vida era tal y como deseaba que fuera, y estaba... absolutamente satisfecha. Quería volver a tener esa sensación, aunque fuera un instante.

—¿Y?

—¿Y qué?

—¿La has sentido?

—No —dijo—. Por eso he traído el vino. Porque si no conseguía sentirme feliz, entonces prefería no sentir nada.

No me gustaba lo que decía, y mi preocupación por ella iba en aumento. Quizás lo notó, porque escondió la botella detrás, y luego se acercó más a mí. De forma instintiva le pasé un brazo alrededor de los hombros. Ambos guardamos silencio, con la mirada fija en el río, observando hipnotizados los destellos que la luz de la bóveda celeste arrancaba de las aguas.

—Es hermoso, ¿no crees? —dijo suspirando—. Estar aquí fuera por la noche.

—Sí —coincidí—. No pensé que estuviera permitido.

—No lo está. Pero me daba igual.

—Es evidente.

—¿Sabes en qué más estaba pensando antes de que vinieras?

—No tengo ni idea.

—Pensaba en las abejas. Y en los caimanes y las águilas, y la cena en el porche. También era feliz en esos momentos. Tal vez no me sentía perfectamente satisfecha, pero sí... feliz. Por primera vez en mucho tiempo, volví a sentirme como antes, y sentada aquí fuera me he dado cuenta de cuánto lo echo de menos. Pero...

No acabó la frase. Puesto que no había expresado del todo su pensamiento, hice la pregunta obvia para animarla a continuar.

—¿Pero qué?

—Me he dado cuenta de que se supone que no debo ser feliz.

Ese comentario me sobresaltó.

—¿Por qué dices eso? Por supuesto que sí. ¿Por qué piensas eso?

En lugar de responder dio otro trago de la copa de vino.

—Deberíamos irnos. O, por lo menos, yo debería. Se está haciendo tarde.

—Por favor, no cambies de tema. ¿Por qué no deberías pensar que puedes ser feliz?

—No lo entenderías.

—Tal vez sí, si supiera de qué estás hablando.

En medio del silencio oía el suave rumor de su respiración y podía sentir el sutil movimiento de su pecho bajo mi brazo.

—A veces, en la vida nos vemos enfrentados a una decisión imposible, sin final feliz, independientemente de lo que elijamos. Como, por ejemplo..., imagina que estás casado y que tienes tres hijos. Un día, escalando con tu mujer, algo va mal. Estás colgando del precipicio sin cuerda; una mano aferrada a la roca y la otra asiendo a tu mujer, te estás agotando cada vez más y sabes que no puedes salvar a tu mujer y a ti mismo. De modo que tienes que soltar a tu mujer, y vivir con eso, o ambos moriréis y dejaréis huérfanos a vuestros hijos. En esa situación, ninguna decisión te satisfará. Me refiero a algo así.

Pensé en lo que estaba intentando evitar contarme.

—¿Te refieres a tener que elegir entre los dos?

Ella asintió, apretando los labios.

—Pero no quiero hablar de eso ahora mismo, ¿vale? Es lo único en lo que he podido pensar desde que te vi por última vez, y estoy tan cansada, y además he estado bebiendo. No es el momento adecuado. No estoy preparada.

—De acuerdo —conseguí decir con dificultad. La amaba. Deseaba hablar sobre nosotros, sobre nuestro futuro. Quería convencerla de que podía ser feliz conmigo, de que haría todo lo posible para demostrarle que al elegirme tomaba la decisión correcta—. ¿De qué te gustaría hablar?

—De nada —contestó—. Pero ¿podrías simplemente quedarte sentado y abrazarme un rato?

La atraje hacia mí y permanecimos sentados en silencio en aquella noche fresca y oscura de primavera. En la distancia pude ver coches pasando por el puente; había luces encendidas en las casas al otro lado del río. El aire se impregnaba de humedad, era cada vez más denso, y pude prever que por la mañana habría una espesa capa de niebla que difuminaría el verde paisaje en un mundo de sombras.

Natalie arrojó el resto del vino al agua, que apenas hizo ruido al caer; me centré en el calor de su piel y en la forma en que su cuerpo se adaptaba al mío. Volví a pensar en nuestra cita, en la suavidad de sus labios la primera vez que nos besamos. Cerré los ojos y supe que la amaba, sin importarme nada más.

Conseguiríamos superarlo, me dije a mí mismo. Sería duro para ella, quizás incluso insoportable, pero estaba dispuesto a darle el tiempo y el espacio que necesitara. Sabía que ella me amaba con la misma intensidad que yo a ella. Puede que llevara algo de tiempo, pero tenía la sensación de que ella llegaría a la misma conclusión, y que encontraríamos la forma de estar juntos.

Y sin embargo, por mucho que intentara convencerme de todo eso, me asaltó el temor de que pudiera equivocarme.

Pero no dije nada. Ella tampoco, y nos quedamos sentados en medio de la noche, una noche que debería pertenecernos, pero por alguna razón no lo parecía. Finalmente, oí cómo profería una profunda exhalación.

—Deberíamos irnos —repitió—. Tengo que hacer algunos recados mañana a primera hora, puesto que el fin de semana no tendré tiempo.

Asentí con renuencia. Me puse en pie y le ofrecí la mano para ayudarle a levantarse, luego cogí la botella y la copa de vino. Caminé hacia el lugar por donde habíamos subido, y aunque me preocupaba que el vino hiciera que perdiera el equilibrio, vi que podía bajar sin problemas. Seguí bajando tras ella y tiré la botella y la copa en la papelera del primer nivel, y empezamos a caminar por el embarcadero. Mientras avanzábamos, Natalie me cogió de la mano, y me recorrió una oleada de alivio. Sabía que ya había tomado una decisión, y de repente me sentí más liviano que durante toda la velada.

Atravesamos el jardín hacia el aparcamiento. Cuando llegamos a su coche, me aclaré la garganta.

—No creo que sea buena idea que conduzcas.

—No —accedió—, no lo es. Tengo que coger mi bolso, pero ¿podrías llevarme a casa?

—Me encantaría —dije.

Recuperó su bolso del asiento del copiloto mientras yo desbloqueaba las puertas de mi coche. Le abrí la puerta, esperé a que se hubiera acomodado, y luego rodeé el coche para ponerme tras el volante. Avanzamos hasta llegar a la carretera y me volví hacia ella.

—¿Por dónde debo ir?

—Regresa a la autopista hacia New Bern. Vivo en la zona de Ghent. ¿Sabes dónde es?

—Ni por asomo.

—Toma la primera salida después del puente y gira a la derecha.

Tras unos pocos minutos, Natalie me indicó que girara en Spencer Avenue. Era una calle bonita, con árboles viejos y casas de la primera mitad del siglo pasado. Natalie finalmente me dijo que aparcara en la entrada de una encantadora casa de dos plantas.

Apagué el motor y salí del coche. Natalie también bajó del vehículo y la acompañé hasta la puerta delantera.

—¿Así que vives aquí?

—De momento —respondió. Empezó a rebuscar en el bolso.

—¿Estás pensando en mudarte?

—Tal vez —dijo mientras sacaba las llaves—. No lo he decidido todavía. Es casi demasiado grande, y quizás preferiría una sola planta.

—¿Estás buscando otra vivienda?

—Todavía no —dijo.

—¿Demasiados recados?

—Exacto —dijo—. Digamos que es eso.

Ya estábamos en el umbral de la puerta. Vacilé, intentando leer la expresión de su rostro en la oscuridad.

—Me alegro de que me enviaras un mensaje.

—¿Por qué? Hoy ha sido un desastre.

—No me di cuenta.

—Mentiroso.

Sonreí antes de inclinarme para darle un beso. Parecía un tanto reacia pero al final me devolvió el beso y nos separamos.

—Me alegro de que estés en mi vida, Natalie. Espero que lo sepas.

—Lo sé.

No quería parecer desesperado, así que fingí no haber advertido que ella no demostraba reciprocidad hacia mis sentimientos.

—¿Quieres que te pase a buscar por la mañana para recoger tu coche?

—No —respondió—. Me las apañaré.

—¿Estás segura?

—Haré que alguien del trabajo se ocupe de eso. No te queda de camino, y hay otro agente que vive justo un poco más abajo. No será complicado.

Usó la llave para abrir la puerta, y la empujó un poco, solo una rendija.

—Ya sé que trabajas el fin de semana, pero tal vez podríamos cenar juntos mañana.

Parecía estar escrutando con la mirada la frondosa calle silenciosa. Luego volvió a mirarme.

—No creo que pueda. Después de esta noche, seguramente me quedaré en casa.

—De acuerdo —acepté, aunque deseaba saber el motivo, sabía lo suficiente como para no preguntar—. No te preocupes. Podemos intentarlo la semana que viene, ¿vale?

Se llevó la mano a la cadena alrededor del cuello, gesto que ya conocía como una respuesta nerviosa. Cuando habló de nuevo, su tono de voz era apagado, casi un susurro.

—Sé que me quieres, Trevor, pero ¿también te importo? Me refiero a que si de veras te importa que esté bien.

—Por supuesto que me importa.

—Entonces, si te pidiera algo, aunque fuera algo que no quieres hacer, ¿lo harías si para mí fuera lo más importante del mundo?

Pude ver en su rostro una expresión de súplica sin reservas.

—Sí.

—Entonces, si me amas y te importo, quiero que hagas algo por mí. Quiero que me prometas que lo harás.

—Claro, de acuerdo —respondí sintiéndome anegado por la tensión—. Lo que sea —dije—. Lo prometo.

Sonrió, apenada, antes de inclinarse hacia mí. Nos besamos de nuevo, con su cuerpo pegado al mío. Sentí que sus hombros temblaban y escuché sus esfuerzos por calmar su respiración, antes de que finalmente se apartara de mí. Tenía los ojos húmedos cuando alzó la vista y rozó la cicatriz de mi cara.

—Tenemos que parar —dijo—. Tengo que parar.

—¿Parar el qué?

—Esto. Lo nuestro. Todo. Tenemos que dejarlo.

Mi estómago dio un vuelco.

—¿Qué estás diciendo?

Se enjugó una lágrima, sin dejar de mirarme fijamente. Tardó bastante en conseguir pronunciar las siguientes palabras:

—Por favor, no intentes ponerte en contacto conmigo nunca más.

La conmoción que aquella petición me causó me impidió hablar, pero ella parecía haberlo esperado. Con una triste sonrisa, atravesó el umbral y cerró la puerta tras ella, dejándome allí mientras cavilaba cómo era posible que mi mundo acabara de desmoronarse a mi alrededor.

13

$\mathcal{P}$asé el viernes en estado de aturdimiento, al igual que el fin de semana. Aunque me obligué a hacer ejercicio, no pude hacer mucho más. Sentía nudos en el estómago, la idea de comer me producía náuseas, y aunque parte de mí deseaba darse a la bebida para olvidar, fui lo bastante precavido como para no tomar más de una cerveza. No estudié, ni limpié la casa o hice la colada; en lugar de eso, me dediqué a dar largos paseos por las tardes, rememorando cada momento que había pasado con Natalie, intentando dilucidar dónde se había torcido todo. En qué me había equivocado.

Todo indicaba que el problema era «el otro», pero todavía no era capaz de aceptarlo por completo. Había pasado menos de una semana desde aquel día y aquella noche inolvidables; incluso aunque Natalie hubiera decidido reavivar la otra relación, en lugar de darle una oportunidad a la nuestra, ¿por qué no había dicho nada al respecto? ¿Por qué me había pedido que no volviera a contactar con ella, sin más explicaciones? ¿Estaría jugando conmigo? Aunque daba por sentado que actuaba con mucho secretismo, no me parecía que fuera manipuladora por naturaleza. Una parte de mí estaba segura de que Natalie volvería. Me llamaría y echaría la culpa a la bebida de sus palabras; admitiría que no estaba pensando con claridad. Se disculparía y hablaríamos de lo que estaba pasando realmente. Lo arreglaríamos y, antes o después, todo volvería a la normalidad.

Llevaba conmigo el móvil adondequiera que fuese, pero no sonaba; tampoco intenté ponerme en contacto con ella. Me pidió que no lo hiciera, y cumplí mi promesa, aunque eso me enojara y confundiera al mismo tiempo, aunque eso me rompiera el corazón.

Recuperé el apetito gradualmente, pero no dormía bien. En las horas de vigilia me sentía más tenso de lo que recordaba haber estado en mucho tiempo, y me aliviaba pensar que el lunes hablaría con Bowen. Sentía que realmente necesitaba su ayuda por primera vez desde hacía mucho tiempo.

—Resulta evidente que estás disgustado —dijo Bowen—. Cualquiera en tu situación sentiría lo mismo.

Estaba en la cocina, mirando fijamente al doctor Bowen en la pantalla del ordenador. Le hablé brevemente sobre mi viaje a Easley antes de lanzarme a explicar lo sucedido con Natalie. Me repetía continuamente, hablando en círculos, planteándome las mismas preguntas sin esperar una respuesta en realidad. Al otro lado, Bowen esperaba que acabase de hablar antes de ofrecer cualquier comentario.

—Más que nada me siento herido y confundido —dije, pasándome la mano por el pelo—. Simplemente no entiendo qué ha pasado. Ella dijo que me amaba. ¿Qué crees que ha podido ocurrir?

—No creo que pueda responder a esa pregunta —contestó—. Lo único que sé con certeza es que, según me cuentas, ha expresado sus deseos.

—¿Crees que es por el otro hombre?

—¿Tú no?

«Por supuesto que sí. ¿Por qué otro motivo cortaría alguien una relación con la persona a la que ama?»

Al no responder, Bowen se aclaró la garganta.

—¿Qué tal estás durmiendo?

—No demasiado bien estos últimos días. Tal vez tres o cuatro horas, dando muchas vueltas.

—¿Has tenido pesadillas?

—No creo que duerma lo bastante como para soñar.

—¿Y cómo estás durante el día?

—Con el alma en vilo. Tenso. Pero no estoy bebiendo y hago ejercicio. Aunque no tengo hambre, me obligo a comer.

—¿Y tus manos? ¿Tiemblan a veces?

—¿Por qué iban a hacerlo? ¿Pensabas que me iba a convertir en un despojo humano? —espeté.

—Solo he hecho una pregunta —comentó—. Me tomaré la respuesta como un «no».

Me apreté con los dedos el puente de la nariz.

—Por supuesto que es «no». Créeme, soy consciente de mi situación y sé qué debo hacer para estar sano. Estoy estresado ahora mismo, pero estoy esforzándome, ¿vale? Solo quiero saber qué hago con Natalie.

Podía sentir su mirada clavada en mí a través de la pantalla, hasta que por fin dijo en un tono neutro:

—Si entenderlo es tan importante para ti, supongo que siempre puedes ir a su casa e intentar hablar con ella.

—¿Me sugieres que lo haga?

—No —dijo—. Si me pides mi opinión, no te lo recomiendo. Por lo menos no ahora mismo. Tal como has descrito la situación, parece estar segura de su decisión. Intentar obligarla a reconsiderar su elección contra su voluntad probablemente sería contraproducente y empeoraría aún más las cosas.

—No creo que puedan empeorar más.

—Curiosamente, casi siempre puede ser peor.

Hice un par de rotaciones con los hombros antes de obligarme a inspirar profundamente.

—Solo quiero…

La mirada de Bowen demostraba empatía cuando no fui capaz de acabar la frase.

—Sé lo que quieres —dijo—. Quieres que Natalie sienta por ti lo mismo que tú sientes por ella. Quieres que tu amor se vea correspondido, y tener un futuro juntos.

—Exacto.

—Y, sin embargo, también sospechabas que estaba viendo a otra persona, y que incluso se trataba de una relación seria, antes de que ella lo confesara. En otras palabras, nunca supiste qué podías esperar. Bueno, la terapia de pareja no es precisamente mi especialidad, excepto en el contexto del trauma por estrés postraumático, pero en el transcurso de mi propia vida he aprendido que no se puede forzar el interés romántico con alguien que no lo siente hacia ti.

—Pero esa es la cuestión. Tengo la sensación de que realmente sí siente ese interés.

—¿Aunque te haya dejado claro que quería dejarlo? —Me había desarmado. Bowen prosiguió—: Entonces, lo mejor que podrías hacer es esperar hasta que cambie de opinión. Entretanto, es fundamental que cuides de ti mismo y sigas avanzando en tu propia vida. Es importante no obsesionarse, porque probablemente te sentirás aún peor.

—¿Cómo se supone que puedo evitar pensar en ello?

—Un método es estar ocupado. Concentrarse en las cosas que hay que hacer. Recuerda las lecciones aprendidas en la terapia conductual cognitiva y la dialéctica: esos comportamientos positivos que pueden rebajar el torbellino emocional que sientes. Por ejemplo, ¿ya has encontrado un alojamiento en Baltimore? Mañana es el Primero de Mayo.

202

—Todavía no —contesté—. Aún tengo que resolver ese tema.

—Salir del pueblo te ayudaría a sentirte mejor. Un nuevo entorno, sobre todo en combinación con un propósito importante y específico, puede ayudar a distraerte de las emociones que estás experimentando.

Sabía que eso era cierto. No obstante, me cuestionaba si el viaje a Carolina del Sur no habría hecho más fácil para Natalie que tomase la decisión de acabar con lo nuestro. Tal vez si hubiera pasado más tiempo con ella a principios de semana, nada de eso habría sucedido. Pero ¿cómo podía saberlo con certeza?

—Tienes razón. Me centraré en eso.

—Sigues teniendo amigos allí, ¿no?

—Un par de compañeros de la residencia siguen en la zona.

—Quizás puedas asistir con ellos a un partido, o quedar para almorzar. Volver a conectar con viejos amigos siempre es bueno para el alma.

Sabía que Bowen creía firmemente en cualquier forma de distracción sana.

—Me lo pensaré.

—También dijiste que querías hablar con el propietario de la empresa de grúas.

En el último par de días hablar con AJ había dejado de ser una prioridad para convertirse en una cuestión de poca importancia, si no inexistente, y quedar remplazada por la necesidad de hacer todo lo posible para no venirme abajo.

—Lo haré —masitullé.

—Bien —dijo—. No te olvides de que, por muy difícil que sea la situación, siempre es posible encontrar algo con lo que disfrutar y estar agradecido por las oportunidades que nos ofrece la vida.

Bowen usaba esa expresión con frecuencia, y aunque admitía la importancia de disfrutar y sentirse agradecido para la propia salud mental, a veces me sacaba de quicio. Como ahora.

—¿Algún otro consejo?

—¿Sobre qué?

—¿Qué debería hacer con Natalie?

—Creo —dijo lentamente— que estás llevándolo todo lo mejor que se puede en estos momentos. Pero estoy planteándome si sería buena idea que te recetara algo que te ayude a dormir mejor. Largos periodos sin un sueño de calidad pueden afectar sensiblemente los síntomas de tu trauma. ¿Has pensado en esa posibilidad?

Había tomado pastillas para dormir en alguna ocasión, junto con antidepresivos. Conocía bien sus beneficios, pero prefería evitar tomarlas.

—Creo que estoy bien. Esperemos a ver qué pasa.

—Si cambias de opinión, dímelo. Recuerda que siempre estoy disponible si sientes que necesitas hablar antes de nuestra próxima sesión.

—Descuida, lo haré.

A pesar de la conversación con Bowen, no me sentía con ganas de encontrar cosas con las que disfrutar o por las que sentirme agradecido.

En lugar de eso, continuaba obsesionado con la situación mientras deambulaba de un lado a otro de la finca. Intenté reflexionar

203

sobre las recomendaciones de Bowen; me esforcé en aceptar la idea de que Natalie debía tomar la decisión adecuada para ella. Todo ese tiempo mi estado de ánimo siguió siendo plomizo, y podía sentir la tensión de la mandíbula transformándose en dolor.

Muy a mi pesar, Bowen me había vuelto a demostrar que tenía razón. Era como cuando los padres nos decían de niños que debíamos comer verduras: tal vez no nos gustaban, pero indiscutiblemente eso era bueno para nuestra salud.

Sabía lo suficiente de mi trauma como para no arriesgarme a estar rodeado de mucha gente por si a alguien se le ocurría colarse, o desafiaba en cualquier otra forma mi dudoso equilibrio. Era lo suficientemente consciente de mi estado como para saber que a veces era mejor esconderse y evitar totalmente el contacto con otras personas.

Y eso es exactamente lo que hice.

204 A la mañana siguiente desperté más irritado conmigo mismo que con Natalie. Aunque no había dormido bien, sabía que había llegado el momento de poner fin a la fiesta de la autocompasión, que ya duraba cuatro días. Eso no significaba que me sintiera agradecido, nada más lejos. Pero con el tiempo había aprendido que la terapia conductual cognitiva y dialéctica funciona. En otras palabras, tenía que mantenerme ocupado y empezar a tachar tareas de mi lista.

Después de hacer mis ejercicios y de desayunar, me sumergí en internet para buscar descripciones y fotografías de pisos en alquiler cerca de la Universidad Johns Hopkins. Como ya había vivido allí anteriormente, conocía bien los diferentes barrios, y pude encontrar ocho posibilidades distintas que despertaron mi interés.

Pensé que Bowen tampoco se equivocaba en cuanto a salir del pueblo, así que llamé a varias inmobiliarias para concertar visitas hacia el final de la semana. A continuación reservé un hotel, y luego escribí un *e-mail* a un cirujano ortopédico que seguía viviendo en Baltimore, y accedió a quedar conmigo para cenar el sábado por la noche. Busqué un partido de los Orioles, pero jugaban fuera. En lugar de eso, reservé una entrada para el acuario nacional. Casi podía sentir a Bowen dándome palmaditas en la espalda por el trabajo bien hecho.

A última hora del día volví a llamar a la empresa de grúas de AJ y dejé un mensaje ligeramente distinto: le dije que tras la muerte de mi abuelo había heredado la camioneta y le exigía categóricamente su devolución. En caso de negarse, supondría que la había robado y alertaría a las autoridades competentes. Dejé mi dirección y número de teléfono, y le di de plazo hasta el lunes siguiente para ponerse en contacto conmigo, sugiriendo que cuanto antes lo hiciera, mejor.

Dejar un mensaje tan agresivo tal vez no era la opción más inteligente. La gente no suele reaccionar bien ante una amenaza, pero, en mi estado de ánimo actual, me sentó bien desfogarme con alguien.

205

El miércoles empaqueté unas cuantas cosas, puse la bolsa en el maletero de mi todoterreno, y hacia las siete ya salía por la puerta. La conducción presenta la tendencia de poner a la gente en un estado reflexivo, y obviamente me trajo a la mente a Natalie, lo cual convirtió el inevitable tráfico de Washington D. C. en todo un reto para mi hipersensibilidad. Acabé convencido de que algunos conductores intentaban provocarme a propósito.

Afortunadamente, y a pesar de mi estado, llegué a Baltimore sin incidentes y busqué el lugar de la primera visita, donde el agente inmobiliario me esperaba. Un espacio funcional en un edificio medio decente, y, aunque habría bastado, no suscitaba ninguna otra emoción. La decoración estaba anticuada y los muebles desgastados, por no mencionar las vistas desde el diminuto porche: un callejón lleno de basura. La segunda opción era prácticamente igual, pero las vistas mejoraban, siempre que al inquilino le gustara observar al vecino y tener la posibilidad de asomarse por la ventana para pedir una taza de azúcar. Eliminé ambos apartamentos de la lista.

Serio y malhumorado recorrí los vestíbulos del hotel durante una hora antes de pedir finalmente el servicio de habitaciones. Aunque me dormí temprano, me desperté en mitad de la noche y acabé una sesión de ejercicios extralarga en el gimnasio antes de que llegara nadie más. Derroché en el desayuno y después fui a ver tres posibilidades más, de las cuales me gustó la segunda. Tras mostrarme muy interesado, prometí al agente inmobiliario que le diría algo como muy tarde el viernes por la tarde.

El viernes dos de las opciones que visité me parecieron prometedoras, pero seguía prefiriendo el apartamento del jueves. Llamé a la inmobiliaria, concerté una cita hacia el final de la tarde, y luego firmé el contrato. Estaba satisfecho de haber tomado una decisión y de haber resuelto ese tema, así que decidí celebrarlo cenando en el bar en lugar de pedir el servicio de habitaciones. Entablé conversación con una mujer que vendía productos veterinarios. Atractiva, buena conversadora, y, definitivamente, coqueta, me dejó claro que le interesaría cualquier propuesta que le hiciera para esa noche. Pero no estaba de humor, y tras mi segunda copa me despedí. Ya en la habitación, me tumbé en la cama con las manos cruzadas por detrás de la cabeza, pensando en si Natalie se estaría arrepintiendo.

El acuario valía la pena a pesar de que estaba abarrotado; la cena con mi amigo y su mujer fue incluso mejor. Joe y Laurie se habían casado hacía tres años y tenían una niña pequeña. Laurie pasó parte de la noche intentando convencerme de que tenía que presentarme a una amiga.

—Haríais buenas migas —dijo—. Es justo tu tipo. —Puse algún reparo: le recordé que me iría al día siguiente, pero para Laurie eso no era importante—. Vendrás a vivir aquí muy pronto —dijo—. Entonces podremos encontrarnos todos.

¿Quién sabe? Quizás cuando llegara el momento estaría en otro estado mental que me permitiera aceptar su propuesta.

Ahora mismo, no podía imaginarlo.

Volví a casa el domingo. Después de poner la ropa sucia en el cuarto de la lavadora, recogí el correo que se había acumulado en mi ausencia. Normalmente no había gran cosa: unas cuantas facturas y publicidad, así que me sorprendió encontrar una carta de un abogado llamado Marvin Kerman, de Carolina del Sur, a mi nombre.

Tras abrir el sobre, leí la carta mientras caminaba, y llegué al final ya en el porche delantero. El abogado, que representaba a la empresa de grúas de AJ, me escribía para informarme de que la camioneta de mi abuelo había sido subastada por impago del servicio de remolque y almacenamiento, de acuerdo con las leyes de Carolina del Sur. También se me informaba de que se había enviado una carta a la dirección de mi abuelo en diciembre, en la que se explicaba que, a menos que se hiciera la transferencia del pago, la camioneta se consideraría abandonada y la empresa de grúas emprendería las acciones pertinentes. Hacia el final de la carta, el abogado declaraba que si no dejaba de molestar a su cliente, se presentarían cargos criminales o civiles en mi contra.

Era más que probable que la primera carta hubiera estado en el correo que había desechado con tanta negligencia cuando llegué a la casa y, tal como mi instinto me había indicado, había sido una idea estúpida amenazar a AJ o cualquiera-que-fuera-su-nombre. Lo cual me dejaba, en gran medida, en una vía muerta.

Pero no por completo.

Gracias a aquella carta, ahora contaba con otra posible pista que seguir, aunque no estaba seguro de que me ayudara a seguir tirando del hilo. Por lo menos tenía el nombre y el número del abogado.

Una vez firmado el contrato del apartamento, el traslado a Baltimore parecía inminente, aunque todavía quedaba más de un mes antes de mi partida. Sentí nostalgia y decidí pasar un rato con las abejas antes de mi sesión con Bowen.

Me vestí con el traje protector, cogí todo lo que necesitaba, y elegí cuatro de las colmenas al azar. Saqué los cuadros, y comprobé que pronto sería hora de recoger la miel; las abejas habían estado muy ocupadas las últimas semanas. Decidí regresar a New Bern a principios de agosto para recolectar la miel aunque mi residencia ya habría empezado en serio. Podría hacerlo en un fin de semana y pensé que a mi abuelo le habría gustado que lo hiciera. Supuse que Claude estaría encantado.

Al tomar aquella decisión, me di cuenta de que no tenía la menor intención de vender o alquilar la finca. Había demasiados recuerdos, y aunque no sabía qué implicaciones tendría para mí en el futuro, simplemente no podía imaginarme a otra persona viviendo allí. Me pregunté si mi decisión era una especie de deseo subconsciente de estar cerca de Natalie, pero descarté la idea.

Me quedaría con la casa por mi abuelo, no por ella. Eso significaba que tenía que contratar a una empresa de reformas, porque realmente había que hacer reparaciones urgentes. Una cosa era quedarse unos cuantos meses, pero convertir la casa en un espacio permanentemente habitable era algo muy distinto. Todavía necesitaba un techo nuevo y renovar el suelo de la cocina. Suponía, además, que había termitas y que el agua había dañado los cimientos, y, si más adelante quería pasar más tiempo aquí, necesitaría un cuarto de baño más grande y también cambiar algunas cosas en la cocina. Por lo que había visto, tal vez habría problemas con la fontanería y la electricidad, o sea, que había trabajo para meses. Necesitaba que alguien se encargara de la finca, vigilase la casa, y controlara los avances en las reformas, para poder enviarme fotos a medida que progresara la obra.

Me pregunté si Callie me ayudaría a mantener las colmenas, añadir los excluidores de reinas y medias alzas a principios de primavera. Como tenía que pasar por la finca de camino a la tienda, no supondría un desvío, y le ofrecería más dinero de lo que seguramente valía el trabajo. Estaba seguro de que le iría bien algo de dinero extra, pero antes quería hablar con Claude sobre sus hábitos de trabajo. Aunque ya hubiera ayudado a mi abuelo, quería estar seguro de que era alguien responsable.

Mi lista de tareas, que ya creía resuelta, de repente volvía a estar llena. Empresa de reformas, gestor de la propiedad, Callie y Claude... Gente con la que tenía que hablar, responsabilidades que asumir. Hoy era un día tan bueno como cualquier otro para ponerlo todo en marcha; aparte de la sesión con Bowen, solo tenía otro punto en la agenda.

Llamé a Marvin Kerman, el abogado de la empresa de grúas de AJ, inmediatamente después de acabar con las colmenas. La secretaria dijo que estaba en un juicio, pero que seguramente me devolvería la llamada esa misma tarde.

Concerté una cita con la misma empresa de reformas generales a la que había recurrido hacía algunos meses. Me dijeron que vendrían durante la semana entrante, y me recomendaron que mandara hacer una inspección con anterioridad, para lo cual me ofrecieron el nombre de una persona de confianza. El inspector, afortunadamente, no estaba tan ocupado, y me dijo que podría visitar la casa el jueves. Encontré también a tres potenciales gestores de la propiedad, y organicé el horario en el que podrían pasar por casa para entrevistarlos. Mi sesión con Bowen fue bien. Se mostró un tanto preocupado al saber que seguía sin dormir, pero le encantó saber que ya había reservado un apartamento para vivir en Baltimore. Hablamos sobre mi persistente inquietud en relación con Natalie, y me conminó a darme algo de tiempo para curar la herida, recordándome que no era posible acelerar lo que él describió como un periodo de duelo. Intenté negar la angustia que sentía, pero al hablar de ella mis emociones volvieron a aflorar a la superficie con la misma intensidad de hacía días. Cuando dimos por terminada la sesión estaba temblando.

209

Y, por primera vez desde que Natalie quiso poner punto final a lo nuestro, me derrumbé y lloré.

Marvin Kerman me devolvió la llamada esa misma tarde. Eran las cinco y media, y supuse que era la última llamada del día. Al identificarse, casi pareció estar ladrando su nombre.

—Gracias por devolverme la llamada, señor Kerman —respondí—. Espero que pueda ayudarme.

—Lamentablemente, la camioneta fue subastada —dijo—. Como le indiqué en la carta, el proceso era un método enteramente legal de recompensar los servicios prestados.

—Comprendo —dije en un tono conciliador—. No estoy molesto por la venta de la camioneta. Le he llamado para saber si podría contactar con su cliente por otro tema.

—No estoy seguro de entender a qué se refiere.

Nuevamente volví a contar la historia de lo que le ocurrió a mi abuelo, y las cuestiones pendientes sobre lo que le había pasado.

—Pensé que AJ, o tal vez otra persona, podrían haber limpiado la camioneta y puesto los artículos personales en una caja, o que quizá estén guardados en otro lugar —añadí—. Tenía la esperanza de poder recuperar sus cosas.

—Entonces, ¿está interesado en sus efectos personales, y no en la camioneta o el dinero?

—Solo estoy intentando averiguar qué le pasó.

—No sé si guardaron sus pertenencias.

—¿Podría preguntar a su cliente?

—Supongo que sí. ¿Y si no hay nada?

—Entonces se acabarán mis pesquisas. No puedo buscar pistas donde no las hay.

Kerman profirió un suspiro.

—Supongo que puedo preguntarle, pero, repito, no le garantizo nada.

—Se lo agradezco. Gracias.

El lunes, consumido por las lágrimas y con el fin de evitar una recaída, decidí pasarme el resto de la semana en piloto automático, intentando estar lo más ocupado posible. Con los principios básicos de ambas clases de terapias cognitivas retumbando en mi cabeza, hice más ejercicio de lo normal y con más intensidad, evité el alcohol y comí lo más sano posible. Seguí avanzando en las tareas pendientes. El inspector vino y me prometió que tendría el informe listo para el lunes, con el fin de que la empresa de reformas pudiera disponer de la información para hacer un presupuesto. Entrevisté a los gestores de la propiedad y decidí confiar en una mujer que, además, trabajaba como agente inmobiliaria y cuyo marido hacía también reformas. Me aseguró que podía supervisar a una cuadrilla de obreros y me prometió que se pasaría por lo menos una vez a la semana por la finca cuando yo estuviera en Baltimore. Todavía no había hablado con Claude o Callie, pero supuse que podría hacerlo en cualquier momento.

El viernes por la noche, sentado en el porche, me di cuenta de que habían pasado quince días desde la última vez que hablé con Natalie. Volvió a costarme dormir, y cuando me desperté en mitad de la noche, decidí que estaba cansado de mirar fijamente el techo durante horas en medio de la oscuridad. Me levanté con dificultad, me vestí y vi que eran poco más de las dos de la madrugada. Fui un momento al cobertizo de la miel, subí a mi todoterreno y conduje hasta la Spencer Avenue. Aparqué al final de la manzana, y caminé hasta la casa de Natalie. Al acercarme, me pregunté si estaría con «el otro» en ese momento; si estarían en la cama, o si habrían salido. Pensé en si le miraría de la misma forma que me había mirado a mí. Todo ello me hizo un nudo en la garganta cuando dejé dos tarros de miel a la entrada de su casa.

Sin duda sabría quién los había depositado allí; también me planteé qué pasaría si fuera «el otro» quien los encontrase. ¿Qué le contaría ella? ¿Le habría hablado de mí alguna vez? ¿Habría siquiera pensado en mí las últimas dos semanas, o acaso ya me habría convertido en un vago recuerdo, teñido de arrepentimiento?

Regresé exhausto al coche, únicamente acompañado por el eco de mis preguntas sin respuesta.

14

*P*asó otro fin de semana y otra sesión con Bowen. Recibí el informe de la inspección y hablé con el responsable de la empresa de reformas el martes, quien me prometió pasarme presupuesto enseguida.

Como hacía días que no prestaba atención al mundo exterior, no tenía ni idea de que acechaba una tormenta hasta que llegaron unas densas nubes y el viento empezó a soplar, poco después de que se hubiera ido el contratista. En un principio pensé que sería la típica tormenta de finales de primavera, pero, tras escuchar el noticiero local, me planteé si debía preocuparme realmente. Se esperaban fuertes lluvias y vientos racheados, y se cancelaban las clases en los colegios los siguientes dos días. Las noticias en directo desde Raleigh mostraban carreteras inundadas, y hablaban de varias operaciones de rescate en curso.

Al cabo de menos de una hora empezaron a caer las primeras gotas; cuando me fui a la cama la lluvia era tan fuerte que parecía que estaba durmiendo en una estación de trenes. A la mañana siguiente, la tormenta se había intensificado hasta casi convertirse en un huracán. Las nubes negras se arremolinaban en el cielo, y el viento hacía temblar las ventanas; la otra orilla del río había quedado reducida a una mera sombra, oscurecida por el aguacero.

Estuve observando un buen rato desde el porche de atrás, con la lluvia salpicando en mi cara. Finalmente me retiré a la cocina, y me sequé con una toalla de manos. Estaba empezando a preparar un café cuando escuché el eco de un tintineo continuado resonando por toda la casa. Obviamente, encontré una gotera en el salón, dos más en la habitación de invitados, y otra en uno de los cuartos de baño. En el techo podían verse grandes manchas de humedad circulares, y también pendían algunas tiras de yeso, lo cual indicaba que las filtraciones probablemente habían comenzado por la noche. Cómo era posible que no me hubiera dado cuenta antes era algo inexplicable, pero regresé a la despensa y la cocina para coger el cubo de la fregona y tres ollas. Usé la fregona para secar el suelo después de colocar los recolectores de lluvia en el lugar adecuado, pero la frecuencia del goteo parecía estar aumentando.

Proferí un suspiro. El tejado necesitaba una lona urgentemente, y eso significaba que acabaría afuera bajo el diluvio, probablemente durante horas. Además necesitaría unos ladrillos para sostener la lona.

El día cada vez iba mejor.

No.

Decidí no hacer nada hasta haberme tomado el café. Me puse una camiseta vieja y una sudadera, volví a la cocina, y me serví una taza de café. Al dar el primer trago, vi que me temblaban las manos. Dejé la taza en la encimera y observé fascinado mis manos. ¿Sería debido a la perspectiva de trabajar bajo la lluvia? ¿O por la nueva aventura en la que estaba a punto de embarcarme en la Johns Hopkins? ¿O tal vez por Natalie?

La respuesta parecía obvia, pero al mirar con atención me sentí agradecido al comprobar que el temblor no era tan grave como antes. Sin embargo, me sorprendió. Sí, no estaba durmiendo bien y había estado llorando recientemente, por primera vez desde hacía años. Admití que me había sentido tenso, pero casi no podía recordar la última vez que mis manos se habían vuelto locas. Ni siquiera cuando murió mi abuelo, o cuando me mudé a New Bern. ¿Por qué ahora? Natalie había puesto fin a lo nuestro hacía casi tres semanas. ¿Cómo podía el paso del tiempo empeorar más las cosas?

Después de reflexionar un poco, supe la respuesta. Mis manos no habían temblado justo después de la explosión; no fue hasta que todas las operaciones hubieron concluido, cuando empecé a advertir varios síntomas y, al darme cuenta de ello, lo vi todo claro. La explosión en Afganistán también hizo volar por los aires mi futuro, y en algún nivel subconsciente, el rechazo de Natalie también echaba por tierra otra clase diferente de perspectivas, y se manifestaba con la misma clase de reacción retardada. No me cabía la menor duda de que Bowen corroboraría que estaba en lo cierto. ¿Acaso no me había preguntado al respecto, casi como si esperara que empezaran a temblar de un momento a otro? Sí lo había hecho. Me conocía tan bien... Por muy dolido que estuviera, seguía amando y echando de menos a Natalie.

Tomé un par de respiraciones profundas, hice unas cuantas series de ejercicios apretando los puños, y poco a poco el temblor remitió. Probablemente la cafeína no me haría ningún bien, pero ¿qué más daba? Me gustaba el café y me tomé dos tazas. Luego cogí un chubasquero de camino a la puerta. En todo caso, la tormenta era ahora más fuerte. El viento había arreciado y traía consigo opacas cortinas de lluvia en diagonal. Dentro del coche, me enjugué la cara y noté el charco que había dejado en el asiento al entrar.

En algunas partes de la entrada el agua ya alcanzaba los quince centímetros de altura, y la carretera no estaba mucho mejor. Incluso con el limpiaparabrisas al máximo, tenía que inclinarme por encima del volante y reducir la velocidad muy por debajo del límite. Un camión se cruzó conmigo en la dirección opuesta y me arrojó una ola que me hizo frenar en seco para no desviarme de la carretera. Era como conducir a través de un tempestuoso túnel de lavado, y al comprobar que las ráfagas daban sacudidas al todoterreno, supe que ni siquiera los ladrillos bastarían para evitar que la lona saliera volando hacia Oz. Necesitaría bloques de hormigón, lo cual haría cada ascensión por la escalera mucho más emocionante.

Qué afortunado era.

No la distinguí hasta el último momento; una figura solitaria caminando por el arcén. Giré el volante un poco mientras mi cerebro procesaba lo que había visto: simplemente no podía imaginarme que alguien se aventurase voluntariamente a salir con semejante temporal. Para mi sorpresa, la reconocí. Detuve el coche y bajé la ventanilla del asiento del copiloto.

—Hola, Callie. ¡Soy yo, Trevor! —grité por encima del estruendo de la tormenta—. ¿Quieres que te lleve al trabajo?

215

Aunque tenía puesta la capucha, no parecía que su chaqueta fuera impermeable. Llevaba colgada del hombro una bolsa de basura de plástico, sin duda con ropa seca de repuesto.

—Estoy bien —dijo, haciendo un gesto con la cabeza como para desestimar mi ayuda—. No necesito que me lleven.

—¿Estás segura? —pregunté—. Voy en la misma dirección, y la carretera ahora es peligrosa. Los conductores apenas pueden verte. Venga. Sube.

Pareció vacilar por un momento antes de asir la cerradura a regañadientes y abrir la puerta. Subió a gatas y se sentó, chorreando y desaliñada, con un tono azulado en la piel, como de porcelana. Apretó con fuerza la bolsa de plástico en el regazo mientras nos incorporábamos al tráfico en la carretera.

—Aparte del tiempo, ¿estás bien?

—Estoy bien. —Luego, en un tono casi de resentimiento, añadió—: Gracias por parar.

—De nada. Puedes poner la bolsa en el asiento de atrás si quieres.

—Ya estoy mojada. No importa.

—Me alegro de haberte visto. Hace un tiempo terrible.

—Solo es agua.

—Imagino que en la bolsa llevas ropa seca.

Me miró suspicaz.

—¿Cómo lo sabías?

—Sentido común.

—Ah.

Pensé en preguntarle si le interesaría cuidar de las colmenas, pero antes quería hablar con Claude. Así que decidí hablar de cosas banales.

—¿Qué tal en el Trading Post?

—Bien.

—Me alegro. ¿Te gusta trabajar allí?

—¿Por qué quieres saberlo?

—Es solo por hablar de algo.

—¿Por qué?

—¿Por qué no?

Daba la sensación de que no sabía qué responder. La miré de reojo y de nuevo pensé que parecía demasiado joven para estar trabajando a jornada completa en lugar de ir a la escuela, pero tuve la sensación de que si le preguntaba se cerraría en banda. En ese momento una ráfaga de viento zarandeó el coche, haciendo que se desplazara a un lado. Reduje la marcha al mínimo, navegando por la carretera inundada.

—¿Has visto alguna vez una tormenta con lluvia y viento como esta? Es como un minihuracán.

—Nunca he visto un huracán.

—Creía que habías crecido aquí.

—No —respondió.

—¿Tus padres no viven aquí?

—No.

—Entonces, ¿qué te trajo a New Bern?

—No quiero hablar de ello.

Como no iba a la escuela y el trabajo en el Trading Post no era exactamente una carrera profesional, me pregunté si (al igual que Natalie) se habría mudado porque tenía una relación con algún lugareño. Pero me parecía demasiado joven para eso, a decir verdad. Lo cual, en mi opinión, sugería problemas familiares.

—Evidentemente no es asunto mío —admití—. Siento haberte preguntado. Pero espero que todo mejore para ti y tus padres.

Giró la cabeza hacia mí.

—¿Por qué dices eso? —preguntó—. No sabes nada de mí o de mis padres —espetó—. Para el coche. Quiero bajar. Andaré el resto del camino.

—¿Estás segura? Casi hemos llegado —protesté. El Trading Post estaba a menos de cien metros de distancia.

—¡Para el coche!

Resultaba obvio que había puesto el dedo en la llaga. No quería empeorar las cosas, así que me aparté a un lado y detuve el vehículo. Abrió la puerta del coche con fuerza y salió sin mirar atrás, dando un portazo.

La observé un instante, mientras atravesaba penosamente los charcos. Cuando se distanció lo suficiente del todoterreno regresé lentamente a la carretera, con la sensación de que la había ofendido. No era asunto mío, pero volví a pensar en su exagerada reacción. Me acordé de la conversación frustrada durante su pausa para almorzar. Me pareció que era reservada y recelosa, y me pregunté cómo había conseguido mi abuelo vencer sus defensas. Por mi experiencia con ella, no podía imaginarme que se ofreciera a ayudar con las colmenas; estaba seguro de que ella habría rechazado de plano la propuesta de mi abuelo, a menos que se conocieran de antemano. Seguramente confiaba en él antes de que se lo pidiera.

Pero ¿cómo habían llegado a tener esa confianza?

No podía saberlo, pero quería hablar otra vez con ella, aunque solo fuera para disculparme. En función de cómo fuera la charla, y de lo que me contara Claude de ella, le ofrecería el trabajo.

¿Quién sabe? Quizás al final creería que también podía confiar en mí.

218   Se estaban acabando las lonas en la ferretería, pero como la casa era pequeña y rectangular, tuve suerte y conseguí la adecuada. Después fui a por un carro de metal y lo cargué con bloques de hormigón. Había gente esperando en la caja, pero nadie se coló, lo cual era altamente beneficioso para cualquier posible implicado.

Cargué el coche, conduje a casa y aparqué marcha atrás lo más cerca posible de la entrada. En el interior, vacié los cubos y las ollas, y luego fui al granero a por una escalera de mano. Después empecé con el largo proceso de subir la lona y los bloques de hormigón hasta el tejado, haciendo varios viajes por la escalera, y luego colocar todo en su sitio, mientras me azotaban la lluvia y el viento. Había formas mejores de pasar la mañana.

Al acabar estaba congelado y famélico, y, tras una larga ducha caliente, decidí comer en el Trading Post. El aparcamiento estaba más lleno de lo que imaginaba, pero se me ocurrió que si yo no tenía ganas de prepararme un sándwich, no era de extrañar que los demás tampoco.

Una vez dentro, Claude me saludó alzando la cabeza desde la caja registradora, y localicé a Callie en una escalera plegable en la parte de atrás de la tienda, colgando unas botas de pescar en unos ganchos a bastante altura en la pared. Frank estaba en su puesto ante la parrilla y había varios hombres comiendo en las mesas. Los taburetes de la barra estaban ocupados, por lo que tuve que abrirme paso entre los clientes para esperar mi turno y pedir una hamburguesa con queso y patatas fritas. Las cortinas de lluvia seguían golpeando las ventanas, y pude escuchar algunas conversaciones sobre la tormenta. Aparentemente, el centro y otros barrios ya estaban inundados.

Después de que Frank tomara nota de mi pedido, saqué una botella de Snapple de una nevera y fui hacia la caja registradora. Claude señaló con un gesto las ventanas.

—¿No te parece increíble? Está cayendo una tromba de agua.

—Una locura de tiempo —dije.

—¿Qué has pedido?

Contesté y marcó en la caja el precio; tras recibir el cambio, pregunté:

—¿Tienes un minuto? Me gustaría preguntarte un par de cosas sobre Callie. 219

—Está ahí detrás, por si quieres hablar con ella.

—Preferiría que me dieras referencias sobre ella —comencé a decir, le expliqué lo que tenía en la mente, y él asintió.

—Es una empleada fantástica —respondió—. No se queja, no le importa quedarse más tiempo, y nunca ha fallado, ni siquiera cuando lo estaba pasando mal. Es muy buena limpiando también, casi obsesiva. Creo que haría un buen trabajo con las abejas, pero no olvides que es un poco rara.

—¿En qué sentido?

—Lleva trabajando aquí…, no sé, ¿diez, once meses? Llegó a finales del verano pasado, pero aparte de que sigue viviendo en el parque de caravanas de la carretera, te prometo que no sé nada de ella. Nadie sabe gran cosa.

«No me extraña», pensé.

—Me dijo que no era de New Bern.

—No lo dudo. Hasta que Carl me la recomendó, nunca la había visto antes. Es como si hubiera caído del cielo de repente.

Incliné la cabeza como si no hubiera oído bien.

—¿Mi abuelo te la recomendó?

—En efecto —confirmó Claude—. La trajo aquí, de hecho, hasta la puerta. Me pidió que le diera una oportunidad y me dijo que respondería por ella personalmente. Eso fue a finales de verano, y algunos de los estudiantes que trabajaban aquí volvían a la universidad, de modo que tenía una vacante. Me arriesgué y me alegro de haberlo hecho. Es una pena que tengas que irte de aquí.

—Seguro que volveré —dije—. Gracias por la información.

—Hará una pausa enseguida, si quieres preguntarle lo de las colmenas. Con este tiempo seguramente comerá en la parte de atrás y no al lado del río.

—Ya me imagino. Hace un tiempo horrible.

—Estaba empapada cuando llegó. Me dio mucha pena. Si se le ha mojado el almuerzo, intentaré llevarle algo de la parrilla. Si lo acepta, porque podría ser que no quisiera. No se le da bien aceptar favores. Pero no puedo imaginarme a mí mismo comiendo un sándwich de mantequilla de cacahuete y mermelada mojado.

Sentí que se activaba un recuerdo, como una burbuja subiendo lentamente hasta la superficie, cuando Claude mencionó el sándwich. Curiosamente, me parecía que tenía algo que ver con mi abuelo, pero todavía no podía identificarlo.

—Es lo mismo que estaba comiendo cuando hablé con ella la otra vez.

—Es lo que come cada día.

Alcé la vista y vi que Callie ya había acabado con las botas, pero seguía en la escalera, ahora colgando chalecos de caza fluorescentes. Me estaba preguntando de nuevo cómo habría llegado a conocer a mi abuelo cuando oí a Frank avisando de que mi comida ya estaba lista.

—Deberías ir a por tu hamburguesa antes de que se enfríe —dijo Claude—. Pero antes tengo una pregunta rápida: he oído rumores de que vas a vender la propiedad. Si es así, ¿por qué te preocupan las colmenas?

—He decidido que voy a quedármela.

—¿Sí?

—Es lo que mi abuelo hubiera querido.

Claude sonrió.

—Sin duda.

La hamburguesa estaba cocinada y condimentada a la perfección. Devoré toda la comida en cuestión de minutos. Mientras tiraba los restos en la papelera, oí un estruendo repentino procedente de la parte de atrás de la tienda, y vi que Claude se precipitaba hacia allí desde su puesto detrás de la caja. Otros comensales se pusieron en pie y todos se abalanzaron en la misma dirección, al igual que yo mismo. Al ver la escalera volcada y la silueta deformada de Callie en el suelo, el instinto entró en acción y empecé a abrirme paso a empellones entre la gente.

—¡Déjenme pasar! —grité—. Soy médico.

Claude ya estaba en cuclillas a su lado, con el rostro tenso de preocupación, y para cuando llegué allí, mi cerebro estaba asimilando la escena, y la información le llegaba rápidamente.

«Paciente en decúbito lateral... no se mueve... palidez, tono casi blanco grisáceo... ¿posible hemorragia interna?... sangre en el pelo que empieza a encharcarse en el suelo debajo de la cabeza... brazo doblado en un ángulo no natural bajo el cuerpo, lo cual indica probables fracturas en el radio y el cúbito...»

Busqué cuidadosamente la carótida mientras los demás se arremolinaban a nuestro alrededor; me pareció escuchar a Claude explicando que la había visto caerse de la escalera. El pulso era débil y filiforme.

—¡Todo el mundo atrás! —grité—. ¡Claude..., tienes que llamar a emergencias!

Tardé un poco en darme cuenta de que le estaba gritando.

Claude rebuscó en el bolsillo de atrás para sacar el móvil mientras yo dedicaba mi atención a Callie. Aunque habían pasado años desde mis turnos en emergencias, había visto muchas heridas en la cabeza, y que saliera sangre del oído era un síntoma peligroso. Sospechaba que era un posible hematoma subdural, pero habría que hacerle un tac para tener un diagnóstico. Acomodé el cuerpo

221

de Callie cuidadosamente para que descansara sobre la espalda, intentando al mismo tiempo estabilizar el cuello en la medida de lo posible. La respiración era superficial, las fracturas abiertas, visibles. El brazo se estaba hinchando y adquiriendo una tonalidad púrpura y negra. Seguía inconsciente. Saqué el móvil del bolsillo, encendí la linterna y comprobé sus pupilas. Por suerte se dilataban con la luz, pero las heridas en la cabeza siempre deben tratarse con precaución...

Oí a Claude al teléfono, y percibí el pánico en su voz cuando me explicó la situación para después guardar silencio.

—Dicen que la ambulancia podría tardar un poco. Se ha inundado una de las residencias de ancianos y los servicios de emergencia están colapsados. Tampoco están seguros de que la ambulancia pueda llegar hasta aquí debido al mal estado de las carreteras.

Ante mis ojos, la palidez de Callie parecía tornarse cada vez más cenicienta, y eso implicaba otra complicación grave. Observé que en el brazo no lesionado había muchos hematomas; en su mayoría parecían haberse producido hacía días, o semanas. Levanté la camiseta con delicadeza en busca de alguna evidencia de una hemorragia interna, pero sorprendentemente no encontré nada que explicara la razón del empeoramiento del tono de piel. Tenía que ir al hospital lo antes posible. Calculé las probabilidades y supe que, a pesar del riesgo que conllevaba transportarla, era más peligroso esperar a una ambulancia que tal vez ni siquiera conseguiría llegar.

—Podemos ir con mi todoterreno, pero tendrás que conducir para que yo vaya detrás con ella. ¿Tienes algo donde llevarla? ¿Una camilla? ¿Una cama plegable? Lo que sea servirá.

—Tenemos camas plegables en la parte de atrás, de un pedido de material de *camping* que acaba de llegar. ¿Servirá?

—Sí —dije—. ¡Ve a buscar una!

Claude salió corriendo. Los hombres a mi alrededor observaban la escena con los ojos como platos. Saqué las llaves del bolsillo y las mostré alzándolas.

—Necesito que uno de vosotros vaya a mi todoterreno. Está aparcado a la izquierda según se entra, es grande y negro. Hay que abatir los asientos para que quepa la cama, y dejar la puerta del maletero abierta. El resto podéis ayudarme a subirla a la cama plegable, y voy a necesitaros para transportarla. ¿Alguien tiene un paraguas? Debe mojarse lo menos posible.

Me miraron fijamente, inmóviles, hasta que Frank, de pronto, se abalanzó hacia delante, me cogió las llaves y se precipitó hacia la puerta. Al mismo tiempo, Claude irrumpió desde la parte de atrás de la tienda con una voluminosa caja de cartón.

—¡Quitaos de en medio! ¡Necesito espacio! —gritó antes de prácticamente dejarla caer en el suelo. Empezó a rasgar el cartón para abrirla.

—¿Se pondrá bien? —preguntó.

—Eso espero —dije—. Escucha, tienes que llamar al servicio de urgencias del hospital. Tienen que saber que la paciente presenta una seria herida en la cabeza, una posible hemorragia interna y fracturas abiertas en el cúbito y el radio. ¿Puedes ocuparte de eso?

Para entonces ya había conseguido sacar el camastro, que estaba bien amarrado con unas fuertes tiras de plástico para mantenerlo cerrado.

—¿Alguien tiene unas tijeras o un cuchillo? —gritó Claude.

—¿Me has oído, Claude? Llama a urgencias. Tienen que estar preparados para recibirla.

—Yo me encargo. Voy a llamar al hospital. Se pondrá bien, ¿verdad?

Le repetí lo que debía decir cuando le atendieran.

—Sí, lo he entendido —asintió—. No sé qué ha pasado.

—Ahora lo importante es ocuparnos de ella, ¿vale?

Claude daba instrucciones a gritos a los demás señalando la cama plegable mientras buscaba su móvil.

—Necesito unas tijeras o un cuchillo para cortar estas cintas.

Alguien a quien no reconocí avanzó hacia mí con una navaja, cuya hoja se abrió al apretar un botón; en realidad se trataba de un arma, pero qué más daba. La usó para cortar las tiras de plástico, y desplegó la cama. Se disponía a abrir las patas, pero le indiqué que no lo hiciera.

—Será demasiado alta si las abres. Simplemente ponla al lado de Callie, ¿vale? Voy a necesitar ayuda para subirla con suavidad a

223

la cama, y luego trasladarla hasta el coche. Tendré que recurrir a tantas manos como sea posible, así que quedaos cerca.

La gente reacciona de formas distintas durante las situaciones de vida o muerte. He visto a personas que se crecen ante semejantes circunstancias y otras que se quedan congeladas, pero los hombres en el Trading Post parecían estar lo suficientemente concentrados como para saber qué tenían que hacer. El propietario de la navaja dispuso la cama en el lugar adecuado, y unos cuantos hombres más se colocaron alrededor del cuerpo de Callie.

—Voy a intentar estabilizar el cuello todo lo que pueda, por si hay una lesión medular. Los demás tenéis que poner las manos bajo el cuerpo. No creo que pese siquiera cincuenta kilos, o sea, que no nos costará demasiado. Contaré hacia atrás desde tres, y cuando diga «arriba», levantadla con un movimiento suave para ponerla en la cama. Todo el proceso llevará pocos segundos, ¿de acuerdo? ¿Todo el mundo lo ha entendido?

Los miré a los ojos uno por uno y vi que todos asentían con la cabeza.

—Cuando esté sobre la cama, la llevaremos al coche. No tiene asas, o sea, que puede resultar incómodo, pero no pesa demasiado, y somos muchos. ¿De acuerdo?

Vi cómo todos asentían.

Empecé la cuenta atrás y les indiqué que la alzaran. Aguanté su cuello y la pusimos sobre la cama sin incidentes. De inmediato, cruzamos la tienda hasta la puerta transportando la camilla, donde un hombre nos esperaba con un paraguas, con el que protegió a Callie del chaparrón. La puerta del maletero estaba abierta.

Tuve que gritar para hacerme oír por encima del incesante aguacero.

—¡Necesito que alguien entre en el coche para sostener la cama mientras la cargamos, para evitar sacudidas extra!

Un hombre joven, en la veintena, se colocó entre el asiento del conductor y el copiloto, mirando hacia el maletero. Como un equipo cohesionado, cargamos la cama desde la parte de atrás suavemente, más de lo que creía posible. Subí de un salto, arrodillándome, agachado al lado del cuerpo de Callie.

—¿Claude? ¿Puedes conducir?

Claude se puso tras el volante mientras alguien cerraba la puerta del maletero. Apenas sobraban unos pocos centímetros entre la camilla, los asientos delanteros y la puerta de atrás. Callie seguía inconsciente, y su respiración era todavía superficial. Del oído aún salía sangre. Volví a comprobar si sus pupilas reaccionaban, y por suerte así era. Recé para llegar a tiempo al hospital.

—Haz todo lo que puedas para que no haya traqueteos —indiqué a Claude cuando arrancó el motor.

Enseguida estábamos en medio de la carretera inundada, pero apenas lo noté. Toda mi atención estaba puesta en Callie, deseando que despertara, que se moviera. El brazo seguía hinchándose. Me hubiera gustado que Claude condujera más rápido, pero en esas condiciones era imposible. Las ráfagas sacudían el todoterreno; a veces reducíamos la marcha al pasar por zonas donde el agua casi llegaba al suelo del coche y salpicaba las ventanas. Rogué por que hubiera un neurólogo esperando en urgencias, y deseé que el hospital local tuviera sección de traumatología. El siguiente más próximo era Vidant, en Greenville, a una hora como mínimo de distancia con buen tiempo; pero ese día dudaba que una ambulancia siquiera pudiera ir hasta allí. Y un helicóptero quedaba descartado.

Claude me avisaba a gritos cuando tenía que dar un rodeo o estaba a punto de hacer un giro, mientras seguía preguntando por Callie. Finalmente, en lo que pareció un trayecto interminable, entramos en el aparcamiento del hospital y nos dirigimos a urgencias. El estado de Callie parecía haberse deteriorado aún más. Ladré una orden a Claude:

—¡Diles que necesitamos una camilla y muchas manos para trasladarla!

Claude salió de un salto y corrió hacia el interior; casi al instante apareció una camilla acompañada de media docena de enfermeros y un médico. Salí por el maletero y recité lo que sabía de su estado. Callie fue trasladada a la camilla y transportada hacia dentro, rodeada de los enfermeros y el médico, que desaparecieron en la parte posterior de la sala de urgencias. Claude y yo los seguimos hasta detenernos en la sala de espera. Todavía sentía la descarga de adrenalina recorriendo mi cuerpo. Tenía la curiosa sensación de estar desvinculado, casi como si estuviera observando desde fuera mi propia vida.

En la sala de espera, la mitad de las sillas estaban vacías. Había una madre con dos niños pequeños, un pequeño grupo de gente mayor, una mujer obviamente embarazada, y un hombre con un cabestrillo improvisado. Aunque había actividad, no era una situación de caos, por lo que esperaba que eso favoreciese a Callie a la hora de recibir la atención necesaria.

Miré de soslayo a Claude y me di cuenta de lo afectado que seguía por lo ocurrido.

—Has hecho un buen trabajo conduciendo. Lo hiciste muy bien.

—Gracias. No creo que hubiéramos conseguido pasar una hora más tarde. Está todo inundado. ¿Crees que se pondrá bien?

—Eso espero.

—No crees que vaya a morir, ¿no?

—No lo sé —respondí, porque no quería mentir—. Estoy preocupado porque no recuperó la conciencia. Eso no es buena señal.

—Dios mío —dijo—. La pobre. Cualquiera pensaría que finalmente se merecería un respiro. Primero el fuego y ahora esto.

—¿Qué fuego?

—Su caravana se quemó en noviembre, no mucho después del Día de Acción de Gracias. Apenas consiguió salir a tiempo, y perdió casi todo lo que tenía, con excepción de la ropa que llevaba. Tardó un poco en conseguir un nuevo remolque. Cuando por fin se hizo con uno, le di algunos muebles viejos que tenía en el garaje. A pesar de todo, nunca faltó al trabajo. Ojalá la tienda pudiera ofrecerle un seguro médico. ¿Crees que el hospital se hará cargo de ella? Dudo que tenga ningún seguro.

—Legalmente están obligados a hacerlo. Y muchos hospitales cuentan con programas para la gente que no puede pagar. No sé qué sistema tienen aquí, pero estoy seguro de que resolverán esa cuestión.

—Eso espero —repitió—. Maldita sea. Todavía no me lo creo. Veo la caída una y otra vez en mi mente.

—¿Perdió el equilibrio y cayó?

—No —respondió—. Eso es lo más extraño.

—¿A qué te refieres?

—Estaba en el último escalón, colgando otro chaleco. Usaba un extensor y se estiraba para llegar al gancho, y entonces... de repente cerró los ojos y fue como si... se plegara sobre sí misma. Como si se desmayara.

De pronto, una campana de alarma se activó en mi cerebro al procesar las palabras de Claude.

—¿Estás diciendo que estaba inconsciente antes de caer y golpearse la cabeza?

—Eso es lo que me pareció. Recuerdo que justo antes la miré y pensé que estaba perdiendo la coordinación, como si estuviera desestabilizada o algo así. Un cliente se desmayó una vez en la tienda, y Callie tenía el mismo aspecto.

Sonaba creíble, y me pregunté qué podría significar. Un desmayo podría deberse a algo tan simple como la deshidratación o una baja presión arterial, pero en ocasiones era un síntoma de algo más serio. Se consideraba una emergencia médica en sí misma hasta que se determinara la causa. Recordé su palidez, y me pregunté si ambas cosas estarían relacionadas.

—Espera un momento —dije—. Tengo que explicárselo al médico.

Fui hacia la recepción, y la mujer detrás del mostrador me dio un fajo de papeles.

—Tenemos que registrarla —empezó a decir—. ¿Es usted un familiar?

—No —respondí—. No estoy seguro de que tenga familia en el pueblo, no sé mucho de ella. Pero trabaja para Claude, y tal vez él pueda empezar a rellenar los formularios —dije. Indiqué por señas a Claude que se acercase, y mientras tanto expliqué que quizás disponía de información adicional para el médico, y le pedí un folio. Garabateé una nota en la que repetía lo que Claude me había contado, y vi cómo la mujer se la pasaba a una enfermera y después regresaba al mostrador. Entretanto, Claude había tomado asiento y examinaba los formularios.

—No sé hasta qué punto puedo cumplimentarlos —masculló.

—Simplemente haga lo que pueda —respondió la mujer—. El resto se lo preguntaremos a ella más adelante.

«Espero que sea posible», fue lo único que se me ocurrió pensar.

Claude llamó a la tienda para hablar con Frank y pedirle que buscase el expediente personal de Callie para obtener algunos de los datos. Durante todo el proceso me quedé sentado en la sala de espera. Poco a poco, la adrenalina se iba esfumando y empecé a sentirme agotado. Seguía pensando en Callie en silencio, deseando lo mejor pero con una sensación de intranquilidad producida por el extraño y repentino presentimiento de que todavía no había pasado lo peor.

Dejé a Claude delante de la tienda tras volver a luchar contra la tormenta pasando por las múltiples carreteras inundadas y, finalmente, conseguí llegar a mi casa. Tras hacer un repaso rápido, me sorprendió gratamente comprobar que parecía que la lona estaba funcionando, deteniendo las goteras. Volvía a estar empapado, así que metí la ropa en la secadora, me puse un chándal y preparé otra cafetera.

Mientras acababa de hacerse el café, encendí el portátil para investigar un poco en algunos sitios web de medicina sobre posibles causas de desvanecimientos y otras dolencias que podrían explicar su palidez y las magulladuras. Había demasiadas posibilidades que considerar, algunas incluso potencialmente mortales, pero no sería posible establecer un diagnóstico definitivo hasta que le hicieran pruebas. Con todo, la principal preocupación era el trauma craneal. Tenía la esperanza de que ya le hubieran hecho un tac y estuvieran planeando las siguientes medidas.

Aunque no era asunto mío. Éramos desconocidos y, si su deseo de abandonar el coche aquella mañana antes de llegar a la tienda indicaba algo, tal vez ella prefiriera que siguiéramos siéndolo. Volví a preguntarme por qué la simple mención de sus padres había provocado una reacción tan violenta. Hasta entonces se había mostrado distante, y fue solo entonces cuando entró en pánico.

«Excepto por...»

De pronto recordé que le pasó lo mismo cuando intenté hablar con ella en su pausa para el almuerzo. Intenté acordarme de qué había dicho concretamente que le había molestado, pero solo podía recordar banalidades y estaba demasiado cansado como para seguir pensando en ello.

Tras servirme una taza de café, consulté varias páginas web de noticias y si había llegado correo. En su mayoría era publicidad que borré rápidamente, pero hacia el final abrí un *e-mail* de Marvin Kerman. Esperaba que la respuesta fuera negativa, pero resultaba que AJ había guardado los efectos personales de mi abuelo y quería enviármelos. Me pedía la dirección y la renuncia a cualquier demanda legal contra su cliente. Adjunto aparecía un formulario que debía firmar, que imprimí, escaneé y envié por fax a Kerman. Dependiendo de la prisa que se dieran en enviarme las cosas de mi abuelo, tal vez llegarían la semana siguiente.

Volvía a tener hambre, así que decidí prepararme un sándwich. Cogí un poco de pavo del frigorífico, y luego fui al armario a por pan. Al igual que mi abuelo, no solía tener demasiada comida en casa, pero, al sacar el pan, de repente recordé que había tirado todos los restos al mudarme. Y como si girara una llave, tuve una fuerte corazonada acerca de la identidad de la persona que había vivido en la casa de mi abuelo tras su muerte.

No podía estar absolutamente seguro, pero presentí que debía ser Callie. Había tirado a la basura un tarro casi vacío de mantequilla de cacahuete, algo que mi abuelo nunca tendría en casa porque era alérgico, pero que Callie comía cada día. Claude también había mencionado que Callie tenía casi una especie de trastorno compulsivo respecto a la limpieza y, aparte de la puerta trasera rota, la casa estaba prácticamente en perfecto estado cuando Natalie fue a echar un vistazo. Todo aquello podrían considerarse coincidencias, pero dada la amistad con mi abuelo, y que no tenía familia en la región, ¿dónde podría haber ido cuando se quemó su caravana? Eso explicaría además por qué había insistido tanto en recalcar que ella no había hecho nada malo cuando intenté hablarle durante su pausa del almuerzo; aquella manera categórica y asustadiza de desmentir cualquier posible sospecha tenía más sentido si había entrado realmente en la casa, puesto que era consciente de su culpabilidad.

Todo aquello sumado resultaba convincente, aunque no era una prueba irrefutable, pero durante los días que siguieron la certeza de que no me equivocaba fue en aumento, a pesar de que me preocupara por su estado de salud. Resultó que el lunes, justo tras mi sesión con Bowen, recibí una información inesperada que confirmaba que Callie, en efecto, había estado viviendo en la casa de mi abuelo.

Una mujer que se identificó como Susan Hudson, administradora del Departamento de Facturación del hospital, llamó a casa preguntando por mi abuelo. La informé de que había fallecido y de que yo era el familiar más próximo y, tras titubear un poco, finalmente me reveló el verdadero motivo de su llamada.

—Callie —me informó— está usando el último número de la seguridad social que tuvo su abuela.

15

*C*onocí a Susan Hudson a la mañana siguiente. Era una mujer de cabellos y ojos oscuros en la cincuentena, que parecía sortear las increíbles dificultades de su trabajo con relativo buen humor. Pasaba la mayor parte del día al teléfono discutiendo con las compañías aseguradoras, hablando con pacientes sobre deudas atrasadas variadas, o comunicando a la gente que sus planes de salud no cubrían uno u otro tratamiento, algo que a mí me habría hecho absolutamente infeliz. Sin embargo, fue muy amable y pareció aliviada al verme, algo que yo no había previsto. Por señas, me indicó que tomara asiento en una de las sillas frente a su mesa, y después hizo una llamada rápida para comunicarle a alguien que yo estaba allí. Menos de un minuto después, un médico entró en la oficina.

—Soy el doctor Adrian Manville —me dijo, tendiéndome la mano—. Soy el jefe del servicio médico.

—Soy el doctor Trevor Benson —repliqué, preguntándome por qué habría decidido unírsenos.

—¿Es usted médico? —preguntó.

—Cirujano ortopédico —contesté—. Estoy retirado. Espero no haber hecho nada que pudiera perjudicar a Callie al traerla yo mismo al hospital.

—En absoluto —respondió Manville mientras se sentaba—. Le agradecemos que haya accedido a venir.

—Sigo un poco confuso en cuanto a para qué me necesitan. —Miré a los ojos a Manville—. O por qué está usted aquí. Creía que se trataba únicamente de la cuestión del número de la seguridad social de mi abuela.

Susan alargó el brazo para coger un expediente situado al lado de su ordenador.

—No estábamos seguros de qué más podíamos hacer. Sé que no son familia, pero teníamos la esperanza de que usted pudiera arrojar alguna luz acerca de esta situación.

—¿Teníamos?

—Me refiero al Departamento de Facturación —aclaró—. El hospital. Nadie aquí sabe exactamente cómo deberíamos proceder.

—Dudo que pueda ser de ayuda. No sé nada de Callie, la he visto un par de veces y ni siquiera conozco su apellido.

—Bueno, nosotros tampoco.

—¿Perdone?

—No lleva ningún documento de identidad, y estamos teniendo problemas para verificar cualquier cosa sobre ella.

Mis ojos miraron brevemente a Manville, y luego volvieron a Susan.

—¿Sería posible que empezara desde el principio? Cuénteme qué es lo que saben.

—Por supuesto —comenzó Susan—. Tal como ya le mencioné por teléfono, Callie está usando el número de la seguridad social de su abuela. Lo cierto es que hemos tenido suerte de poder detectarlo. Su abuela fue paciente nuestra hace mucho tiempo, antes de que informatizásemos los registros. Hemos ido poniéndonos al día, pero eso lleva su tiempo, aunque en este caso el registro estaba actualizado. ¿Tiene alguna sospecha de cómo pudo esta paciente conseguir la tarjeta con el número?

—He estado pensando en ello, pero supongo que la encontró, o que mi abuelo se la daría.

El bolígrafo de Susan seguía sobrevolando el expediente.

—¿Por qué se la habría dado su abuelo?

—Porque siempre ha tenido debilidad por los desamparados. Por cierto, creo que ella también.

—¿Perdone?

—Alimentaba a los animales callejeros si se colaban en su propiedad —expliqué—. Tal vez Callie apareció de repente y él pensó que necesitaba su ayuda.

—Es ilegal permitir a alguien usar el número de la seguridad social de otra persona.

—Será difícil presentar cargos —comenté—. Como ya le dije al teléfono, mi abuelo falleció el otoño pasado.

Examinó el expediente y tomó algunas notas antes de dejar el bolígrafo a un lado.

—Es complicado, pero dado que el tratamiento de Callie entra en el programa de caridad que tenemos en el hospital, necesitaremos que sea sincera en el formulario de admisión. Hay ciertos requisitos de presentación de informes, y los documentos tienen que ser exactos.

—¿Han intentado preguntarle?

—Sí —contestó—. También el doctor Manville y otros administradores. Aparte de los médicos que la visitan regularmente. Al principio creímos que el traumatismo craneal le habría producido cierta confusión, pero cuando hablamos con su jefe, nos confirmó que era el mismo número de la seguridad social que ella le facilitó cuando la contrató. Además, la dirección que indicó en el formulario no existe. Tras informarla de estas cuestiones, dejó de responder a nuestras preguntas.

El doctor Manville se aclaró la garganta.

—Además, ha empezado a preguntar cuándo podrá irse, y eso también es preocupante, aunque por razones completamente distintas. ¿Está seguro de que no puede decirnos nada más de ella?

Negué con la cabeza, percatándome de que todo lo que había escuchado hasta el momento parecía bastante coherente con lo que sabía de Callie.

—Se llama Callie. Me dijo que no era de New Bern, pero no tengo ni idea de dónde vivía antes. Ahora vive en un parque para caravanas cercano a mi casa, y trabaja en el Trading Post de Slow Jim. —Hice una pausa, y dirigí mi mirada hacia el doctor Manville—. Pero me parece que el problema no es la facturación, sino que hay algo más, ¿me equivoco? Supongo que creen que existe la posibilidad de que haya una patología grave aparte de la lesión en la cabeza. Tal vez porque se desmayó antes de caer de la escalera, o por la palidez, o quizás porque han detectado algo en las pruebas.

Quizás sean los tres motivos sumados. Esa es la razón por la que les preocupa que insista en que le den el alta.

Fue una declaración, no una pregunta, y Manville se enderezó levemente en su asiento.

—Como bien sabe, hay cuestiones relativas a la confidencialidad. —Manville contestó con una evasiva—. No podemos divulgar la información médica de una paciente sin su consentimiento.

Eso era cierto, pero por su expresión al hablar deduje que mis suposiciones eran acertadas.

Susan se aclaró la garganta.

—Pensamos que usted podría hablar con ella, para que, como mínimo, se quede en el hospital lo suficiente como para recibir el tratamiento que necesita. Y también para conseguir información más precisa que pueda anotarse en su expediente, y evitar así que queden obligaciones financieras pendientes que pudieran atribuírsele en el futuro.

—¿No sería cualquiera de ustedes más adecuado para ello?

—Lo hemos estado intentando, pero insiste en que le demos el alta —contestó Susan—. Dice que se encuentra bien.

—Deberían hablar con Claude —aconsejé—. Callie trabaja para él, y la conoce mucho mejor que yo.

—Vino ayer —replicó Susan—. Fue la persona que en un primer momento rellenó los formularios y dejó su número, por lo que contactamos con él. No tuvo demasiada suerte al intentar hablar con ella: al igual que con nosotros, se negó a responder a ninguna pregunta, y entonces sugirió que probáramos con usted. Dijo que Callie conocía a su abuelo, y le caía bien, y que tal vez por eso usted podría entenderse con ella.

Obviamente Claude no sabía que casi me había gritado el mismo día que se cayó.

—Dudo mucho que esté dispuesta a confiar en mí.

—¿Podría, por lo menos, intentarlo? —insistió Manville—. Es importante desde el punto de vista médico. Por el bien de Callie. Comprendemos que no tiene ninguna obligación de ayudar, pero...

Pocos segundos después de que dejara la frase sin acabar, asentí finalmente. A mi abuelo le hubiera gustado que la ayudara, aunque no sabía en qué sentido. Puesto que había sido alguien importante para él, habría querido que yo la tratara de la misma forma.

—No puedo prometer que colabore, pero hablaré con ella.

—Gracias.

—Aunque con una condición.

—¿Cuál sería?

—¿Podrían facilitarme un formulario de autorización para consultar sus datos, para poder revisar su caso y hablar con los médicos?

—Sí, pero tendrá que convencerla usted mismo de que lo firme.

—Déjelo en mis manos.

Susan me ofreció un formulario, le pedí prestado el bolígrafo y me dirigí a la habitación de Callie, en la tercera planta.

En el interior de aquel hospital (al igual que me pasaría en cualquier otro), me embargó una sensación de *déjà vu*. En cuanto salí del ascensor, vi las mismas luces fluorescentes, el mismo suelo de baldosas moteadas, la misma pintura de color blanco roto en las paredes que recordaba de mi residencia, en Pensacola, e incluso en Kandahar. Seguí los letreros que indicaban los números de habitación, y mientras recorría el pasillo cavilaba sobre el enfoque que debía adoptar cuando estuviéramos cara a cara. Estaba seguro de que tanto Susan como Claude habían intentado hablar con amabilidad, al estilo «estamos aquí para ayudar», mientras que Manville y los demás médicos probablemente se habían decantado por un acercamiento del tipo «nosotros somos aquí los profesionales y deberías hacernos caso». Con todo, Callie seguía insistiendo en que le dieran el alta, a pesar de su enfermedad. ¿Pero por qué?

¿Quizás estaría enojada porque le estaban arrebatando su independencia?

Pensé que era una posibilidad. Pero me parecía más probable que Callie tuviera miedo y que estuviera huyendo de algo. Tal vez de su familia, de un novio o de la ley, pero estaba seguro de que huía. Imaginé que en cuanto saliera de allí se desvanecería en cuestión de horas. Partiría para empezar de cero en otro lugar. También era posible que usara de nuevo el número de la seguridad social de mi abuela. Personalmente, a mí me daba igual, pero estaba casi seguro de que acabaría teniendo problemas de nuevo. Estaba más preocupado por que acabara en otro hospital, y tal vez entonces sería demasiado tarde para ayudarla, si su estado era tan grave como la presencia del doctor Manville daba a entender. Al mismo tiempo, ya era lo bastante mayorcita como para tomar sus propias decisiones...

¿O tal vez no?

¿Era en realidad lo suficientemente adulta como para cuidarse sola? ¿O era una menor que había huido de casa?

Pasé al lado de la sala de enfermeras en busca de la habitación de Callie. Vacilé brevemente antes de entrar con paso firme. El televisor estaba encendido, con un programa de entrevistas, a poco volumen. Callie estaba en la cama, con el brazo escayolado y la cabeza vendada; conjeturé que le habían hecho una craneotomía para drenar el hematoma subdural. Estaba conectada a monitores y sus constantes vitales parecían correctas. Al verme, giró la cara deliberadamente, concentrándose de nuevo en la televisión. Esperé a que empezara a hablar, pero no dijo nada.

Fui hacia la ventana y me quedé mirando las vistas, los coches aparcados y las densas nubes. Aunque la lluvia por fin había cesado el día anterior, el cielo seguía plomizo, y se preveían más precipitaciones. Tras unos instantes, me aparté de la ventana y me senté en la silla más próxima a la cama. Callie seguía ignorándome, de modo que decidí tratarla como a cualquier otra paciente e ir directamente al grano.

—Hola, Callie —saludé—. Me han dicho que no estás respondiendo a algunas preguntas importantes y que quieres irte del hospital. ¿Es eso cierto?

Apretó los labios, pero esa fue la única señal de que me había oído.

—El personal del hospital está de tu parte, y no es buena idea ignorar lo que dicen. Supongo que además del brazo roto tienes acumulación de fluidos en tu cerebro, lo que significa que deben drenarlo. ¿Cómo te sientes?

Parpadeó, pero no dijo nada.

—Fue una caída muy mala. No sé si lo sabes, pero fui yo quien te trajo al hospital. ¿Recuerdas cómo pasó? Me han dicho que tal vez te desmayaste justo antes de caer.

Por fin se volvió hacia mí, pero ignoró la pregunta.

—¿Cuándo puedo salir de aquí?

—Las heridas en la cabeza tardan un poco en curar —proseguí—. Y no se deben tomar a la ligera.

—El doctor dijo que solo tendría que quedarme un par de días. Y ya llevo algunos más.

«Eso fue antes de saber que estás enferma», pensé.

—¿Piensas responder a las preguntas?

—Ya lo he hecho. —Su tono de voz era agresivo.

—No a todas. Y no estás diciendo la verdad.

Entrecerró los ojos.

—Vete. No quiero hablar contigo.

Seguí sosteniéndole la mirada. Tuve una corazonada y le pregunté:

—¿Ya te han hecho una biopsia de médula ósea?

Se llevó una de las manos hacia la cadera en un movimiento reflejo. Era el lugar más común para hacer una biopsia de médula ósea, por lo que me lo tomé como una respuesta afirmativa, aunque no hubiera contestado. Otra cuestión era si había recibido los resultados, pero en ese momento no necesitaba esa respuesta. En la mesilla al lado de la cama había una revista. La cogí para poner el formulario encima junto con el bolígrafo y me incliné hacia delante, para dejarlo todo a su lado sobre la cama.

—Necesito que me firmes este formulario —dije—. Es una autorización para consultar tus datos, y me da el derecho de hablar con los médicos, revisar las gráficas y analizar tu caso. Es como si fuera el defensor de tus intereses, si quieres verlo así. Lo creas o no, estoy aquí para ayudarte.

—No necesito tu ayuda.

—No lo sabes todavía. Puedo responder a tus preguntas, explicarte el diagnóstico, debatir las opciones de tratamiento con tus médicos. Tienes que ser sincera y contestar a lo que te pregunten. Y, por ahora, debes quedarte aquí.

—No puedes decirme lo que tengo que hacer.

—Creo que sí puedo. —Me recliné en la silla, manteniendo un tono de voz tranquilo—. Si te vas del hospital, pasará una de estas dos cosas: acabarás en otro hospital o terminarás en la cárcel.

—¡Me caí! —espetó—. Y no pedí que me trajeras aquí, lo hiciste por cuenta propia. Yo les habría dicho que no podía pagar.

—No se trata de la factura —dije—. Estás usando el número de la seguridad social de mi abuela. Eso es un delito federal. Además, rompiste la puerta de detrás de mi casa para poder vivir allí cuando se quemó tu caravana. Eso es allanamiento de morada, o sea, que entraste ilegalmente. También puedo intuir que eres menor y te has escapado de casa. —Hice una pausa—. Pero no diré nada de eso si llegamos a un acuerdo. ¿Hay trato?

La verdad es que no tenía ni idea de que esa información podría interesarle a la policía, con excepción de la posibilidad de que se hubiera fugado, de lo que ni siquiera estaba seguro. Pero si el acercamiento amable o la preocupación profesional no funcionaban para conseguir una actitud más cooperativa, había que probar con las amenazas. Saqué el móvil del bolsillo, asegurándome de que lo viera bien.

—Llamaré a la policía desde aquí mismo —anuncié—. Puedes escuchar, si quieres.

Al ver que volvía a concentrarse en la televisión, proseguí.

—No fue muy difícil averiguarlo. Lo único que no sé a ciencia cierta es cómo llegaste a conocer a mi abuelo. ¿Estabas pasando por la casa algún día de noche? ¿Quizás estaba lloviendo, o simplemente estabas agotada y viste el granero? Te colaste allí, viste el camastro, el mismo que yo también conozco, y pasaste la noche. Tal vez más de una, pero supongo que mi abuelo, al final, te encontró. Y, en lugar de echarte, probablemente te dio algo de comer. Puede que incluso te dejase quedarte una o dos noches en la habitación de invitados. Así era él. Después de aquello, empezaste a confiar en él. Pero encontraste la tarjeta de la seguridad social en una caja debajo de la cama. Tras ayudarle con la miel, mi abuelo le propuso a Claude que te contratara, y tú usaste el número de la seguridad social de mi abuela. Después mi abuelo murió. Cuando se quemó tu caravana, entraste en la casa por la puerta de atrás y te quedaste hasta que pudiste alquilar otra. Comiste sándwiches de mantequilla de cacahuete y mermelada y manzanas, limpiaste la casa y usaste velas porque la luz estaba dada de baja. ¿Qué te parece mi resumen?

A pesar de que no respondió, abrió los ojos como platos, y eso me confirmó que había acertado bastante.

—También sé lo que estás pensando ahora mismo: en cuanto me vaya te irás como un rayo del hospital. En tu estado, supongo que no llegarías muy lejos. Sobre todo porque les explicaré a las enfermeras cuál es tu plan, y estaré esperando abajo a que llegue la policía. —Hice una pausa para ver cómo iba calando todo aquello en ella, y después me incliné hacia adelante y di unos golpecitos con el dedo en el formulario—. Tienes otra opción: firmar esto, ser más cooperativa con el personal del hospital y aceptar que te quedarás aquí hasta que mejores. En ese caso, no llamaré a la policía. —Al ver que no hacía amago de tocar el formulario, alcé el móvil al aire—. Estoy perdiendo la paciencia —dije, clavándole una mirada que le hizo saber que iba en serio.

Finalmente, cogió el formulario a regañadientes y garabateó su nombre en la parte inferior.

—No robé el número de la seguridad social de tu abuela —dijo, dejando a un lado el bolígrafo—. Tu abuelo me lo dio.

«Tal vez —pensé—. Tal vez no.»

—¿De dónde eres, Callie?

—Florida —respondió, casi demasiado rápido. Fuera de donde fuera, no era de Florida.

—¿Cuántos años tienes?

—Diecinueve.

«Ni de broma», pensé. Me acordé de su reacción cuando le pregunté por sus padres.

—¿Tienes algún familiar con el que quieras que me ponga en contacto?

Giró la cara.

—No —dijo—, ninguno.

Nuevamente, no podía creerla.

Llevé el formulario firmado a la sala de las enfermeras, que me prometieron incluirlo en el expediente médico de Callie. Averigüé los nombres de los otros médicos que la visitaban, una de ellas oncóloga, lo cual no hizo más que agravar mi preocupación, y cuándo hacían su ronda. Les hice saber que regresaría más tarde para hablar con la oncóloga, si era posible. Después volví a la habitación de Callie y estuve con ella un rato. Le pregunté por sus libros y películas favoritas, intentando charlar de banalidades, pero pronto me di cuenta de que no quería tener nada que ver conmigo, y al final la dejé sola.

Para entonces, las nubes volvían a descargar y me abrí camino hasta mi coche atravesando los charcos. Ya en casa, me hice un almuerzo tardío, leí sobre biopsias y trasplantes de médula ósea, y después, para matar el tiempo, llamé a la empresa de reformas que había contratado. Les dije que quería que empezasen con el tejado en cuanto me fuera a Baltimore, y que esperaba que les diera tiempo de prepararlo todo. La lona aguantaría como mucho hasta entonces.

Pensé en las mentiras que Callie me había dicho, especialmente en la última. Seguro que tenía familia. Sospechaba que, como mínimo, uno de sus padres seguiría vivo, pero aunque no quisiera hablar con ellos, ¿sería posible que no hubiera nadie más? ¿Hermanos, tíos, abuelos? ¿Ni siquiera un amigo o un profesor favorito? ¿Nadie? Cuando la gente estaba en el hospital, casi siempre querían el apoyo de las personas a las que querían; y cuando se enfrentaban a alguna patología potencialmente mortal, ese deseo era algo prácticamente universal, que casi parecía integrado en la naturaleza humana, lo cual me hizo pensar que debía haberle pasado algo horrible para que llegase a repudiar a su familia.

Por supuesto, era posible que tuvieran una relación terrible, incluso de maltrato. En ese caso, podía entender su negativa ante la idea de verlos o hablar con ellos, pero en función de lo que dijera la oncóloga, su vida podría estar en riesgo y deberíamos pedirles que viniesen por mucho que ella no lo quisiera.

Las horas pasaron lentamente el resto del día, pero al final llegó el momento de volver al hospital. Me dejé caer por el Trading

Post para tomar un café y hablar un poco con Claude. Él tampoco tenía ni la menor idea de qué pasaba con Callie, o de por qué no quería responder a ninguna pregunta. No mencionó en ningún momento el hecho de que Callie hubiera usado un número de la seguridad social falso, y me planteé si le habrían puesto al corriente, aunque imaginé que seguramente no.

Un poco más tarde, mientras empujaba las puertas de entrada del hospital, me di cuenta de algo más: desde que Callie se cayó de la escalera, mis manos no temblaban ni me había sentido crispado. No me había costado conciliar el sueño y me sentía más bien como si fuera mi viejo yo otra vez. Era como si al intentar salvar a Callie, de algún modo, me estuviera salvando a mí mismo.

Los médicos todavía no habían empezado a hacer sus rondas y me dispuse a esperar. La mayoría de ellos tenían consultas en el pueblo y no salían hacia el hospital hasta concluir con el último paciente. Las enfermeras de guardia me describieron a la doctora Mollie Nobles, la oncóloga de Callie: era rubia, con ojos azules, y llevaba una melena corta por encima de los hombros, por lo que era casi imposible confundirla. Me dijeron que el neurólogo tal vez no haría acto de presencia, porque ya había pasado por la mañana.

Tomé asiento en el vestíbulo más próximo al ascensor de la planta donde estaba Callie, y observé a la gente pasando a mi lado en ambas direcciones, mientras advertía la discreta eficiencia de las enfermeras en su apresurado ir y venir por las habitaciones. Siempre he pensado que las enfermeras están infravaloradas. Pasó media hora, y luego una entera, pero después de un par de años sin hacer prácticamente nada, había aprendido a esperar. Uno a uno, empezaron a salir del ascensor algunos médicos, aunque los primeros cuatro no se contaban entre los que necesitaba. Como el excelente detective que soy, percibí que todos ellos eran hombres.

La rubia con ojos azules y corta melena salió del ascensor pocos minutos después, con pinta de tener prisa, y unas cuantas carpetas en la mano.

—¿Doctora Nobles? —pregunté, mientras me ponía en pie.

Ella se volvió hacia mí.

—¿Sí?

—Me gustaría hablar con usted sobre Callie. —Me presenté, y le indiqué que había un formulario de autorización registrado—. Sé que está ocupada, y que probablemente tendrá muchos pacientes que visitar, pero realmente desearía que me dedicara unos minutos de su tiempo.

—¿Está con Callie?

—Más o menos —respondí elusivamente—. Por ahora sí.

—¿Hasta qué punto la conoce?

—No demasiado bien. He estado con ella esta tarde, pero no soy familiar suyo. Ni siquiera creo que me considere un amigo. Pero es importante que le explique su situación.

—¿Quién es usted?

Le expliqué mi relación con Callie, sin pasar por alto que también soy médico, y se repitió la misma escena que compartí con el doctor Manville.

Al concluir mi relato, miró en dirección a la habitación de Callie, y de nuevo hacia mí.

—Sí —dijo finalmente—. De acuerdo. ¿Ha dicho que el formulario está en el archivo? —Asentí, y ella prosiguió—: Tendré que comprobarlo, ¿quiere que quedemos en su habitación dentro de unos minutos?

—¿Sería posible que pudiéramos hablar en privado?

Echó un vistazo al reloj e hizo un rápido cálculo mental.

—Está bien, pero no dispongo de demasiado tiempo. Esta noche tengo la agenda llena —explicó—. Vayamos al vestíbulo.

Tras verificar el archivo en el ordenador de la sala de las enfermeras, bajamos hasta el vestíbulo y nos sentamos al lado de una mesa pequeña.

—¿Qué puedo hacer por usted? —preguntó.

—Me gustaría saber si ya tienen los resultados de la biopsia de médula ósea.

—Si no la conoce apenas, ¿cómo sabe que le han hecho una biopsia de médula ósea? ¿Y por qué le ha autorizado para hablar conmigo?

—Le hice chantaje.

—¿Perdone?

—La amenacé con llamar a la policía. Es una larga historia, pero espero que eso sirva para se quede hasta que esté mejor. Y de momento podemos hablar.

—El chantaje podría invalidar la autorización.

—O tal vez no. No soy abogado. No obstante, el formulario se encuentra archivado, de modo que técnicamente no puede tener problemas.

Aunque no parecía convencida, al final hizo un gesto con la cabeza, como desestimando sus dudas.

—La verdad es que puede que hablar con usted sea una ventaja. Hasta ahora ha sido una paciente difícil y no estoy segura de cómo abordarla.

—¿En qué sentido?

—Tengo la sensación de que nada de lo que me ha contado es cierto.

«A mí me pasa lo mismo», pensé.

—No puedo ayudarle en ese sentido. Me interesa más su estado de salud.

—¿Qué quiere saber?

—¿Podría hacerme un rápido resumen de su caso? Solo lo más destacado.

—Para algunos detalles tal vez sería mejor que hablara con el neurólogo o el ortopeda.

—Lo haré si hace falta —respondí.

Ella asintió con la cabeza.

—Como ya sabe, ingresó con un traumatismo craneal y fracturas abiertas en el brazo. El tac mostró un hematoma subdural. Estuvo inconsciente intermitentemente, y vigilamos su estado de forma exhaustiva a la espera de que la tormenta amainara. En el hospital normalmente no se hacen operaciones en el cráneo, sino que transferimos a los pacientes. Pero los helicópteros no podían salir, las carreteras seguían inundadas, y nos preocupaba que el hecho de trasladarla fuera aún más arriesgado. Entretanto continuó la acumulación de fluido, y su estado iba empeorando. Finalmen-

243

te tomamos la decisión de llevar a cabo la craneotomía en nuestro hospital, y afortunadamente un neurocirujano de Vidant pudo llegar hasta aquí a pesar del temporal. La operación salió bien. La confusión y el aturdimiento de Callie remitió casi de inmediato, y desde entonces ha estado consciente. Puede pronunciar bien las palabras y además ha recuperado la función motora en su totalidad.

—Parecía estar bien cuando hablé con ella.

—Yo pensé lo mismo ayer. Pero debería hablar con el neurólogo si desea más información sobre estos temas. Mi impresión es que parece bastante seguro de su recuperación.

—¿Y su brazo?

—El ortopeda pudo por fin examinarla el domingo, aunque resultó bastante complejo y nos llevó más de lo que esperábamos. Pero nuevamente dijo que había ido bien y que es optimista. Con todo, es mejor que hable con él directamente sobre ello.

Al ver que no añadía nada más, pregunté:

—¿Algo más?

—Como puede imaginar, hay muchos médicos y especialidades involucradas. Urgencias, neurología, ortopedia, y ahora oncología.

—¿Cuándo la vio usted por primera vez?

—El domingo por la noche —dijo—. Antes de iniciar cualquier tratamiento, se le hicieron las pruebas habituales y vimos algunas irregularidades en los análisis de sangre. Tenía bajos niveles de glóbulos rojos, leucocitos y plaquetas, y necesitaba una transfusión. Puesto que no se detectó ninguna hemorragia interna, nos preocupaba que pudiera tener leucemia, por eso estoy aquí.

—Eso explica la biopsia de médula ósea.

—Han sido unos cuantos días de actividad frenética, muchos médicos y procedimientos, y todos hemos pasado tiempo con ella, constatando que hay un problema añadido.

—¿De qué se trata?

—A cada uno le cuenta algo distinto —contestó Nobles—, y nadie sabe la verdad. Para empezar, dice que tiene diecinueve años, pero no lo creo. Parece que tenga quince o dieciséis. También me dijo que sus padres murieron en un accidente de coche el año pasado, que no tiene a nadie más, y que desde entonces ha estado sola. Pero al ortopeda le dijo que murieron en un incendio. No tiene sentido.

—Tal vez estaba confusa.

—Al principio tal vez, pero no el domingo: estaba bien, podía sumar, sabía quién era el presidente, en qué día de la semana estábamos, y todo lo demás que se suele comprobar. Durante esa ronda de preguntas mencionó además que era de Tallahassee.

—A mí también me dijo que era de Florida.

—Yo soy de Tallahassee —enfatizó Nobles—. Crecí allí, fui a la Universidad Estatal de Florida, y he vivido allí casi toda mi vida. Cuando le pregunté a qué instituto había ido, simplemente por seguir charlando, me dijo que al George Washington. Nunca había oído hablar de ese centro, por lo que saqué el móvil y comprobé que no existe. Le pregunté por otros lugares, el parque Alfred Maclay Gardens, o el refugio de fauna salvaje St. Marks, y aunque dijo conocerlos, me di cuenta de que era mentira. Entonces le pregunté si de verdad era de Tallahassee, y después de eso dejó de responder a mis preguntas. Pero necesito saber si tiene familia, y no quiere decírmelo. Tarde o temprano va a necesitar un trasplante de médula ósea, o no podremos hacer nada por ella. Tenemos que encontrar a algún familiar.

—¿Cómo de grave es la leucemia?

—Perdone —dijo negando enseguida con la cabeza—. No me he expresado con claridad. Callie no tiene leucemia. La biopsia indica que tiene anemia aplásica.

—¿Eso es peor que la leucemia?

—Más o menos igual de grave. Básicamente tener la anemia aplásica significa que no se producen suficientes glóbulos rojos. En su caso, la enfermedad está muy avanzada, por eso su situación es crítica. Pero antes de continuar, ¿qué sabe usted de trasplantes de médula ósea?

—No tanto como usted, obviamente.

Sonrió.

—Puede ser muy complicado encontrar un donante adecuado, pero fundamentalmente en primer lugar se intenta buscar donantes con idénticos antígenos leucocitarios humanos. Hay seis antígenos básicamente, y todos deben coincidir en un donante óptimo. Cinco no es tan bueno, cuatro sería una posibilidad pero es más arriesgado, y así sucesivamente. De todos modos, cuando tuve los resultados de la biopsia, consulté nuestro registro de médula ósea para compararlo con los antígenos de Callie, y los más coincidentes son un par de posibles donantes con tres de sus antígenos. Necesita un mejor donante, y eso normalmente implica a la familia.

—¿Lo sabe Callie?

—No —respondió—. Los resultados llegaron esta misma tarde. Sí sabe que es posible que necesite un trasplante. Ahora voy a explicarle los resultados, y espero que me cuente algo de su familia. Me refiero a que me parece increíble que no tenga familia. Es demasiado joven para no tener a nadie, ¿no cree?

Aunque estaba de acuerdo con ella, pensé en mis conversaciones anteriores con Callie.

—¿Qué sucedería si no le cuenta nada de sus familiares? ¿O vuelve a negar que siquiera existan?

—Entonces solo nos quedaría rezar porque aparezca otro posible donante.

—¿Cuánto tiempo podría esperar?

—No podemos determinarlo con seguridad. Existe una medicación para su enfermedad y podemos mantenerla con vida con transfusiones, pero tendría que seguir con el tratamiento de forma constante. No cuenta con un seguro para esa clase de atención a largo plazo. Necesita un trasplante. Y además tiene que ser sincera para poder trasladarla a Vidant, en Greenville. No podrá ingresar allí si sigue con engañándonos.

—¿Por qué tienen que trasladarla?

—Aquí no hacemos radioterapia —continuó—, pero eso no es un problema grave. Ya me he puesto en contacto con Felicia Watkins, una oncóloga de Vidant, y ya está examinando el expediente de Callie. He trabajado con ella en el pasado y es una profesional magnífica. Si encontramos un donante, Callie estará en buenas manos.

—Me alegro de saberlo. Me gustaría que me informara de la reacción de Callie.

—¿Se quedará en el hospital un rato?

—Sí —contesté—. Esperaré aquí.

La doctora Nobles anotó mi número y me dijo que me llamaría en breve. Decidí esperar en la cafetería, donde pedí un café, mientras pensaba preocupado en Callie.

¿Qué edad tenía? ¿De dónde era? ¿Qué relación tenía exactamente con mi abuelo, y por qué la había ayudado? Pero más importante aún era saber si sus padres estaban vivos y si tenía hermanos. ¿Y por qué mentía o se negaba a contestar, si su familia era tal vez la única posibilidad de salvar su vida?

Había que tener en cuenta que hasta ese momento no sabía los resultados de la biopsia, ni que no había donantes con el grado suficiente de coincidencia en los registros. Tal vez había sido tan testaruda porque estaba convencida de su recuperación, pero si a partir de ahora seguía guardando silencio, ¿qué opciones teníamos?

¿Qué podía ser peor que morir? No encontraba ninguna respuesta, así que me planteé la pregunta desde la perspectiva de Callie, con una leve variación. «Prefiero morir que vivir con...», y el final de la frase ofrecía muchas más posibilidades: «con mi padre», o «con mis padres», «mi tío, que es un maltratador», y la lista podía ser interminable, lo cual podría explicar sus reticencias.

Pero... ¿sería eso realmente?

Incluso aunque no tuviera diecinueve años, y fuera una menor en situación de maltrato, ¿sabía que podía acudir a un juez y solicitar su emancipación? Ya hacía como mínimo casi un año que vivía sola, tenía un trabajo, un lugar donde vivir, y pagaba sus facturas. Era más independiente que muchas personas que sí eran adultas. No tenía que vivir con nadie, pensé.

Incapaz de satisfacer a mi mente con una respuesta, acabé el café y volví al mostrador para comprar una manzana. Mientras la saboreaba, mi cerebro hizo una pausa y observé el ir y venir de la gente en la cafetería. Al cabo de un rato recibí un mensaje de la

247

doctora Nobles, que me preguntaba si seguía en el hospital. Cuando respondí que estaba en la cafetería, me dijo que la esperara allí, que solo tardaría unos minutos.

En silencio, de pronto me di cuenta de que conocía en parte la respuesta a la pregunta que había parafraseado anteriormente. Aunque no lo sabía todo, ni el porqué, y eso me hacía sentir como si estuviera atrapado en una poderosa corriente, que me arrastraba hacia un destino desconocido.

La doctora Nobles acudió a mi mesa pocos minutos después.

—¿Qué tal ha ido? —pregunté.

—Le he explicado los resultados y la gravedad de la situación, así como todas las opciones posibles desde el punto de vista médico —dijo, con voz cansina—. Todo, los riesgos, el procedimiento necesario, las consecuencias. Todo. También le he preguntado cuándo y dónde murieron sus padres, para poder buscar algún pariente, y de nuevo se mostró muy inquieta, como si supiera que la había pillado en una mentira. Ha vuelto a insistir en que es lo bastante mayor como para tomar sus propias decisiones, y cuanto más la he presionado, más obstinada estaba en esperar a que apareciera un donante más adecuado. Espero que usted tenga más suerte.

—¿Por qué cree que me dirá algo a mí, si no ha querido hablar con usted?

—No lo sé —respondió Nobles, masajeándose las sienes—. Quizás pueda volver a chantajearla.

El horario de visita estaba a punto de concluir cuando llegué a la habitación de Callie. Esta vez la puerta estaba abierta. El televisor seguía encendido a todo volumen, y Callie volvió intencionadamente la mirada hacia la pantalla. Era bastante predecible.

Me senté de nuevo en la silla y me incliné hacia delante, juntando las palmas de las manos. Decidí ir a por todas, con toda la artillería, aunque fuera una apuesta arriesgada.

—Así que eres una mentirosa. Tus padres están vivos.

Se estremeció antes de volverse hacia mí y supe que tenía razón.

—Vete.

—Debería haberlo adivinado —dije, ignorándola—. Las personas que violan la ley, como tú, no suelen ser sinceras desde el principio. Pero ¿por qué has mentido sobre tus padres, diciendo que están muertos? ¿Por qué mentiste y dijiste que no podía contactar con nadie de tu familia? —Sabedor de que no contestaría, proseguí—: He estado pensando en los posibles motivos para mentir al médico y contar que tus padres están muertos, pero ninguno me parece tener sentido. Incluso si mi padre fuera el hombre más horrible del mundo, me gustaría que le hicieran una prueba para ver si puede salvarme. Aunque solo fuera para estar seguro de que seguiría con vida, sano y capaz de escupirle a la cara después. Pero si no es un tipo tan horrible, ¿cómo crees que se sentirá si mueres y descubre que podía haberte ayudado?

No dijo nada.

—¿Qué hay de tu madre? ¿Es un monstruo también? En ese caso, ¿por qué te sacrificas? ¿No sería eso darle exactamente lo que quiere? Pero si no es tan mala, ¿no crees que le importará si te mueres?

Parpadeó, y decidí seguir mi intuición aún más allá.

—Hablemos de tus hermanos. ¿Qué pasa con ellos? ¿No crees que podrían sentirse culpables, si se enteran de que uno de ellos podía haberte salvado?

—No les importaría —insistió, su voz como un gruñido ronco.

«Bingo.» Tenía hermanos, lo cual convertía su reacción en algo mucho más interesante.

—¿Y tú qué piensas? ¿No te importa si vives o mueres?

—No voy a morirme.

—Necesitas un trasplante de médula ósea.

—Lo sé. La doctora Nobles me lo ha dicho.

—¿No tienes ninguna duda al respecto?

—No.

—Entonces, eres consciente de que a menos que encontremos rápidamente un buen donante, puede que no haya nada que puedan hacer para salvar tu vida.

—Encontrarán un donante.

—¿Y si no es así? ¿Qué pasará?

Esta vez no respondió.

—Sé que estás asustada —dije, rebajando el tono—. Pero sea lo que sea que pasó con tu familia, no vale la pena morir por ello. Pero de eso se trata, ¿no? Prefieres morir que vivir con... contigo misma. Por algo que hiciste.

Callie hizo una rápida inhalación, y esperé un poco antes de proseguir.

—Sea lo que sea, no puede ser tan malo. Estoy seguro de que no quieren que te mueras.

Empezaban a brillarle los ojos, húmedos.

—¿Qué te parece esta otra opción? Si no quieres verlos, estoy seguro de que el hospital puede organizarlo de forma que no tengas que hacerlo. Solo necesitamos realizarles una prueba, no tienen ni que venir aquí para ello. Lo único que debes hacer es decirme cómo puedo contactar con ellos.

Guardó silencio con las rodillas pegadas al cuerpo y en ese momento vislumbré a la solitaria vagabunda que mi abuelo debió haber reconocido cuando la encontró en el granero.

—No voy a dejar que te mueras —dije.

Curiosamente, me di cuenta de que lo decía en serio, pero Callie simplemente desvió la mirada hacia otro lado.

Por lo que sabía, solo tenía dos opciones para ayudar a Callie: podía llamar a la policía o podía intentar encontrar a su familia yo mismo. Pero ¿acaso la policía podría hacer algo si ella se negaba a contestar a sus preguntas? A menos que sus huellas dactilares estuvieran archivadas en algún sitio, no tendría por qué estar en ninguna base de datos; si insistía en explicarles que era una adulta, puede que se desentendieran del caso. Después de todo, ¿qué crimen estaba cometiendo? Supuse que podría contarles lo del número de la seguridad social y que entró en la casa sin permiso, pero no quería buscarle problemas si no era necesario. Al igual que sus médicos, simplemente deseaba que se pusiera bien. Llegados a un extremo, haría esa llamada, pero cuando me levanté a la mañana siguiente decidí probar antes otras opciones.

Poco después del amanecer subí al coche. No había nadie en la carretera y, afortunadamente, el cielo por fin estaba despejado. Al pasar por el parque de caravanas examiné los tráileres. Seis de ellos parecían habitables, y había coches aparcados delante de cuatro de los remolques. Puesto que sabía que Callie iba caminando a todas partes, supuse que vivía en una de las otras dos caravanas. Por suerte no había ni rastro del rabioso perro feroz con dientes de tiburón.

Volví a casa, esperé hasta media mañana y después pasé de nuevo por el parque de caravanas. De los cuatro vehículos que había visto aparcados antes, tres ya no estaban. Me pareció que era una señal propicia para poder fisgonear sin que nadie advirtiera mi presencia. Si alguno de los habitantes del lugar me preguntara, les diría que Callie me había pedido que le llevara algunas de sus cosas al hospital.

Avancé lentamente por una vieja pista forestal situada un poco más arriba en la carretera y, tras aparcar, empecé a retroceder hacia el parque de caravanas. Comenzaba a hacer calor: el tiempo loco de finales de primavera de repente quería ser verano. La humedad era sofocante y podía notar cómo la camisa empezaba a pegarse a mi espalda debido al sudor. Me dirigí hacia la primera de las dos caravanas que había visto antes, intentando esquivar las gallinas que aparecían de vez en cuando. Se encontraba en la zona más apartada, cerca de los restos chamuscados de la anterior residencia de Callie, y no vi ninguna luz en su interior. Al acercarme vi una parrilla en la parte delantera, unos patines en línea en el porche, y un carrito de bebé lleno de juguetes de plástico. A menos que Callie tuviera niños, cosa que dudaba, esta no era la suya.

Me dirigí hacia la siguiente caravana. Al cambiar de rumbo, vi una figura saliendo de otro de los remolques, el que tenía un coche aparcado enfrente. Se trataba de un anciano ataviado con un mono de trabajo y pude sentir sus ojos clavados en mi espalda mientras pasaba a su lado. Alcé la mano para saludar, intentando que mi presencia en ese lugar pareciera algo natural. En lugar de devolverme el saludo, frunció el ceño.

Al aproximarme a la que creía que sería la caravana de Callie, empecé a tener un buen presentimiento. No había cortinas en las ventanas, ni juguetes afuera, tampoco macetas ni móviles de viento, o piezas de motor, algo típico en los otros remolques. En efecto parecía la clase de lugar donde viviría una chica que apenas tenía dinero para pagar las facturas y no había tenido tiempo de acumular casi nada.

Eché un vistazo por encima del hombro y comprobé que el hombre que había visto antes ya no estaba; probablemente había regresado al interior de su caravana. Tenía la esperanza de que no me estuviera observando mientras me acercaba furtivamente hacia una de las ventanas para escudriñar el interior, donde pude ver una pequeña cocina, funcional y extremadamente limpia. No había platos o cubiertos en el fregadero, ni en la encimera, y tampoco vi ninguna mancha de líquidos derramados en el suelo. En una de las esquinas vi tarros de mantequilla de cacahuete y mermelada alineados perfectamente al lado de una barra de pan.

Me desplacé rápidamente hacia otra ventana y vi un sofá futón y un par mesillas desparejadas, tal vez las que le había dado Claude. También había una lámpara, pero, aparte de eso, era el lugar más espartano que uno se podría imaginar.

Deambulé alrededor del tráiler en busca de otras ventanas, pero no encontré ninguna más. Siguiendo un impulso, probé el picaporte y me sorprendió verlo girar en mi mano. Al salir hacia el trabajo Callie no había cerrado la puerta con llave. Pero de todos modos no parecía que hubiera nada que valiera la pena robar.

Vacilé. Una cosa era husmear a través de las ventanas y otra muy distinta entrar dentro de su casa. Me recordé a mí mismo que Callie había entrado sin permiso en la casa de mi abuelo, y que yo necesitaba todavía algunas respuestas, por lo que empujé la puerta y entré.

No me llevó mucho tiempo inspeccionar la caravana. No había siquiera una cajonera; en su lugar, la ropa parecía apilada contra la pared. En el armario encontré algunas blusas y pantalones colgados en perchas y dos pares de zapatos. En el estante superior había una sudadera gastada de los Bulldogs de la Universidad de Georgia, pero casi todo lo demás parecían hallazgos de una tienda de segunda mano.

No había fotografías, ni revistas o agendas, pero en la pared de la cocina encontré un calendario colgado de la pared con ilustraciones de atracciones turísticas de Georgia (incluido el desfiladero de Tallulah y las cataratas de Raven Cliff), con sus turnos de trabajo prolijamente marcados, además de unas cuantas fechas señaladas en rotulador rojo: el cumpleaños de «M» en junio, el de «R» en agosto, el de «T» y «H» en octubre, el de «D» en diciembre. Eran las iniciales de personas a las que ella conocía, pero no había nada que me diese alguna pista.

Rebusqué en los cajones y armarios de la cocina, y luego en los del baño. De nuevo, la austera ausencia de objetos no aportaba gran cosa. Busqué un teléfono, con la esperanza de encontrar un contestador automático, pero fue en vano.

No tengo ni idea de cuánto tiempo estuve en el remolque. Miré receloso por la ventana de la cocina en dirección al lugar donde antes había visto al anciano. No quería que me viera salir de la caravana, pero por suerte no volvió a asomarse.

Salí rápidamente por la puerta delantera con la esperanza de conseguir hacer una escapada limpia, pero al instante advertí la presencia del coche de color granate con la palabra «*sheriff*» estampada en las puertas. Se me giró el estómago.

Apenas un minuto más tarde me sentí aún peor, al ver a Natalie saliendo del coche. Durante un buen rato, mi única reacción fue mirarla fijamente.

16

Si yo estaba asombrado de verla, ella parecía igualmente atónita. Cuando por fin salió de detrás de la puerta del coche abierta me acordé del aspecto que tenía la primera vez que la vi. Ahora, de pie ante ella, me parecía que había pasado una eternidad.

—¿Trevor? —preguntó mientras cerraba la puerta del coche.

—Natalie —contesté, cuando por fin me volvió a salir un hilo de voz.

—¿Qué estás haciendo aquí? Tenemos una llamada que denuncia un posible robo en un remolque.

«El viejo.»

—¿Te refieres a esto? —señalé con un gesto la caravana de Callie—. No he robado nada.

—¿Acabas de entrar sin permiso en su casa? Te he visto salir del remolque.

—La puerta no estaba cerrada.

—¿Y has entrado?

—Me alegro de verte, por cierto.

—Esta no es una visita de cortesía.

—Lo sé —dije, suspirando—. Supongo que debería explicarte qué estaba haciendo.

Por encima de su hombro pude ver al anciano salir al porche delantero de su caravana. Una parte de mí quería agradecerle que fuera un ciudadano tan cumplidor.

—¿Y bien? —preguntó.

—La chica que vive aquí se llama Callie. Ahora mismo está en el hospital. Por eso he venido, para comprobar algunas cosas.

—¿Sabe que estás aquí?

—No exactamente.

—¿No exactamente? —frunció el ceño—. ¿Qué es lo que estabas comprobando?

—Estoy intentando ayudarla y es la única forma que se me ha ocurrido.

—¿Me estás respondiendo con evasivas intencionadamente?

Detrás de Natalie, el anciano había abandonado el porche y se acercaba lentamente a nosotros, sin duda con tanta curiosidad como la que demostraba Natalie.

—¿Hay algún lugar donde podamos hablar en privado?

Por primera vez, advertí una sombra de vacilación en su mirada.

—No creo que sea buena idea. Primero necesito saber qué está pasando aquí.

Obviamente, Natalie intuía que además de darle una explicación sobre Callie, intentaría hablar con ella sobre el modo en que nos despedimos. Y, en efecto, esa era exactamente mi intención, si tenía la oportunidad.

256

—Ya te he dicho lo que estoy haciendo. Hay una chica en el hospital y necesita mi ayuda. Solo he venido aquí para eso.

—¿Cómo vas a ayudarla si ni siquiera sabe que estás aquí?

—Por favor —dije—, no quiero hablar con público delante. —Señalé con un movimiento de cabeza al vecino, que ahora estaba a pocos metros de distancia.

—¿Ha salido algún objeto del remolque?

—No.

—¿Ha habido algún desperfecto?

—No —insistí—. Puedes entrar para comprobarlo. La puerta está abierta.

—Aun así es allanamiento de morada —indicó.

—Dudo mucho que presente cargos.

—¿Y eso por qué?

Me acerqué a ella y bajé la voz.

—Es la chica que entró en la casa de mi abuelo; también robó el número de la seguridad social de mi abuela. Está muy enferma. Seguramente lo último que desea es tener que hablar con un agente de la ley.

—Sabes que tendré que hablar con ella sobre todo esto, ¿no?

—Buena suerte —dije—. Puede que se niegue por completo a hablar contigo.

—¿Y por qué tendría que ser así?

A esas alturas, el anciano estaba a una distancia en la que seguro que podía oírnos. Además, había hecho aparición otro vecino que se dirigía hacia nosotros. Al ver que una tercera puerta se abría, de la cual salía otra mujer, me incliné hacia Natalie.

—Por favor —le rogué—. Esto no le incumbe a nadie más. Estoy haciendo esto por el bien de Callie, no por el mío.

—No puedo dejar que te vayas, así sin más. Te han visto entrar en su casa.

—Entonces llévame en tu coche hasta el mío.

—¿Dónde está?

—Un poco más arriba, en la carretera. Es imposible no verlo. Creo que los habitantes del lugar estarían más contentos si subiera al coche patrulla. Como si me hubiera metido en un lío.

—Estás en un lío.

—No lo creo. —Puesto que no respondía, di media vuelta hacia el coche de policía, no sin percatarme de que los tres vecinos se habían congregado a poca distancia y me lanzaban miradas recelosas—. Si quieres, podemos hablar en la comisaría.

Avancé hacia el coche dejando atrás a Natalie, y me deslicé en el asiento de atrás antes de que ella pudiera impedírmelo. Durante unos minutos Natalie se quedó de pie, parada delante del coche, antes de acercarse a los vecinos que se habían reunido. Vi cómo el anciano empezaba a hacer gestos señalándome, obviamente preocupado. Natalie asentía sin decir gran cosa mientras el hombre seguía hablando, y tras unos momentos, regresó al vehículo y se puso al volante.

Cuando Natalie arrancó el motor y se incorporó a la carretera principal me miró de reojo por el espejo retrovisor. Podía notar su irritación al verse en una situación que evidentemente hubiera preferido evitar.

—¿Por dónde llegamos a tu coche?

—Gira a la izquierda —dije—. Está a unos doscientos metros.

257

—Debería limitarme a llevarte a la comisaría.

—Pero entonces, ¿cómo recuperaría mi todoterreno?

La oí suspirar. Tardó menos de un minuto en llegar al lugar donde yo había aparcado. Cuando intenté salir, me di cuenta de que la puerta estaba cerrada. Natalie descendió con elegancia y me abrió la puerta.

—Gracias —dije.

—¿Qué está pasando? —preguntó, a la vez que cruzaba los brazos—. Quiero que me cuentes hasta el último detalle.

—Tengo sed —dije—. Vayamos a mi casa.

—Ni de broma.

—Empieza a hacer calor, y esto nos va a llevar un rato.

—¿Cómo era el nombre de la chica?

—Callie.

—Eso ya lo sé —dijo—. ¿Cuál es su apellido?

—Eso es lo que estaba intentando averiguar.

Natalie me siguió hasta mi casa y giró en la entrada, para aparcar al lado de mi coche. Al salir del coche la esperé, y avanzamos juntos hasta la casa. Me acordé de que hicimos lo mismo tras visitar las colmenas y de repente me asaltó el sentimiento de pérdida. Nos habíamos sentido atraídos el uno hacia el otro, y nos habíamos enamorado, pero ella había decidido acabar con todo. ¿Qué había hecho mal? ¿Por qué no había querido darnos una oportunidad?

Me dirigí hacia la cocina, y cogí dos tazas del armario. Me volví hacia ella y pregunté:

—¿Prefieres té o agua?

Ella miró de reojo hacia el porche, que ahora tenía un aspecto distinto al de la noche de nuestra cena.

—¿Té dulce casero? —preguntó.

—¿Qué si no?

—Sí, por favor.

Llené las tazas y añadí un poco de hielo. Le ofrecí una taza y le indiqué por señas el porche.

—¿Puedes explicarme simplemente qué está pasando, sin hacer de ello un acontecimiento? —pidió, obviamente exasperada.

—Solo quiero sentarme —expliqué—. No lo conviertas en lo que no es.

En el porche trasero, agradecido por la sombra, esperé a que se reuniera conmigo. Pasaron unos instantes hasta que Natalie ocupó a regañadientes su lugar en la otra mecedora.

—¿Y bien? —preguntó—. Más te vale que sea una buena historia.

Le conté todo desde el principio, hasta llegar al hospital y el intento de localizar a la familia de Callie buscando pistas en su caravana. Durante todo el relato Natalie guardó silencio, aunque escuchaba atentamente.

—¿De veras crees que puede morir?

—Estoy seguro de que va a morir —dije—. La medicina y las transfusiones pueden ayudarla a corto plazo, pero en su caso al final será mortal. Es la misma enfermedad que acabó con Eleanor Roosevelt.

—¿Por qué no llamas a la policía?

—No quiero buscarle problemas, y por ahora tiene que quedarse en el hospital sea como sea. Por otra parte, si no quiere hablar con los médicos, probablemente también se niegue a hablar con la policía.

Natalie parecía estar reflexionando sobre ello.

—¿Encontraste alguna pista en la casa?

—No gran cosa —dije—. No había demasiado que ver dentro, seguramente debido al fuego de su anterior remolque. Pero encontré una sudadera de los Bulldogs de Georgia y un calendario con ilustraciones de la región.

—¿Crees que viene de allí?

—No lo sé. Tal vez.

—La verdad es que no es mucho.

—No —admití—. No lo es. Y Georgia es un estado muy grande. Ni siquiera sabría por dónde empezar.

Me miró entrecerrando los ojos.

—¿Por qué te importa tanto?

—Porque no solo soy atractivo y rico. También soy un buen tipo.

Por primera vez, Natalie esbozó una sonrisa burlona. Recordaba esa sonrisa, y me sorprendió lo mucho que la había echado de menos, hasta qué punto seguía queriendo que formase parte de mi vida. Pensé qué Natalie intuía lo que estaba pensando porque volvió la cara hacia otro lado. Finalmente prosiguió:

—¿Quieres que intente hablar con ella?

—Creo que eso haría que se cerrase aún más.

—Podría intentar recurrir a sus huellas dactilares.

—¿Crees que eso puede ayudar, si nunca ha sido arrestada?

—Probablemente no.

—¿Qué podría hacer entonces?

—No lo sé. Quizás quiera hablar cuando su estado empiece a empeorar.

—Tal vez. —Vacilé antes de seguir hablando—. ¿Puedo preguntarte algo?

Aparentemente, veía venir mi pregunta.

—Trevor…, por favor, no.

—Solo quiero saber qué pasó entre nosotros. Qué hice mal.

—No hiciste nada mal.

—Entonces, ¿qué pasó?

—No tiene nada que ver contigo, es un problema exclusivamente mío.

—¿Qué significa eso?

—Significa que tenía miedo —dijo en voz baja.

—¿De mí?

—De ti. De mí. De nosotros.

—¿Qué es lo que te daba tanto miedo?

—Todo —dijo. Miró en la distancia hacia el río, y en las líneas de expresión de su rostro apareció grabada la angustia—. Me encantó cada minuto que pasé contigo —admitió—. En el parque, con las colmenas, nuestra cena en Beaufort. El paseo en barca y la cena en tu casa. Todo fue… justo como esperaba, perfecto. Pero…

No acabó la frase.

—¿Pero qué?

—Te vas a ir —dijo—. Muy pronto, ¿no es así?

—Te dije que no tenía por qué trasladarme a Baltimore. Me habría quedado. Puedo organizarlo de otra manera. Eso no es un problema.

—Pero sí lo es. Es tu próxima profesión. Es la Universidad Johns Hopkins y no puedes posponer eso por mí.

—¿Te has dado cuenta de que soy lo bastante mayorcito como para tomar mis propias decisiones?

Desalentada, se levantó de la silla y caminó hacia la barandilla. Un instante después me puse en pie y me reuní con ella. Al otro lado del río los cipreses se alzaban con sus troncos blanquecinos sobre las aguas antiguas. La línea de su perfil seguía pareciéndome tan hermosa como siempre. Esperaba que dijera algo, lo que fuera, pero ella seguía evitando mis ojos.

—Sé que esto es duro para ti —dije—, pero si intentas ponerte en mi piel, ¿puedes imaginarte lo desconcertante que me ha resultado todo esto?

—Lo comprendo. Y sé que en realidad no estoy respondiendo a tus preguntas, pero, por favor, date cuenta de lo angustioso que es todo esto para mí.

Mientras hablaba, tuve la sensación de que no solo estábamos hablando idiomas completamente distintos, sino de que la traducción era imposible.

—¿Me has querido alguna vez, Natalie?

—Sí —dijo, y se volvió para mirarme por primera vez aquella tarde. Con la voz quebrada añadió—: Te quería. Y sigo queriéndote. Tener que despedirme de ti ha sido una de las cosas más difíciles que he hecho nunca.

—Si significaba tanto para ti, ¿por qué tenía que acabar?

—A veces, así es como tiene que ser.

Estaba a punto de contestar cuando oí un vehículo acercarse a la finca, y después el crujido de la gravilla en la entrada. Escuché cómo alguien cerraba la puerta de un coche con un portazo, y después un golpeteo en la puerta delantera. No tenía la menor idea de quién podría ser; aparte de Natalie, apenas había venido nadie a visitarme. Deseaba desesperadamente seguir con nuestra conversa-

261

ción, o comenzar una que yo comprendiera, pero Natalie hizo señas con la cabeza hacia la casa.

—Hay alguien en la entrada —anunció.

—Lo sé. Pero...

—Será mejor que vayas a abrir. Yo tengo que volver al trabajo.

Podía haberle pedido que no interrumpiéramos nuestra conversación, pero ya sabía cuál sería su respuesta, de modo que regresé a la casa.

En la entrada reconocí el uniforme marrón de un cartero. Era un hombre delgado y enjuto, más o menos de mi edad, que me tendió una caja de tamaño mediano. Por un momento, intenté recordar si había pedido algo, pero no se me ocurrió nada. Me mostró un portapapeles electrónico del que pendía un bolígrafo.

—¿Puede firmar aquí?

Dejé a un lado la caja, garabateé mi nombre y cerré la puerta tras de mí. En la etiqueta con el remite vi la dirección de una empresa de abogados de Carolina del Sur, y el pasado volvió de golpe a mi mente.

Las cosas de mi abuelo.

Llevé la caja a la cocina. Natalie entró desde el porche mientras dejaba la caja sobre la mesa. Vacilé, indeciso. Quería abrir la caja inmediatamente; pero también deseaba que Natalie se quedara para seguir intentando llegar a ella y convencerla de que estaba cometiendo un error que nos afectaba a ambos.

—¿Sartenes y cazuelas nuevas?

—No —dije. Saqué un cortaplumas y empecé a cortar la cinta adhesiva—. Es del abogado del tipo de la empresa de grúas. Había guardado las cosas de mi abuelo.

—¿Durante todo este tiempo?

—Un golpe de suerte —dije.

—Mejor te dejo solo para que abras la caja.

—¿Podrías esperar un poco, si no te importa? Puede que necesite tu ayuda para entender parte de su contenido.

Desplegué las tapas de la caja y extraje un poco de papel de periódico arrugado. Arriba del todo había una gorra de béisbol que reconocí de los veranos que había pasado aquí hacía tanto tiempo, gastada y con manchas, pero me alegré al verla como si se tratara de un viejo y querido amigo. Me pregunté si la llevaría puesta cuando tuvo el derrame y se le habría caído, o si la tendría en el asiento del copiloto a su lado. No podía saberlo; solo sabía que iría conmigo allá donde fuera que acabara viviendo. Lo siguiente que encontré fue su cartera, doblada y enmohecida, el cuero arrugado. Si llevaba dinero en efectivo, alguien lo había cogido, pero me interesaban mucho más las fotografías. Había un par de fotos de Rose, una foto mía de cuando era niño y un retrato familiar que mi madre debió enviarle cuando estaba en el instituto. También había una foto de mi madre y mi padre juntos. En una bolsa con cremallera encontré los papeles del coche, unos cuantos bolígrafos y un lápiz mordisqueado, objetos que debían haber salido de la guantera. Debajo había una pequeña bolsa de lona; la saqué de la caja. Dentro había calcetines y ropa interior, unos pantalones y dos camisetas, junto con un cepillo de dientes, dentífrico y desodorante. Dondequiera que se dirigiese, no tenía la intención de quedarse demasiado tiempo, pero nada de lo que había encontrado hasta el momento me ofrecía alguna pista sobre su destino.

La respuesta llegó al fondo de la caja, en forma de dos mapas de carreteras unidos por un clip. Debían tener como mínimo treinta años de antigüedad, el papel estaba seco y amarillento, y al desplegarlos advertí que había algunas carreteras señaladas con marcador amarillo. Una de las rutas conducía hacia el norte, hacia Alexandria, adonde había ido para el funeral de mis padres. Pero no había marcado la interestatal, sino que la había evitado para tomar carreteras comarcales más pequeñas.

Podía sentir a Natalie pegada a mi hombro. Empezó a reseguir la otra ruta marcada que conducía hacia el oeste por otras carreteras secundarias en dirección a Charlotte, para cruzar luego la frontera con Carolina del Sur. ¿Easley? Aunque era imposible saberlo con seguridad, la tinta del rotulador parecía más reciente, de un color más vívido que la otra ruta marcada en el mapa.

El segundo mapa incluía los estados de Carolina del Sur y Georgia. Por un momento, temí que mi abuelo no hubiera marcado nada en él. Pero enseguida vi que la ruta continuaba en el lugar

263

en que se interrumpía en el otro mapa. Rodeaba Greenville en una circunvalación que le enviaba por el norte de la ciudad, para seguir por la autopista que llevaba directamente a Easley.

Y luego continuaba.

A través de Carolina del Sur y adentrándose en Georgia para acabar en una pequeña ciudad al noreste de Atlanta, justo en el límite del Bosque Nacional de Chattahoochee. No estaba demasiado lejos de Easley, imaginé que a menos de dos horas, incluso a la velocidad a la que conducía mi abuelo, y al ver el nombre del pueblo me percaté de que algunas piezas fundamentales del puzle empezaban a encajar. El nombre de la localidad era Helen.

17

$\mathcal{A}$unque estaba mirando el mapa en estado de *shock*, mi mente regresó a la conversación con los ancianos en el porche del Trade Post, y me acordé de cuando salí con el bote y pensé que en lo más profundo de mi corazón yo sabía que mi abuelo no habría ido a visitar a una tal Helen. No tenía sentido, porque mi abuelo seguía enamorado de la misma mujer que había querido siempre, aunque hubiera fallecido hacía mucho tiempo.

También Natalie miraba fijamente el nombre. Estaba de pie, a mi lado, lo suficientemente cerca de mí como para tocarnos, y recordé la noche que la había tenido en mis brazos. La había sentido tan perfecta que en ese momento pensé que nos compenetraríamos maravillosamente, pero ella no estaba dispuesta a contarme la verdad de lo que le estaba pasando realmente. Ahora, mientras percibía el suave sonido de su exhalación, me di cuenta de que estaba estudiando el mapa de la misma forma que yo. Me pareció que las piezas empezaban a encajar para ella también, aunque yo no estuviera más cerca de comprender qué sentía ella por mí.

Sin decir palabra, volví a examinar los mapas para asegurarme de que no había más pistas ni otros posibles destinos. Mi mente repasó la línea temporal, como ya había hecho anteriormente, y de nuevo supe que mi abuelo debía ser consciente de que el viaje iba a ser arriesgado debido a la distancia, pero también por su avanzada edad. Fuera cual fuera la razón que le había empujado, tenía que ser algo importante, y solo podía imaginarme un único motivo.

Miré de reojo a Natalie y supuse que ella todavía no había llegado al mismo punto que yo en mis sospechas. Lo cual tenía sentido, puesto que, al fin y al cabo, era mi misterio, no el suyo. Frunció levemente la frente mientras seguía cavilando y, como siempre, pensé que era hermosa.

—¿Helen, en Georgia? —preguntó finalmente Natalie.

—Eso parece.

—¿Conocía a alguien allí?

Ese era el quid de la cuestión. Intenté recordar si le había oído mencionar esa localidad en alguna ocasión, o alguna amistad en cualquier otro lugar en Georgia. Alguien de la guerra, tal vez un compañero de trabajo que se hubiera mudado, o incluso un apicultor. Pero no tardé demasiado en percatarme de que la vida de mi abuelo había transcurrido siempre en New Bern y, sin embargo, Callie tenía una sudadera y un calendario de Georgia.

—Lo dudo —dije por último—. Pero creo que él sí conocía a alguien procedente de allí.

Natalie tardó unos instantes en adivinar lo que estaba pensando.

—¿Te refieres a Callie?

Asentí.

—Creo que iba a buscar a su familia.

—¿Por qué? No se puso enferma hasta la semana pasada.

—No lo sé. Pero si suponemos que Callie era de Georgia, y él se dirigía hacia Helen, en Georgia, tiene sentido.

—Un poco rebuscado, ¿no crees? Si ella es tan reservada, ¿cómo podía tu abuelo haberse enterado siquiera de que ella venía de Helen?

—Todavía no tengo todas las respuestas. Pero sé que se conocían bien. A mi abuelo le importaba lo suficiente como para ayudarla a encontrar un trabajo. Estaba yendo a Helen por una razón. Quizás creía que ella se había escapado, como yo mismo también pienso, y deseaba ayudarla.

—¿Vas a preguntarle a Callie sobre todo esto?

Tardé un poco en responder, porque de repente me había asaltado otro recuerdo. Cuando me acerqué a Callie durante su almuerzo no se mostró molesta hasta que pregunté específicamente si mi abuelo había mencionado alguna vez que iría a visitar a alguna mujer llamada Helen. En ese momento entró en pánico. Se lo conté a Natalie, pero su mirada seguía pareciendo estar llena de suspicacia.

—Tengo razón —añadí—. ¿No ves cómo encaja todo?

Natalie dejó salir una larga exhalación.

—Dame unos minutos, ¿vale? Tengo que hacer una llamada. Vuelvo enseguida.

Sin más explicaciones, Natalie salió por la puerta delantera. La observé a través de la ventana mientras tecleaba algunos números en su teléfono, y después unos cuantos más. Pasaron algo más que un par de minutos, casi diez, antes de que regresara adentro.

—He llamado al Departamento de Policía de Helen.

—¿Qué te han dicho?

—Les he pedido que comprueben si se ha escapado alguna chica llamada Callie. No ha desaparecido nadie con ese nombre.

—¿Están completamente seguros?

—Es un pueblo muy pequeño —explicó—, de unos seiscientos habitantes. Lo sabrían. En los registros de los últimos cinco años solo hay unos pocos casos de jóvenes que se han escapado.

A pesar de sus pesquisas, yo sabía que tenía razón. Lo intuía y sabía que tenía que comprobarlo. Podría conducir hasta allí, pero volar sería más fácil. Tomé asiento a la mesa de la cocina e inicié mi ordenador.

—¿Qué estás haciendo? —preguntó.

—Estoy buscando vuelos para Atlanta.

—¿Vas a ir a Helen después de lo que te acabo de decir? ¿Para qué? ¿Vas a llamar a cada puerta? ¿Preguntar a la gente por la calle?

—Si es necesario… sí —respondí.

—¿Y si vivía en el campo? ¿O en el pueblo de al lado?

—Eso no importa —dije.

—¿Vas a hacer todo esto por una chica a la que apenas conoces?

—Le dije que no iba a permitir que muriera.

—¿Y realmente lo dices en serio? —dijo, en un tono que rozaba la incredulidad.

—Sí.

Guardó silencio por un momento, y cuando volvió a hablar, su tono de voz se había suavizado.

—Suponiendo que tengas razón y se haya escapado... ¿Por qué preferiría morir que contactar con ellos?

—Eso es lo que estoy intentando averiguar, la razón por la que voy a ir. Pero me gustaría pedirte un favor.

—¿De qué se trata?

—Llama otra vez a la comisaría. Si puedes también al *sheriff*, para avisarlos de que voy hacia allí. Estoy seguro de que tendré que hablar con ellos. Quizás puedas ayudarme a hacer más fácil esa parte.

—¿Cuándo crees que puedes estar allí?

—Mañana —dije—. Hay un vuelo a las once. Si alquilo un coche podría estar en Helen a primera hora de la tarde.

—¿Cuánto tiempo piensas quedarte?

—Un día o dos. Si no puedo encontrar ninguna respuesta allí, tendré que convencer a Callie de que vuelva a hablar conmigo.

Reflexionó sobre mi petición.

—Puedo hacer esas llamadas, pero no sé si servirán para algo. No eres un agente de la ley, ni tampoco su familia.

268

—¿Qué me recomiendas? —dije.

—¿Y si voy contigo? —propuso ella.

Por un instante, no estaba seguro de haber oído bien.

—¿Te gustaría venir conmigo?

—Desde el punto de vista técnico, si se trata de una persona desaparecida, las fuerzas de la ley tienen cierta responsabilidad.

Intenté reprimir una sonrisa.

—Necesito tu fecha de nacimiento para poder reservar los billetes.

—Ya me ocuparé yo de eso.

—Será más fácil hacer ambas reservas a la vez.

Me dijo la fecha, y al empezar a introducir los datos, me interrumpió de repente.

—Espera —dijo, con una expresión seria en su rostro—. Iré, pero antes tendrás que aceptar una condición. —Ya sabía que me diría que prefería habitaciones de hotel separadas, y que solo me acompañaba en calidad de agente de la ley. En otras palabras, que no intentara reavivar las cosas entre nosotros—. Quiero que hagas algo esta noche. Te puedo recoger cuando salga del trabajo.

—¿De qué se trata?

Hizo una prolongada exhalación que esta vez sonó como una rendición.

—Quiero que conozcas a mi marido.

18

$\mathcal{M}$e quedé atónito, aquella petición era demasiado. De repente todo parecía tener sentido: por qué se sentía tan incómoda en el mercado agrícola cuando su dentista nos había visto juntos, por qué prefería que nos encontráramos en lugares discretos. Por qué había puesto fin de repente a nuestra relación...

Aunque no todo parecía tener sentido...

Antes de que pudiera ocurrírseme algo que decir, Natalie se apresuró hacia la puerta delantera y la abrió haciendo una pausa en el umbral.

—Ya sé que tienes muchas preguntas —dijo sin volverse para mirarme—, pero lo entenderás todo esta noche. Te recojo a las seis.

Acabé de comprar los billetes, hacer la reserva del hotel, leer algunas reseñas de restaurantes en Helen, y luego pasé el resto del día intentando dilucidar la naturaleza del matrimonio de Natalie. ¿Acaso estaban separados, pero ahora intentaban resolver sus problemas? ¿Tenían una relación abierta? Se me pasó incluso por la cabeza la idea de que su marido había fallecido y haríamos una visita al cementerio, pero ninguna de las posibles respuestas parecía encajar con la mujer que había llegado a conocer. ¿Y por qué quería que nos viéramos?

Tal vez era eso lo que hacían los matrimonios en estos tiempos cuando otra persona estaba interesada en su cónyuge. «Reunámonos todos para hablarlo.»

¿Qué se suponía que debería hablar con su marido? ¿Debería abogar por mi ignorancia ante el hecho de que estuviera casada? ¿Admitir que le había suplicado empezar una nueva vida junto a mí, pero que a pesar de todo le había elegido a él?

Pasé el resto de la tarde dándoles vueltas a posibles preguntas y respuestas. Entretanto, empaqueté en una bolsa de lona lo necesario para mi viaje a Helen, y volví a repasar el contenido de la caja en búsqueda de más pistas, en vano.

Cuando Natalie aparcó en la entrada, salí de casa antes incluso de que tuviera tiempo de apagar el motor. Al subir a su coche me ofreció una mirada impenetrable y misteriosa, antes de regresar a la carretera. Al ver que guardaba silencio, yo también permanecí callado.

La primera sorpresa para mí fue que, en lugar de conducir hacia su casa, tomamos la autopista hacia el este, hacia la costa. No iba en uniforme; ahora llevaba pantalones vaqueros y una blusa de color crema, más informal que elegante. Alrededor de su cuello lucía la cadena de oro que siempre llevaba.

—¿Tú y tu marido vivís juntos? —pregunté finalmente.

Ajustó la distancia de las manos en el volante.

—Ya no —respondió, sin dar más explicaciones.

La idea de que ya había fallecido volvió a asaltarme como un destello; de nuevo nos instalamos en el silencio. Pasados entre diez y quince minutos, Natalie redujo la velocidad y salió de la autopista, para adentrarse en una zona comercial por la que había pasado en innumerables ocasiones y en la que nunca me había fijado realmente. A la derecha había un centro comercial; a la izquierda, con un aparcamiento acogedor y sombreado gracias a unos árboles, se alzaba un edificio de ladrillos de una sola planta, con aspecto de haber sido construido no hacía más de cinco años. Cuando leí el nombre del lugar sentí que se me encogía el corazón.

No era el cementerio.

Era mucho peor.

Aparcamos cerca de la entrada, en la parte reservada a los visitantes, prácticamente vacía. Tras salir del coche, Natalie recogió una pequeña bolsa del asiento trasero, y ambos nos dirigimos hacia las puertas de doble cristal de la entrada. En el mostrador de admisiones, una mujer uniformada sonrió al ver que nos acercábamos.

—Hola, señora Masterson. ¿Qué tal todo?

—Bien, Sofía —dijo Natalie, y después anotó su nombre en el registro de visitantes, mientras charlaba con la mujer como si fuera una vieja amiga.

—¿Cómo estás tú? ¿Y Brian?

—Como siempre, me está volviendo loca. Por su forma de reaccionar, se podría pensar que arreglar su habitación es peor que limpiar fosas sépticas.

—Es un adolescente todavía. ¿Cómo le va en el colegio?

—De eso no me puedo quejar, gracias a Dios. Es solo a mí a quien parece odiar.

—Estoy segura de que no te odia —dijo Natalie con una sonrisa comprensiva.

—Eso es fácil decirlo.

Natalie se volvió entonces hacia mí.

—Te presento a Trevor Benson. Es un amigo mío y también viene de visita.

Sofía dirigió su atención hacia mí.

—Encantada de conocerle, señor Benson. ¿Podría anotar su nombre también?

—Por supuesto.

Mientras me inscribía en el registro, Sofía pregunto:

—¿Queréis que os acompañe?

—No —respondió Natalie—, conozco el camino.

Nos alejamos del mostrador y avanzamos por un pasillo limpio y bien iluminado, con suelo de láminas de madera y bancos de hierro forjado entre las puertas. Aquí y allá había ficus artificiales en grandes macetas, sin duda en un intento de ofrecer un ambiente más relajante a los visitantes.

Finalmente llegamos a nuestro destino, y Natalie se detuvo un momento antes de empujar la puerta para abrirla. Se me encogió el corazón al ver cómo cobraba ánimos antes de entrar en la habitación.

—Hola, Mark —dijo—, soy yo otra vez. Sorpresa.

Mark yacía en la cama con los ojos cerrados, entubado a lo que reconocí como sondas de alimentación. Estaba delgado, los rasgos de su rostro parcialmente hundidos, pero todavía era posible vislumbrar al hombre atractivo que había sido antaño. Supuse que era unos años más joven que yo, lo cual no hacía más que empeorar la sensación. Natalie siguió hablando en un tono casi coloquial.

—Trevor, te presento a Mark, mi marido. Mark, me gustaría que conocieras a Trevor.

Me señaló con un gesto, y me aclaré la garganta.

—Hola, Mark —dije.

Mark no podía responder. Mientras le miraba fijamente, la voz de Natalie parecía llegar flotando hacia mí desde muy lejos.

—Lleva en un estado vegetativo permanente desde hace casi catorce meses —me informó—. Tiene una cepa resistente de meningitis bacteriana.

Asentí con un nudo en el estómago mientras Natalie se acercaba a su lecho. Tras colocar el bolso a su lado, le hizo la raya del pelo con los dedos, y empezó a hablarle como si yo no estuviera en la habitación.

—¿Cómo te sientes? —preguntó—. Sé que han pasado unos cuantos días desde mi última visita, pero es que he tenido muchísimo trabajo. He visto en el registro que tu madre ha pasado antes. Estoy segura de que estaba muy contenta de verte. Ya sabes cuánto se preocupa por ti.

Me quedé clavado en el sitio, sintiéndome como un intruso. Natalie se dio cuenta de que me había quedado paralizado, y me indicó por señas una silla.

—Ponte cómodo —me dijo, antes de volver su atención a Mark de nuevo—. Los estudios no dejan claro hasta qué punto los pacientes pueden experimentar algo cuando se encuentran en un estado vegetativo. —Aunque seguía mirando a Mark, era consciente de que esas palabras iban dirigidas a mí—. Algunos pacientes se despiertan y recuerdan algunas cosas, otros no pueden acordarse de nada, pero por si acaso intento visitarle unas cuantas veces por semana.

Prácticamente me desplomé en la silla, y me incliné hacia delante apoyando los antebrazos en los muslos, observando.

—Trevor es ortopeda —dijo a Mark—, de modo que puede que no sepa exactamente qué es un estado vegetativo permanente o en qué se diferencia de un coma. —Siguió hablando en un tono amable aunque realista—. Ya sé que hemos hablado de todo esto antes, pero permíteme que se lo explique, ¿de acuerdo, cariño? Sabes que tu bulbo raquídeo sigue funcionando, por lo que puedes respirar por ti mismo y a veces incluso abres los ojos y parpadeas. Tus reflejos también funcionan. Claro está que todavía no puedes comer solo, pero para eso tienes el hospital, ¿verdad, amor mío? También te hacen fisioterapia para que no se atrofien tus músculos. De ese modo cuando despiertes podrás caminar o usar un tenedor, o ir a pescar, como solías hacer.

Su comportamiento no denotaba para nada la desgarradora tristeza que yo sentía al presenciar esa escena desarrollándose ante mí. Tal vez estaba acostumbrada, y su entumecimiento ante aquella experiencia era comparable a mi abatimiento. Natalie siguió hablando.

—Sé que te afeitan en el hospital, pero ya sabes cómo me gusta hacerlo cuando vengo de visita, y además me parece que necesitas un corte de pelo. ¿Te acuerdas de cuando solía cortarte el pelo en la cocina? No entiendo cómo pudiste convencerme de que lo hiciera. No se me daba bien, pero siempre insistías. Creo que simplemente te gustaba verme ahí de pie, tan cerca de ti.

Extrajo de la bolsa una toalla y un bote de crema de afeitar, así como una maquinilla, y me preguntó:

—¿Te importaría mojar la toalla con agua caliente? El lavabo está en el cuarto de baño.

Hice lo que me pedía asegurándome de que la temperatura era la adecuada antes de devolverle la toalla. Me sonrió con una expresión de gratitud y después mojó suavemente las mejillas de Mark con la toalla.

—Trevor se va a mudar pronto a Baltimore —dijo, mientras empezaba a ponerle espuma en la cara—. Va a ser psiquiatra. No estoy segura de si ya te lo había contado. Me explicó que tuvo que enfrentarse a un trastorno por estrés postraumático después de resultar herido, y ahora quiere ayudar a los veteranos que tienen el mismo problema. Es el de las colmenas, ¿te acuerdas? El que me llevó a ver los caimanes. Eso sí te lo conté. Como te dije, ha sido un buen amigo para mí. Estoy segura de que los dos os llevaríais muy bien.

Empezó a afeitarle con elegantes movimientos cuando todo estuvo preparado.

—Ah, se me olvidó decirte que vi a tu padre la semana pasada en el concesionario. Parece que está mejor. Por lo menos ha dejado de perder peso. Sé que no te viene a visitar tanto como tu madre, pero es duro para él, también debido a que los dos trabajabais juntos. Espero que seas consciente en todo momento de lo mucho que él te quería. Sé que no era muy bueno diciéndotelo cuando eras pequeño, pero te quiere. ¿Te he contado que tus padres me han invitado a ir en su barco el 4 de julio? El problema es que mi familia estará en la playa y también quieren que vaya con ellos. Odio cuando esto sucede... Supongo que podría intentar repartir el tiempo ese día, pero todavía no lo he decidido. Eso suponiendo que me den el día libre, aunque seguramente no podrá ser. No es divertido ser el último de la fila en el trabajo.

276

Cuando acabó de afeitarle, le secó la cara con la toalla y después le pasó un dedo por las mejillas.

—Mucho mejor, te lo aseguro. Tú nunca ibas desaliñado. Déjame también recortarte un poco las puntas, ahora que todavía estamos aquí.

Sacó unas tijeras y se puso manos a la obra, con cuidado de recoger los cabellos cortados en una bolsa, debido a la posición tumbada de Mark.

—Ya sabes que solía ponerlo todo perdido cuando lo hacía, así que te pido que tengas un poco de paciencia conmigo, ¿vale? No quiero que luego te pique todo. Ah, he tenido noticias de tu hermana Isabel esta semana. Está esperando a su primer niño en agosto. ¿Qué te parece? Siempre juraba que nunca querría tener hijos, pero parece ser que ahora ha cambiado de idea. No sé si podré llegar a tiempo para cuando nazca, pero estoy segura de que iré a verlos antes de que acabe el año. Quiero dejar que se acostumbre primero a la maternidad.

Continuó con la cháchara mientras acababa de cortarle el pelo. Después le alzó la cabeza suavemente para sacar la almohada, a la que propinó un par de sacudidas y después examinó para asegurarse de que estaba limpia antes de volver a repetir el proceso a la inversa, esta vez deslizando la almohada en su lugar. Ajustó la sábana y le besó en los labios con una ternura que casi hizo que las lágrimas acudieran a mis ojos.

—Te echo de menos, cariño —susurró—. Por favor, intenta recuperarte pronto, ¿vale? Te quiero.

Recogió su bolso, se levantó de la cama de Mark, y me indicó por señas la puerta. Fui el primero en salir hacia el pasillo, y una vez allí ambos volvimos sobre nuestros pasos hasta el coche. Al llegar a su vehículo, Natalie sacó las llaves y me dijo:

—Me vendría bien tomar un vaso de vino, ¿te apetece?

—No lo dudes.

Fuimos a un bar en Havelock llamado Everly's. No estaba demasiado lejos del hospital, y al entrar tuve la sensación de que no era la primera visita de Natalie a ese lugar. Tras pedir nuestras bebidas, encontramos una mesa en un apartado tranquilo, protegido en parte del ruido.

—Ahora ya lo sabes —dijo.

—Siento mucho la situación por la que estás pasando. Debe ser horrible.

—Sí —admitió—. Nunca podría haberme imaginado algo así.

—¿Qué dicen los médicos?

—Después de tres meses, las probabilidades de recuperación son muy escasas.

—¿Qué sucedió? Si no quieres hablar de ello, lo entenderé.

—No pasa nada. No eres el primero que me pregunta. En abril del año pasado, por nuestro tercer aniversario, pasamos un fin de semana largo en Charleston. Por muy extraño que parezca ninguno de los dos había estado allí antes, pero habíamos oído hablar tanto de esa ciudad… Salimos el jueves por la noche. Me dijo que se sentía cansado y que le dolía la cabeza, pero ¿a quién no, al final de una semana de trabajo? De todas maneras pasamos un buen día el viernes, a pesar del dolor de cabeza, pero entonces el sábado empezó a tener fiebre. En el transcurso del día fue empeorando, así que fuimos a urgencias y le diagnosticaron una gripe. Se suponía que de todos modos volveríamos a casa el domingo, así que no nos preocupamos demasiado. Pero al día siguiente en el coche siguió subiendo la fiebre cada vez más. Yo quería parar en Wilmington, pero Mark me pidió que continuáramos. Cuando llegamos a New Bern estaba a cuarenta grados de temperatura. Fuimos directos al hospital, pero no supieron diagnosticarlo hasta el día siguiente. Para entonces ya estaba a cuarenta y uno, y la fiebre no bajaba ni siquiera con antibióticos. Era una cepa terriblemente virulenta. Tras el séptimo día de fiebre por las nubes, entró en coma. Más adelante, cuando la fiebre por fin remitió, consiguió abrir los ojos. Pensé que eso significaba que había pasado lo peor, pero Mark parecía no reconocerme y...

Tomó un sorbo de vino antes de proseguir.

—Se quedó en el hospital durante otro mes, pero transcurrido ese tiempo era bastante evidente que se encontraba en estado vegetativo. Con el tiempo encontramos un lugar realmente estupendo para él, donde acabamos de visitarle, y desde entonces ha estado allí.

—Es horrible —dije intentando buscar las palabras adecuadas—. No puedo imaginarme lo duro que debe haber sido. Y que todavía debe ser.

—Fue peor el año pasado —dijo—, porque todavía tenía esperanza. Pero en la actualidad eso ha cambiado.

Todavía con un nudo en el estómago, no podía siquiera dar un trago.

—¿Es el hombre que conociste en la universidad?

Natalie asintió.

—Era un chico muy dulce. Tímido y atractivo, para nada arrogante, lo cual no dejaba de ser sorprendente, sobre todo teniendo en cuenta que su familia es rica. Son propietarios de uno de los concesionarios del pueblo, y dos o tres más en todo el estado. El caso es que jugaba en el equipo de *lacrosse* y yo solía ver los partidos. Era jugador titular, aunque no tan bueno como para que le becaran. Durante los últimos dos años de universidad, jugaba casi todos los encuentros. Podía correr como una gacela y marcar un tanto prácticamente desde cualquier punto del campo.

—¿Fue amor a primera vista?

—En realidad, no. La verdad es que nos conocimos en un baile. Yo había ido con otro chico; él tenía una cita, pero le dieron plantón, y cuando mi acompañante desapareció, empezamos a hablar. Supongo que le di mi teléfono porque empezó a escribirme mensajes. Nada raro, o que me hiciera pensar que era un acosador... Después de un mes aproximadamente quedamos para ir a comer una pizza. Estuvimos saliendo durante los últimos dos años y medio de la universidad, nos comprometimos un año después de la graduación, y nos casamos transcurrido otro año.

—¿Erais felices juntos?

—Los dos nos sentíamos muy felices —dijo Natalie—. Te habría caído bien. Era una persona tan auténtica, tan cariñosa y llena de energía. —Hizo una pausa para rectificar—. Perdona, todavía lo es. —Dio otro sorbo al vino antes de mirar de reojo mi copa—. ¿Tú no vas a beber?

—Dame un poco de tiempo —contesté—. Todavía estoy procesando la información.

—Supongo que te debo una disculpa. Por no habértelo dicho enseguida.

—Aunque lo hubieras hecho, no estoy seguro de que eso me hubiera disuadido de acudir al mercado agrícola, o de invitarte a ver las colmenas.

—Supongo que debo tomármelo como un cumplido. Pero... Quiero que sepas que no es ningún secreto. Mucha gente en el pueblo está al corriente de nuestra situación. Mark creció en New Bern; su familia es bien conocida. Si hubieras preguntado por ahí, no habrías tardado en averiguarlo.

—Nunca se me hubiera ocurrido preguntarle a nadie acerca de ti. Lo cierto es que no conozco a casi nadie en el pueblo lo suficientemente bien como para preguntar. Pero ahora tengo curiosidad por saber por qué no llevas tu anillo de casada.

—Sí que lo llevo —dijo—, alrededor de mi cuello.

Me mostró la cadena y vi un precioso anillo de boda de oro rosa; pensé que podía ser de la marca Cartier.

—¿Por qué no lo llevas en el dedo?

—Nunca llevé anillos, ni cuando era pequeña. En la universidad empecé a entrenar en el gimnasio. No eran sesiones demasiado extenuantes, pero intentaba hacer series en algunas de las máquinas. Cuando nos prometimos, el anillo me pellizcaba y tenía miedo de rayarlo. Me acostumbré simplemente a llevarlo alrededor del cuello. Y cuando me convertí en ayudante del *sheriff*, no quería que la gente supiera nada sobre mi vida privada.

—¿Eso no le importaba a Mark?

—Para nada. No era un hombre celoso, y yo solía decirle que el anillo estaba más cerca de mi corazón. Lo decía en serio, y él lo sabía.

Tomé un trago de agua para humedecer mi garganta seca. A continuación, para complacerla, di un sorbo a la copa de vino, pero me supo demasiado amargo.

—¿Qué opinan tus padres?

—Adoraban a Mark. Pero son mis padres. Ya te he dicho que se preocupan por mí.

Recordé que todo ese tiempo lo había achacado a «su trabajo en las fuerzas de la ley». No podía haber estado más equivocado.

—Aparentemente le cuidan muy bien donde está.

—Son unas instalaciones de alto *standing* para aquellos que se lo pueden permitir. El seguro apenas cubre los gastos, pero sus padres pagan la diferencia. Es importante para ellos. Y para mí también.

—¿Qué pasaría...?

Al no finalizar la frase, ella hizo un movimiento de cabeza como dando a entender que sabía a lo que me refería.

—¿Qué pasaría si decidimos desenchufarlo? No creo que eso llegue a suceder. La decisión no depende de mí; sino que depende de sus padres.

—Pero tú eres su mujer.

—Ellos tienen el poder notarial médico, y son quienes toman las decisiones, no yo. Cuando cumplió dieciocho años, Mark tuvo acceso a un fondo de fideicomiso, pero para ello tenía que firmar toda una serie de documentos, incluidos los que otorgaban el derecho a sus padres de tomar decisiones de vida o muerte sobre su persona. Con posterioridad, dudo que siquiera pensara acerca de ello, y después de la boda nunca salió el tema. Antes de casarnos se sintió muy molesto cuando sus padres insistieron en firmar un acuerdo prematrimonial. Yo no tenía elección y realmente no me importaba. Creía que estaríamos casados para siempre y tendríamos hijos, y nos haríamos mayores juntos.

—¿Has hablado con los padres de Mark sobre su futuro?

—Una o dos veces, pero no fue demasiado bien. Su madre es muy religiosa, y para ella dejar de alimentarle artificialmente es como cometer un asesinato. La última vez que intenté hablar con ella al respecto me dijo que la semana anterior Mark había abierto los ojos y se le había quedado mirando fijamente, y ella lo interpretó como una señal de que estaba mejorando. Está convencida de que, si reza lo suficiente, cualquier día de estos Mark simplemente parpadeará de repente y volverá a ser el de siempre. En cuanto a su padre, creo que sencillamente desea tener paz en su propia casa.

—Y eso te deja a ti en una especie de limbo.

—De momento, sí —admitió.

—Podrías pedir el divorcio.

—No puedo hacerlo.

—Porque no.

—Porque aunque haya menos de un uno por ciento de probabilidades de que Mark se ponga mejor, estoy dispuesta esperar. Hice un voto de matrimonio en la salud y en la enfermedad. La salud es la parte fácil; cuando el amor realmente brilla es al seguir siendo fiel en la enfermedad.

Quizás tenía razón, pero me pregunté si aquello no rozaba un poco el concepto de martirio. Pero, en fin, quién era yo para juzgarla.

—Lo comprendo —dije.

—También quiero disculparme por la noche en tu casa. Después del paseo en la barca y la cena…

Alcé mi mano para evitar que siguiera hablando.

—Natalie…

—Por favor —dijo—. Necesito explicártelo. Mientras estábamos cenando, presentí que íbamos a acostarnos, y cuando nos be-

281

samos lo supe con certeza. Y lo deseaba. Porque realmente me había enamorado de ti, y en ese momento tenía la sensación de que estábamos los dos solos en el mundo. Era fácil fingir que no estaba casada, o que mi marido no estaba bajo cuidados las veinticuatro horas, o que podía tener lo mejor de ambos mundos. Podía seguir casada y también tener una relación contigo. Podría mudarme a Baltimore y buscar un trabajo allí mientras tú hacías tu residencia y empezábamos una nueva vida juntos. Fantaseé sobre todas esas cosas, incluso mientras nos dirigíamos al dormitorio...

Natalie hizo una pausa y mis sentidos se sintieron abrumados por los recuerdos. Me acordé de cómo la traje hacia mí y la sensación de tener su cuerpo pegado al mío. El aroma a flores de su perfume, exótico y discreto, cuando enterré mi cara en su cuello. Podía sentir sus senos apretados contra mi pecho, y sus dedos aferrándose a mi espalda. Cuando juntamos nuestros labios, el movimiento de su lengua desencadenó una ola de placer.

La ayudé a desabotonarme la camisa y la observé haciéndolo; en cuestión de pocos segundos ambos teníamos el torso desnudo y nos abrazamos piel contra piel. Y, sin embargo, cuando empecé a besar la parte superior de su pecho, oí lo que parecía un sollozo contenido. Me aparté un poco, y vi que Natalie parecía paralizada, con excepción de una lágrima que rodaba por su mejilla. Alarmado, me separé de ella.

—No puedo —susurró—. Lo siento mucho, pero no puedo. Por favor, perdóname.

Sentado frente a ella en este local observaba cómo tragaba saliva, con la mirada fija en el tablero de la mesa.

—Esa noche... Me besaste justo por debajo de la clavícula. Mark también solía hacerlo, y de pronto le vi en mi mente: tumbado en la cama, rodeado de tubos en esa habitación estéril. Y no podía quitarme su imagen de la cabeza y me odié por ello. Por hacerte eso. Te deseaba y deseaba que hiciéramos el amor, pero no podía. Me parecía que estaba haciendo algo... incorrecto, de algún modo. Como si estuviera a punto de hacer algo de lo que me arrepentiría aunque lo deseaba más que cualquier otra cosa en el mundo. —Natalie exhaló largamente—. Solo quería decirte de nuevo otra vez que lo siento.

—Esa misma noche ya te dije que no tenías que disculparte.

—Sé que lo hiciste, y por alguna razón eso me hizo sentir aún peor. Tal vez porque fuiste tan comprensivo en todo momento.

Puse con suavidad una mano sobre la suya.

—Si te sirve de algo, volvería a repetirlo todo.

—Te has enamorado de una mujer deshonesta.

—No fuiste deshonesta —corregí—. Solo omitiste cierta información. Todos lo hacemos. Por ejemplo, no te he contado que además de ser rico y guapo también se me da muy bien colocar lonas en los tejados.

Por primera vez desde que habíamos entrado en el local esbozó una sonrisa. Apretó mi mano brevemente antes de retirar la suya.

Alzó la copa de vino para hacer un brindis.

—Eres un buen hombre, Trevor Benson.

Aunque era consciente de que se trataba de otra despedida, de todos modos alargué la mano para coger mi copa de vino. La choqué contra la suya y me obligué a sonreír.

—Yo también creo que tú eres bastante genial.

19

*N*atalie me llevó a casa, y aunque no pude dormir bien, por la mañana me desperté en forma. Las manos no me temblaban y mi estado anímico era lo bastante estable como para sentirme seguro de que podía tomar una tercera taza de café después de mi carrera matinal. A pesar de que le había ofrecido pasar a recogerla de camino al aeropuerto, Natalie creyó que sería más conveniente encontrarnos directamente allí.

Sin duda porque no quería que alguien nos viese llegar juntos, o que tomábamos un avión como si fuéramos una pareja.

Llegué al aeropuerto antes que ella y fui a los mostradores de facturación. Natalie llegó diez minutos después, cuando yo ya estaba en la cola para pasar el control de seguridad. Al llegar a la puerta de embarque me senté a esperar, y aunque había un asiento libre cerca del mío, Natalie prefirió sentarse tres filas más atrás. Hasta que estuvimos en el interior del avión, no tuve oportunidad de hablarle.

—Hola —dije mientras Natalie pasaba rozando mis rodillas hacia el asiento de la ventanilla—, me llamo Trevor Benson.

—Oh, cállate.

Pensaba que podríamos charlar un rato, pero cerró los ojos, se acomodó acercando las piernas al cuerpo y se dispuso a dormir. Me pregunté cuánta gente podía haberla reconocido en el avión.

El vuelo duró poco más de una hora, y al llegar a la terminal nos dirigimos al mostrador de alquiler de vehículos. Había reservado un todoterreno como el mío, que ya estaba preparado a nuestra llegada. Poco después, conducíamos de camino a Helen.

—Parece que te has echado una buena siesta en el avión —comenté.

—Estaba cansada —dijo—. No dormí bien anoche. Sin embargo, ayer tuve ocasión de volver a hablar con la policía, así como con el *sheriff*. Eso fue antes de recogerte.

—¿Ah, sí?

—Al igual que la policía, el *sheriff* tampoco tenía información sobre ninguna chica que se hubiera escapado llamada Callie. No sé si servirán de mucha ayuda.

—No obstante, estoy seguro de que llegaremos al fondo de todo esto —dije.

—También me gustaría explicarte lo de antes —dijo—. En el aeropuerto.

—No te preocupes por eso. He podido imaginarme tus motivos para evitarme.

—¿No estás ofendido?

—Para nada. Tú tienes que seguir viviendo en New Bern.

—Y tú te marcharás pronto.

—Me espera una nueva vida.

Percibí su mirada sobre mí mientras decía aquellas palabras, y me pregunté si me diría que me iba a echar de menos. Pero no lo hizo. Yo tampoco se lo expresé verbalmente. Ambos lo sabíamos. En lugar de eso, estuvimos callados casi todo el camino, ambos aparentemente cómodos conduciendo en silencio, cada uno siguiendo el hilo de sus propios pensamientos.

Natalie tenía razón: Helen era un pueblo pequeño, pero increíblemente hermoso y pintoresco, en un sentido que nunca habría imaginado. Parecía como si estuviera inspirado en las aldeas alpinas de Baviera, con las casas pegadas unas a otras, pintadas de distintos colores y cubiertas de tejas rojas, algunas con ribetes decorativos e incluso un torreón. Supuse que era un destino popular para turistas amantes de excursiones por la montaña, tirolinas o descensos en neumático por el río Chattahoochee, antes de recogerse por la noche en un escenario que resultaba exótico para encontrarnos en el noreste de Georgia.

Puesto que ninguno de los dos había comido nada, fuimos a almorzar a una pequeña sandwichería en el centro. Debatimos nuestra estrategia, que básicamente consistía en hacer una visita a la comisaría y a la oficina del *sheriff*. Tenía la esperanza de que se me ocurriera algo mejor de lo que Natalie había cuestionado como opciones (ir llamando de puerta en puerta, o asaltar a la gente por la calle para preguntarles por Callie), pero de momento no me había llegado la inspiración. Me arrepentí de no haber tomado una foto de Callie en el hospital, por si su cara despertaba algún recuerdo en cualquiera de las personas que encontráramos, pero estaba casi seguro de que, de haberlo intentado, ella no habría dado su consentimiento.

Nuestra primera parada fue la comisaría, alojada en un edificio que parecía más bien una casa privada, y no unas dependencias municipales, pero que se integraba perfectamente en el vecindario. El oficial jefe, Harvey Robertson, nos estaba esperando, y fue a nuestro encuentro en la entrada. Era un hombre alto y delgado, de pelo blanco y con incipientes entradas, que hablaba con un marcado acento de Georgia. Nos condujo al interior, y nos pidió que tomáramos asiento en su despacho. Tras las presentaciones, me ofreció un sobre de papel manila.

—Como ya os avancé por teléfono, estas tres son las únicas jóvenes desaparecidas de las que tenemos noticia con alguna certeza —explicó—. Una de ellas el año pasado, y las otras dos ya llevan dos años desaparecidas.

Abrí el sobre y extraje tres carteles con la palabra «DESAPARECIDO» en la parte superior, con sendas fotos y descripciones de las tres chicas y alguna información sobre su último paradero. Parecían hechos a mano, como si las hubieran confeccionado las mismas familias, en lugar de boletines oficiales de la policía. Un examen rápido de las fotos me confirmó que ninguna de ellas era Callie.

—¿No hay algún otro registro de personas desaparecidas en general?

—Sí, pero como ya dije, ninguna se llama Callie. El caso es que si ni la familia ni ninguna persona que la conociera ha informado de su desaparición, por la razón que sea, no hay manera de que podamos tener constancia. Pero como se trata de una comunidad pequeña, creo que tenemos bastante controlado quién se ha ido y quién sigue por aquí.

—Ya sé que no es asunto mío, pero tiene alguna sospecha de qué les ha pasado a las otras chicas.

—Dos de ellas tenían novio, y como tampoco podemos encontrar a los chicos, suponemos que escaparon juntos. En cuanto a la tercera joven, no tenemos la menor idea de qué le ha pasado. Pero era mayor de edad, y fue su casero quien informó de su desaparición, de modo que, por lo que sabemos, simplemente podría haberse mudado.

—Es una lástima no tener más información.

—Por teléfono me dijeron que esa chica que están buscando, Callie, está… enferma, ¿no es así? ¿Y que necesitan encontrar a su familia?

Volví a contar la historia de Callie, y observé cómo parecía estar asimilando cada palabra. Tenía la sensación de que era la clase de persona que puede sorprenderle a uno por su intuición.

288   —No tenemos mucho por donde empezar —comentó cuando acabe mi relato.

—Eso es lo que dijo Natalie también.

El jefe de policía dirigió su atención hacia ella y luego de nuevo hacia mí.

—Es una mujer inteligente. Debería plantearse la posibilidad de tenerla cerca.

«Ojalá —pensé—, ojalá pudiera.»

La oficina del *sheriff* estaba en Cleveland, Georgia, a unos veinte minutos de Helen. Era un edificio bastante más imponente que la comisaría, lo cual no dejaba de tener cierta lógica, ya que abarcaba un área geográfica mucho mayor. Nos condujeron al despacho de un ayudante del *sheriff* que había recopilado la información solicitada de forma similar a como habían hecho en la comisaría de Helen.

En total había nueve personas desaparecidas, incluidas las tres de Helen. De las seis restantes, dos eran hombres. Y de las cuatro que quedaban, solo tres eran de raza caucasiana, y únicamente había entre ellas una adolescente, pero no se trataba de Callie.

Mientras nos alejábamos de allí, Natalie se volvió hacia mí.

—¿Y ahora qué?

—Estoy reflexionando.

—¿Qué quieres decir con eso?

—Que estamos pasando algo por alto. No estoy seguro de lo que es, pero hay algo.

Subimos a nuestro coche de alquiler y después Natalie volvió a hablar:

—Tengo una idea —dijo por fin.

—¿De qué se trata?

—Si Callie es de aquí, seguramente fue a la escuela en esta zona, ¿no? ¿Y se supone que debe tener dieciséis años, diecisiete?

—Sí, creo que debe tener esa edad más o menos.

—Los institutos tienen anuarios. Y algunas escuelas secundarias, también. No tengo ni idea de cuántos institutos hay en la región, pero no pueden ser tantos, y apuesto a que ninguno de ellos es muy grande. Suponiendo que conserven los anuarios en la biblioteca de la escuela, tal vez podríamos encontrarla.

Me pregunté por qué no se me había ocurrido antes.

—Eso es una idea genial.

—Ya lo veremos —dijo—. No regresaremos a Helen hasta después de las seis, así que probablemente hoy será demasiado tarde para poder empezar. ¿Qué te parece si lo intentamos mañana por la mañana?

—Me parece un buen plan. ¿Cómo se te ha ocurrido?

—No lo sé. Simplemente me ha venido esa idea a la cabeza.

—Impresionante.

—¿A que te alegras de que esté aquí?

«Sí —pensé—, muchísimo, pero tal vez no por las razones que te imaginas.»

Ya de regreso en Helen, fuimos al hotel a registrarnos. Al dirigirme al recepcionista tras el mostrador, percibí el alivio de Natalie ante el hecho de que hubiera reservado dos habitaciones, aunque estuvieran una al lado de la otra. El recepcionista nos dio dos llaves magnéticas y nos dirigimos hacia el ascensor.

Aunque faltaba más de una hora para el ocaso, me sentía cansado. Por mucho que disfrutara del tiempo que pasaba con Natalie, me resultaba agotador mantener una actitud exclusivamente profesional y fingir que no estaba enamorado de ella. Me dije a mí mismo que debía aceptar simplemente la ayuda que me estaba ofreciendo, sin más expectativas, pero a veces la teoría es más fácil que la práctica.

En el ascensor pulsé el botón de la tercera planta.

—¿Cómo te gustaría plantearlo? —preguntó—. ¿Quieres que busque yo las escuelas o prefieres hacerlo tú?

—Puedo hacerlo yo. Tal como mencionaste, no puede haber demasiados centros educativos.

—¿A qué hora quedamos mañana?

—¿Para desayunar a las siete aquí en el hotel y tal vez salir hacia las ocho?

—Me parece un buen plan.

Justo en ese momento llegamos al tercer piso y salimos al pasillo. Nuestras habitaciones estaban a mano izquierda, no muy lejos del ascensor.

—¿Dónde vas a cenar esta noche? —preguntó Natalie mientras abría la puerta de mi habitación.

—Estaba pensando en el restaurante Bodensee. «Auténtica cocina alemana.» Vi una crítica cuando estaba buscando hoteles. Parece bastante bueno.

—No creo haber probado nunca la auténtica comida alemana.

«¿Sería una indirecta?»

—¿Qué te parece si reservo para los dos a las ocho? Estoy casi seguro de que podemos ir andando, ¿te parece bien que quedemos en el vestíbulo a menos cuarto?

—Perfecto —dijo sonriendo—. Nos vemos entonces.

Ya en mi habitación, después de hacer la reserva, me eché una siesta rápida, me duché y pasé un rato buscando centros educativos en la zona con el buscador de internet del móvil. Intenté no pensar en Natalie en todo ese rato.

Sin embargo, no lo conseguí. El corazón no puede resistirse a sus anhelos.

A las ocho menos cuarto ella me estaba esperando en el vestíbulo, con un aspecto deslumbrante, como siempre. Llevaba una blusa roja, pantalones vaqueros y bailarinas. Al acercarme, me pregunté si ella estaría pensando en mí de la misma forma obsesiva, pero, como de costumbre, no podía estar seguro.

—¿Estás lista? —pregunté.

—Estaba esperándote.

El restaurante Bodensee se encontraba a poca distancia caminando y el atardecer de ese día era agradable, con una suave brisa que traía el aroma de las coníferas. Éramos los únicos viandantes y se podía escuchar el sonido de nuestros pasos al avanzar sobre el asfalto, al unísono.

—Tengo una pregunta —dijo Natalie por fin.

—Adelante.

—¿Qué piensas hacer si conseguimos encontrar a la familia de Callie? ¿Has pensado qué vas a decirles?

—No estoy seguro —dije—. Supongo que depende de lo que lleguemos a descubrir.

—En caso de que sea menor de edad, tengo el deber de informar a las fuerzas del orden.

—¿Incluso aunque la maltrataran?

—Sí, pero esa es la parte que puede llegar a complicarse —dijo—. No será fácil de resolver en caso de que se escapara con diecisiete años o menos, y ahora fuera técnicamente una adulta. La verdad es que no estoy segura de cuáles son mis obligaciones si ese fuera el caso.

—¿Qué te parece si cruzamos ese puente cuando lleguemos a él?

El restaurante Bodensee, de forma similar a la comisaría, parecía más una casa privada que un edificio comercial, y en cuanto traspasamos el umbral me sentí como en casa. Las camareras iban ataviadas al estilo bávaro, con vestidos entallados, blusas de manga corta y coloridos delantales; también había un bar, muy concurrido, que ofrecía gran variedad de cerveza alemana. Nos condujeron a una mesa en un rincón que parecía prometer algo de privacidad en una sala abarrotada. Al tomar asiento pudimos escuchar retazos de conversaciones a lo lejos.

Natalie echó un vistazo a su alrededor, contemplando el entorno, con una sonrisa en la cara.

—No puedo creerme que estemos en Georgia —dijo, volviendo su atención hacia mí—. Este lugar es increíble.

—Tiene su encanto.

Estudiamos la carta. Había más opciones de las que imaginaba, pero, dada mi falta de conocimientos sobre la cocina alemana, no estaba muy seguro de cómo serían los distintos platos, a pesar de las descripciones.

—¿Vas a pedir el *wiener schnitzel*?

—Seguramente —dije—. ¿Y tú?

—No soy una comensal demasiado atrevida —confesó Natalie—. Creo que probaré el salmón a la plancha.

—Estoy seguro de que también estará bueno.

Cuando llegó la camarera para tomar nota pedí una cerveza rubia; Natalie prefirió una copa de vino, y después pedimos la comida. Iniciando una conversación, Natalie preguntó a la camarera cuánto tiempo hacía que vivía en Helen.

—Solo dos años —dijo—. Mi marido trabaja para el departamento de parques y jardines, y le trasladaron aquí.

—¿Es eso lo habitual? ¿O la mayoría de los habitantes han crecido en la región?

—Supongo que hay un poco de todo. ¿Por qué?

—Curiosidad, simplemente.

Cuando la camarera se alejó, me incliné por encima de la mesa hacia Natalie.

—¿De qué iba eso?

—Simplemente estaba recabando información. ¿Quién sabe? Podría acabar siendo útil.

Coloqué la servilleta en mi regazo.

—Quiero que sepas que aprecio mucho que hayas accedido a acompañarme, además de haber preparado el terreno con la policía y el *sheriff*.

—Ha sido un placer.

—Me sorprende que no tuvieras que trabajar.

—Me tomé un par de días de vacaciones. —Se encogió de hombros—. Tampoco es que los necesitara realmente. Me resulta difícil ir a cualquier sitio que no sea la casa de la playa a visitar a mis padres. Aunque me encanta pasar tiempo con ellos, solo me puedo quedar unos días antes de empezar a volverme loca. —Movió la cabeza de un lado a otro, en un gesto como para desestimar lo que acababa de decir—. Lo siento, eso seguramente ha sonado bastante egoísta.

—Para nada.

—Sí que lo es, si pienso en ti. Me refiero a que perdiste a tus padres.

—Cada uno lleva su cruz.

La camarera reapareció con las bebidas, que sirvió sobre la mesa. Di un trago a la cerveza y me pareció deliciosa.

Natalie jugueteaba con su copa, sumida en sus pensamientos, hasta que por fin se dio cuenta de su silencio.

—Perdona —dijo—. Estaba pensando en otras cosas.

—¿Quieres contármelo?

—Estaba pensando en la vida. Nada importante.

—Me encantaría escucharlo. —Al ver que seguía dudando, añadí—: De veras.

Natalie dio un sorbo a la copa de vino.

—En nuestro primer año de casados, Mark y yo visitamos Blowing Rock. Pasamos el fin de semana en un hostal acogedor, haciendo excursiones y comprando antigüedades. Recuerdo que ese fin de semana pensé que mi vida era exactamente como quería que fuera.

Me quedé mirándola.

—¿Qué piensas hacer?

—¿A qué te refieres? ¿A Mark? —Al verme asentir con la cabeza, siguió hablando—: Seguiré aceptando las cosas como vengan.

—¿Crees que eso es justo para ti?

Se rio con desgana, pero capté la tristeza oculta en aquella risa.

—Dime, Trevor, ¿te parece que la vida es alguna vez justa?

La conversación fue divagando hacia temas más banales mientras nos disponíamos a disfrutar de la cena. Hicimos conjeturas sobre Callie, preguntándonos de nuevo por qué prefería mantener a su familia en secreto. También nos pusimos al día, y le conté casi todo lo que había estado haciendo desde que la vi por última vez. Le hablé de mi decisión de no vender la casa de mi abuelo, y de las reparaciones que planeaba llevar a cabo; le enseñé algunas fotos que había hecho de mi nuevo apartamento en Baltimore. Le expliqué además cómo sería el programa de residencia psiquiátrica, pero no mencioné las dificultades que había experimentado después de que ella hubiera decidido no volver a verme. Me parecía que sacar ese tema solo habría servido para aumentar aún más su inútil sentimiento de culpa.

Al acabar con la cena, ninguno de los dos tenía ganas de postre, de modo que pagué la cuenta, y salimos para regresar paseando y disfrutar de la brisa nocturna. Había refrescado un poco, pero el cielo de color ébano estaba plagado de brillantes estrellas. Las calles estaban vacías, tranquilas; podía escucharse el murmullo de las hojas de los árboles, que me hizo pensar en una madre arrullando a su bebé.

—No he respondido realmente a tu pregunta. —Natalie rompió el silencio.

—¿Qué pregunta?

—Me preguntaste si poner mi vida en pausa era justo para mí. No te ofrecí una verdadera respuesta.

—Creo que comprendí lo que querías decir.

Natalie sonrió, pero podría decirse que su expresión era casi triste.

—Debería haberte dicho que a veces no es tan terrible. Cuando estoy con mi familia, en ocasiones puedo olvidarme por completo de la realidad de mi situación. Por ejemplo, cuando alguien explica una anécdota muy divertida y todos nos reímos, entonces es fácil fingir que llevo una vida normal. Pero al minuto siguiente, todo vuelve a estar presente. Lo cierto es que la realidad siempre está ahí, aunque pueda disimularse temporalmente... Sin embargo, cuando vuelve a salir a la superficie, de repente me siento como si no debiera reír ni sonreír, como si eso estuviera mal. Como si pudiera parecer que no me preocupo por Mark. Paso demasiado tiempo pensando que no me está permitido ser feliz, que ni siquiera debería intentarlo. Sé que parece una locura, pero no puedo evitarlo.

—¿Crees que a Mark le hubiera gustado que te sintieras así?

—No —respondió—. Sé que no le hubiera gustado. Habíamos llegado a hablar sobre cosas parecidas. Bueno, no sobre esta situación exactamente, sino sobre qué nos gustaría que sucediera si la otra persona muriese en un accidente de tráfico, o cualquier otro supuesto. Conversaciones de alcoba, ¿sabes a qué me refiero? Jugábamos a plantearnos hipótesis, como por ejemplo la de que uno de los dos muriera, y él siempre dijo que a él le gustaría que yo siguiera adelante, que encontrase a otra persona y tuviera una familia. Por supuesto, justo después añadía que más me valía no querer a su sucesor tanto como a él.

—Por lo menos era sincero —comenté con una sonrisa.

—Sí —continúo Natalie—. Sí que lo era, pero ahora ya no sé qué significa todo eso realmente. Una parte de mí me dice que debería pasar tanto tiempo con Mark como sea posible, que debería dejar mi trabajo e ir a verle cada día. Porque sé que eso es lo que la gente debe hacer cuando alguien está enfermo, ¿no? Pero la verdad es que no tengo ningunas ganas de hacerlo. Porque cada vez que voy a verle, una pequeña parte de mí se muere en mi interior. Luego me siento culpable por sentirme así, de modo que me armo de valor, y hago lo que se supone que debo hacer. Aunque soy consciente de que a él no le habría gustado que pasara por esto.

Parecía estar examinando el pavimento que se extendía ante nuestros pies.

—Me resulta tan duro no saber cuándo acabará todo esto, si es que eso llega a suceder. El estado vegetativo puede prolongarse durante décadas. ¿Qué puedo hacer, si sé que existe esa posibilidad?

Todavía estoy a tiempo de tener hijos, pero ¿tendré que renunciar a eso también? ¿Y qué hay de las otras cosas que hacen que la vida valga la pena? Como que te abrace o te bese alguien que te ama. ¿También tengo que olvidarme de esas cosas para siempre? ¿Tengo que quedarme en New Bern hasta que Mark muera? ¿O hasta que yo me muera? No me malinterpretes, me encanta New Bern. Pero una parte de mí a veces se imagina una vida distinta, vivir en Nueva York, Miami, Chicago o Los Ángeles. Llevo viviendo en pueblecitos de Carolina del Norte toda mi vida. ¿No merezco poder decidir por mí misma?

Para entonces habíamos llegado al hotel, pero Natalie se detuvo antes de entrar.

—¿Quieres saber cuál es la peor parte? No puedo hablar con nadie de esto. Nadie lo entiende realmente. Mis padres están desconsolados con mi situación, de modo que cuando estoy con ellos les aseguro constantemente que estoy bien. Sus padres están en otra frecuencia distinta. Mis amigos hablan del trabajo, o de sus parejas y sus hijos, y yo no sé cómo seguir. Simplemente... me siento sola. Sé que hay gente a quien le importo, y que se solidariza conmigo, pero no creo que sean capaces en realidad de empatizar, porque es algo tan inusual en comparación con lo que cualquiera puede esperar que le suceda en su vida. Y... —Esperé—. ¿Sabes cuando la gente te pregunta cuáles son tus sueños, o tus objetivos? ¿Dentro de un año, tres o cinco? A veces lo pienso, y me doy cuenta de que no solo no lo sé, sino que ni siquiera sé cómo intentar encontrar las respuestas. Porque el futuro en gran parte no depende de mí, y no hay nada que pueda hacer para cambiarlo.

Alargué el brazo para cogerla de la mano.

—Desearía poder decir algo que te hiciera las cosas más fáciles.

—Lo sé —dijo, apretando mi mano—. Igual que sé que mañana simplemente será otro día más.

Pocos minutos después fuimos a nuestras habitaciones. La confesión de Natalie me entristecía por ella, y al mismo tiempo hacía que me sintiera decepcionado conmigo mismo. Por muy empático que creyera ser, tal como ella había dicho, me resultaba difícil ponerme en su lugar o imaginarme cómo era su vida diaria realmente. La comprendía y me solidarizaba con ella, me sentía mal por ella, pero si intentaba ser sincero conmigo mismo, sabía que no podía empatizar por completo. Todos tenemos una vida interior a la cual no puede acceder nadie más.

Encendí el televisor y elegí un canal de deportes, no porque me importase quién había ganado el último partido de béisbol o torneo de golf, sino porque estaba demasiado cansado como para concentrarme en cualquier programa con una trama o historia que seguir. Me quité los zapatos y la camisa, y me tumbé en la cama para escuchar a los locutores mientras le daba vueltas al enigma de Callie, y simultáneamente revivía el último par de días que había pasado con Natalie.

Me preguntaba si alguna vez en mi vida volvería a encontrarme a alguien como ella. Incluso aunque volviera a enamorarme, ¿no caería en la comparación, ya fuera consciente o subconsciente, entre la nueva mujer deseada y la que amaba en ese momento?

Allí y en ese momento, estábamos juntos y a la vez no lo estábamos. Natalie estaba en la habitación contigua, separada de la mía por una pared y un mundo entero. ¿Tal vez ella, al igual que yo, estaría pensando en lo imposible y deseando que hubiera un mundo especialmente hecho a medida para nosotros dos?

No lo sabía. Solo estaba seguro de que, a pesar de sentirme extenuado, no habría cambiado los últimos dos días transcurridos por nada en el mundo.

Me despertó el sonido de unos golpecitos en la puerta de mi habitación. Eché un vistazo al reloj con los ojos medio cerrados y comprobé que era casi medianoche. La lámpara y la televisión estaban encendidas y busqué a tientas el mando a distancia, no del todo consciente de dónde me encontraba.

Apagué el televisor preguntándome si habrían sido imaginaciones mías, cuando volví a oír los golpes, ahora vacilantes, acompañados de una voz que reconocí al instante.

297

—¿Trevor? ¿Estás despierto?

Me levanté torpemente de la cama y avancé medio dormido y tambaleante por la habitación, pensando que era una suerte que tuviera los pantalones puestos. Abrí la puerta y vi a Natalie todavía vestida con el mismo atuendo que llevaba durante la cena; su expresión denotaba desesperación y tenía los ojos enrojecidos.

—¿Qué sucede? ¿Estás bien?

—No —dijo—. No estoy bien, ¿puedo pasar?

—Claro, por supuesto —dije, apartándome para dejarla pasar. Ella se detuvo en medio de la habitación, como si estuviera buscando un lugar donde sentarse. Le ofrecí la silla del escritorio y me senté en la cama frente a ella.

—He oído la televisión, y pensé que todavía estabas despierto —dijo, al advertir mi estado todavía somnoliento.

—Ahora lo estoy —dije—. Me alegro de que hayas venido.

Durante unos instantes se retorció las manos sobre el regazo, en los ojos una expresión angustiada.

—No quiero estar sola ahora mismo.

—¿Quieres que vayamos a ver si hay algún local abierto en Helen? —pregunté—. ¿Tal vez te apetece tomar una copa, o un café descafeinado?

—No quiero salir —dijo. Luego me miró, vacilante—: ¿Puedo dormir aquí, contigo? No quiero mantener relaciones sexuales… —Cerró los ojos y prosiguió con la voz tensa—: Pero aparte de contigo, no he compartido la cama con nadie desde que Mark cayó enfermo, y solo quiero tener a alguien cerca esta noche. Sé que está mal y que debería regresar a mi habitación…

—Por supuesto que puedes dormir aquí —la interrumpí.

—Trevor…

—Ven aquí. —Me puse en pie, y ella se incorporó lentamente para acurrucarse en mis brazos. La abracé un buen rato antes de meternos en la cama. Entonces alargué la lámpara para apagarla, pero vacilé.

—¿Puedo apagar la luz, o quieres que hablemos un poco más?

—Puedes apagarla —murmuró.

Pulsé el interruptor y la habitación se quedó a oscuras. Me di la vuelta para no darle la espalda, pero solo podía ver una vaga sombra, aunque percibí el sutil aroma de su perfume.

—Me alegro de que estemos a oscuras —susurró—. Tengo un aspecto horrible.

—Tú solo puedes estar guapa.

Sentí su mano sobre mi pecho, y luego acariciándome la mejilla.

—Sí que te quiero, Trevor Benson. Quiero que lo sepas.

—Lo sé —dije—. Yo también te quiero.

—¿Podrías abrazarme?

Tras decir aquellas palabras, la envolví en mis brazos, permitiendo que descansara la cabeza en mi hombro, donde podía sentir el calor de su respiración sobre la piel. Por mucho que deseaba besarla, me contuve. Más que nada deseaba aliviar su tristeza y confusión, aunque solo fuera un poco, durante unas cuantas horas.

Natalie se relajó por fin, su cuerpo se amoldó al mío, en una posición nueva y familiar simultáneamente. Al cabo de un rato escuché cómo su respiración empezaba a apaciguarse, y me di cuenta de que estaba durmiendo.

Sin embargo, permanecí despierto, consciente de que esa sería la última vez que podría abrazarla de ese modo. Anhelaba saborear aquella sensación, hacer que durase para siempre. Me dolía pensar que tal vez nunca volvería a experimentar esa dicha tan especial.

$\mathcal{M}$e desperté cuando las primeras luces del día empezaron a filtrarse bajo las cortinas. Natalie seguía durmiendo, por lo que me levanté sigilosamente de la cama, intentando no despertarla.

Tras ponerme una camiseta limpia que extraje de mi bolsa de lona, me calcé y busqué la cartera, y luego salí de puntillas de la habitación. La luz del pasillo entró por un momento a raudales al abrir la puerta, pero Natalie no se movió. Dormir más era exactamente lo que necesitaba; yo, en cambio, necesitaba café.

El desayuno se servía en un rincón, justo enfrente del vestíbulo. Todavía era demasiado pronto para que sirvieran la comida, pero afortunadamente había café a mansalva. Me llené un vaso térmico y tomé asiento en una de las mesas vacías, con la mente abarrotada de pensamientos agridulces sobre Natalie.

Di unos cuantos sorbos a mi café, y empecé a volver a la vida lentamente. Movido por un impulso, saqué la cartera y desdoblé la nota que escribí con la transcripción de las últimas palabras de mi abuelo. Volví a estudiarlas, y no pude evitar de nuevo la persistente sensación de que estaba pasando por alto algo importante, algo que tenía que ver con Callie.

Tre... vor... ayud... para que... cur... aren... y... si tú puedes... desmayo... enfermedad... como Rose... encuentra familia... ve a hel... te quiero... has venido... ahora vete... por favor

Me levanté de la mesa para dirigirme a la recepción y pregunté si podían prestarme un bolígrafo y un bloc de notas. Mientras volvía a sentarme, recordé las largas pausas entre cada una de esas palabras, y empecé con el supuesto de que hubiera intentado decirme algo sobre Callie.

La orden de escapar, en una mirada retrospectiva, se refería obviamente para describir a Callie, ya que se había escapado. «Encuentra familia» también tenía sentido. Dado que había pasado algún tiempo con Callie, «enfermedad… como Rose» y «desmayo» también eran relativamente fáciles de comprender, especialmente si había presenciado algo preocupante.

Pero «ve a hel…» seguía sin tener sentido. Sin embargo, ¿y si las pausas estaban fuera de sitio? Susurré los conjuntos de palabras en voz alta. En lugar de «ve a hel…» y «escapa», ¿podría ser: «ve a Helen» y «escapado»?

Mi corazón empezó a latir con fuerza de repente al reescribir las últimas palabras anotadas.

Desmayo. Enfermedad. Como Rose. Encuentra familia. Ve a Helen. Se ha escapado. Te quiero. Has venido. Ahora vete. Por favor.

Aunque era imposible saber si estaba en lo cierto, tenía la intuición de que así era. A pesar de lo que la policía y el *sheriff* me habían dicho sobre las adolescentes que se habían escapado, así como las personas desaparecidas en general en toda la zona, sabía que mi abuelo se refería a Callie.

Pero entonces, ¿porque no la había llamado por su nombre?

Mientras seguía tomándome mi café, me concentré en la primera parte de mis notas, buscando nuevas interpretaciones. Tras acabar la primera taza de café me serví otra, y seguí repasando las palabras, reordenando las pausas, pero en ningún momento conseguí encontrar el nombre de Callie ni nada remotamente parecido. Mientras cavilaba, mis pensamientos volvían a divagar hacia Natalie, pero luego me concentraba de nuevo en la tarea que tenía entre manos.

Cuando ya iba por la mitad de la tercera taza de café, me asaltó una nueva idea que, de ser acertada, podría aclarar de forma asombrosa todas mis notas.

Sabía que tal vez me estaba equivocando, pero de repente sentí la certeza de que tendría la respuesta antes de que acabara la mañana.

—Hola —dijo Natalie.

Perdido en mis pensamientos, no la había visto entrar en la sala del desayuno. Ya se había duchado, no como yo, y todavía tenía un poco mojadas las puntas de sus cabellos. Sus ojos brillaban, sin las muestras de cansancio que yo habría podido imaginar.

—Buenos días.

—Te has levantado temprano. No te he oído salir.

—Soy como un ratoncito cuando se trata de escabullirse.

—Voy a buscar un yogur. ¿Quieres que te traiga algo?

—Te acompaño.

Tal como había dicho, cogió un yogur y se preparó una taza de té. Yo preferí tomar huevos con beicon y una tostada, saltándome por un día la dieta saludable.

De regreso a la mesa, tomamos asiento uno frente al otro.

—¿Has dormido bien? —pregunté.

—Como un bebé —dijo Natalie, aparentemente algo avergonzada—. Anoche fuiste muy amable. Gracias.

—No me des las gracias, por favor. Eso podría estropearlo.

—Trato hecho —replicó—. ¿Has buscado los colegios de la zona?

—Sí —respondí—. Anoche, antes de la cena.

—Yo también. No hay muchos, pero están repartidos por todo el condado. Tendremos que conducir bastante hoy.

—Antes me gustaría ir a la comisaría. ¿A qué hora crees que llegará el oficial jefe?

—No se puede saber. Probablemente hacia las ocho. ¿Por qué?

—Prefiero no contártelo todavía. Pero si estoy en lo cierto, puede que no tengamos que conducir tanto.

Después de almorzar regresé a la habitación, me duché y recogí mis cosas. Tras encontrarnos en el vestíbulo, antes de que diera la hora en punto, ya estábamos en el coche.

Ya en la comisaría, volvieron a conducirnos a la oficina de Robertson. Como no había compartido mi idea con Natalie, tenía tanta curiosidad como él acerca de nuestra visita.

—Estoy seguro de que no se trata de una visita de cortesía —empezó—, ¿qué puedo hacer por ustedes?

—Estaba preguntándome cómo se clasifican las personas desaparecidas en Georgia. ¿Existe una base de datos a nivel estatal?

—Sí y no. Los informes de las personas desaparecidas se gestionan generalmente a nivel local, por lo que cada comisaría cuenta con su propia lista. A veces puede intervenir la Oficina de Investigación de Georgia, y ellos sí que operan a nivel estatal.

—¿La Oficina de Investigación de Georgia?

—Sí —contestó—. Los pueblos pequeños no suelen poder permitirse contar con detectives o investigadores a tiempo completo entre su personal, de modo que cuando se comete un delito o se informa de la desaparición de una persona fuera de las principales ciudades, se recurre a la Oficina de Investigación de Georgia. Ellos cuentan con su propia lista de personas desaparecidas.

—Entonces, en caso de contar con un nombre, ¿sería posible comprobar si esa persona está desaparecida?

—Por supuesto —contestó—. Las personas desaparecidas normalmente se clasifican por orden alfabético, pero en algunos departamentos el registro es cronológico. Y en función de cada uno de ellos, algunas de esas listas son públicas.

—¿Qué pasa si solo se cuenta con el nombre de pila?

—Obviamente, el proceso es más lento, pero sigue siendo posible. Habría que dedicarse a buscar en las diferentes listas. Y cabe tener en cuenta que hay personas cuya desaparición se registró hace más de diez años.

—¿Podría hacer esa comprobación para nosotros?

—¿Quieren que busque el nombre de Callie? Ni siquiera están seguros de que desapareciera en Georgia.

—Es una niña, y se está muriendo.

Después de tan solo un instante, asintió con la cabeza.

—De acuerdo, pero no puedo asegurarles cuánto tiempo pueda llevar la búsqueda.

—Hay otra cosa que quería pedirle.

—¿Sí?

—¿Podría buscar el nombre de Karen, además del de Callie?

—¿Karen?

Asentí con un gesto.

—Una adolescente caucásica desaparecida desde la primavera o el verano pasado.

Mientras hablaba, pude notar cómo Natalie me miraba inquisitivamente.

Robertson nos pidió que esperáramos en una cafetería de la misma calle. Aunque ambos habíamos comido, pedí otra taza de café y Natalie otro té. Dejé una propina del quinientos por ciento en la mesa a la vista, por si teníamos que quedarnos más tiempo de lo normal.

—¿Karen? —preguntó Natalie.

Le enseñé la nota original. Natalie la leyó. Al terminar, repasé la última parte.

> Tre... vor... ayud... para que... cur... aren... si tú puedes... desmayo... enfermedad.. como Rose... encuentra familia... ve a hel... escapa... te quiero... has venido... ahora vete... por favor

—Parece obvio que se refería a ella.

—No menciona el nombre de Callie.

—No, es cierto. Pero si tenemos en cuenta su dificultad para hablar en ese momento, que le obligaba a hacer muchas pausas, y que no le permitía pronunciar bien todas las palabras, el resultado es el siguiente.

Le mostré una de las reinterpretaciones que había garabateado antes:

> Trevor... ayuda para curar a Karen si tú puedes... Se desmayó... Está enferma como Rose... Encuentra a su familia... Ve a Helen. Se ha escapado. Te quiero. Has venido. Ahora vete. Por favor.

Antes de alzar la vista para mirarme, leyó con atención las palabras.

—¿Cómo has llegado a esto?

—Supongo que debía estar inspirado.

Pasó menos tiempo de lo que esperaba, unos cuarenta y cinco minutos, antes de que Robertson entrara en la cafetería con una carpeta de papel manila. Se sentó en una de las sillas libres de nuestra mesa. Sin preguntar nada, la camarera regresó a la mesa con una taza de café para él. Supuse que era un cliente habitual. Entretanto, Robertson deslizó la carpeta sobre la mesa.

—Creo que tal vez he dado con ella.

—¿Tan pronto?

—Karen Anne-Marie Johnson —dijo—. De Decatur. Dieciséis años. Se fue de casa con quince el pasado mes de mayo, lo cual significa que lleva desaparecida poco más de un año. Podría ser la chica que busca, ¿no le parece? Quería mostrárselo antes seguir investigando.

Abrí el delgado expediente y mis ojos se posaron en una copia de una fotografía de Callie. Por un momento, no pude creerlo. Aunque había tenido esperanza, la sensación de alivio que sentí era abrumadora.

—Es ella.

—¿Está seguro?

—Sin duda —dije. Natalie se acercó a mí, y sus ojos también examinaron la foto. Tuve que hacer un esfuerzo por recordar que, aparte de la frenética noche en que se incendió el tráiler (tal vez ni siquiera entonces), Natalie nunca la había visto.

—No puedo creer lo rápido que la ha encontrado —dije.

—No ha sido tan difícil. Estaba en la lista de personas desaparecidas de la Oficina de Investigación de Georgia, que fue la primera que comprobé. Me llevó menos de diez minutos. Está publicada en su sitio web, con fotos incluidas, por lo que en realidad, no necesitaban mi ayuda. Podían haberse quedado en Carolina del Norte y haber realizado la búsqueda ustedes mismos.

Solo que no sabíamos que la Oficina de Investigación de Georgia tuviera una web. Hasta esa misma mañana, nunca había oído hablar de su existencia.

—Agradecemos su ayuda.

—Es nuestro trabajo. Espero que esto contribuya a un final feliz.

—¿Hay algo más que pueda decirnos?

Robertson asintió.

—He hablado con nuestros compañeros en Decatur y han buscado el expediente. En esta carpeta encontrarán una copia, pero es una historia bastante típica. Dijo a sus padres que se quedaba a dormir en casa de una amiga. El día siguiente por la tarde, puesto que no sabían nada de ella, los padres se pusieron en contacto con la amiga y se enteraron de que nunca había ido a su casa. Por lo que sabían, no tenía novio, de modo que no se trataba de eso. En el informe verán además que tiene dos hermanas pequeñas.

Lo cual significaba que podría haber posibles donantes de médula ósea coincidentes.

—Pero si es de Decatur, ¿por qué apareció la localidad de Helen en la ecuación? —preguntó Natalie.

—No lo sé —dije—. Pero tengo la corazonada de que voy a averiguarlo.

—Yo, por mi parte —dijo Robertson—, voy a tener que contactar con la Oficina de Investigación de Georgia para informarlos del paradero de Karen. También con la policía de Decatur. Estoy seguro de que será un alivio para sus padres.

Reflexioné sobre ello.

—¿Podría esperar hasta mañana?

—¿Por qué debería hacerlo? —dijo Robertson frunciendo el ceño.

—Porque me gustaría hablar antes con ella.

—Aquí, en Georgia, no hacemos las cosas así.

—Lo sé. Pero en primer lugar me gustaría saber por qué escapó. En caso de que estuviera sufriendo maltratos, me gustaría que estuviera preparada.

—Mi intuición me dice que su huida no tuvo nada que ver con una situación de maltrato.

—¿Por qué lo cree así?

—Eche un vistazo a la última página —dijo—. Después de hablar con los compañeros de Decatur, imprimí un artículo de las noticias que pude encontrar. Puede que le interese leerlo detenidamente.

Editado originalmente en el periódico *Atlanta Journal-Constitution*, el artículo era breve, de tan solo un par de párrafos de longitud, y tras leerlo, estuve de acuerdo con el presentimiento de Robertson.

En mi opinión, ese artículo lo explicaba casi todo.

Después de que Natalie y yo insistiéramos un poco, Robertson aceptó darnos veinticuatro horas antes de contactar con la Oficina de Investigación de Georgia y la policía de Decatur. También juró que me haría personalmente responsable, en caso de que mi plan se torciera.

Lo primero que hice fue llamar a la doctora Nobles. Tras una larga espera, me hizo saber que Callie todavía estaba en el hospital y que su estado había empeorado levemente durante la noche. Le dije que había encontrado a su familia y que planeaba hablar con Callie aquella misma tarde. Acto seguido, cambié la reserva de nuestro vuelo para poder estar en el hospital a media tarde. Natalie y yo debatimos sobre cuál sería la mejor manera de gestionar aquella situación en el camino de regreso a Atlanta. Devolvimos el coche de alquiler, facturamos y, por último, nos dirigimos a la puerta de embarque.

Una vez a bordo, Natalie guardó silencio, y yo también. Ambos sabíamos que nuestro tiempo juntos estaba a punto de concluir, pero ninguno de los dos tenía ganas de hablar de ello. Advertí que Natalie había estado examinando disimuladamente a los demás pasajeros a medida que se aproximaban a la puerta de embarque, sin duda preocupada de que alguien pudiera reconocerla. Comprendía sus motivos, pero, aun así, su actitud me hacía sentir vacío por dentro.

En la terminal de New Bern, mientras nos dirigíamos a la salida, ambos oímos a alguien llamarla por su nombre. Otra mujer, aproximadamente de su edad, se nos acercaba, obviamente con la intención de hablar con ella. Me sentí dividido entre si debía esperarla o simplemente seguir caminando, pero pude ver una súplica en los ojos de Natalie, que me rogaba que la dejara sola.

Seguí caminando solo hacia el aparcamiento, luchando por reprimir la necesidad de mirar por encima de mi hombro, preguntándome si aquel sería el último recuerdo que tendría de ella.

Quince minutos después llegué al hospital y me dirigí a la habitación de Callie.

La puerta estaba abierta y pasé. Inmediatamente me di cuenta de que le habían quitado el vendaje alrededor de la cabeza, y su pelo estaba enmarañado. Como ya era habitual, tenía la televisión encendida, y cuando advirtió mi presencia, volvió a prestarle toda su atención. Moví la silla para acercarla a la cama y tomé asiento.

—¿Cómo te encuentras?

—Quiero irme a casa.

—He hablado hace un rato con la doctora Nobles.

—Estuvo aquí esta mañana —dijo Callie—, y me dijo que todavía están intentando encontrar donantes.

Me quedé observándola, intentando imaginarme lo duro que debía haber sido el último año para ella.

—He estado en Georgia esta mañana —dije por fin.

Se volvió hacia mí, recelosa.

—¿Y qué?

—Sé quién eres.

—No, no lo sabes.

—Tu nombre es Karen Johnson y tienes dieciséis años. Te escapaste de tu casa en Decatur, Georgia, el pasado mes de mayo, cuando todavía tenías quince. Tus padres se llaman Curtis y Louise, y tienes dos hermanas gemelas llamadas Heather y Tammy.

Tras un primer momento de *shock*, me miró con los ojos entrecerrados.

—Supongo que ya habrás llamado a mis padres, ¿no? ¿Y que ya están de camino?

—No —dije—. No lo he hecho. Por lo menos de momento.

—¿Por qué no? ¿Porque tu plan es que me arresten?

—No. Porque me gustaría que hablaras con tus padres antes de que lo haga la policía.

—No quiero hablar con ellos —dijo, alzando la voz—. Ya te lo he dicho.

—Me dijiste muchas cosas —proseguí, manteniendo la calma—. Pero eres una menor y, técnicamente, una persona desaparecida. La policía contactará con tus padres como muy tarde mañana, de modo que todo esto se ha acabado, independientemente de lo que tú decidas. Descubrirán dónde estás y estoy seguro de que vendrán a verte. Simplemente pensé que sería mejor que supieran antes de tu propia boca lo que ha pasado.

—No tienes ni idea.

—Qué es lo que no sé.

—Me odian. —Su voz era en parte un sollozo, pero también un grito de rabia.

310 La miré fijamente, mientras pensaba en el recorte de prensa que había leído.

—¿Por lo que le pasó a Roger?

Se estremeció al oír ese nombre, y supe que había dado vía libre a una marea de dolorosas emociones. En lugar de responder, atrajo las piernas hacia el cuerpo, con las rodillas pegadas al pecho y empezó a mecerse. Deseé poder ayudarla de algún modo, pero sabía por experiencia que la culpa es una batalla individual que siempre se ha de librar en solitario. Me quedé mirándola mientras empezaba a llorar, antes de enjugarse airada las lágrimas con el dorso de la mano.

—¿Quieres que hablemos de ello? —pregunté.

—¿Por qué? Eso no cambiará lo que sucedió.

—Tienes razón —admití—. Pero hablar sobre la tristeza o la culpa puede ayudarte a liberar parte del dolor, y a veces eso deja más espacio en tu corazón para recordar lo que amabas en ciertas personas.

Tras un largo silencio, Callie por fin empezó a hablar, con voz entrecortada.

—Se murió por mi culpa. Se suponía que debía cuidarlo.

—Lo que le pasó a Roger fue un espantoso y terrible accidente. Estoy seguro de que querías muchísimo a tu hermano pequeño.

Apoyó la barbilla sobre sus rodillas, con aspecto de estar completamente exhausta. Esperé en silencio, para permitir que decidiera por sí misma. Aprendí gracias a mi propia terapia cuán poderoso puede ser el silencio: permite que la gente se tome su tiempo para decidir cómo contar su propia historia, o si prefieren no contarla. Cuando Callie finalmente empezó a hablar, casi parecía como si estuviera hablando consigo misma.

—Todos queríamos a Roger. Mis padres siempre habían deseado tener un hijo, pero después de Heather y Tammy, a mi madre le costó mucho volver a quedarse embarazada. Así que, cuando por fin llegó Roger, fue como un milagro. Cuando era un bebé, Tammy, Heather y yo le tratábamos como una muñeca. Le poníamos combinaciones de ropa distinta y le hacíamos fotos como si fuera un modelo. Siempre estaba feliz, era uno de esos bebés que siempre sonreían, y en cuanto pudo caminar nos seguía a todas partes. Nunca me importó tener que cuidar de él. Mis padres no salían mucho, pero esa noche era su aniversario. Tammy y Heather se habían quedado en casa de una amiga a pasar la noche, y por eso estaba sola con Rog. Estábamos jugando con su circuito de trenes de Thomas la Locomotora, y cuando empezó a tener hambre, le llevé a la cocina para prepararle un perrito caliente. Era su comida favorita. No se cansaba de comer perritos, y yo se los cortaba en trocitos. Cuando me llamó mi amiga Maddie, pensé que no pasaría nada si salía a hablar afuera. Estaba disgustada porque su novio acababa de romper con ella. No me pareció haber estado hablando tanto tiempo, pero cuando volví adentro, Roger estaba en el suelo, y tenía los labios morados, y no supe qué hacer... —No acabó la frase, como si estuviera reviviendo ese momento paralizante de nuevo. Cuando reanudó su relato, parecía aturdida—. Solo tenía cuatro años... Empecé a gritar y en algún momento uno de los vecinos me oyó y vino a ver qué pasaba. Llamó al teléfono de emergencias y después llegaron mis padres y la ambulancia, pero para entonces...

Hizo una larga inhalación, aunque irregular.

—En el funeral llevaba un traje azul que mis padres tuvieron que comprarle. Cada una de nosotras puso un juguete en el ataúd, y yo escogí la locomotora. Pero... era como una pesadilla. Ni siquiera parecía él. Le habían hecho la raya al lado contrario del habitual, y recuerdo que pensé que si le hubieran hecho bien la raya, me habría despertado y todo volvería a la normalidad. Pero obviamente, todo cambió después de eso. Era como si la oscuridad hubiera desplegado su manto sobre todos nosotros. Mi madre se pasaba el día llorando, y mi padre en el garaje, y Heather y Tammy se peleaban todo el tiempo. Nadie debía entrar en el cuarto de Roger, que estaba exactamente igual que en el momento en que dejamos de jugar con el circuito de trenes. Tenía que pasar por delante cada vez que iba a mi habitación, o al cuarto de baño, y entonces lo único que era capaz de pensar era que si nos hubiéramos quedado unos cuantos minutos más jugando, Maddie no habría llamado mientras él estaba comiendo y no habría pasado nada. Y mi madre y mi padre... casi no podían mirarme siquiera, porque me culpaban de lo ocurrido. Y encima sucedió en su aniversario, así que también les arruiné su día.

Vacilé, planteándome cómo darle sentido a una tragedia tan terrible. Finalmente dije:

—Callie, estoy seguro de que saben que no fue culpa tuya.

—Te equivocas —replicó, en un tono de voz más fuerte—. Tú no estabas allí. Los oí hablando una noche. Decían que si no hubiera estado hablando por teléfono, Roger seguiría con vida. O que si hubiera llamado al teléfono de emergencia enseguida, tal vez habrían podido salvarle.

Imaginé cuán apabullante debía haber sido para ella escuchar esas palabras.

—Eso no significa que dejaran de quererte —sugerí.

—¡Pero sí que fue mi culpa! —gritó—. Yo soy la que se fue afuera para hablar por teléfono y le dejó solo; cada vez que mis padres me miraban, sabía lo que estaban pensando. Y entonces... todo empezó a ir mal. Despidieron a mi padre, a mi madre le diagnosticaron cáncer de piel, y aunque lo detectaron a tiempo, fue un problema más añadido. Finalmente mi padre encontró otro trabajo, pero tuvimos que vender la casa, y Tammy y Heather se disgustaron mucho porque tenían que dejar atrás a todos sus amigos. Y lo único que podía pensar era que había sido yo quien había provocado que se desencadenase todo aquello, y de pronto supe que tenía que irme. Si me iba, las cosas volverían a la normalidad en algún momento.

Sentí la necesidad de decirle que a veces se producen despidos, y que cualquiera puede tener cáncer; de explicarle que en situaciones de estrés, la probabilidad de discusiones es mucho más alta. Pero Callie no estaba preparada para escuchar nada de eso todavía, porque la culpa le permitía sentir que tenía cierto control sobre la situación.

—Así que decidiste escaparte.

—Tenía que hacerlo. Fui a la estación de autobuses y cogí el primero en salir. Llegué a Charlotte, luego a Raleigh, y después me llevó un hombre que iba hacia la costa. Y así acabé en New Bern.

—Y entonces dormiste en el granero de mi abuelo, y él te encontró.

—No tenía dinero, y estaba cansada y sucia —dijo, de una forma imposiblemente adulta para su edad—. No me había duchado en días. Me encontró a la mañana siguiente.

—Adivino que seguramente te propuso desayunar.

Por primera vez desde que la había visitado en el hospital, esbozó la más leve de las sonrisas.

—Sí que lo hizo. No parecía para nada enfadado. Simplemente me preguntó quién era, y sin querer le dije mi verdadero nombre, pero entonces me vino a la cabeza Callie, así que le dije que ese era mi segundo nombre, y que prefería que me llamara de ese modo. Entonces dijo: «De acuerdo, Callie, apuesto a que estás hambrienta. Vamos a buscar algo de comida y hacer una colada con tu ropa». No me hizo demasiadas preguntas; casi todo el rato estuvo hablando de las abejas.

—Sí, suena como algo que él probablemente haría.

—Cuando acabé de comer, me preguntó adónde pensaba ir. No lo sabía, así que me dijo que pondría sábanas limpias en el cuarto

313

de invitados y que podía quedarme hasta que decidiera qué hacer. Fue casi como si hubiera estado esperando mi llegada. Recuerdo que esa mañana, después de haberme preparado el desayuno, me pidió que le ayudara con las abejas. Me hizo poner uno de los trajes protectores, aunque él no quiso llevar ninguno. Me dijo que eran sus amigas y que confiaban en él. Yo pensé que debería haberlo dicho al revés: que él confiaba en ellas, pero no lo dijo. Me sigue pareciendo un poco gracioso, ¿a ti no?

Sonreí.

—Sí, a mí también solía decirme lo mismo.

Callie asintió.

—Bueno, el caso es que, después de un par de semanas, me habló del Trading Post. Le dije que nunca había trabajado en una tienda, pero él dijo que eso no importaba. De modo que subimos a su camioneta, me acompañó al interior, y prácticamente convenció a Claude de que me diera un trabajo. Cuando pude ahorrar un poco, me ayudó con algo más de dinero para poder mudarme a la caravana. También me ayudó con eso, aunque no es que yo tuviera demasiadas cosas. Pero me dio algunos muebles que no necesitaba, igual que Claude después de que se quemara el remolque.

Me contó muchas cosas que yo desconocía, aunque ninguna me sorprendió.

—¿De verdad te dio el número de la seguridad social de mi abuela?

Tras dudar un momento, negó con la cabeza.

—No. Encontré la tarjeta en una caja bajo la cama la primera noche que pasé allí. Siento haberla cogido, pero no sabía qué otra cosa podía hacer. Era consciente de que mis padres podrían encontrarme si usaba la mía.

—¿Y cómo aprendiste todo eso?

—La tele —dijo encogiéndose de hombros—. Películas. Esa fue también la razón de que no cogiera mi móvil, de que viajara en autobús y de que me cambiase el nombre.

—Muy lista —dije con cierta admiración en la voz.

—Funcionó —dijo ella—. Hasta que tú lo descubriste.

—¿Puedo preguntarte un par de cosas más?

—¿Por qué no? —Parecía resignada—. Seguramente lo averiguarás todo igualmente.

—¿Por qué elegiste el nombre de Callie?

—Porque originariamente soy de California.

—¿En serio?

—Nací en San Diego. Mi padre estaba en la Marina.

Otro detalle que no sabía, aunque probablemente no era relevante.

—¿Por qué sabía mi abuelo que estabas enferma?

—Ah, sí. Ni siquiera estoy segura de que ya entonces estuviera enferma. Tal vez sí lo estaba. No lo sé. El caso es que me desmayé cuando le estaba ayudando con la recolección de la miel. Cuando volví en mí, me dijo que le había dado un susto de muerte. Intentó convencerme para ir al médico, pero yo no quería. Pensé que me harían demasiadas preguntas. Lo cual resultó ser cierto, como ya sabes.

Alcé una ceja, mientras pensaba que era más espabilada de lo que me había imaginado, y que yo no hubiera sido capaz de hacer todo eso a su edad. A pesar de toda esa información, quedaban, no obstante, un par de preguntas obvias por resolver.

—Supongo que después de que tu familia vendiera la casa, tu padre encontró un trabajo en Helen, ¿no?

—En realidad, me escapé antes de que se mudaran, pero ese era el plan. Mi padre consiguió un trabajo como director de hotel allí.

Me pregunté si sería el mismo hotel donde me alojaba; o si sería el mismo hombre al que le había pedido un bolígrafo por la mañana.

—¿Cómo supo mi abuelo que tu familia estaba en Helen?

—Fue una noche, en la que sentí muchísima nostalgia. Heather y Tammy son gemelas, y era su cumpleaños, y yo me puse a llorar porque las echaba de menos. Creo que mencioné que deseaba estar con ellas allí, en Helen, en ese momento. No era consciente de que él me hubiera oído, o que supiera qué estaba diciendo, pero supongo que así se enteró. —Desvió la vista a otro lado, y me di cuenta de que todavía quería añadir algo. Uní mis manos, y seguí escuchándola después de que profiriera un suspiro—. Tu abuelo me caía muy bien —dijo—. Siempre estaba pendiente de mí, ¿sabes?

Era como si le importase de veras, aunque no había ninguna razón para ello. Cuando murió, lo pasé muy mal. Me sentía como si hubiera perdido a la única persona en este pueblo en quien realmente confiaba. Incluso fui al funeral, ¿sabes?

—¿Ah, sí? No recuerdo haberte visto.

—Me quedé en la parte del fondo —explicó—. Pero cuando se fue todo el mundo, me quedé allí, y fui a darle las gracias, y le dije que cuidaría a sus abejas. —Sonreí—. Sé que tú también le importabas de veras.

Cuando dejó de hablar, rebusqué en un bolsillo para sacar el móvil y dejarlo en la cama a su lado. Callie se quedó mirándolo fijamente, pero no hizo ademán de cogerlo.

—¿Qué te parecería si llamas a tus padres? —dije.

—¿Tengo que hacerlo? —preguntó con un hilo de voz.

—No. No te voy a obligar. Pero si no les llamas tú por teléfono, la policía se presentará en la puerta de su casa, y eso tal vez les asuste.

—¿Y la policía tiene que contárselo? ¿Aunque yo no quiera?

—Sí.

—En otras palabras, no tengo elección.

—Claro que la tienes. Pero aunque no les llames, vendrán aquí. Vas a tener que verlos, quieras o no.

Se toqueteó las uñas.

—¿Y si todavía me odian?

—No creo que te hayan odiado nunca. Creo que simplemente estaban combatiendo su duelo, al igual que tú. Cada uno lo hace a su manera.

—¿Puedes quedarte conmigo? ¿Por si necesitan hablar contigo? ¿O si yo te necesito para que hables tú con ellos, por si empiezan a gritar o pierden la cabeza? ¿Y tal vez podrías estar aquí también cuando vengan mañana?

—Claro —aseguré.

Se mordió un labio.

—¿Podrías hacerme otro favor? —Se llevó las manos inconscientemente al pelo enmarañado—. ¿Podrías traerme algunas cosas de la tienda? Tengo un aspecto horrible.

—¿Qué necesitas?

—Ya sabes… maquillaje. Un cepillo, desmaquillador, y crema de manos. —Fijó la mirada con desagrado en sus cutículas agrietadas.

Asentí, mientras anotaba en mi móvil la lista de productos que me iba recitando.

—¿Algo más?

—No —dijo—. Supongo que debería llamar ahora, ¿no?

—Probablemente. Pero antes quiero que sepas algo.

—¿El qué?

—Estoy orgulloso de ti.

21

*M*e quedé al lado de Callie mientras hacía aquella llamada. Como era de esperar, sus padres se mostraron conmocionados y eufóricos a la vez al oír la voz de su hija. Tras suspirar con incredulidad y llorar de alegría, le hicieron un aluvión de preguntas, muchas de las cuales Callie prometió contestar con más detalle cuando estuvieran allí. Pero cuando me devolvió el móvil para que hablara con ellos, el alivio inicial quedó anegado por el temor, al explicarles quién era y cuál era el diagnóstico y el pronóstico de su hija. Les prometí que los doctores de Callie los pondrían al día de todas las opciones de tratamiento cuando llegaran a New Bern, y les dije que era de vital importancia que vinieran lo más pronto posible para poder explorar todas las alternativas médicas para Callie.

También llamé al oficial jefe Robertson para informarle de que podía dar aviso a la Oficina de Investigación de Georgia y la policía de Decatur de que Callie ya había sido encontrada, y también de que se había puesto en contacto con sus padres. Antes de finalizar la llamada, me pidió que le mantuviera al corriente del estado de salud de Callie, cosa que le prometí tras pedirle permiso a ella.

Durante el resto de la tarde me quedé con Callie, escuchando los recuerdos que le venían espontáneamente a la cabeza de su vida antes de que muriera Roger, con los detalles de una adolescencia normal. Era como si el dique impuesto por el aislamiento y el secretismo del año anterior de repente hubiera reventado, liberando una marea de nostalgia hacia la vida por la que había estado sufriendo todo ese tiempo. Desde las competiciones regionales de voleibol a los hábitos de su perro labrador, los nombres de sus profesores favoritos, y el chico con el que había salido brevemente, los detalles personales de su vida surgieron atropelladamente de forma aleatoria durante las siguientes horas, configurando una imagen casi asombrosamente normal. Sentí admiración por la valentía y la independencia que había demostrado desde que se escapó, puesto que nada en la plácida y relativamente domesticada existencia que me había descrito podría haberla preparado para las adversidades a las que tuvo que enfrentarse.

Estuve con ella cuando la doctora Nobles pasó en su ronda y observé en silencio cómo Callie por fin le contaba la verdad. Evitó la mirada de la doctora y retorció con las manos las sábanas mientras se disculpaba por haberle mentido. Al finalizar, la doctora Nobles le cogió una mano con fuerza.

—Ahora simplemente vamos a concentrarnos en intentar que te pongas bien, ¿vale? —dijo.

Sabía que la familia de Callie pensaba conducir de noche para llegar a primera hora de la mañana al hospital. Callie volvió a pedirme que le prometiera que estaría presente, y le aseguré que me quedaría todo el tiempo que ella quisiera. Cuando se hizo la oscuridad en el aparcamiento que podía verse desde su ventana, le pregunté si quería que me quedara hasta que se acabaran las horas de visita. Ella negó con la cabeza.

—Estoy cansada —dijo, dejándose caer sobre las almohadas—. Estaré bien. —Por alguna razón, la creí.

Cuando volví a casa me sentí completamente exhausto. Llamé a Natalie, pero saltó el contestador. Dejé un breve mensaje para informarla de que la familia de Callie llegaría por la mañana, por si quería conocerlos, y de que ya había hablado con Robertson. Después me desplomé en la cama y no me desperté hasta la mañana siguiente.

De camino al hospital, me detuve en la tienda, y con ayuda de una de las empleadas, gasté una pequeña fortuna en productos de belleza, un cepillo y un espejo de mano. Al darle la bolsa a Callie, pude advertir la tensión en su rostro. La observé mientras se mesaba el cabello sin cesar, se tocaba la piel de los antebrazos, y retorcía las sábanas.

—¿Qué tal has dormido? —pregunté, sentándome cerca de la cama.

—No he dormido —respondió—. Tengo la sensación de que estuve mirando el techo toda la noche.

—Es un gran día. Para todo el mundo.

—¿Qué hago si están enfadados conmigo y empiezan a gritar?

—Haré de mediador si es necesario, ¿vale? En caso de que las cosas se descontrolen, quiero decir. Pero ayer parecían muy contentos de saber de ti, ¿no es así? No creo que vayan a gritarte.

—Aunque se alegren de que esté viva… —Hizo una pausa para tragar saliva, con la cara inexpresiva—. En el fondo siguen culpándome de matar a Roger.

No sabía qué decir, así que callé. En el silencio, Callie rebuscó en la bolsa con la mano buena, y examinó las cosas que había comprado.

—¿Quieres que te sujete el espejo?

—¿No te importa?

—Para nada —respondí mientras alargaba la mano para cogerlo. Al ver su reflejo, Callie se estremeció.

321

—Tengo un aspecto horrible.

—No, no es cierto —denegué—. Eres una chica muy guapa, Callie.

Hizo una mueca mientras se pasaba el cepillo por el pelo, y luego empezó a maquillarse. Aunque yo no creía que su acicalamiento le importase a su familia, parecía hacer que se sintiera mejor consigo misma, y eso sí que importaba.

Parecía saber lo que estaba haciendo, y cuando acabó, su transformación me pareció asombrosa. Una vez satisfecha, devolvió los artículos de belleza a la bolsa y la dejó sobre la mesita de noche.

—¿Cómo estoy ahora? —preguntó con escepticismo.

—Estás muy guapa. Y ahora realmente sí parece que tienes diecinueve años.

—Estoy tan pálida… —Frunció el ceño.

—Eres demasiado exigente.

Miró a través de la ventana.

—No me preocupa la reacción de mi madre y mis hermanas —dijo—. Pero tengo un poco de miedo de la de mi padre.

—¿Por qué?

—No te lo había dicho, pero ya antes de que Roger muriera, no nos llevábamos demasiado bien. Es una persona muy callada, y normalmente no demuestra demasiado sus emociones, hasta que se enfada. Y se enfadó muchísimo cuando murió Roger. No le gustaba la gente con la que iba, decía que podía ir mejor en el instituto, no le parecía bien la ropa que llevaba… La mitad del tiempo estaba castigada. Lo odiaba.

—Eso mismo es lo que les suele pasar a la mayoría de los adolescentes.

—No estoy segura de querer volver a casa —confesó, con un tono aterrorizado en la voz—. ¿Y si todo va igual de mal que antes?

—Creo —empecé a decir— que lo mejor sería que te enfrentaras a cada cosa a su tiempo. No necesitas tomar esa decisión ahora mismo.

—¿Crees que estarán enfadados conmigo por haberme escapado y no haber llamado?

Asentí, porque no quería mentirle.

—Sí. Lo estarán, en parte. Pero por otro lado estarán emocionados por volver a verte. Y también puede que estén preocupados por tu enfermedad. Creo que van a sentir muchas emociones distintas a la vez. Apostaría a que estarán un poco abrumados, y eso es algo que deberías tener en cuenta cuando hables con ellos. Pero la cuestión más importante ahora es: ¿cómo te sientes?

Sopesó la respuesta.

—Me siento emocionada y, al mismo tiempo, tengo miedo.

—Yo también estaría asustado —dije—. Es normal.

—Solo quiero…

No acabó la frase, pero no era necesario. Pude ver en la expresión de su rostro lo que quería, puesto que era lo mismo que querría cualquier niño: ser amada por sus padres. Aceptada. Perdonada.

—Hay algo más que tal vez quieras considerar —añadí después de un momento.

—¿A qué te refieres?

—Si quieres que tus padres te perdonen, entonces vas a tener que perdonarte primero a ti misma.

—¿Cómo? —preguntó—. ¿Después de lo que hice?

—Perdonar no significa olvidar, o dejar de desear poder cambiar el pasado. Significa, sobre todo, que aceptas la idea de que no eres perfecta, porque nadie lo es. Y que a cualquiera le pueden pasar cosas terribles.

Bajó la mirada, y en el silencio pude ver que forcejeaba con esa idea. Le llevaría tiempo y seguramente mucha terapia poder conseguirlo, pero era un camino que iba a tener que emprender para poder curarse y seguir con su vida. No seguí insistiendo; en ese momento, tenía otros desafíos más inmediatos a los que enfrentarse.

Para evitar que siguiera dándole vueltas a lo que era obvio, llevé la conversación a un terreno más llano. Compartí mi impresión de Helen y le enseñé algunas fotos con el móvil, para que pudiera imaginarse mejor cómo estaba el pueblo; le sugerí que probase el *wiener schnitzel* en el Bodensee si tenía la oportunidad. Y, por primera vez, le hablé de Natalie; no se lo conté todo, pero sí lo suficiente como para que ella intuyera cuánto significaba para mí.

Durante una pausa en nuestra charla, oí unas voces que llegaban desde el pasillo; oí el nombre de Karen Johnson, y el sonido de pasos acercándose. Me puse en pie y volví a poner la silla en el otro lado de la habitación y miré de reojo a Callie. Su mirada era de desesperación.

—Tengo miedo —dijo con pánico en la voz—. Van a odiarme.

—Nunca te han odiado —la tranquilicé—. De eso estoy seguro.

—Ni siquiera sé qué decir…

—Te saldrá. Pero ¿quieres que te dé un pequeño consejo? Diles la verdad en todo momento.

—No quieren la verdad.

—Quizás no —dije—. Pero es lo mejor que puedes hacer.

Mientras estaba ahí de pie, una de las enfermeras llevó a la familia de Callie hasta la habitación, en cuya entrada de repente se detuvieron, como si fueran incapaces de procesar lo que sus ojos estaban viendo. Louise abría la comitiva, flanqueada por Tammy y Heather; sentí cuatro pares de ojos posándose sobre mí, antes de

323

que se concentraran en la chica que se había escapado hacía más de un año. Mientras lidiaban con una oleada de emociones, me di cuenta de cuánto se parecía Callie a Louise, su madre. Tenían el mismo color de pelo y de ojos, una constitución menuda idéntica, y la piel pálida. Pensé que no debía ser mucho mayor que yo. Curtis también parecía estar todavía en la treintena, pero era más alto y corpulento de lo que imaginaba, con una barba ruda y oscuras ojeras. Me miró inquisitivamente, como si sopesara si yo podría ser un funcionario oficial a quien debería dirigirse, pero yo desmentí con un movimiento de cabeza.

Callie saludó con un hilo de voz.

—Hola, mamá.

Esas palabras bastaron para romper el hechizo, y Louise se precipitó repentinamente hacia la cama, con los ojos anegados en llanto. Heather y Tammy estaban pegadas a su espalda, y emitían gemidos de emoción al unísono. Eran mellizas no idénticas, y lo cierto es que no se parecían en nada la una a la otra. Como si fueran cachorritos locos de alegría, treparon prácticamente a la cama mientras se inclinaban para tocar y abrazar a Callie. Desde donde me encontraba, pude oír a Louise repitiendo «No me lo puedo creer», y «Estábamos tan preocupados», una y otra vez mientras acariciaba los cabellos de Callie y la cogía de las manos, con las lágrimas surcándole las mejillas. Curtis, entretanto, seguía inmóvil, como paralizado.

Finalmente, volví a oír la voz de Callie.

—Hola, papá —dijo, desde debajo de una maraña de brazos. Curtis por fin hizo un gesto con la cabeza y se acercó a la cama. Las chicas se apartaron para hacer sitio a su padre, y se volvieron hacia él, expectantes. Se inclinó hacia ella, todavía vacilante.

Callie se incorporó y le rodeó por el cuello con el brazo bueno.

—Siento haberme escapado y no haber llamado —dijo en un murmullo entrecortado—. Os he echado mucho de menos. Os quiero.

—Yo también te he echado de menos, cariño. —Las palabras salieron ahogadas por la emoción—. Y yo también te quiero.

Me quedé con Callie, sin decir nada, mientras ella contaba su historia y respondía el interminable aluvión de preguntas. Algunas eran de peso («¿por qué te escapaste?») y otras más mundanas («¿qué comías cada día?»). Curtis preguntó en más de una ocasión por qué nunca había intentado ponerse en contacto con ellos, aunque solo hubiera sido para informarlos de que seguía con vida. A pesar de que Callie era sincera, no fue una conversación fácil. Su dolor, y también el de Callie, era tangible y todavía fresco, aun en medio de la dicha del reencuentro. Me di cuenta de que el trabajo real de su recuperación como familia se extendía ante ellos, suponiendo que Callie fuera capaz de recuperarse completamente de su enfermedad. No era la chica que se había escapado de casa hacía un año, pero sus vidas seguían envueltas en una tragedia que ninguno de ellos había procesado realmente, sobre todo Callie.

Cuando salí de la habitación para permitirles continuar la conversación en privado, recé una plegaria silenciosa deseándoles el coraje necesario para los meses y años venideros. Mientras recorría el vestíbulo de ese hospital, ahora ya tan familiar, no pude evitar pensar en cómo era posible que me hubiera involucrado hasta tal punto en la vida de una chica de la que nada sabía hasta hacía dos meses.

Y, sin embargo, lo más extraño de todo era oír a su familia llamarla por el nombre de Karen una y otra vez, lo cual no parecía encajar con la chica que yo conocía.

Para mí, después de todo, siempre sería Callie.

El día siguiente la doctora Nobles me dijo que había pasado casi una hora con su familia después de que me fuera, intentando explicar el estado de salud de Callie de forma que pudieran comprenderlo fácilmente. Los padres de Callie, al igual que sus hermanas, se mostraron dispuestos a que se les hicieran las pruebas de médula ósea necesarias. Dada la seriedad de la enfermedad de Callie, el laboratorio ya había asegurado que se apresurarían con los resultados; probablemente al cabo de uno o dos días sabrían si alguno de ellos podía ofrecer antígenos leucocitarios humanos en un grado suficiente de coincidencia y, en ese caso, se pasaría a la siguiente fase de pruebas adicionales. Si el resultado era positivo, Callie tendría que ser trasladada a Greenville para continuar con el tratamiento. La doctora Nobles también les puso en contacto con la doctora Felicia Watkins, la oncóloga de Vidant, y les aseguró que el hospital estaría preparado para su llegada. Tras hablar con la doctora Nobles, reservé y pagué la estancia para toda la familia en New Bern aquella semana, así como dos semanas más en un hotel en Greenville. Era lo menos que podía hacer teniendo en cuenta su devastadora preocupación por Callie, y el reto que suponía para ellos estar tan lejos de casa.

Tras haber oído mencionar mi nombre con tanta frecuencia en el transcurso de su conversación con Callie, Curtis y Louise naturalmente querían saber más de mí. Cuando pasé por la habitación de Callie después de reunirme con la doctora Nobles, me sentí satisfecho al poder hacerles un breve resumen de cómo acabé viviendo en New Bern en los últimos meses, aunque omití los aspectos más complicados de mi servicio militar y recuperación. También pude compartir lo que sabía de la amistad de Callie con mi abuelo y explicarles la clase de persona que era. Me entristeció que no estuviera allí para conocer por fin a los padres de Callie, pero sentía que de algún modo estaba observando desde algún lugar aquel reencuentro, complacido de que sus esfuerzos hubieran llegado a buen fin.

Natalie había respondido a mi mensaje la noche anterior, y cuando finalmente llegó al hospital, se la presenté a Callie y su familia. Mantuvo una reunión privada con ellos durante veinte minutos, y se aseguró de contar con todos los detalles para el informe que tendría que archivar en el expediente. De camino hacia la salida, me buscó en la sala de espera, y me preguntó si tenía tiempo para tomar un café.

En la cafetería, se sentó a la mesa frente a mí; su uniforme le confería un aspecto oficial, pero estaba tan hermosa como de costumbre. Mientras sosteníamos nuestras tazas de café poco cargado, le describí las largas horas que había pasado con Callie, reconstruyendo su historia y presenciando el intenso reencuentro con su familia.

—Al final, en resumidas cuentas supongo que ha tenido un final feliz —dijo.

—De momento. Ahora todo depende de las pruebas.

—Sería una tragedia para sus padres haberla encontrado para volver a perderla.

—Sí —dije—. Pero tengo fe en que todo saldrá bien.

Natalie sonrió.

—Ahora entiendo por qué estabas tan resuelto a ayudarla. Es una chica... fascinante. Cuesta creer que solo tenga dieciséis años. Es más madura que muchos de los adultos que conozco. Me pregunto cómo se adaptará a vivir de nuevo con su familia y volver al instituto, o hacer las cosas que suelen hacer los adolescentes.

—A buen seguro será un gran cambio. Puede que le cueste un poco acostumbrarse, pero tengo la sensación de que va a estar bien.

—Yo también lo creo. Ah, y por cierto, tu abuelo debía ser un hombre muy inteligente.

—¿En qué sentido?

—Si hubiera mencionado el nombre de Callie en el hospital, es posible que nunca hubiéramos averiguado quién era. Nunca habríamos intentado encontrar a una chica llamada Karen.

Reflexioné sobre ello, y me di cuenta de que tenía razón. Mi abuelo nunca había dejado de sorprenderme.

—Robertson también estaba en lo cierto —continuó—, cuando nos dijo que nosotros mismos podríamos haber encontrado la información. Visité la página web de la Oficina de Investigación de Georgia y solo me llevó cinco minutos encontrarla, con su verdadero nombre de pila y sabiendo qué aspecto tiene. No hacía falta ir a Georgia.

—No obstante, me alegro de haber ido —repliqué—. De lo contrario, tal vez no habría vuelto a verte.

Se quedó mirando fijamente la taza de café.

—Voy a echarte de menos.

«Yo también. Más de lo que nunca te podrás imaginar.»

—Creo que voy a recolectar parte de la miel antes de irme. ¿Quieres venir a ayudarme? Te enseñaré a extraer la miel y a filtrar los panales, y con un poco de suerte tal vez podrás llevarte algún tarro a casa.

Vaciló, y luego dijo:

327

—No creo que sea buena idea. Ya es muy duro saber que te vas.

—Entonces, ¿este va a ser el final? ¿Nuestro último adiós?

—No quiero verlo así.

—¿Y cómo te gustaría verlo?

Hizo una pausa, pensativa.

—Me gustaría recordar el tiempo que pasamos juntos como un hermoso sueño —dijo por fin—. Mientras dura parece real e intenso, y te transporta por completo.

«Pero después hay que despertar», pensé.

—Seguramente tendré que volver a New Bern de vez en cuando para echar un vistazo a la casa y las abejas. ¿Te gustaría que te avisara cuando esté en el pueblo? ¿Tal vez podríamos quedar para almorzar o cenar en alguna ocasión?

—Tal vez... —Incluso mientras decía aquellas palabras, tuve la sensación de que preferiría que no lo hiciera. Sin embargo, le seguí el juego.

—Te avisaré.

—Gracias. ¿Cuándo piensas irte?

—Dentro de un par de semanas, probablemente. Necesito un poco de tiempo para instalarme antes de que empiece el programa.

—Claro —dijo.

—¿Y tú? ¿Tienes planes para el verano?

—Lo habitual —contestó—. Seguramente pasaré unos cuantos fines de semana con mis padres en la playa.

Me dolía comprobar lo forzada que era nuestra conversación, y me pregunté por qué nos había resultado tan fácil hablar tan solo unos días antes. No era el adiós que había imaginado, pero, al igual que ella, no sabía cómo cambiarlo.

—Si alguna vez vas a Baltimore o a Washington D. C., avísame. Me encantaría hacerte de guía. Podríamos visitar el complejo Smithsonian.

—Lo haré —prometió, aunque ambos sabíamos que no sería así. Le temblaron los labios al decirlo.

—Natalie...

—Debería irme —dijo, poniéndose en pie de repente—. Tengo que volver al trabajo.

—Lo sé.

—Me pasaré por la casa de tu abuelo mientras estás fuera. Para asegurarme de que no entra ningún vagabundo.

—Te lo agradezco.

Salimos de la cafetería y la acompañé a la entrada principal, incluso aunque no estuviera seguro de si prefería que no lo hiciese.

Al llegar a las puertas, la seguí al exterior, mientras pensaba que todo aquello estaba sucediendo demasiado rápido. Incapaz de reprimirme, de pronto le cogí una mano. Ella se detuvo y se volvió hacia mí y, al ver cómo las lágrimas empezaban a desbordarse entre sus pestañas, se me hizo un nudo en la garganta. Aunque sabía que no debía hacerlo, me incliné hacia ella y rocé con mis labios los suyos, antes de rodearla con mis brazos. La besé en la cabeza y la acerqué a mi cuerpo.

—Lo comprendo, Natalie —murmuré con la boca en su pelo—. De veras.

—Lo siento mucho —susurró, y pude sentir su cuerpo temblando mientras la abrazaba.

—Te quiero, y nunca te olvidaré.

—Yo también te quiero.

El sol brillaba en su punto más alto, el aire era sofocante, húmedo y cálido. Advertí apenas la presencia de un hombre que pasaba a nuestro lado con un ramo de flores; pocos segundos después alguien salía del hospital empujando una silla de ruedas en la que iba una anciana. En el interior había mujeres dando a luz a niños que tenían toda su vida por delante, mientras que otros pacientes llegaban al final de la suya. Era un día normal, en el que nada lo era para mí, y mientras notaba que las lágrimas me escocían en los ojos, lo único que deseaba era que ese momento se prolongara para siempre.

Pasados un par de días, la doctora Nobles me informó de que la médula ósea de Heather tenía seis de seis antígenos leucocitarios humanos coincidentes con los de Callie; en el caso de Tammy, eran cinco. Ya se estaban llevando a cabo exámenes y pruebas adiciona-

329

les, pero la doctora Nobles confiaba en que aquel grado de coincidencia ofreciera garantías de éxito.

Esa misma semana, la doctora Nobles confirmó la idoneidad del donante, y que tanto el traslado como el trasplante ya estaban programados para la siguiente semana, durante la cual yo ya estaría en Baltimore. Aunque no dejaba de haber algún riesgo, y Callie tendría que seguir tomando medicación durante años, la doctora Nobles era optimista y confiaba en que a largo plazo podría llevar una vida normal.

Seguí pasando algunos ratos con Callie y su familia en el hospital justo hasta antes de mi partida; el resto del tiempo lo dediqué a hacer el equipaje y dejar la casa lista para mi inminente ausencia. El último día que pasé allí, un equipo de limpieza repasó de arriba abajo la casa y guardó la ropa de cama en bolsas de plástico para evitar el moho y el polvo. Volví a reunirme con la gestora de la propiedad y la empresa de reformas, y supervisé la llegada de los materiales para el tejado y el suelo, así como su almacenamiento en el granero.

También recolecté la miel. Me guardé varios tarros para mí, vendí casi todo lo demás a Claude, y dejé una parte en las escaleras de la entrada de la casa de Natalie. Pero no llamé a la puerta ni la llamé.

Pensaba en ella constantemente; me despertaba con el recuerdo de su olor y su sonrisa; era lo último que veía antes de cerrar los ojos por la noche. En los días previos a mi marcha de New Bern, me preguntaba qué estaría haciendo en todo momento, y dónde estaría. Me sentía incompleto, como si una parte de mí estuviera hueca y solo quedara un vacío doloroso. Antes de Natalie, solía creer que, con amor, todo era posible. Ahora me había dado cuenta de que a veces solo el amor no es suficiente.

No fue hasta tres días después de mi llegada a Baltimore cuando encontré la carta que Natalie me había dejado en una de las cajas de libros que había cargado en el maletero de mi todoterreno. En un primer momento no identifiqué el sobre y tuve la intención de tirarlo a la basura. Pero cuando me di cuenta de que estaba sellado, la curiosidad pudo más. Reconocí su firma al final de la carta, y de pronto me faltó el aliento.

Deambulé como un zombi hacia la sala de estar y me senté en el sofá. Todavía era de día, la luz se derramaba por las puertas acristaladas y, en el silencio de mi nuevo apartamento, finalmente empecé a leer.

Querido Trevor:

Te escribo esta carta porque no sé qué otra cosa podría hacer. No sé cuándo la encontrarás, ya que tuve que esconderla en una de las cajas que ya habías empaquetado. Por otra parte, como me dejaste unos tarros de miel en el portal de mi casa en dos ocasiones sin avisarme de que estabas allí, me imaginé que incluso tal vez te gustaría pensar que habías tenido una visita secreta.

Quería decirte que por primera vez en mi vida he entendido realmente lo que la gente quiere expresar cuando dicen «Estoy enamorado». Porque en mi caso, no me fui dejando llevar, no sucedió con el tiempo, ni siquiera habría pensado nunca que eso era lo que deseaba. En una mirada retrospectiva, siento que me he pasado los últimos catorce meses en la cornisa de un edificio. Balanceándome de forma precaria, haciendo todo lo que estaba en mi mano para permanecer quieta en el sitio. Si no me movía, si era capaz de quedarme perfectamente concentrada, estaría bien. Pero entonces apareciste como caído del cielo. Me llamaste desde el suelo y me asomé desde la cornisa… y de repente me caí, y allí estabas tú para cogerme en brazos.

Trevor, enamorarme de ti ha sido una de las experiencias más gloriosas de mi vida. Por muy duro que me resulte ahora mismo (me atormenta continuamente la idea de si he tomado la decisión adecuada), no lo cambiaría por nada. Me has hecho sentir más llena de vida que en lo que se me antoja una eternidad. Hasta tu llegada, no estaba segura de poder volver a sentirme así de viva nunca (incluso más intensamente).

Mi deseo hacia ti me parece insaciable, ilimitado. Pero lo cierto es que el precio que debo pagar por ese deseo es terrible. No puedo permitirme desear que mi marido estuviera muerto, ni tampoco podría vivir conmigo misma si me divorciara, aunque solo fuera porque él no cuenta siquiera con la posibilidad de intentar convencerme de lo contrario. De elegir cualquiera de esas opciones, no sería la misma mujer de la que te enamoraste; eso me cambiaría para siempre. Me transformaría en una persona malvada, algo en lo que no deseo convertirme; no me reconocería a mí misma. Y, por supuesto, tampoco me gustaría esa persona para ti.

Esa es la razón por la que no podía volver a verte tras decirnos adiós en el hospital; la razón por la que sería mejor que no nos encontráramos cuando vuelvas al pueblo. Sé cuánto te quiero, y si volvieras a pedirme que me fuera contigo, no creo que pudiera resistirme. Si vuelves a hacerlo, me iré contigo; con solo una insinuación en ese sentido, me presentaré en tu puerta. Pero, por favor (por favor, por favor, por favor), nunca permitas que me convierta en el antihéroe de mi propia historia. Te ruego que en ningún momento me pongas en esa diatriba. En lugar de eso, permíteme ser la mujer que llegaste a conocer y amar, la misma que se enamoró perdidamente de ti.

A pesar de que no sé lo que nos depara el futuro a ninguno de los dos, quiero que sepas que siempre atesoraré los momentos que pasamos juntos, aunque fuera poco tiempo. De alguna forma quiero que sepas que siempre pensaré que me has salvado. De no haber aparecido en mi vida, una parte vital y preciosa de mí misma simplemente se habría secado y marchitado; ahora, nuestros recuerdos (mis recuerdos de ti) me dan fuerza, y por fin me siento como si pudiera seguir adelante. Gracias por ello. Gracias por todo.

Ya te echo de menos. Echo de menos tu forma de bromear y tus horribles chistes, tu sonrisa apenas torcida, hasta tus estúpidos intentos de hacerme poner los ojos en blanco. Sobre todo, echo de menos tu amistad, y tu manera de hacerme sentir como si fuera la mujer más deseable del mundo. Te amo, y si la vida que estoy viviendo fuera distinta, te seguiría a donde fueras.

Te quiero,
Natalie

Cuando acabé de leer la carta, me levanté del sitio que ocupaba en el sofá y me dirigí a la cocina con las piernas temblorosas. Abrí el frigorífico y saqué una botella de cerveza, le quité el tapón y di un buen trago. Luego regresé a la sala de estar y me quedé mirando fijamente las puertas correderas, imaginando dónde estaría Natalie en ese mismo momento; tal vez visitando a sus padres en la playa, y dando un largo y tranquilo paseo por la orilla. De vez en cuando se detendría quizás a examinar una concha, o seguiría con la mirada el vuelo de algunos pelícanos mientras pasaban rozando las rompientes. Quería creer que, tal vez, estaría acordándose de mí en ese preciso instante, abrazando nuestro amor como un reconfortante secreto en un mundo que a veces se mostraba despiadado.

Me complacía el hecho de que me hubiera escrito una carta, y me pregunté si ella desearía que le contestara con otra. Quizás lo haría, o tal vez no, porque eso podría hacer que todo le resultara incluso más difícil. No tenía la energía de tomar esa decisión.

En lugar de eso, volví al sofá y dejé la cerveza sobre la mesa. Y, con un suspiro, empecé a leer de nuevo la carta.

*A*unque le escribí muchas cartas a Natalie, nunca las envié. Ni tampoco intenté llamarla o buscarla durante mis visitas habituales aunque poco frecuentes a New Bern. En algunas ocasiones escuché sin querer retazos de conversaciones en las que la gente comentaba, normalmente en voz baja, lo duro que debía ser para ella y que tendría que encontrar la manera de seguir adelante. Cada vez que oía semejantes comentarios, sentía un profundo dolor al pensar que su vida seguía permanentemente estancada.

Para mí, seguir adelante significaba cinco años de residencia, largas horas de trabajo y conseguir la práctica clínica suficiente para poder finalizar el programa. Aunque en un principio pensé que me interesaría casi exclusivamente por el tratamiento del trastorno por estrés postraumático, pronto llegué a darme cuenta de que los pacientes con dicho trastorno a menudo presentaban otros asuntos por resolver. A veces estaban luchando contra su adicción a las drogas o el alcohol, o sufrían una depresión; otros tenían un trastorno bipolar o de personalidad de otro tipo. Aprendí que el tratamiento era único para cada paciente y, aunque lo intenté, no fui capaz de ayudarles a todos. Mientras estaba en Baltimore, dos pacientes se suicidaron, y otro fue arrestado después de una pelea en un bar, y acabó con una acusación de asesinato en segundo grado. Ahora está entre rejas, y como mínimo cumplirá nueve años. De vez en cuando me escribe una carta en la que se queja de no recibir el tratamiento que necesita, y no me cabe la menor duda de que está en lo cierto.

Mi trabajo me parece sumamente interesante, quizás más de lo que esperaba. A su manera, supone un mayor desafío intelectual que la cirugía ortopédica, y puedo afirmar con sinceridad que me levanto cada día con ganas de ir a trabajar. A diferencia de otros residentes, al final del día no me cuesta demasiado apartar de mi mente los pacientes que he tratado; cargar con las cuestiones psicológicas de los demás acumuladas es demasiado para cualquiera. Sin embargo, a veces no es posible distanciarse sin más; incluso cuando algunos pacientes no pueden permitirse pagar el tratamiento, a menudo me pongo a su disposición.

He continuado además con mis propias sesiones con el doctor. Bowen, aunque con el tiempo, cada vez con menos frecuencia. Ahora hablo con él una vez al mes, y en raras ocasiones experimento cualquiera de los síntomas físicos asociados al trastorno por estrés postraumático. Duermo bien y mis manos no han vuelto a temblar desde mi época en New Bern, pero, de tanto en tanto, sigo sintiendo una dolorosa tristeza por Natalie y la vida que imaginé que podíamos haber tenido juntos.

En cuanto a Callie, al principio nos llamábamos asiduamente, pero las llamadas fueron menguando para dar paso a mensajes ocasionales, normalmente en el periodo vacacional. El trasplante fue un éxito, su salud se estabilizó en la medida de lo posible, teniendo en cuenta su situación, y volvió a vivir con su familia. Acabó el instituto y estudió para convertirse en higienista dental. No tengo la menor idea de cómo o cuándo conoció a Jeff McCorkle (me dio a entender que eso era toda una historia aparte), y mientras espero en la iglesia a que Callie recorra el camino hacia el altar, mi lado cínico se pregunta si no serán demasiado jóvenes para casarse. Solo tienen veintiún años, y las estadísticas no ofrecen precisamente un panorama de color rosa para su matrimonio a largo plazo. Por otra parte, Callie siempre ha demostrado ser una persona de extraordinaria madurez y determinación.

Lo más importante es que ella, al igual que yo, ha comprendido a la perfección que es imposible predecir las vueltas y giros que da la vida.

Cuando conducía hacia la iglesia pasando por Helen, me embargó la sensación de *déjà vu*. El pueblo tenía exactamente el mismo aspecto que la última vez que había estado allí. Dejé atrás la comisaría de policía y el restaurante Bodensee, y aunque llegaba tarde, me entretuve frente al hotel en el que Natalie me había pedido que la abrazara en nuestra última noche juntos.

Me gusta pensar que desde entonces he avanzado en mi vida, y sé que así es en muchos aspectos. He concluido la residencia y las prácticas, y me han ofrecido varios puestos en tres estados distintos. Tengo alguna preferencia, pero mi elección depende hasta cierto punto de lo que suceda en el transcurso del día.

Desde mi asiento puedo oír los murmullos y susurros de la gente sentada en los bancos a mi alrededor; por mucho que intento reprimirme, no puedo evitar girarme para examinar a las personas que van entrando. Cuando por fin llega Natalie, siento que mi corazón da un vuelco. Luce un precioso vestido veraniego de color melocotón y, aunque se ha dejado el pelo largo, no parece haber envejecido en los cinco años que han pasado desde que nos vimos por última vez. La observo mientras recorre la iglesia con la mirada, intentando encontrar un sitio libre, y finalmente alguien la acompaña a un banco tres filas por delante del mío. Mientras miro su espalda, doy las gracias en silencio a Callie, a quien le pedí que le enviara una invitación especial a Natalie.

Jeff, finalmente, ocupa su lugar en la parte frontal de la iglesia, cerca del sacerdote, con tres padrinos, además de uno de honor a su lado. La música empieza a sonar, *Lohengrin*, de Wagner, y Callie hace aparición al fondo de iglesia. La acompaña a su lado Curtis, su padre, bien afeitado y vestido con un traje azul marino. Ambos están radiantes y todos nos ponemos en pie cuando empiezan a recorrer el pasillo. Curtis le da un beso en la mejilla a su hija y toma asiento al lado de Louise, que ya está restregándose los ojos. Tammy y Heather son damas de honor, y llevan sendos vestidos rosas a juego.

La ceremonia es tan tradicional como era de esperar, y a Callie y Jeff enseguida se les declara marido y mujer. Los invitados aplauden, y sonrío al escuchar cómo alguien silba.

En el banquete, dispuesto bajo una amplia tienda blanca, me siento a la mesa con algunos de los primos de Callie y sus cónyuges, y sonrío cada vez que los invitados dan golpecitos con la cuchara a sus copas de vino, animando a que Callie y Jeff se besen de nuevo.

Callie baila con su marido y con su padre, antes de que se les unan el resto de los invitados. Incluso yo consigo bailar con la novia, tras lo cual me presenta a su marido. Tengo la impresión de que es un joven formal, y están envidiablemente enamorados. Cuando me alejo de su lado, oigo a Jeff preguntar desconcertado a Callie en un murmullo: «¿Por qué te llama Callie?».

Me pregunto qué le habrá contado del tiempo que pasó en New Bern, o si sencillamente pasó por alto algunos detalles. Pensando a largo plazo, supongo que no tiene importancia. Intuyo que Jeff probablemente se enterará de todo, ya que casi siempre resulta imposible guardar un secreto.

Poco después de que empezara el baile había visto a Natalie salir de la tienda. Voy tras ella y la encuentro de pie al lado de un viejo magnolio. Al acercarme, el volumen de la música del banquete disminuye, y parece que estemos solos en la tranquila tarde de verano. Me fascina su belleza y eterna juventud.

Me recuerdo a mí mismo que no debo esperar gran cosa. Cinco años es mucho tiempo, y en mi mente no me cabe la menor duda de que ese periodo nos ha hecho cambiar a ambos. Una parte de mí se pregunta si me reconocerá enseguida o si notaré la típica vacilación de una fracción de segundo al intentar ubicarme en sus recuerdos. Tampoco sé exactamente qué voy a decir, pero, al acercarme, Natalie se da la vuelta para mirarme con una sonrisa cómplice.

—Hola, Trevor —me saluda—. Estaba preguntándome cuánto tiempo ibas a tardar en salir a buscarme.

—¿Sabías que estaba aquí?

—Te vi en la iglesia —dice—. Pensé en sentarme a tu lado, pero no quería ponértelo tan fácil.

Tras decir eso se acerca a mí, y, como si todo el tiempo que pasamos separados se hubiera comprimido en lo que se tarda en pestañear, se arroja a mis brazos. La traigo hacia mí, absorbiendo la sensación de su cuerpo junto al mío con veneración. Percibo el aroma ya conocido, y me doy cuenta de que no era consciente de cuánto lo había echado de menos.

—Me alegro de verte —me susurra al oído.

—Yo también. Estás muy guapa.

Nos separamos un poco y, por primera vez, puedo examinarla de cerca. Excepto por unas diminutas arrugas en las comisuras de sus ojos, y su voluptuoso pelo largo, es la misma mujer que me visita en sueños en los últimos cinco años. Aunque he salido con algunas mujeres en ese tiempo, todas esas relaciones concluyeron incluso antes de que tuvieran una mínima posibilidad de empezar. Durante toda esa época, me decía a mí mismo que simplemente no tenía la energía para iniciar una nueva relación; ahora, al lado de Natalie, sé que en realidad estaba esperándola.

—¿Y bien? ¿Ya eres psiquiatra?

—Aprobé los exámenes el mes pasado —contesto—. Ahora ya es oficial. ¿Qué hay de ti? ¿Sigues trabajando en la oficina del *sheriff*?

—Ya no —responde—. Lo creas o no, ahora llevo una floristería.

—¿Me tomas el pelo?

—No. Está en el centro de New Bern.

—¿Cómo la conseguiste?

—Vi un anuncio que decía que la tienda estaba en venta. El propietario se jubilaba, no pedía mucho por el negocio, y para entonces yo ya sabía que no quería seguir siendo una agente del *sheriff*. De modo que el propietario y yo nos pusimos de acuerdo.

—¿Cuándo fue eso?

—Hace unos dieciocho meses.

Sonrío.

—Me alegro mucho por ti.

—Yo también.

—¿Qué tal tu familia?

—Aparte de que mis padres se han ido definitivamente a la playa, todo sigue casi igual.

—¿Sigues visitándolos con frecuencia?

—Voy algunos fines de semana a la costa. Ahora están allí todo el tiempo. Vendieron su negocio y la casa en La Grange. ¿Qué hay de ti? ¿Sigues viviendo en Baltimore?

—De momento sí. Estoy intentado decidir dónde me voy a establecer.

—¿Tienes algún sitio concreto en mente?

—Tal vez —contesto—. Sigo dándoles vueltas a las distintas opciones que me han ofrecido.

—He oído decir que hay escasez de psiquiatras en el este de Carolina del Norte.

—¿En serio? —pregunto—. ¿Dónde te has enterado de eso?

—La verdad es que no me acuerdo. Ah, por cierto, he vigilado la casa de tu abuelo mientras estabas fuera. Cuando todavía era agente del *sheriff*, claro está. Aunque todavía le sigo echando un vistazo de vez en cuando.

—¿Has ido a ver las colmenas?

—No —responde con cierto pesar—. ¿Y tú?

—Un par de veces al año. No necesitan demasiada atención.

—Debería habérmelo imaginado. Tenían la miel en el Trading Post estos últimos años. El único lugar del pueblo donde puede conseguirse.

—Me alegro de que te acordaras.

Se recoge el pelo con ambas manos en una cola de caballo, y luego vuelve a dejarlo suelto.

—Callie estaba muy guapa. Me encantó su vestido. Además, parece que se lleva bien con su familia.

—Ha sido una ceremonia preciosa. Me alegro mucho por ella. Pero, dime, ¿qué planes tienes? ¿Cuánto tiempo te vas a quedar en Helen?

—Solo esta noche. He llegado en avión y alquilado un coche esta mañana.

—¿Y después vuelves a New Bern?

—Claro —dice—. Mi madre me está cubriendo en la tienda, pero estoy bastante segura de que le gustaría poder volver a la playa.

Por primera vez, advierto que no lleva la cadena alrededor del cuello, aquella de la que pendía el anillo de casada. Tampoco veo la alianza en el dedo.

—¿Dónde está tu anillo?

—Ya no lo llevo.

—¿Por qué no?

—Mark falleció —me comunica mirándome a los ojos—. Hace diez meses. Creen que fue debido a una tromboembolia pulmonar.

—Lo siento.

—Era un buen hombre —comenta—. Mi primer amor. —Esboza una sonrisa melancólica—. Supongo que regresas a Baltimore después del banquete, ¿no?

—A su debido tiempo —contesto—. Tendré que recoger mis cosas en algún momento. Pero ahora también iré a New Bern. Es el momento de recolectar la miel, y supongo que me quedaré un poco. Voy a visitar un par de consultorios de la zona.

—¿En New Bern?

—Uno en New Bern, el otro en Greenville. Tengo ofertas de ambos, pero quiero estar seguro de que estoy tomando la decisión correcta.

Natalie me mira fijamente y luego empieza a sonreír.

—¿Podrías acabar quedándote en New Bern?

—Tal vez —respondo—. Oye, por cierto, ¿sales con alguien ahora mismo?

—No —contesta con una tímida sonrisa—. He tenido algunas citas, pero no cuajó. ¿Y tú?

—Más o menos lo mismo —digo—. He estado bastante ocupado en los últimos años.

—Me lo puedo imaginar —dice, mientras su sonrisa se va haciendo más amplia.

Al verla, mi corazón empieza a elevarse y señalo con el pulgar hacia la tienda.

—¿Te gustaría bailar?

—Me encantaría. —Sin dejar de sorprenderme, enlaza su brazo en el mío y caminamos de regreso al banquete.

—Ah, otra cosa —digo—. Si te apetece ayudarme a recolectar

la miel cuando vuelva a New Bern, me gustaría enseñarte todo el proceso. Quizás esta vez dispongamos de más tiempo.

—¿Cuánto pagas?

Me río.

—¿Cuánto quieres?

Finge estar reflexionando sobre ello antes de volver a mirarme.

—¿Qué te parece una cena en el porche trasero cuando acabemos?

—¿Una cena?

—Estoy convencida de que el trabajo debe abrir el apetito.

—Me parece un buen trato. —Hago una pausa, y luego me pongo serio de repente—. Te he echado de menos, Natalie.

A la entrada de la tienda, hace que me detenga un momento. Luego, sin asomo de vacilación, se inclina para besarme. Y entonces tengo una sensación familiar, como si estuviera volviendo a casa.

—Yo también te he echado de menos —me susurra, mientras entramos juntos a la tienda.

AGRADECIMIENTOS

*C*uesta creer que hayan pasado veinticuatro años desde que mi primera novela, *El cuaderno de Noah*, fuera publicada... Pero resulta incluso más increíble que tantos de mis colaboradores, consejeros y amigos de aquellos inicios sigan siendo los mismos después de todo este tiempo. Es imposible expresar adecuadamente cuán agradecido estoy al polifacético equipo que me ha apoyado en mi larga carrera como escritor, pero voy a volver a intentarlo una vez más.

En primer lugar, a mi agente literaria, Theresa Park, de Park & Fine Literary and Media: éramos apenas unos críos cuando emprendimos este viaje, y ahora nos encontramos en la madurez, veintidós libros después. Decir que compartimos la mente y el corazón, además del mismo manantial de determinación, apenas se acerca a la realidad. Gracias por ser mi socia creativa y apoyo incondicional durante todas las etapas de nuestras audaces vidas.

El equipo de Park Literary & Media es la representación más sofisticada, proactiva y eficaz del gremio. Gracias a Abigail Koons, Emily Sweet, Andrea Mai, Alex Greene, Ema Barnes y Marie Michels: sois los editores más hábiles que pueda haber y es un placer trabajar con vosotros. También a los nuevos miembros de Park & Fine, Celeste Fine, John Maas, Sarah Passick, Anna Petkovich, Jaidree Braddix y Amanda Orozco: ¡sed bienvenidos! Me encanta ver que la agencia se expande y estoy ansioso de poder aprovechar vuestra amplia experiencia.

En Grand Central Publishing (antiguamente Warner Books, de la época en que empecé mi carrera), su presidente Michael Pietsch ha defendido en todo momento mi carrera editorial y siempre me ha demostrado su apoyo incondicional. Trabajar con el editor Ben Sevier y la editora en jefe Karen Kosztolnyik ha sido un verdadero placer; son dos personas perspicaces y perseverantes, pero sobre todo amables. Brian McLendon sigue siendo una fuerza creativa para el *marketing* de mis libros, y Matthew Ballast y Staci Burt gestionan la organización de mis campañas publicitarias con un mimo y una destreza de primer orden. Agradezco a Albert Tang, director de Flag and Art, las cubiertas de mis libros, con una apariencia tan característica, cada vez más impactantes. Amanda Pritzker, eres una maravilla a la hora de sincronizar todos los aspectos de mis campañas y trabajar mano a mano con mi equipo en PFLM.

Catherine Olim, de PMK-BNC, sigue siendo mi publicista externa hiperresponsable y superexperimentada, en la cual me he apoyado fuertemente en los últimos años: Catherine, ¿cómo podría haber sobrevivido al mundo de la publicidad tan infestado de tiburones, sin ti? Mollie Smith y LaQuishe Wright siempre, siempre están un paso por delante en cuanto a la difusión en las redes sociales; me conocéis mejor que a mí mismo, y nunca habéis cejado en vuestros esfuerzos por sacar lo mejor de mí.

Mi representación en Hollywood es la envidia de cualquier artista creativo: Howie Sanders, de Anonymous Content, promotor ardiente e intachable amigo leal; Keya Khayatian, avezada negociadora y colaboradora desde hace tanto tiempo; y, por supuesto, Scott Schwimer, el abogado más tenaz, concienzudo e incansable que cualquiera podría desear. Scottie, cuando naciste rompieron el molde.

Sin embargo, el hogar es donde se halla realmente mi corazón, y sería una negligencia no mencionar a las personas que salvaguardan y proporcionan calidez al lugar en el que obtengo mis mayores satisfacciones: mis hijos Miles, Ryan, Landon, Lexie y Savannah, quienes alegran mi vida; Jeannie Armentrout y Tia Scott, que contribuyen a que mi vida diaria discurra plácidamente; Pam Pope y Oscara Stevick, mis fantásticos contables; Victoria Vodar, Michael Smith, Christie Bonacci, Britt y Missy Blackerby, Pat y Bill Mills, Todd y Gretchen Lanman, Lee y Sandy Minshull,

Kim y Eric Belcher, Peter y Tonye-Marie, David y Morgan Shara, el doctor Dwight Carlblom y David Wang, todos ellos estupendos amigos. Y, por supuesto, me gustaría dar las gracias a toda mi extensa familia: Mike y Parnell, Matt y Christie, Dan y Kira, Amanda y Nick, Chuck y Dianne, Todd, Elizabeth, Monty y Gail, Sean, Adam, Sandy, Nathan, Josh y, finalmente, Cody y Cole, quienes están dispuestos a atender una llamada a cualquier hora, además de tener siempre la puerta abierta.

ESTE LIBRO UTILIZA EL TIPO ALDUS, QUE TOMA SU NOMBRE

DEL VANGUARDISTA IMPRESOR DEL RENACIMIENTO

ITALIANO, ALDUS MANUTIUS. HERMANN ZAPF

DISEÑÓ EL TIPO ALDUS PARA LA IMPRENTA

STEMPEL EN 1954, COMO UNA RÉPLICA

MÁS LIGERA Y ELEGANTE DEL

POPULAR TIPO

PALATINO

EL REGRESO SE ACABÓ DE IMPRIMIR

EN UN DÍA DE PRIMAVERA DE 2021,

EN LOS TALLERES GRÁFICOS DE EGEDSA

ROÍS DE CORELLA 12-16, NAVE 1

SABADELL (BARCELONA)